肖仁福 著

新华出版社

图书在版编目（CIP）数据

裸体工资 / 肖仁福著.—北京：新华出版社，2007、3
（肖仁福作品集）
ISBN 978-7-5011-7914-5

Ⅰ．裸… Ⅱ．肖… Ⅲ．①中篇小说－作品集－中国－当代②短篇小说－作品集－中国－当代 Ⅳ．I247．7

中国版本图书馆 CIP 数据核字（2007）第 028893 号

裸体工资

作　　者：肖仁福
责任编辑：许　新
特约编辑：张　奇
装帧设计：大象工作室
出版发行：新华出版社
地　　址：北京石景山区京原路 8 号
网　　址：http://www.xinhuapub.com
http://press.xinhuanet.com
邮　　编：100040
经　　销：新华书店
印　　刷：北京市天竺颖华印刷厂
开　　本：787 × 1092　1/16
印　　张：22
字　　数：350 千字
版　　次：2007 年 4 月第一版
印　　次：2007 年 4 月第一次印刷
书　　号：ISBN 978-7-5011-7914-5
定　　价：26.00 元

本社购书热线：(010)63077122　　中国新闻书店电话：(010)63072012

图书如有印装问题，请与印刷厂联系调换　电话：(0316)3531388

裸體工資

目录

序>>

工资为什么裸体>>

国人的“官念”之重，那是世所公认的。涉及到这个官字，自古说法不少。《尚书》说官“若金，用汝作砺；若济巨川，用汝作舟楫；若岁大旱，用汝作霖雨。”还有点民本思想。《说文》说“官，吏事君也。”那是将官员看成帝王的工具。旧时读书人一心想着学成文武艺，货与帝王家，也是这个意思。至于修身齐家治国平天下，不过是儒生梦里都想着做官的呓语。

时至今日，关于官的说法更多。词典上的正规说法是公职人员，老百姓说是公家人，而官方说是公务员或公仆，是为人民服务的。其实还是胸无城府的小学生一语破的，官就是管人的，管事的，管钱的。有道是不怕官，就怕管，当了官，不管点什么，那官也就什么都不是。我如今调往一个清水衙门，号称副主席，不管人，不管事，也不管钱，自命为三不管主席。不是不想管，是想管没得管。偏偏朋友见面，说你当官了，要请客。我立马就跟他急，杏眼圆睁，老拳相向，吓得朋友拔腿就跑。

在单位里虽然三不管，回到家里，打开电脑，所写却多为实权官员，有管人的，有管事的，也有管钱的。《裸体工资》里的官员就是管钱的。这也是水到渠成的事，十多年的时间里，天天跟管钱的官员打交道，写这方面的小说，手到便拿。

只是《裸体工资》四个字有些扎眼。这是五年前发表的中篇小说，曾被不少选刊和畅销版本转载，至今还有报刊在连载，算是经受住了时间的考验。好多读过这个小说的读者都没法忘记这个篇名，连同里面的人物和细节。我也敝帚自珍，觉得这个名字有些意思，又容易记住，也就不顾它扎不扎眼，拿来做了这本小说的书名。

本来裸体是因人而言的。比如有人提倡裸睡，说有益于睡眠和健康。有人喜欢裸舞，可以吸引更多的眼球和门票。有人乐于裸奔，容易产生轰动效应。据说有些地方时兴裸聚，需聚一起谈交易，不上宾馆酒楼，上澡堂子，像丘吉尔泡在浴缸里接待罗斯福一样，将自己毫无保留地交给对方。背后的原因却是怕对方穿了衣服，身上藏着录音机和针孔摄像头，裸聚可让双方坦诚相见，不用彼此提防。

但工资不是人，为什么也要裸体呢？

大家知道，机关事业单位职工的工资构成有些复杂，除了工资表上的基本工资，如级别工资和职务工资之外，还可按政策规定，另外造册领取工资补贴和生活费、出勤费、误餐费等待遇。工资表上的基本工资是铁定的，政府再穷，也要想方设法发给职工，至于另外造册的待遇，政府有钱就发，确实没钱，发不出也就不发。中西部经济不发达，不少地市以下政府都比较穷，能发出基本工资已属不错，别的待遇享受不上，早就习以为常，没见谁拿着状子上过法庭。大家便幽默地将这种基本工资叫做裸体工资，也有叫赤膊工资，甚至排骨工资的。大凡人一穷，想象就丰富，富人一般是不太有文学细胞的。

造成这种窘境的原因当然是多方面的，比如刚才说的地区差异。几十年以来，中国的经济几乎是投资经济，有投资就有经济，没有投资就没有经济，哪个地方国家的投资和项目多，哪个地方的经济就上得去，地方政府口袋里就有钱，否则只有受穷。政府再穷，可该有的和不该有的机构，有编制的或没编制的人员，却一个不能少。这样一来，吃皇粮的人就多，政府自然不堪重负。我在长篇小说《位置》里用四个字来概括国情——人多钱少，应该是符合实际的。

有人说，中国生产不发达，经济不发达，科学不发达，事业不发达，唯有政府机构发达。机构发达的标志是公职人员多。本来公职人员的配备，应该是因事设岗，以岗定人，我们却反着来，因人设岗，以岗生事。随便跑到哪个单位去，除了业务部门，还有不少综合部门，什么文秘档案、政策研究、财务后勤、政工宣传、纪检监督、工会老干、青年妇女，都设有专门机构。机构是由人组成的，正副处长一伙，正副科长一群，还不够，还得主任科员、副主任科员一帮，外加普通科员若干，少了谁，都让人难受。

想起英国人诺斯古德·帕金森的庸官理论，说庸官有三条出路：第一条是让位，让能人上，只是让了位，却什么都让了出去，谁都不会这么傻。第二条是请个能人协助自己，这容易被能人取而代之，没谁愿意冒这个风险。最后只能找两个或多个比自己水平更低的庸人当副手，自己稳坐在位置上发号施令。平庸的副手干不了事，也就上行下效，再为自己找几个更加平庸的副手。依此层层重叠下去，庞大的庸官集团和臃肿机构于是形成。

这个帕氏理论多少有些道理，却说得过于直白，显得没文化品位，没谁爱听。还是咱中国人说得好，一个好汉三个帮，既含蓄又有文化，听着舒服。所以随便跑到哪个单位，不论级别高低，不论机构大小，一个一把手，一般都会配三个副手，加在一起正好四个好汉。四个好汉坐到一处，只有半桌，喝酒还得另外找人，的确麻烦，于是配上纪检组长、机关党委书记、工会主席，外加总经济师（不好叫总经济师的，便叫总会计师或总审计师、总政工师之类），四个加四个，正好八个，八仙过海，各显神通，弄权的弄权，弄钱的弄钱，实在没权也没钱可弄，就弄是非，反正不能闲着。这是一线和前台的领导，还有二线和提前离岗休息的原领导或准领导，什么巡视员，助理巡视员，调研员，助理调研员，又是一大帮，都是组织上下了红头文件的。

下几个红头文件，也就花些打印费，成本不高，到底如今的乌纱帽既不用纱缝，也不拿麻织。问题是乌纱帽得有脑袋撑着，有多少乌纱帽，必须找出多少脑袋。脑袋都有后脑勺，伸手在那里一拍，拍出来的不是大政方针，就是英明决策；不是最新精神，就是重要指示；不是管理措施，就是收费项目。脑袋两边有耳朵，耳朵不仅要听汇报，听表扬，听领导招呼，还得听有偿电话，听付费手机。脑袋前面有眼睛，眼睛除了出门看天色，进屋看脸色，还要看风景，国内的风景看厌，还得看外国风景。脑袋下面还有张嘴巴，嘴巴要作报告，要发指示，还得抽好烟，喝美酒，并佐以山珍海味。

因果关系由此产生：乌纱帽多，脑袋就多。脑袋总得琢磨些什么，不琢磨人，就琢磨事，或琢磨钱，管人的官，管事的官，管钱的官应运而生，层出不穷。管人的时候，唯恐人少，人越多越有权威。管事的时候，只恨事小，事大才能出大政绩。管钱的时候，最怕钱不够，没有钱便没有可钻的地方，那钱眼可比美女靓妹的媚眼还勾人。官来人，人来事，事得来了钱才好办，而天上下雪下雨，从来不下钱，得靠纳税人一角一块往上交。

都想当官,都想吃皇粮,唯独不想当纳税人和孙子,这样花钱的多,送钱的少,工资就这么裸体起来。

工资也裸体,实在不是什么好事,仅仅成全了我的小说。这样的小说读者喜欢,我捂着嘴巴偷着乐。可乐得几回,不知怎么的,竟渐渐乐不起来了。于是趁这本小说出版之机,写了这么个序言。

隱體工資

官帽 >>

一

方宏达带了宣传站李支农一伙人，乘着彩旗飘飘喇叭高挂的计划生育宣传车，在大街小巷里声势浩荡地转了一天，直到下午快五点的时候，才回到市计生委办公大楼前。方宏达现为楚南市计生委主持全面工作的第一副主任。如果不出意外，这一回他大名前边的副字，该被删去了。

车子才停稳，方宏达就跟正在车上清点仪器和材料的李支农几个人打声招呼，下车进了办公楼。估计市委那边的常委会也快开完了，过一会儿就会有消息传到方宏达这里来，他是怕万一到时自己的手机信号不畅，觉得还是办公室里的电话靠得住。分管计生工作的市委副书记周时势昨天就透了一个口风，方宏达副转正的材料已在组织部部务会上获得通过，并报到了常委，今天下午的常委会主要研究人事，开完会周时势就会把结果告诉他。

上到三楼，正要进自己的办公室，斜对面另一间副主任办公室的门开了，只见张思仁夹了个公文包，拉着门把，低头从里面退出来。同是副主任，但张思仁的名字一直排在方宏达的后面。他原是计划统计科的科长，是方宏达调进计生委的第二年提的副主任，在推荐张思仁的委党组会上，方宏达还投过他的赞成票。

张思仁是在关上门转过身来的时候看到方宏达的，他满脸堆笑地说，方主任你回来啦？方宏达点点头，算是打过了招呼。忽然想起一事，就说，杨青玉跟我说了几次了，他们科里已将全市各县乡计生工作目标管理考核情况统计好了，想早点到委务会上过一下，把名次排出来，这两天如果有空，我们碰个头吧。

杨青玉是计生委里的女能人，现任计划统计科科长。计划统计科负责全市计生工作规划和各部门各县乡计生工作情况的汇总统计，根据他们汇总统计的指数排出的名次，直接标志着各县乡计生工作的好坏和县乡主要领导政绩的优劣，县乡非常看重，因此一到年头岁尾，上市计生委找计划统计科和委领导据理力争的，大吵大闹的，送礼说情的便络绎不绝。这既是计生工作一种权力的象征，也是计生委大小头头们颇感头疼的事，委领导对此自然不敢掉以轻心，必须多次开会研究讨论，定出最佳方案，力求排的名次准确公平和合理，尽量少点儿意见和麻烦。由于计划统计工作在委里举足轻重，计划统计科按惯例一直归一把手亲自分管。去年市政府领导班子微调，市计生委主任升任市政府秘书长，由方宏达这个二把手主持计生委全面工作，他也就顺理成章接管了计划统计科工作。

因此现在方宏达说要碰个头，研究一下他分管的计划统计工作，张思仁自然没什么可说的，他当即表态说，办公大楼的基建暂告一个段落，这几天我也还有些空，方主任你说声什么时候碰头，我召之即来。

方宏达觉得张思仁的态度还诚恳，说，好吧，定了具体时间再通知你。转身准备进办公室。不经意瞥见张思仁脸上掠过一丝笑意，方宏达脚下的步子便不自觉地泥了一下。他觉得张思仁脸上的笑跟以往不太相同，有些让人琢磨不定的味道。

进得办公室，倒杯热茶饮上一口，方宏达便斜斜地躺进办公桌前的高背大沙发里。

方宏达主持委里全面工作已经一年多了，他当然想在自己主持工作期间，楚南市的计划生育工作不出至少也要少出问题，所以像刚才说的统计排名的事，他必得用点儿心才是。方宏达不会忘记年初全省计划生育工作会议期间，市委书记郭东南给他的鼓励。楚南市因为上年计生工作成绩突出，那次会议受到省委省政府表彰，拿了红旗，得了二十多万元奖金，郭东南上台从省委书记手上接过红旗时，感到很有面子，下台后就在方宏达肩上拍了两下，然后用一种推心置腹的口吻说道，宏达啊，你主持计生委工作期间，干得的确不错，组织上是会记得你的。方宏达想，现在到了研究人事的关键时刻，郭书记该不会忘了自己的话吧。

方宏达十多年前曾是楚南市三中的老师，教学上吃得苦，又肯钻研，还时有教学论文在刊物上发表，不久就在全市教育系统有了一点儿小名气，被教育局推上副校长的宝座。其时恰逢市里公开招聘副处级干部，方宏达抱着试试看的想法进了考场，不想竟考了个全市第一名，接下来的面试和考核也不错，就被选拔到下面县里做了副县长。那是一个山区县，县里的老百姓甚至县委机关里的干部都还抱着子多福多的旧观念不肯放，计划生育工作的难度也就可想而知，没哪个领导想管这事，方宏达一去，时任县委书记的周时势就把这一摊子交给了他。方宏达并不懂计划生育工作，好在他吃得苦，天天带着计生委的人往下面跑，摸情况搞调查，渐渐就摸到了一些门道，很快扭转了该县计划生育工作的落后局面，年底市里给县区计划生育工作排队时，方宏达那个县破天荒跃全前三名，第一次成了红旗单位。接着该县又连续得了两年红旗。不久周时势调任市委副书记，分管计生工作，就建议常委将方宏达调回市里，做了市计生委副主任，想等时机成熟后让他接任主任位置。只是先进庙的和尚为老大，开始方宏达的名字一直排在别的副主任后面，后来计生委几番人事变动，主任副主任或调离或升迁，方宏达的名字才慢慢挪到前边，去年主任升任市政府秘书长后，他这个第一副主任也就顺理成章主持了计生委全面工作。也是方宏达运气不错，外加他工作也努力，一主持工作就拿到全省计生工作红旗，赢得郭东南的信任，又有周时势在后面撑着，这次扶正应该没有太大的问题。

这么浮想着的时候，方宏达不免暗自兴奋起来。他瞧了瞧窗外不远处计生委那座由张思仁主管负责，建设了三年多才封顶的办公楼，又喝了一口已经变温的茶水，伸手在有些发热的两腮上搓了搓，好像要平抑一下内心的激动似的。最后方宏达的眼光落回到眼前的办公桌上。这是一张深褚色的红木老板桌，宽阔的桌面上一尘不染，一只白色电话机静静地卧着，像一只乖乖地期待着主人青睐和爱抚的小猫。方宏达的心头不觉生出一份焦虑，心想这只电话怎么哑巴一样还不响起来呢？方宏达甚至把话筒拿到耳边听了听，里面的信号清楚得很，这才放心地把话筒又放了回去。

过一阵子，方宏达又不安起来，担心周时势忘了自己的电话号码。忘了电话号码，还有手机号码呀，他总不会把两个号码一齐忘掉吧？方宏达又从腰上把手机拿出来检查了一下，信号有四格，电池也是昨晚特意充好的，都没问题，这才放心地摆到了桌上。有了双保险就误不了事。

又过去了一个世纪，电话才突然响了起来。这一下方宏达相反不急了，目光停在震动着的电话机上，好一会儿没伸出手去。方宏达曾列席过几次有计划生育工作议题的常委扩大会议，每次都要超时，方宏达想今天的常委会大概也不会散得太早。那么该会是谁呢？方宏达满脑子装的是常委会，一时也想不出这个时候还会有谁给他来电话。

不想还偏偏是周时势打来的。

周时势说，方宏达吧？我就估计你还没下班。方宏达没法掩饰内心的急切，赶紧说，周书记研究得怎么样了？周时势说，咳，每次常委会议题都排得满满的，尤其是牵涉到人事，大家意见不好统一，拖的时间更长，你看研究了一下午，还没研究到你的头上来呢。

方宏达的一口气就堵在胸前，着急地问道，我的事就这么搁下了？周时势说，晚上八点还要继续开会。方宏达说，那晚上我再听您的电话？周时势说，行行，晚上开完会后我给你家里打电话，你等着。

二

晚上吃了饭，方宏达哪里也不去，守在电话机旁死等，虽然他很清楚常委会没过十二点是根本不可能结束的。把电视机音量开到最小，生怕接电话时听不清楚。之间有人打了两个电话进来。平时哪怕电话机响得散了架，方宏达也难得去拿电话机，常常是夫人侯玉秀和儿子去接电话。可今天晚上电话铃一响，方宏达就仿佛猫突然发现了老鼠一样猛地蹦过去，把话筒牢牢抓在手上。周时势当然不会这么早就来电话，都是侯玉秀单位同事打来的，找她说些单位的烂事。方宏达就有些烦，说侯玉秀道，你单位的人也是，有什么事不到单位里去说，打什么电话啰？侯玉秀反驳道，人家打来的电话，又不要你出电话费，你着什么急？

后来正在读高一的儿子打电话问同学题目，由于多说了几句，方宏达也在一边大发雷霆，吓得儿子舌头伸得老长，忙扔掉话筒，躲进房里。侯玉秀心疼儿子，也看不惯方宏达的作派，咬着牙骂道，你看你急的，一副官迷嘴脸！九点都还没到，人家的常委会才开始呢，就怕你那狗屁主任当不上了？

侯玉秀的话音还没落，有人敲响了房门。方宏达心里老大不高兴，嘀咕道，今晚到底是出了什么鬼？想安安静静坐一会儿，不是电话乱响，就是有人敲门。走过去趴在猫眼上瞄了瞄，认出是河口县计生委的邓主任，这才把门打开。

邓主任边进屋边说，方主任您好像是专门在家里等我的，我还怕您不在家呢。方宏达有些不快，心里想，你好大面子，我要专门在家里等着你。嘴上却说，邓主任大驾光临，我敢不老老实实守在家里吗？

说着就去关门，不想后面又蹿出一个人来，一看是邓主任手下的计划统计股袁股长，手上还提着两个麻袋。方宏达暗想，不是两袋木炭吧，这样就惨了，现在城里早用上了管道煤气，冬天烤火也烧的是电，谁还用木炭？不过方宏达很清楚，现在搞计划生育工作的人常常上蹿下跳，跑关系，跑领导，都贼精贼精一个，邓主任才不会这么不开窍呢。

果然袁股长将两个麻袋弄进厨房后，就听他给跟进去的侯玉秀交代，一只麻袋里是四只土鸡，得把鸡扯出来，不然会捂死，这鸡是乡下老百姓喂的吃野食长大的，没吃过一粒激素；另一只麻袋里也是从乡下收集来的干笋和腊肉，叫做绿色食品，城里没有的。

方宏达不去管厨房里的事，陪邓主任说话。方宏达当然知道邓主任的来意。前不久全市计生工作目标管理考核检查，河口县好几项指标都没达标，县委县政府急得不得了，当着方宏达带的检查组的面，狠狠地批评了县计生委邓主任一通，当时方宏达就知道，邓主任迟早会上来说情的。

方宏达这么思忖着，便听邓主任试探着问道，方主任最近忙不？还没给县乡排队吧？方宏达说，河口有两个乡镇还不错，名次可能会往前靠一点，至于河口县恐怕不可能排到前面去哟。邓主任很有自知之明地说，这我知道，今年河口县是没资格进入红旗单位了，但方主任也要考虑河口县的特殊困难，至少先进单位还是给搞一个吧？如果红旗先进都不沾点边儿，那我就惨了。

邓主任说的红旗和先进，外人是听不出什么区别的，这是计生部门的行话。每年的考核检查完毕后，市里都要按县区和乡镇两个口径排名，排在前三名的县区或乡镇属于红旗单位，发锦旗，给重奖；三名之后也要给个先进单位，发奖状，给一定奖金；只有最后两到三名，什么也不是，既无奖金也无锦旗和奖状。排完名后，要召开全市计划生育工作大会，全市各县乡主要领导都来参加，由市委书记市长亲自给县区委书记县区长和乡镇领导颁奖。计划生育工作也不是那么容易做的，能得红旗当然很荣耀，得不到红旗能做先进也高兴，如果什么也得不到，就等于是惩罚了，脸上便很不光彩。所以每年为争红旗和保先进，一到要排名的时候，县乡计生部门甚至主要领导就会纷纷出动，来找市计生委或分管计生工作的市领导说情，搞得市计生委车水马龙，相关人员家里很是热闹。

这天晚上方宏达也是心里挂着周时势的电话，不愿跟邓主任久磨，强调了几句客观困难后，就答应尽量争取将河口县往先进这一档上靠。见方宏达松了口，邓主任的目的就达到了，于是喊上袁股长，出了门。方宏达只送到门口，望着他们转过楼角，便关上门，回到电话机旁。就瞥见邓主任坐过的沙发上放着一个信封，方宏达就在心里无声地说，这个邓主任，事情做得真老道。

过一阵子，侯玉秀和儿子便各自睡下，把方宏达一个人留在客厅里。只有电视还开着，方宏达拿起遥控器，叭一声就把它关掉了。

客厅里突然安静下来，墙上的石英钟响得格外清脆。方宏达抬头一瞧，已经到快十一点了。心想这个常委会至少还得开上个把小时，他实在没法再这么熬下去，就揣上手机出了家门。楼下有摆出租摩托的，便爬上一部摩托，三分钟不到，飙到了市委大院。抬头一望，市委办公大楼三楼的常委会议室灯火通明，方宏达就知道常委会开得正热烈，说不准此时就在研究自己的事呢。

头上的副字戴了多年了，自己要能力有能力，要政绩有政绩，主持计生委工作期间事事不在人后，这些都是有目共睹的，常委们心中个个都很清楚，那么今晚去掉副字，修成正果，应该不在话下。可方宏达心里还是有些不踏实，他在官场混得久了，知道如今的官帽一定要戴到了头上，才算得数，半路杀出个程咬金的事，也不是完全没有可能。

这么一想，方宏达全身都收紧了。不自觉地在身上摸摸，掏出一包烟来，点上一支。边抽边在地上徘徊起来，巴望三楼的常委会快点结束，也好早知结果，将一颗悬着的心放下去。

也许是方宏达嘴上的烟头闪着火花，正在远处巡视的几个保安便向他走了过来。近一段时间，市委大院里已经有好几位妇女的耳环和项链被抢，搞得大院里的干部群众心惊胆颤，意见都提到了市委书记郭东南那里，说连市委大院都没有一个安全的角落，共产党还怎么代表广大人民群众的利益？郭东南于是责令市委办，立即到保安公司请来十多个保安队员，昼夜巡逻，绝不让劫案再度发生。

保安人员也不认得方宏达是谁，围住他就是一番盘问，要他拿身份证出来看看。方宏达就是楚南市人，平时也没几个不认识的，身上揣个身份证，不是放屁脱裤么？他当然拿不出身份证，便向保安解释说自己是计生委副主任，到大院里来办点事。保安人员横竖不信，说这里又没有计生对象，何况深夜十二点多了，办事也没谁选这么个时候来办。一边说一边来扯方宏达，要他到保安值班室走一趟。

正在急处，市委大楼前的大门晃了一下，有人走了出来。方宏达就忙对保安说，喊住那个人，他肯定认识我。

这一招还真管用，有个保安就走过去，问那人认不认得方宏达。那是常委值班室的秘书，还真认识方宏达，跟保安一说，保安这才放了人，到别处巡逻去了。方宏达给那秘书递上一支烟，感谢他救了急。秘书说，方主任这个时候还在这里？方宏达掩饰道，一个朋友约打麻将，刚散的火，不想被保安逮住了。

“这些保安蛮负责的。”那秘书笑笑，问道，手气怎么样？方宏达说，还行吧，赢了三百多元。秘书说，行呀，比我们值一个晚上的班拿二十元值班费强多了，有空请客哟。方宏达忙说，请客请客，你定个时间。秘书说，改日吧，今晚还有点事，失陪了。方宏达说，你忙去吧，我撒泡尿就走。还一边装着个要撒尿的样子，往旁边的塔松走去，一边说，在这里撒泡尿，保安不会来抓吧？秘书笑道，当然不会，撒泡尿不影响社会治安。

本来方宏达这是做给秘书瞧的，免得人家见他老待在这里不走起猜疑。谁知到了树下，还真的有了尿意，原来今晚一心牵挂着常委会，已经好几个小时没想起松裤头了。于是飞流直下，一泄千里。痛痛快快撒完，又摇头摆尾连打两个尿颤，这才缓过劲来。

再回首，三楼常委会灯光已熄，接着大楼门口就有了人影。

方宏达忙往一旁的塔松下一躲，鼓着双眼紧紧盯着那道大门，那样子就像电影里的侦察兵。就发现最先从里面走出来的是书记郭东南，接着是市委副书记市长何向前，分管党群的副书记钟守春，管意识形态和计生工作的副书记周时势，以下便是纪委书记，常务副市长，组织部长，宣传部长，政法委书记，等等，官场中人一看就明白，这跟常委排名的先后次序完全相符，仿佛他们是走向万人大会的主席台，而不是面对空无一人的茫茫夜色。

方宏达知道，领导们这么依次往外走时，也许并不是有意为之，也不是有秘书在一旁安排和引导，而是因为他们在各种场合都遵循着这个秩序，习惯成为自然，无论在什么时候，每人的行为自觉不自觉受到了这个秩序的规范。

方宏达当然不好直接冲过去拦截周时势，而是掏出手机，拨了他的电话。周时势就停下来接电话，问你是谁？方宏达说，我是方宏达，就在您的眼皮底下。

周时势就抬了头茫然四顾，却什么也没发现。方宏达见别的领导已经走了过去，才从塔松下面钻出来，轻声喊道，周书记，我在这里呢。周时势也看见了方宏达，忙走过来，把他重新推到塔松下面，压低声音说，情况突然发生变化，定了张思仁。

方宏达眼前一花，差点儿就缩到了地上。

周时势在方宏达背上扶了一把，摇摇头说，我也没意识到会是这样的结局，本来都是说好了的。又说，具体情况几句话也没法说清，以后我再跟你详说吧。

三

张思仁的任命很快就行了文。

在市委组织部下来宣布张思仁任命文件之前的这段日子里，方宏达的处境有些不尴不尬。表面上他还主持着计生委的全面工作，实际上大家都清楚，他这个主持人已是兔子尾巴长不了了。在计生委广大干部职工的想象里，方宏达转正做主任应该是坛子里摸乌龟，手到便拿的事，谁知竟被张思仁捷足先登，大家都有些愕然。也是为了表示对方宏达的同情，或是不使他感到过于冷落，有些科长还照常到他办公室去请示工作。这更让方宏达左右不是人，表态嘛，他的话已经不起作用，不表态嘛，又显得他太没出息。

最恼火的还是失眠。方宏达一向睡眠极好，上床没几分钟就能猪一样睡死过去。可现在不行了，躺在床上，上眼皮和下眼皮像仇人一样，总扯不到一起。他思前想后，不知什么地方出了差错，竟会是这样的结局。

凭心而论，张思仁大学一毕业就分配在计生委工作，又在计划统计科当了许多年科长，业务上是把好手。但他的资历没有方宏达深，威望没方宏达高，而且方宏达还主持了近一年的工作，把楚南市的计划生育搞得像模像样。怎么到了这个节骨眼上出了变故？是自己工作上的失误，还是别的方面出了问题？方宏达一向谨慎，自认为多年来，并没有什么把柄握在人家手里。

方宏达越想越不得要领，脑子里全是浆糊。身上也就燥热难耐，在床上转辗反侧着，竟把熟睡中的侯玉秀也搅醒了。侯玉秀迷迷糊糊道，几点了？伸出手臂去搂方宏达。方宏达没有情绪，捞开侯玉秀的手，抱着枕头爬到了另一头。

侯玉秀有意见了，嘀咕道，你有毛病是不是！

因为晚上没休息好，白天方宏达就觉得脑袋昏沉，意识模糊，看人的时候老把一个人当成两个人。计划统计科长杨青玉走进他的办公室时，他也好像看到了两个杨青玉。杨青玉像不知张思仁要做主任似的，还来问方宏达，委务会什么时候召开。

方宏达知道杨青玉这是客气，表示她还把方宏达当工作主持人看待，并不是真的来问事。方宏达就说，别急，急什么呢？杨青玉说，最好是快点定下来，县乡领导急于听到结果，天天往我家里和办公室打电话。

杨青玉刚出去，宣传站李支农进来了。他一进门就将手上的花名册摊开来，要方宏达签字。方宏达说，签什么字？李支农说，那天上街搞宣传，大家都很辛苦，发点小补助，表示个小意思。方宏达先签了字，同时瞥一眼花名册，说，一天就 200 元，还是小意思？以后我们不待办公室了，天天上街。

接了钱，方宏达又问，你这钱从哪里出？李支农拿回花名册，说，这钱不要委里出，从我站里的宣传专项费里开支。

后来连张思仁也进了方宏达办公室。

方宏达身上就像爬了根毛毛虫似的有些不舒服。但不舒服归不舒服，方宏达的屁股还是不由自主地抬高了，弯着腰给张思仁让坐。

人也是怪，过去两人虽然都是副主任，但方宏达名字排前，后来又主持了工作，在张思仁面前不知不觉就有一种居高临下的感觉，现在他的心态却完全变了个样，尽管张思仁的任命还没正式传达下来。

张思仁却好像什么事也没发生似的，用请示的口气对方宏达说，方主任，基建老板又来催基建款了，今天如果没有别的安排，我准备上审计局去一趟，看看办公大楼主体工程的审计结论出来没有。

过去张思仁用这种口气跟方宏达说话，方宏达也没觉得什么，今天却感到很别扭，赶紧说，没事没事，你忙去吧。

方宏达这么别扭了几天，市委组织部常务副部长吴早生坐着小车到了计生委。

在全委干部职工大会上，吴早生中气十足地宣布了张思仁的任命文件。

吴早生是组织部多年的常务副部长了。这个常务副部长的身份很特殊。组织部长都是异地为官，一般干个三到五年就会升迁，只有这个常务副部长是个地头蛇，在组织部里常务着不走。因此县区和市直各单位主要官员的情况，常务副部长往往比部长清楚得多，谁想挪个好窝，谁想有所进步，常务副部长的意见举足轻重，组织部长、党群副书记和市委书记三个人都会慎重考虑，也就是说常务副部长是组织部实际的当家人，或至少是半个当家人。

据说吴早生还是市委书记郭东南和管党群的副书记钟守春的亲信。有一段时间，周时势几个常委都对吴早生有想法，几次提建议说，吴早生在组织部干的时间太长了点，提了不少该提和不该提的干部，他自己也该进步了，是否到政协或人大任个副主席副主任什么的。但郭东南和钟守春不同意，说吴早生同志熟悉干部情况，暂时还不能离开组织部门，不过要让他进步也行，给他搞个助理巡视员吧。

郭东南一锤定音，钟守春在一旁附和，周时势他们再也吱声不得，只在心里恨恨地想，本是想让他明升暗降，交出权来，结果还让他白拣了便宜。原来助理巡视员和人大副主任政协副主席一样都是副师级待遇，吴早生级别上去了，同时还把着组织部，这样的好事有几个人能碰得到？

从此，楚南市的人对吴早生更是敬畏三分。

这天的干部职工大会结束后，吴早生并没立即离去，又召集几个党组成员碰了一下头。吴早生语重心长地说，计划生育是我们的基本国策啊，常委非常重视计生工作，对计生委的班子已经酝酿了许久了，经过多次研究，权衡各方面因素，最后才做出这个决定的。

说到这里，吴早生喝了一口水，继续说，这次组织上确定张思仁同志来挑这个大梁，主要是考虑到他人年轻，工作能力又强，多年来在计生部门里工作，做出了较大贡献。但在坐各位也功不可没啊。比如方宏达同志，就是在县里时计生工作干得突出才调到市里来的，前段时间主持委里全面工作也卓有成效。本来组织上曾考虑过，由方宏达同志来任主任的，后来常委多数人意见倾向于张思仁同志，这次才没有让方宏达同志做主任。不做主任，是革命分工不同而已，并不等于不挑大任嘛，还得给方宏达同志压压担子。我看这样吧，过去计生委除一把手兼书记外，也没设过副书记，这一次就破个例，让方宏达同志来任副书记，协助张思仁同志主持党组和委里工作。这也是郭书记他们几个主要领导同志的共同意见，我来之前他们特意交代过的。

方宏达觉得很滑稽，用这么个副书记的虚衔安抚他方宏达，不也太小看他了？但方宏达没说什么，听他们怎么安排。

吴早生走后，党组成员又留下来分了一下工。

张思仁提出让方宏达继续主管计划统计工作。方宏达知道张思仁这是给自己一个台阶下，便很自觉地说，计划统计工作向来就是一把手直管，我怎么还好意思分管呢？张思仁就采纳了方宏达的意见，自己直管计划统计工作，而把过去自己管的法规监督工作移交给了方宏达。

这个工作分配方案又在第二天的干部大会上作了宣布，然后几个党组成员和新分管的科室负责人进行衔接，计生委的工作格局就这样定了下来。

卸掉了头上这个工作主持人的头衔，虽然不免失意，但方宏达却顿时感到轻松起来。他在心里安慰自己道，少管事，少操心，清闲也是福啊。自然也没了过去的积极性，工作上只应付应付，无所用心。权轻了，办公室也比以前安静多了，用一句门前冷落鞍马稀的旧话来形容，不无恰当。

有时一个人在办公室待久了，不免无聊，方宏达就离桌出门，想到别的科室去走走，找人说句话什么的。

不觉得就到了计划统计科的门口。

猛然想起自己已经不再分管计划统计工作了，就要往后面缩。不想正拿着铅笔在一堆表格上划着什么的杨青玉发现了方宏达，忙叫住他。

杨青玉三十三四岁的样子，工作能力不错，在张德仁做计划统计科长时就是这个科的副科长，资历也算老的了。方宏达主持委里工作时，计划统计科长提拔到县里做了副县长。党组确定科长人选时，方宏达提出由杨青玉来做科长，好几个领导都反对，说杨青玉一个女人，在委里最重要的科室任正职，怕是难担大任。方宏达说，我看杨青玉在计划统计科做了那么多年副科长，好多事情包括电脑统计都是她一手操办，我不相信她只会做事，不会当科长。方宏达坚持，其他领导又拿不出过硬的理由否定，杨青玉最后还是做上了正科长。

方宏达进得统计科，杨青玉已放下手头的铅笔，过来给他倒了一杯热茶。方宏达说，也是习惯成自然，过去往你这里走得多了，不自觉又到了你门口。杨青玉说，这说明领导对计划统计工作有感情嘛。方宏达就笑道，对计划统计工作有感情是应该的，只要不对杨科长有感情就得了。

杨青玉的脸就红了一下，半嗔道，好哇，过去你分管计划统计科时，成天板着面孔，现在则反过来老没正经了。方宏达说，是呀，过去对工作也好，对你们科里的同志也好，的确是太认真了点，现在想来，那又何必呢？好啦，现在不管你们哪，大家可以随便些了。杨青玉说，你现在尽管不分管我们了，但工作上你还是要多指导指导。方宏达说，你们有一把手亲自指导，还轮得到我吗？

"还别说，我正在给各县排名呢。前面的好排，到了后面几名，一时还真不知该排哪些县为好。方主任你既然在这里，还真的要请你给我出点主意。"杨青玉说着，就要去拿表格。

方宏达知道给县里排名是最麻脑袋的事，容易得罪人。过去自己分管这事，没法回避，现在不分管了，谁头上没蚤子，还抓个蚤子放上去？便忙起身，逃出了计划统计科。

四

工作没以前当紧了，方宏达上起班来就有些松松垮垮的。这天他在去委里的路上碰上了两个熟人，多聊了一会儿，赶到计生委时已经九点多了。就见办公楼过道旁堆着一床被子，一男一女蹲在被子前。一眼瞥见方宏达，那男的就走过来，咚一声跪在方宏达前面，大声哭喊道，方主任您要为我做主啊！我冤枉啊！

方宏达就皱了皱眉，没好气地说，宁建军你又来闹，到底谁冤枉你了？

宁建军原是市建设局的一名副科长，因为头胎生的女儿，两年前在手续全无的情况下，强行生下第二胎，市纪委给了他双开，即开除干职和公职，并让计生委安排人，给他下岗在家的老婆做了结扎手术。二胎是个儿子，宁建军觉得双开和结扎老婆，没什么不值得的。偏偏老婆的结扎手术出了问题，伤口流脓，补做了几次引脓手术，将伤口掏了个无法长拢的酒杯大的洞，也没能把脓止住。宁建军就三天两头地带着老婆找市纪委和计生委，方宏达也不知这是第几次接待他们了。

方宏达让宁建军跪着，自己进了办公室。宁建军就赶忙站起身，跟着迈进门。方宏达虽然对宁建军有些厌烦，却也同情他的处境，不想对他过于冷酷，就说，宁建军，计生委对你老婆也算仁至义尽了，她住院做手术没要你出一分钱，还给了些营养补助，你还说冤枉。你要我们还能怎么样？

不想这回宁建军只字不提老婆手术的事，先从左边衣兜里掏出一个申请补办生育二胎准生证的报告，又从右边衣兜里拿出一把关于女儿是病残儿的医院证明材料，一齐放到方宏达的桌上。方宏达觉得好笑，说，你的事是早就有了定论的，这个时候还要补办什么二胎准生证，你不想想这有可能吗？宁建军说，当然有可能，人家当官的可以办二胎准生证，我却不可以办？你们不给我办也行，我连铺盖都搬来了，我和老婆就住在计生委不走了。方宏达说，当官的办二胎准生证的不是没有，我也承认，可人家手续齐全，合理合法。宁建军冷笑道，你敢保证当官的都合理合法？方宏达说，那你说谁不合理合法？

宁建军一字一顿道，吴早生。

吴早生确实是生了二胎。不过吴早生的二胎是到计生委来办了手续的，计生委的人都很清楚。吴早生的老婆是宁建军过去所在的市建设局的一名科长，十多年前她就给吴早生生下一个女儿。原来也没听说这个女儿有什么毛病，等到前年考上大学后，吴早生夫妇突然宣布说，女儿得了一样除了医生别人都说不来的怪病，据说这样的病随时都有生命危险，所以吴早生和老婆在省人民医院开了证明，到计生委来批了二胎指标，生下一个儿子。对此，建设局已有不少人给市纪委和计生委写过举报信，纪委还责成计生委认真复查过吴早生二胎指标的相关手续。原来吴早生这二胎指标是张思仁做计划统计科长时办的手续，具体经办人是当时的副科长杨青玉。后来张思仁提了副主任，分管法规监督科和纪检室，复查又由他牵头来搞，方宏达也不清楚具体情况，只在超生指标审查领导小组会上听张思仁宣读过复查结论，说是吴早生女儿病残证明材料属实，二胎审批手续齐全，是合法生育。接着张思仁又把这个结论报到市纪委，市纪委也表示认可，这事就成了定论，从此便不再有人举报。

不想今天宁建军吃饱了撑的，又把吴早生的事掀了出来，他也不想想他是谁，而吴早生是谁。因此，方宏达劝宁建军说，吴早生的事早就查过了，他的二胎有合法证明材料和各种相关合法手续，你怎么扳得倒他呢？宁建军大声说，还不是因为他是市委组织部常务副部长，否则早就跟我一样双开了。

宁建军话音没落，忽然门外进来两个保安，二话不说，架着宁建军就走。宁建军一边挣扎着，一边大喊大叫道，方宏达你狗日的，文的没理，来武的，你是共产党的官，还是国民党的官？方宏达我日你祖宗十八代！还没喊完，宁建军就被拖出了门。然后他的声音从楼道上渐渐小下去，办公楼里又恢复了宁静。

这两个保安也不知是谁叫来的，其实方宏达还想跟宁建军多说两句。这几天方宏达正找不到事情做，计生委好像已有一阵子没人上门吵闹了，还真让人感到有些寂寞。

望望大开着的办公室的门，方宏达莫名地有些不快。

后来他的目光落在了桌上宁建军留下的那堆纸片上。方宏达随便翻了翻，便一把抓到手上，出了门。只见宁建军老婆还呆呆地蹲在铺盖旁，方宏达把那把纸片塞到她手上，说，这些材料，你还是自己拿着吧。

杨青玉这个时候走了过来。杨青玉说，方主任，张主任请您到他办公室去一下。方宏达像没听清杨青玉的话似的，还在楼道上站着，没有任何表示。杨青玉还以为方宏达没听清他说的话，又重复了一遍。

方宏达这才迟疑着转过身，跟杨青玉去了张思仁办公室。

过去有什么事情，都是张思仁跑到方宏达办公室来向他请示，现在刚好倒了过来，要他上张思仁办公室去了，这多少让方宏达有些难于接受。但难于接受也要接受，这是官场上的游戏规则，谁都改变不了的。

好在方宏达进了张思仁的办公室后，张思仁很客气，立即站起身，亲自过来把椅子挪到了方宏达的屁股下面，这才让方宏达面子上稍稍好过了些。

两人坐定后，杨青玉就自觉走了出去，同时把门给轻轻带上了。

说了几句无关痛痒的客气话，张思仁便用一种随意的语气说，方主任刚才被宁建军缠住了吧？方宏达说，也没什么，搞计生工作的人，这样的事经历得还少吗？张思仁说，我看我们对他也不要过于迁就，以后少理睬他一些。方宏达说，是的，这样的人你越理他，他越觉得有味。

就这样将宁建军说了一阵，也不见张思仁还有别的什么事情，方宏达就试探着说，张主任没别的吩咐，那我走了。张思仁说，没事没事，是想跟老领导聊一聊。方宏达就起了身，说，什么老领导，如今你才是领导。

回到自己办公室，方宏达在桌边呆坐着，心想张思仁叫他过去，难道真如他所说，仅仅是想聊聊？方宏达摇摇头，觉得绝对没有这么简单。他琢磨了一下，莫非是吴早生的事还有什么蹊跷，张思仁害怕宁建军闹出什么麻烦来？可吴早生这事早已公开化了，有什么值得这么小心的呢？

方宏达正疑虑间，忽然手机响了，是周时势打来的。周时势说，宏达你到帝都来一下，给你介绍个朋友。方宏达说，什么朋友？周时势说，你来了就知道了。

赶到帝都，原来是省人口报的丛记者来了，方宏达也是认识的。周时势说，本来我们要开餐了，丛记者说没有你方主任在场，他不端杯。方宏达握住丛记者的手说，感谢丛大记者还记得我方某人。周时势说，口头感谢不行，得拿出行动来，敬丛记者三杯，今后楚南的计生工作还要靠丛记者多多鼓励。

方宏达就跟丛记者喝了三杯，席上的气氛一下子浓郁起来。

因为丛记者下午还要回省里去，酒至半酣就停下了。方宏达主动到巴台签了单，顺便要了两条大中华，塞进丛记者的包里。丛记者假意拦了拦，嘴上说，方主任你每次都这么客气，我又没为楚南的计生工作出过什么力气，真不好意思。方宏达说，楚南的计生工作过去您报道得多呢，今后还要继续关注哟。丛记者将包提到手上，点头说，那是那是。

送走丛记者，周时势对方宏达说，还有话要跟你说呢。

两人回到包厢后，周时势谨慎地往身后那道已经关上的门瞟了瞟，说，那天晚上的常委会最先是按原来的方案要通过你的，不想要表决时，钟守春提出了异议，对列席常委会议的吴早生说，组织部门详细考察过没有？除了方宏达，计生委还有没有更适合的人选？我正要替你说几句，不想吴早生先开口提了张思仁的名字，接着好几个常委都附和说张思仁人年轻，业务能力强，也是合适的人选。最后郭东南表态说，既然大家都觉得张思仁不错，我看就张思仁吧，方宏达同志以后再考虑。就这样定了张思仁，他的材料还是过后组织部门补办的。

听周时势如此说，方宏达一时吱声不得。郭东南、钟守春跟周时势之间的关系比较微妙，在楚南市干部中已不是什么秘密了。只是方宏达没想到，他竟然不知不觉夹在中间，成了牺牲品。

这时只听周时势又说道，宏达啊，这事怪我没处理好，是我错误估计了形势，看来张思仁后面的工作做得很到位，事前你我一点风声也不知道。

五

这一天是一个什么世界卫生组织活动日，市卫生局组织部分医院的医生走上街头，为市民义诊，街边坐了一排白衣白帽的医生护士，前边拼着条桌，上面摆了医疗器械和宣传资料，不少行人都停下来，让医生听诊或拿了资料翻看。

方宏达对这些街头风景向来没有多少兴致，所以从街边经过时，他只顾低了头走自己的路，并不怎么在意。这时忽然从人堆里走出一个人来，喊了声“方主任”。

方宏达驻足而瞧，是自己单位办公室熊主任，正站在人堆里，往下退着臂上那只挽得高高的袖口。方宏达说，熊主任你也在接受义诊？熊主任笑道，我从这里经过时还没几个人，是被医生扯过去的。反正是义诊，不要掏钱，顺便量了一下血压。方宏达说，怎么样？还正常吗？熊主任点头说，正常正常，正常得很哩。方主任你也诊一下吧？

“诊什么？没病没痛的。”方宏达说着，就要走开。

熊主任很热心，说，没病没痛也不妨诊一下，诊个放心嘛，这里的医生比在医院里热情得多，去享受一下在医院里享受不到的免费服务嘛，又耽误不了多少工夫。说着就将方宏达往人堆里扯。

方宏达不好拂了熊主任的盛情，只好随他挤进去，站到一位医生面前。

那医生刚打发走一个人，回头对方宏达亲切地说，先生有什么要咨询的？方宏达想，这里的医生果然比在医院里热情多了，看来听熊主任的没错。只是一时又想不出要咨询什么，便看看桌上的血压表，说，就给我量量血压吧。医生爽快地说声行，伸过手帮方宏达把衣袖撸上去，然后打开表盖，开始给方宏达量血压。

方宏达配合着医生，很快将血压量完。可医生没有立即说结果，问方宏达近来有什么异样感觉没有。方宏达摇摇头说，没什么异样感觉呀。医生说，工作上是不是有什么压力？方宏达笑道，有什么压力？成天喝茶看报纸，比你们当医生的可轻松多了。

医生不吱声了，皱皱眉，把目光从方宏达脸上移开。方宏达心头不觉就有些紧，小声问医生道，是不是高了？医生点点头说，有点偏高。方宏达说，多少？医生说 120 至 160。熊主任忙帮腔道，这个数是高了点，正常是 90 到 140。那医生对方宏达说，你最好到医院去仔细查查，适当开点药，或住院治疗一段。

方宏达向来身体不错，平时的生活和饮食习惯因为有侯玉秀，也算是讲究的，所以他不太相信自己会有高血压。但那个医生的话又不可不听，加上熊主任也说他，身体是革命的本钱，对身体负责就是对革命工作负责，切不可掉以轻心，第二天方宏达便跑到医院做了一番检查，果然血压有些偏高。给方宏达看病的瞿医生建议他住院治疗，他不同意，瞿医生没办法，只好开一大包药，让方宏达提了回去。

这个时候侯玉秀还没下班，方宏达把药往桌上一扔，坐在沙发上发了一阵呆。他搞不明白自己怎么得的高血压，莫非是没当上那个狗屁计生委主任，心情不畅引起的？如果是这样，你方宏达也太没出息了，这么一个小坎儿你都迈不过去。

正这么胡乱想着，侯玉秀下班回来了，见方宏达不声不响地缩在客厅里，觉得奇怪，说，今天太阳从西边出来了吧？竟然比我还先回家。

方宏达没理睬她，依然一动不动坐在沙发上。侯玉秀这时见到了桌上的药包，就打开瞧了瞧，疑惑地说，是你的药？这可都是治高血压的。又低头拿过药包里的病历单，翻了翻，一边又说道，你是什么时候有的高血压呢？怎么从没听你论过半句？不过现在发现也不为迟，只要按照医生的吩咐服药，是会很快降下去的。

侯玉秀是个心疼丈夫的好妻子，从此就把方宏达当做病人来服侍，天天督促他按时服药，还买了有关高血压方面的医疗书籍，吃喝拉撒严格按书上说的进行操作。生命诚可贵，方宏达自然也爱惜自己的命，跟侯玉秀配合得很默契。

就这样一个疗程下来，方宏达再去医院复查，血压得到控制，还稍稍有些下降。他很高兴，像是重新拣到一条命一样。晚上躺到床上，想起两个多月来，总担心身体吃不消，一心只顾治高血压，两夫妻也没好好亲热一下了，就搂过侯玉秀，想有所作为。谁知到了关键时刻，方宏达变得不中用起来，尝试了好几回都不得要领。最后方宏达泄气了，从侯玉秀身上撤下去，顿觉悲从中来。是呀，自己年纪并不大，怎么竟变成这个熊样？

好在侯玉秀并不怪罪方宏达，安慰他说，你的病还没全好，身体受到影响，也是正常现象，过一段就会好起来的。

其实侯玉秀嘴上安慰方宏达，心里却比他还急，四处打听治男人这病的良方妙药，还准备托人去买正宗的伟哥。但侯玉秀究竟是有知识的女性，最后她想到了医院，找到给方宏达看过病的瞿医生，把丈夫的情况说了说。瞿医生笑道，这是吃降压药造成的，以后停了药，或药量减少了，自然就会恢复的。

这样侯玉秀才放了心，回家跟方宏达一说，方宏达那压抑的心情才稍稍缓解了些。但方宏达并不糊涂，他慢慢便意识到，高血压也好，那不好说出口的病也好，除了身体不如从前之外，还有别的原因。

不知怎么的，方宏达患高血压的事很快在委里传开了，大家一见到他就问长问短的，纷纷给他提供医治高血压的良药和偏方，告诉他饮食起居该注意的事项。或者安慰他，高血压也没什么可怕的，生活规律点，情绪放松点，再加上适当的药物治疗，自然就会稳定下来。或者提醒他，工作上的事不要太在乎，工作是国家的，身体是自己的，留得青山在，不怕没柴烧嘛，如果只顾工作，不顾身体，不免得不偿失。

开始方宏达仅仅把这些当做对他的关心，没有往别处想。这些话听得多了，他慢慢从中觉出了一份别样的意味，看出了某些人的用心，心里不免有些窝火。

后来连张思仁也对他关心起来，走进他的办公室。张思仁开始并没提及他的高血压，而是转弯抹角地问了些工作上的事情，还就办公楼基建的事征求方宏达的意见。方宏达说，基建上的事，过去一直是张主任你在具体抓，我对情况也不太了解，你该怎么办还怎么办吧，我不会有什么意见。

张思仁就做出一副感激的样子，说道，难得方主任这么理解，基建向来是费力不讨好的事，这两三年我被这个基建拖得喘不过气来，也想早点有个了结，一是让大家尽快乔迁，二是御下担子，全心投入业务工作。方宏达点头道，张主任为基建的事呕心沥血，现已大功告成，大家跟我一样，心里是有数的。张思仁说，能有方主任这句话，我张思仁足矣。

聊了一阵，张思仁又像忽然想起什么似的，亲切地望着方宏达，说，听说方主任近来身体有些欠佳？我也是只顾忙工作，没顾得上过问方主任，多有得罪。方宏达轻描淡写地说，也没什么，就是血压有些偏高，医生说了，没什么大不了的，饮食注意点，吃几片降压药，血压就会下去的。

张思仁松了口气，点头说，这就好，这就好，不然我还放心不下哩。方宏达说，人上了年纪，身上有点小毛病也很正常嘛。张思仁笑道，方主任四十出头，上什么年纪啰？我们上下可差不了两岁。

方宏达当然非常清楚张思仁的年龄，如今提到干部使用提拔时不是常说，年龄是个宝，文凭不可少吗？同僚之间，谁对谁的年龄还不是了如指掌？但方宏达还是明知故问道，张主任还没到四十吧？张思仁说，进四十了。方宏达说，正当年富力强啊。张思仁说，彼此彼此，我们是同龄人嘛。

说到这里，张思仁站了起来，准备离去。同时关切地说，方主任你这毛病虽然不算什么，但还是要多加保重，好自为之，该休息就休息，该住院就住院，反正工作是干不完的。

方宏达也站起来，说，张主任放心，还没那么严重呢。张思仁说，那是的，不过工作上你也不要太辛苦，你管的那块需要其他班子成员分担点什么，提出来我们会认真考虑的，或者让科室多操些心，你呢还是为自己的身体多注点意。方宏达说，感谢张主任的关怀，工作本来就不重，还对付得了。张思仁说，这我心里就踏实了。

张思仁走后，方宏达在椅子上闷坐着，感到很不是滋味。怪只怪自己的身体不争气，偏偏这个时候出了问题。不免要迁怒于熊主任，肯定是他把那天在街上量血压的事传了出去，才给了张思仁他们同情关心自己的借口。方宏达拿起电话，想把熊主任叫过来训他几句，可想想，这又有什么必要呢？便把电话放下了，在办公室里出了一会儿神。

这天方宏达在街上买了两条烟，夹到衣服里面，又去了医院。他找到那位给自己看病的瞿医生，趁一旁没人，把烟塞进他的抽屉。瞿医生是见惯了这些伎俩的，也不见怪，只是说，你这是干什么嘛？方宏达说，我想让你给我开一张诊断书。瞿医生说，那天不是给你写过了吗？方宏达说，那天是那天的，今天想让你写张我的血压已经正常的诊断书。

瞿医生不解，说，你的高血压才搞了一个疗程，明明还没降下去，我怎么好开已经正常的诊断书呢？方宏达只好说，单位里的人一听说我得了高血压，问长问短的太多，我难得搭腔，你给一纸诊断书，说明我的血压已经正常，好给我省去许多麻烦。瞿医生疑惑地说，有这个必要吗？方宏达说，有这个必要。

瞿医生没法，只好看在那两条烟的份上，给方宏达写了一纸假诊断书。

这天方宏达批完机要员送来的文件后，有意把那纸诊断书放进了文件夹里。下午机要员就来取走了文件夹。第二天机要员清理文件时，发现了诊断书，给方宏达送回来，说，方主任这不是你的诊断书吗？怎么到文件夹里去了？

方宏达拿过诊断书，故意瞧瞧，装糊涂道，真有这事？怪不得昨天上午还见过这张纸片的，下午却不知哪去了。机要员说，你可能是批过文件后，不小心夹进了文件里。方宏达说，可能是这么回事。机要员说，我看医生在诊断书上说得非常明白，你的血压已经趋于正常，这可是大好事啊。

方宏达把诊断书随意往桌边的报纸堆上一搁，用不经意的口吻说，有病没病都是医生的一句话，信不得那么多。机要员说，有病没病不听医生的还听谁的？这就好比结了婚可不可以生孩子，给不给准生证，全凭我们计生委说了算一样。方宏达说，这可是两码事哟。

没两天，全委的人就都知道方宏达的高血压降了下来，已没什么问题。大家尽管不太相信高血压这么容易降下去，但碰上方宏达后，也就不再就他的高血压问题，问长问短了。

六

这段时间张思仁在计生委待的时间很少，去得最多的地方是审计局，不久计生委办公大楼主体工程的审计结论就下了下来。

办公大楼就建在计生委院子内，地皮是不要出钱的，造价应该不会太高，不想一千二百多平方米的建筑面积竟然超过了一千五百万元。这在楚南市这么个穷地方已算是天价了，全委上下一片哗然。要知道，办公楼始建之初，由于资金缺口大，除了向银行贷款外，还动员委里职工每人集资两万元，并说好三年后还本付息，现在期限已经过去大半年，基建已将计生委的老底子完全掏空，银行的债务也像下雨背稻草，越背越重，哪里还有可能偿还职上的集资款?

大家于是忧心忡忡，说的话自然特别难听。有的说，办公大楼的工程承建老板是市委主要领导介绍来的，那领导早就给审计局打了招呼，所以才把价格审得这么高。有的说，张思仁在基建老板那里拿了不少钱去送领导，基建老板不可能自己从腰包里掏钱出来给张思仁，自然只能从基建工程里打主意。有的说，不建这个办公大楼，张思仁哪里当得到这个主任，这一回常委领导可被张思仁喂饱了。还有的说，张思仁拿着基建款搞了什么名堂我们不管，但他如果老拖着我们的集资款不还，我们叫他这个主任做不安宁。

议论终归是议论，没有谁拿得出确凿证据，也就不可能将张思仁怎么样。有人就跑到方宏达这里来，怂恿他说，计生委的钱又不是他张思仁的，是我们一分一角收罚款收上来的，这三年我们不领奖金，不拿补助，还交了两万元集资款，这些钱都被张思仁这么搞掉了，我们心里不平衡啊！计生委里，张思仁也就畏你方主任三分，基建的事你怕要出面管一管了。

方宏达心里清楚得很，如今什么基建工程都有猫腻，这几乎已是公开的秘密。搞工程的人一个个都是人精，工程还没开始，发包方和承建方就打了联手，最后连审计那里也会串通好，是不会轻易留下什么把柄的，而且还会买通大权在握的领导，万一出了纰漏，领导在上面将保护伞一撑，那更是水泼不进。

方宏达不傻，他才不会管这样的闲事，以引火烧身。他于是对游说他的人说，基建工程是前任主任在计生委时拍板搞起来的，党组开会定了张思仁具体负责，三年多来我从没插过手，你叫我怎么去管？

后来连离退休老干部们也结伙儿找到方宏达这里来了。牵头的是多年前退休的老主任。龚老主任说，方主任啊，张思仁这样搞太不得人心，这样下去计生委非垮不可的。

在龚老主任他们面前，方宏达也不好说张思仁的什么，只得说，张思仁同志政策水平高，一向处事得体，不会在基建上有什么违纪行为吧？龚老主任说，你这个时候还要给张思仁说话，我们感到很失望。好吧，方主任你不管，我们找市委领导去。方宏达忙摇手道，龚老主任，你们千万不要惊动上面，这样对计生委影响就不好了。龚老主任说，他张思仁胡来影响就好？说着挥挥手，带着同来的老同志出了门。

这伙人刚走，办公室熊主任来通知方宏达参加委务会。方宏达连忙离开了办公室，生怕又有人找上门，来说张思仁这事。

赶到会议室，张思仁和其他委领导以及相关科室的负责人都已到场。方宏达落座后，张思仁就宣布开会。张思仁先说了几句办公大楼的事。他说，现在委里很多人包括离退休老同志，对办公大楼造价意见不少，这我也能够理解，不过我这里公开表态，大家可以去查基建档案，从签第一个合同开始，一直到施工到验收到审计结论，资料都非常详细，如果我张思仁在工程上得了什么好处，可以查处我。

说到这里，张思仁停顿了一下，望望在座与会人员，继续道，普通群众和离退休老同志猜疑起哄，那是正常现象，但在座的委领导和中层干部最好先搞清了情况再说话，不要人云亦云，跟着瞎掺和。

一旁的方宏达听得出，张思仁是冲着他来的，因为这几天职工和离退休老同志找得最多的就是他。但方宏达不想和张思仁交锋，免得有人误以为他当不上主任，故意和张思仁抬杠。

张思仁发过一通议论后，见没有谁吱声，自觉多说也没多少意思，便转入会议正题。他说，今天会议主要是根据前段在下面检查考核情况，给上年县乡计生工作排排队。先由负责拉总的计划统计科长杨青玉同志汇报，大家再发表意思。

杨青玉于是给大家汇报了有关情况和几组数据，以及他们科里关于给县乡排队的初步方案。给乡镇排队容易，全市一百多个乡镇，排几十个红旗单位和先进单位，余下的虽然还有二十多个，却并不显眼，大家没觉得有什么不妥，很快就通过了。令人头疼的是十三个县市区的取舍。前三名为红旗单位，这有硬指标摆在那里，好掌握。中间是先进单位，模棱两可，也好敷衍。难的是让哪三个县区出局，对此大家意见难得统一。

按计划统计科的初步意见，河口、东江、大坳三个县排在最后，可杨青玉刚说出这三个县的名字，就有人出面予以了否定。先是考察东江县的一位副主任站出来，陈述了一大堆理由，说是东江哪方面搞得有特色，哪方面比其他县好，不让东江县拿先进，实在太不合理。

张思仁心里清楚，东江县的人肯定给这位副主任下足了料，便要否定他的意见。不想张思仁才说了两句，那位副主任就起了高腔，额上的青筋一突一突的。杨青玉不想把事情搞僵，就劝张思仁，将东江放进先进行列算了。张思仁没法，只得默许了。

接下来方宏达提出了不同意见。他说，东江和大坳我不清楚，但河口是我下去考察的，他们的计划生育工作确有许多不足之处，但那是一个山区县，天高皇帝远，居住很分散，县里已经尽到了最大努力，能做到目前这一步，已经很不错了。我的印象，前年他们的工作还没达到去年的水平，我们还把他们列入了先进，去年他们的工作有了非常可贵的起色，还让他们出了局，这就会挫伤人家积极性。

方宏达管了好一段计划统计工作，掌握全面情况，而且他刚刚交出主持人的交椅，张思仁自然不好拂他的意，这个面子不给他，也说不过去，当即表态说，方主任说的也不无道理，那就把河口列入先进吧。

大坳是张思仁自己考察的，大坳县的人也多次找过他，张思仁一直没松口。他知道如果自己考察的几个县区没下去一个，别考察的是下去不了的，也就有意要让大坳出局。现在连河口和东江都成了先进，委屈大坳也多有不妥，让大坳也进了先进。

这样一来，后来召开全市计划生育工作会议时，十三个县区便不分好歹都做了红旗和先进单位，受到市委市政府的表彰。

这本来是皆大欢喜的好事，不想有两个县的县委书记有了意见。那两个县的计划生育工作比较突出，原是有希望进入红旗单位的，结果却被刷了下来，心里本来就气，现在见河口几个计划生育工作一塌糊涂的县区跟自己一样也是先进，心里就更不平衡了，于是找到颁奖人市委书记郭东南和市长何向前，把刚从台上领下来的奖状和奖金退给了他俩。

这事一下子传开了，没有意见或有意见已忍下了的县区，也纷纷跑到郭东南和何向前那里去发牢骚。郭东南开始还不知其中原委，一时懵在那里，后来搞清了事情的来龙去脉，就气不打一处出，找来张思仁和杨青玉，一顿臭骂道，这样的小事都没处理好，你们还待在计生委干什么？张思仁你先给我停职反省半年！还有杨青玉，有什么意思还留在计划统计科？计生委难道却没有能做事的人了！

张思仁低着头，一副洗耳恭听的样子。他一个大男人，领导的批评又听得多，自然能够承受。杨青玉还从没受过这样的责骂，当时就委屈得流下了眼泪。

一般来说，领导遇到不满意的事，火发过了也就发过了，事后不会太去计较的。你不是领导的人，领导还懒得对你发火呢。不想这次郭东南还当了真，会后非要张思仁就此事给个交代不可。张思仁于是带着杨青玉多次去找郭东南做检讨。郭东南不理睬他俩，很不耐烦地说道，你们不要找我了，我这么忙，哪有时间跟你们啰唆！

张思仁和杨青玉就有些垂头丧气，像刚死了娘一样。张思仁对杨青玉说，青玉啊，这事我们真的办砸了，看样子老头子这回不会善罢干休了。

事后郭东南给张思仁打电话说，下次你要来做检讨就你自己来，不要带着杨青玉。张思仁明白郭东南的意思，领导是有话要跟他说，当天下午就一个人跑到了郭东南那里。

此时郭东南正兴致勃勃地在宣纸上笔走龙蛇，张思仁进门后，他连头也没抬，继续全神贯注于笔端。为不影响领导雅兴，张思仁站在门口不动了。直到郭东南书成，对着宣纸凝神自赏起来，他这才走过去，一边鼓掌，一边瞄着纸上“阳光娱乐城”几个字，惊喜道，郭书记的墨宝太传神了，今天算我运气不错，得以先睹为快。

郭东南放下手中狼毫，目光却依然不肯挪离宣纸，自谦道，一个私人业主建了一座娱乐城，多次托人找我给题个字，我哪有工夫弄这玩意儿？可考虑到发展私营经济是市委市政府经济工作的重心，我们总不能只喊口号，没一点实际行动吧？为了表示市委的姿态，今天特意抽空抹了几笔，不过涂鸭而已，有辱斯文啊。张思仁说，郭书记这等上品，还说是涂鸭，那我们这些人哪个还敢提笔写字？

闲聊了一会儿，郭东南言归正传，对张思仁说，思仁哪，前次给各县乡排队是谁出的主意啊？张思仁说，是委务会上集体定的。郭东南说，这我清楚，你们肯定会在委务会上通过一下，我是说是谁做的初步方案。张思仁不知郭东南问这话的用意何在，只得如实说，是杨青玉做的方案。郭东南点点头说，我猜也是她做的方案。

郭东南也就点到为止，没再多说什么，眼睛盯着桌上的字，说，思仁来帮帮忙，给我把这幅字挪到地上。

从郭东南那里出来后，张思仁仔细琢磨了一下，才领会了郭东南的意思。他是要你换掉杨青玉。张思仁想想也有道理，杨青玉是方宏达提拔起来的，自然不会为他张思仁卖力，再让杨青玉待在身边，是要坏大事的。可真要换掉杨青玉，张思仁还有些顾虑，除了计划统计科长按惯例都是提拔对象不说，杨青玉在这个科里待的时间长，知道的情况那么多，轻易把她挪开，没有一个让她满意的安排，终究不太妥当。

不过张思仁就是张思仁，他很快就有了一个两全的主意。

原来计生委一直没有单设工会主席，由一名副主任兼任，而按外单位的做法，工会主席是可配专人的，可以享受副团级待遇。张思仁想，何不把这个工会主席的帽子挪过来，戴到杨青玉的头上？一方面可让她腾出计划统计科长的位置来，另一方面也算是提拔了她，好把她的心稳住，免得生事。

只是委里要增加一个副处的帽子，市委组织部不增加职数是不行的，张思仁就找到郭东南，汇报了自己的想法，郭东南觉得这是一个两全其美的好点子，于是跟组织部打一声招呼，立即给计生委配了一个副处的职数。

有了这个副处职数，张思仁便回过头来找杨青玉，对她说，杨科长，市委领导为了体现对计生工作的关心和重视，最近给了计生委一个副处的职数，用来配备一个专职工会主席。我想来想去，如果直接将你提拔为副主任，也不知几时条件才能成熟，你是不是先到工会主席位置上过渡一下再说？

杨青玉一时也没明白张思仁的真实想法，只好把这看成是他对自己的关怀。何况张思仁说的也是事实，要想在近两年内把副主任的帽子戴到自己头上，的确不太现实，待遇先上去也好。于是就答应了张思仁。

杨青玉工会主席的任命很快就下来了。一下子成了副处级干部，杨青玉好像还感到比较满足似的。至于计划统计科长人选，张思仁心中早就有了谱。宣教站的李支农是郭东南的远房亲戚，前一段他往郭东南那里跑得格外勤快，郭东南要张思仁把杨青玉挪开，其意图自然是癞子头上的蚤子，明摆在那里的。

就这样，张思仁顺水推舟，让李支农做了计划统计科长。

对张思仁的良苦用心，一旁的方宏达最清楚。他佩服张思仁的心计，这样做可谓一举数得啊。但方宏达没去点破他，见了杨青玉，也不好说什么，只开玩笑说，杨大主席，你真是少年得志啊，年纪轻轻就是团级干部了。杨青玉说，我这个团级算什么？虚职而已。

话虽这么说，杨青玉脸上却还是有几分得意。方宏达心想，杨青玉也不傻，莫非她却一点没看出张思仁的用意？

七

杨青玉任命工会主席的那个周末，河口县计生委邓主任带着计划统计股袁股长到了市里。

前一次市计生委把河口县列入先进单位，很给了邓主任面子，也很给了河口县委县政府的面子，从而让邓主任保住了计生委主任的官帽，他心中也就感激不尽，特意上来感谢市计生委的领导。

这回邓主任和袁股长不再送土鸡土特产，而是提了两罐高级进口奶粉。红包也是少不了的，七八百或千来块一个，根据委领导官帽大小和位置主次的不同而有所区别。两个人先找了张思仁，接着叩开了方宏达的家门。开门的是方宏达的夫人侯玉秀。一见邓主任两个手上提着东西，侯玉秀忙把他们请进屋，笑笑道，你看你看，邓主任你们每次来都这么客气。一边客气地倒水上烟上水果。

邓主任喝口水，说，好久没来看方主任了，想念老领导啊。方宏达笑道，我什么老领导啰？论年龄，邓主任你恐怕还是老兄吧？邓主任说，你是市里领导，我在县里当差，我们是上下级关系，怎能论年龄呢？

调侃几句，又顺便说了些工作上的事情，方宏达瞥一眼桌上的进口高级奶粉，以及搁在奶粉盒上的红包，直言道，邓主任你们这么往上面跑，开支从哪里出？邓主任笑道，你们不是给了我们 5 万元先进奖吗？这就叫做羊毛出在羊身上。

方宏达摇摇头，说，照邓主任你这么说，下回给你们发奖时，干脆先扣下一两万留作我们的奖金福利，也免得你们辛辛苦苦上来跑这一趟。邓主任说，那不行，这样我们哪还有上来看望领导的借口？

因为还要去跑别的领导，邓主任看看手表，起身准备告辞。方宏达也站起身来，说，还要跑些地方吧？

邓主任并不隐瞒，说，还有另外几个副主任。方宏达说，计划统计科呢？邓主任点点头说，也考虑了，杨科长是我们的老朋友了，能不考虑吗？方宏达说，杨科长现在已是杨主席了，你们还不知道？邓主任说，听到些马路消息，要她当什么工会主席，莫非这么快就定了？方宏达笑道，中国人干什么事情都不急不躁，就提拔官员还算迅速。

“这是好事嘛，要杨科长，哦不，要杨主席请客。邓主任说着，已跟袁股长走到了门边。忽又想起什么，回头问方宏达说，那现在是谁做计划统计科长？方宏达说，李支农。

邓主任把方宏达当做知心领导，说，那今晚我们是到杨主席家里去呢，还是到李科长家里去？方宏达笑道，这个我可却不知道了，这是你邓大主任的事。邓主任低头做思索状，说，杨主席是老朋友，李科长以后工作联系紧密，两个地方都应该去。只是我们只准备了一份小礼，怎么办呢？方宏达说，谁不知道邓大主任聪明过人？这点小事难得倒你？

从方宏达那里出来后，两人很快跑了另外几个副主任。最后车上就剩下一份礼物了，两人站在车旁，一时也没拿清主意，到底该送给杨青玉还是李支农。袁股长说，还是按原来的计划送给杨主席吧？邓主任说，讲感情是应该送给杨主席，可工会主席虽然是个副处级干部，属于委领导，可对我们县里的工作又有什么作用呢？今后我们经常要拜求地可是这个计划统计科长哪。

袁股长在县计生委统计股当股长也不是一年两年了，自然清楚这个利害关系，说，那也是，在计生委里，统计科长的话说一句是算一句的，不像工会主席，跟业务不挨边。邓主任说，给县里排队都是先由计划统计科做初步方案，再拿到委务会上去通过，在某种意义上说，这个统计科长可比一般的副主任关键得多。

两人还在车旁犹豫了一阵，这时袁股长忽然想起了刚才方宏达的话，对邓主任说，刚才方主任还说邓主任你是聪明人，这点小事难不倒你的。邓主任就问袁股长说，你觉得方主任会是什么想法？袁股长想了想说，我想方主任的意思可能是要我们到李科长那里去，不然他也就不会主动对我们提及市计生委的人事变动了。

邓主任觉得很有道理，说，方主任一定是在提醒我们，他也是为我们着想啊。

这样权衡来权衡去，两人终于拿定主意，把进口奶粉和红包送到了李支农家里。事后邓主任对袁股长说，我们是到上面来进行感情投入的，要投就要投准，投得有效果，有利于县里的计生工作，所以还不能感情用事。袁股长笑道，进行感情投入，却不能感情用事，好像还挺有哲理的。邓股长说，哲理不能当饭吃，我只知道自己是国家干部，工作上不去，那可是要丢饭碗的。袁股长讨好道，邓主任是个实在人。

邓主任和袁股长上市计生委来送礼，都是在夜幕掩护下悄悄完成的，本来做得很隐蔽，除了几个当事人，别人并不知道。可没两天，这事还是传到了杨青玉耳朵里。杨青玉就很有气，在心里咒河口县邓主任是势利小人，真想打个电话训他几句。可话筒都拿到了手上，杨青玉还是放弃了，怕自己失态。

其实杨青玉并不是个贪小便宜的角色，只是为河口县能靠上先进，她也是说过话，出过力气的，想不到自己离开计划统计科没几天，就被他们忘到了脑后，心里多少有些不平衡。看来自己虽然做了工会主席，行政级别是上去了，但分量就轻多了，远不如做那个计划统计科长那么被人看重。

带着一肚子的委屈，杨青玉进了方宏达的办公室。其时方宏达正在低头把玩着手上的小手机，见杨青玉进来了，就对她说，你收到我的短信没有？

杨青玉正在气头上，一时没听明白方宏达的意思，只木木地望着他，仿佛不知短信为何物似的。方宏达笑了，说，你把你的手机拿出来看看。

杨青玉这才从包里取出手机，看到屏幕上显着一行字：牵挂你的人是我是我是我还是我，而短信上方记录着方宏达的手机号码和发送时间。她又羞又恼，说，你是见我心情不好，来戏弄我吧。方宏达说，谁戏弄你了？我是刚刚学会操作短信的，就给你发了一个，看效果如何。杨青玉说，发短信又不是什么高技巧的事，用了那么多年的手机，你这才学会。

以前我不是忙吗？也没时间没耐心学。方宏达说，好啦，现在学会了，我每天给你发，听说发一个短信才一毛钱，还发得起。杨青玉说，我不要你发，你那话肉麻。

方宏达就开心地笑了。他把手机放到桌上，望望杨青玉，想起刚才她说的心情不好的话，当然明白是怎么回事，故意说，当了主席啦，怎么心情反而不好了？杨青玉骂了句粗话，说，什么鸟主席，狗屁不如。方宏达说，你这主席可是堂堂副团级，也算是从七品，谁说狗屁不如？杨青玉摇摇头说，从七品又如何？没有含金量，就是正七品六品，也没什么意思。

本来杨青玉是要把心里的想法跟方宏达诉说一下的，这下也许是跟方宏达说了几句闲话，心头的块垒释放了一部分，没了诉说的欲望。又聊了几句，杨青玉准备离去。方宏达看看手机上的时间，说，我还有一句话要跟你说，下班后你能来一下吗？杨青玉说，现在不可以说吗？方宏达摇摇头说，现在还不行。

下班后，杨青玉又来到方宏达办公室，说，方主任有何吩咐，我洗耳恭听。方宏达说，其他人都下班走了？杨青玉说，有几个人要等到下班时间才走的？早已人去楼空了。

确信办公楼里没人了，方宏达这才打开身后的铁皮柜子，拿出两桶进口奶粉，递到杨青玉手说，这是河口邓主任给你的，那天晚上走得急，来不及上你家去了，就放到了我家里，托我转交给你。

提着两桶奶粉，杨青玉愣怔了一阵，心想："莫非我错怪了邓主任？"

可杨青玉是个聪明人，晚上回家仔细一想，就明白了是怎么回事。因为她清楚下面到市里来打点，原本就是联络感情的，托人转达就少了接触的机会，邓主任当时走得再急，也不可能这么做。就是这么做，事后也会打个电话，讨一句感谢。何况在计划统计科时，杨青玉见得多了，下面不仅仅送礼品，少不了还要给一个红包，邓主任既然给她杨青玉做了安排，不可能只两桶奶粉，而不留下红包。这完全是方宏达的良苦用心，他是怕自己心里不好受，特意把邓主任给他的那两桶奶粉给了自己，以此宽自己的心。

这么分析着，杨青玉给方宏达打了一个电话，感谢他给的奶粉。方宏达说，感谢我干什么？要感谢你感谢邓主任去。杨青玉说，你别当我是三岁孩子了，我还不知道是你把邓主任给你的那一份给了我？方宏达说，我给的也好，邓主任给的也好，你别想那么多了，你孩子还小，正需要。

杨青玉就有些感动，想跟方宏达说句什么，一时也没说出来。

在电话里沉默了一会儿，才听方宏达又说道，你也别怪邓主任了，他们本来也是考虑了你的，而没有考虑李支农，后来听说李支农做了计划统计科长，犹豫再三，才改变主意上了李支农家。他们也是从工作出发啊，也有他们的难处，如果换了你，怕也会这么做的。

杨青玉心里好受多了，说，这道理我懂。

你懂就好，方宏达说。有些语重心长的味道。

八

河口县送礼的事过去后，杨青玉的心情刚刚平静下来，不想又生出另一件事来，让杨青玉气不打一处出，借机闹了一次小风波。

原来省计生委在省城召开全省计生系统工会工作会议，通知各地市计生委工会主席参加。工会主席是委领导，出公差可以享受专车待遇，杨青玉便拿了通知，去找办公室熊主任要车。熊主任看看通知，对杨青玉道，杨主席你也是知道的，委里包括宣教站那台双排座宣传车，总共才四台车子，红旗车要保证一把手，不好另派，奥迪送省计生委一位来我市搞调研的处长下了县，家里就一台桑塔拿留作机动，如果没有特殊情况，我一定安排给你。

熊主任说的也是实情，杨青玉不好说什么。但杨青玉想起自己做计划统计科长时，虽然不是委领导，没资格享受委里专车，可每次找到熊主任，他都不打半点折扣给予安排，现在自己做了工会主席，可以享受专车了，车还没派，他竟说了这么一堆废话，心里就不免冒火。

不过杨青玉忍住没有发作，心想只要有车就算了，低头出了办公室。

不想第二天提了包要出发了，问熊主任车在哪里时，熊主任哭丧着脸说，杨主席真对不起，桑塔拿昨晚被组织部一位科长要走了。本来我是不同意的，因为今天要安排给你，可那科长是管市直单位副处以上干部考核任命的，委领导亲自给我打了电话，我硬顶又顶不住，只好通知了司机。

闻言，杨青玉嘴都气歪了，指着熊主任的鼻子破口大骂道，我就知道你是势利小人，当初我在计划统计科，能给你办事，我打个屁，你也要上前嗅嗅，如今我手中无权了，你对我却这么个态度了。

骂过了仍不解恨，又顺手抓过茶几上的热水瓶，举过头顶，恨恨往地上扔去。只听“砰”地一声，热水瓶惊天动地炸响了，碎了一地，冒着热气的开水漫向四周，吓得一旁的人抱了脑袋，纷纷往后退缩。

这样好像还不过瘾，杨青玉又要去取墙上省计生委颁发的写着先进单位的镜框。这时方宏达闻声赶过来，捉住她的双手，才平息了事态。

等全委的干部职工都围拢来，把办公室堵得水泄不通的时候，杨青玉已经变得冷静了，跟方宏达挤出人堆。把杨青玉叫进自己的办公室后，方宏达就抓过桌上的电话机，给她联系车子。找了好几个单位，才在教育局找到一部去省城的便车，方宏达当即陪杨青玉赶过去，送她上了车。

到得省城，赶往指定的宾馆，杨青玉才发现，十多个地市计生委的工会主席就她一人没带专车，那稍稍平静下来的心情难免又不平静了。开会自然没什么心思，领导在台上做了半天报告，她也没听清两句。听完报告开始讨论，其他的工会主席侃侃而谈，就她一言不发。

就这么闷闷不乐地开了两天会，第三天会议安排到一处风景点参观学习，杨青玉没有心情游玩，正犹豫着去还是不去的时候，手机响了，竟然是方宏达打过来的。杨青玉忙说，方主任是你呀，你在哪里？方宏达说，你说呢？

杨青玉心头动了动，忙说，你到了省城？方宏达说，我不仅到了省城，而且就在你楼下。

杨青玉一阵惊喜，飞快地出了房门，乘电梯往楼下奔去，果然见方宏达就坐在楼下厅里的大沙发上。杨青玉乐不可支地说，方主任你还真到了这里，我还以为你是骗我的呢。方宏达说，我敢骗你吗？杨青玉说，你到省城来干什么？方宏达说，来看你呀。杨青玉说，你以为我是十几岁的小姑娘，相信你这话？方宏达说，信不信由你，至少我现在跑到了这里，除了来看你，不会有别的目的吧？杨青玉点点头说，那倒是。

两人在大厅里说了一会儿话，杨青玉邀请方宏达到自己房间去坐坐。进了门，方宏达才对杨青玉说，我是到省城来检查高血压的，刚从医院出来，想起你在这里开会，就顺便过来看看。杨青玉给方宏达倒了水，说，情况怎么样？方宏达说，有所好转。

那就好。杨青玉说，今天本来是要到一个风景点去的，正好你来了，我就不去了，专门陪你。方宏达说，那怎么行？你还是听从会议安排吧。杨青玉说，游山玩水如果没有好伴，山水再好也没多大意思，哪有跟方主任在一起有情调？方宏达说，你这可是真话？我还以为你不欢迎我哩。杨青玉说，人生不是有三大乐事吗？说是洞房花烛夜，金榜题名时，他乡遇故知，今天能在省城遇上方主任，也算是我杨某人的幸运。

房间里本来还住着另一个地区计生委的工会主席，今天她随会议去了风景点，没有外人打扰，两人正好可以尽情地说说话。这两天杨青玉寡言少语的，几乎没怎么开口，这一下遇到倾诉的对象，于是再也憋不住，滔滔不绝起来，从吃穿到玩乐，从社会到家庭，从过去到现在，没完没了地说着，像得了话痨似的。方宏达就听着，偶尔附和两句，让杨青玉说个够。

这时方宏达才突然发现，杨青玉那两片正在翻动着的健康红润的嘴唇，以及嘴唇里面雪白整齐的牙齿，还有几分性感，竟然让他悄悄动了动心。

也许方宏达的目光在杨青玉的脸上停留得久了点儿，她感觉出了什么，忽然合上嘴唇，不吱声了。方宏达这才不好意思地低了头，看看手表，站起身说，这一坐就是两三个小时，我也该走了。杨青玉兴犹未了，说，还早得很呢，你还有事？方宏达说，没什么事也不能老待在你这里呀。杨青玉说，没什么事，那中午我请你客，到附近的小店里吃点东西。

吃过中饭，两人就分了手。杨青玉回到宾馆，无所事事，就钻进被褥里睡起午睡来。一觉醒来，已是晚上十点多，也懒得起床，打开电视看了一会儿，没看出什么名堂，只得关了电视，继续往下睡。

等她再次醒来的时候，已是第二天早上，这才起了床，草草洗漱一下，去外面吃了早点，开始收拾东西准备回楚南。忽想起方宏达也在省城，不知他今天回不回去，想打电话跟他约一下，不知怎么的，拿起电话后又改变了主意。

出了宾馆大门，站在街旁，打算要部的士到火车站去，扬了几次手，的士上都有人。杨青玉觉得自己做了工会主席，来省城开会连车都要不到，站在街头要的士，连的士都不理睬，不免有些失落。

杨青玉恨恨地想，姓熊的，总有一天我会揪住你的尾巴的，到时看老娘怎么收拾你。

就在杨青玉再一次向一部开过来的的士扬起手的时候，一部本田车停到了她前面。车窗很快落了下去，有人从车里伸出头来说，杨主席上车吧。

杨青玉低头一看，竟然是方宏达。杨青玉着实惊喜了，赶忙钻进车里。车上除了一名司机，就方宏达一个人。方宏达把司机介绍给杨青玉，说是物价局的黄司机。杨青玉跟黄司机打过招呼，回头对方宏达说，昨天怎么没听你说带了车？害得我流落街头，不知怎么才回得了楚南。方宏达说，昨天也没见你问车呀。杨青玉说，是呀，昨天我怎么就不问你一声呢？

回到楚南后，杨青玉才知道，方宏达带车去省城，根本就不是去检查什么高血压，而是专程去接她的。

九

杨青玉一直记着熊主任没给她派车的事，后来终于抓到他的尾巴，觉得可以一解心头之恨了。原来最近公安局搞了一次扫黄打非活动，抓住一批应召女郎，其中一位川妹供出了熊主任的名字。这件事是杨青玉参加同学联谊会时，从一位在公安局做科长的同学那里偶尔得知的，计生委里还没有第二个人知道。那位同学还告诉杨青玉，公安局已经和熊主任打了招呼，只要他悄悄去交了罚款，就可免去其他处罚和麻烦。杨青玉不想让熊主任就这样出点钱，轻轻松松滑了过去，她要在委党组扩大会上把这事公开出去，让姓熊的脱层皮。

不过事到临头，杨青玉又有些犹豫了，觉得这样做多少有些欠妥。她于是想向方宏达讨讨主意，趁没人的时候走进他的办公室，说了自己的想法。

从省城回来后，杨青玉和方宏达表面上还是过去那种若即若离的同事关系，但彼此之间似乎已多了一层什么，杨青玉心里有话，总愿意去找他说。不想在熊主任这事上，方宏达不同意她这么做，说，姓熊的做出这样的事，固然应该受到应有的处罚，但却用不着把你的账算在他的头上，他不过是张思仁手上的一粒卒子而已。杨青玉说，这个道理我懂，可就这么放过了他，我咽不下这口气。

方宏达笑了，半开玩笑道，你有能耐，何不把张思仁扳倒？你想想，如果不是张思仁拿工会主席的虚衔换走你计划统计科长的帽子，熊主任会对你如此放肆吗？杨青玉说，谁不知道张思仁树大根深，你方某人都败在了他的手下，我是谁？我敢有这样的念头？

从方宏达办公室出去后，杨青玉将方宏达的话反复揣摩了好几遍，想想自己其实跟熊主任也没什么大不了的仇恨，还真犯不着来这一手。正如方宏达所说，根子还在张思仁那里，哪天张思仁下去了或离开了计生委，她杨青玉也许还会有出头之日，比如换个副主任什么的，管点实事，到那时他姓熊还不在你面前俯首贴耳，你说一，他不敢二？

正在杨青玉这么自忖着，向自己的办公室走去时，一伙人闹轰轰上了楼，蜜蜂一样围住了张思仁的主任室。原来那是委里的离退休老干部，这段时间天天都往张思仁办公室跑，朝他要集资款，并扬言再不还款就到市委去上访。

杨青玉不想管闲事，赶忙躲进主席办，把门关紧了。听着外面老干部们的吵嚷声，杨青玉就有些幸灾乐祸，心想看你张思仁怎么下得了台。她还乐滋滋地给方宏达打了一个电话，说，你听到张思仁办公室那边的动静了吗？方宏达说，又是那些老干部吧？我正想过去劝劝哩。杨青玉说，关你什么事？你待在办公室喝茶看报不省心些？方宏达说，话可不能这么说，都是委里的事情嘛，我还是去看看吧，如果委里其他领导都去了，就我不去，张思仁还不会有想法？杨青玉说，要他没有想法？

话还没落音，方宏达那边已经放了电话。杨青玉愣了愣，目光在手中的话筒上盯了好一阵，也出了办公室。

来到张思仁的主任室门外，方宏达和委里其他几位党组成员都到了场。张思仁和老干部双方情绪都有些激动，已经起了高腔，有两个老干部的手指都点到了张思仁的鼻子上。方宏达见状，担心事情闹大，忙插到张思仁面前，对老干部们说道，党组已经多次开会研究了还款计划，打算再向银行贷些款，贷款报告都已经写好了，只要钱一到就先还老干部的集资款。

老干部们还不罢休，说方主任说的不算，我们要张思仁表个态，说个具体的还款时间，我们可没耐心天天往这个地方跑。

本来方宏达说的向银行借钱还款的事，是他情急之下脱口说出来的，其实党组并没开会研究过这事。但已经出现了这样的局面，张思仁也别无他法，只得说，估计也就一个星期的样子吧，到时你们再拿不到钱，可以到市委去上访，让市委领导罢了我的职。

这样，老干部们才陆陆续续从张思仁的办公室退了出来。

老干部们一走，几个党组成员还有杨青玉等非党组成员的委领导，当即就在张思仁的主任室里开了个小会。张思仁说，刚才不是方主任解围，也不知事情会闹到什么地步，哎，如今干点事不容易啊，要不是修这个办公楼，我张思仁会遭这样的诅咒吗？停了停，又说道，刚才方主任跟老干部们说的借贷还款的事，虽然事先并没正式研究过，但现在看来只有这唯一的路可走了，大家都出出主意吧。

大家就你一言我一语交换了些意见，然后确定一名副主任专门去跑银行。

从张思仁的主任室出来后，杨青玉跟进了方宏达的办公室。她不无讥讽地说，你这个主意蛮高明嘛？

方宏达笑笑，坐到椅子上，一边指指一旁的沙发，示意杨青玉坐。杨青玉不坐，说，如果你不提出这个还款办法，我看今天非打烂脑壳不可。方宏达说，这又不是什么好办法，如今银行的钱也不是那么容易贷得到手的。

杨青玉压低声音说，贷不到手就好，到时又有好戏看。

方宏达不想说这事，瞥杨青玉一眼，顾左右而言他道，好久没上医院了，我得去找找瞿医生。杨青玉也只好说，要不要我去陪你？方宏达说，行啊。

下午，方宏达还真地去了医院。他打算血压一降下来，便不再去服那烦心的降压药。自从服这该死的降压药后，就没好好做过一回男人了，也许停了药能力会恢复回去。

一检查，血液是降了不少，但瞿医生只让他减轻药量，还不能完全停药。方宏达说，那又要到什么时候可以停药？瞿医生摇摇头说，高血压病人就是血压正常了，也不能完全停药，只能把药量和服药频率减少放慢。

方宏达有些悲哀，心想自己要完全恢复到从前，看来希望是不大了。

一个星期眨眼就过去了。那纸贷款的报告在银行里转了一圈，又原样回到了计生委，银行说计生委老欠还没还，哪有又要贷款的理？张思仁就有些紧张，担心老干部们又会来找他算账。不想老干部们此后并不露面了，一连好几天，委里都静悄悄的。

方宏达也觉得有些奇怪，预感到后面肯定会有什么名堂。他还意识到杨青玉好久没进他的办公室了，也不知她到底在忙些什么。偶尔在办公室门口跟她碰上了，还没说上两句话，她就稳不住了，说还有事情等着，然后匆匆离去。

这天方宏达在办公室呆坐着，忽然有了一种想跟杨青玉说说话聊聊天的欲望，拿了话筒，准备拨她的手机。刚拨通，还没等对方开口，有人敲门走了进来，竟是办公室熊主任。方宏达只得挂了电话，对熊主任说，有事吗？熊主任说，刚才纪委打电话来，要你过去一下，我已经给你准备好了车子，就在楼下坪里。

纪委找总不是什么好事，方宏达有些不相信自己的耳朵似地，心存疑惑道，纪委要我过去？你没听错吧？熊主任说，没听错，纪委已经找过委里好几个领导了。

坐车赶到纪委，接待方宏达的是廉政办的左主任。这位左主任是楚南市有名的左青天，他经手查办的几起棘手的腐败案，在楚南市乃至全省都非常有名。方宏达和左主任常在一起开会，彼此熟悉，两人寒暄了几句，左主任还客气地倒杯水，放到了方宏达前边的茶几上。

见左主任这么客气，方宏达就知道今天要谈的并不是自己的事。

果然左主任开口道，今天请你到纪委来，没有别的事，是想就你们的办公楼基建的事问些情况，近段来自你们委里和外界的反映比较多。方宏达说，计生委办公楼的基建是上一任委领导开的头，后来我虽然主持了一段委里的工作，但基建一直由张主任具体负责，我没插手，所以情况并不清楚。左主任说，你知道多少说多少，我们慢慢来。

接下来，方宏达就根据左主任的提问，说了他知道的一些情况。因为方宏达确实如其所说，没插手过办公楼的基建，他说的自然都是一些表面的鸡毛蒜皮的小事。左主任见问不出什么实质性的线索，只得作罢，说，今天就谈到这里吧，以后有什么，还要请你合作。方宏达说，那是自然。然后出了廉政办。

上车回到计生委，还没上楼，杨青玉就打了他的手机。方宏达见周围有人，就说，我就要到办公室去，我给你打电话吧。收了电话。

进得办公室，方宏达返身将门扣上，然后坐到办公桌前，拨了杨青玉的手机。方宏达说，这几天你在干什么？杨青玉说，这你就别问了，你告诉我，你跟纪委怎么说的？方宏达说，我能怎么说？我对基建什么都不清楚。

杨青玉有些生气，说，基建造价那么高，这你也不知道？方宏达说，这还用我说吗？审计报告都已出来了。杨青玉说，你别偏袒张思仁了，他给了你什么好处？方宏达笑道，我得什么好处？我得了好处，难道不跟你平分？杨青玉说，你不说也没关系，总有人会说，纸是包不住火的。

方宏达沉默了一会儿，说，这事不会有什么结果的，你别枉费心机了。杨青玉说，我不相信，普天之下全都黑如漆桶。说完，杨青玉连声再见都没说，就放了电话。方宏达摇摇头，缓缓把话筒搁到叉簧上。

纪委又在计生委找了一些人，好像很当一回事在搞。但过了几天后，又什么动静都没有了。张思仁那阴着的脸色也渐渐晴朗起来，在委务会上公开说，委里有些人这一段活动频繁，组织人四处告我的状，听说告状信已经上了北京，告就告去吧，我张思仁身正不怕影斜。

方宏达早知此事纪委是没法深入查下去的，对张思仁的话也就不怎么见怪。后来他还对杨青玉说，你别幼稚了，你这样会无功而返的。

杨青玉说，你等着吧，马上就有好戏了。

十

这天早上方宏达待在家里没事，早早出门，不到八点就进了办公室。其实在办公室发了一阵呆，也想不出有什么事可做，只好拿起头天的报纸看起来。还没看上两行，办公室熊主任惊惶失措地跑进来，语无伦次对他说，方主任不好了不好了。

这一阵方宏达心静如水，没什么事情能让他在乎，所以他瞧都不瞧一眼熊主任，目光依然停留在报纸上。熊主任急得直搓手，说，方主任你别看报了，要出大事了。

方宏达这才悠悠放下报纸，不满地说，什么大事？天掉下来还有高个子顶着呢。熊主任说，委里二十多个离退休老干部都上了常委楼，把郭书记堵在家里出不来了，市委办打电话来把我们骂得狗血淋头，要我们快去人把老干部拉走。

方宏达还是无动于衷的样子，故意慢吞吞道，老干部找郭书记干什么？向他要官要待遇？熊主任说，他们向郭书记要集资款。方宏达皱皱眉头，说，张主任知道了没有？熊主任说，张主任知道了，但现在他正在省里跑资金，一时三刻也赶不回来。方宏达说，那你把在家的领导都叫上，我们一起到常委楼去。说着跟熊主任出了办公室。

一行人赶到常委楼时，计生委的老干部正围在三楼郭东南家门口，一个个血气方刚，斗志昂扬。郭东南则困兽一样缩在茶几旁的沙发上，目光呆痴，垂头丧气。只听有人大声道，郭书记今天你不表个硬态，我们就吃在你家，住在你家了。

接着又有人说道，当官不为民做主，不如回家种红薯，姓郭的你不替天行道，对老百姓的事不管不问，你就回老家种红薯去好了，你做不了这个书记，楚南还有人做得了。

其他人也都跟着起哄道，你管不管计生委的事？你说，你说嘛。

见状，方宏达和几个委领导不敢怠慢，只得挤进去劝说老干部们。老干部们根本不理方宏达几个，一个劲儿要郭东南表态。方宏达说，郭书记管着全市 700 多万人民，事情太多，计生委的事我们回去内部解决吧。

方宏达的话也太没力量了，老干部们哪里听他的，继续逼迫郭东南。方宏达又说，不就是基建的事吗？郭书记又不清楚情况，找他也解决不了问题。老干部们不耐烦了，吼道，方宏达，你说的话跟打放屁一样，我们再不会上你的当了，你多什么嘴！

这纯粹是自讨没趣，方宏达只得退出来，找到市委办一位秘书，把他拉到走廊的另一头，说，怎么不去叫公安？公安来几个人，三两下就把他们拖走了。那秘书说，不行，我们请示了郭书记，他不同意，说怕把事情闹大，不好收拾。

方宏达也就没有办法了，在过道上低着头绕圈。绕了两圈，又把那位秘书叫过去，要他去找纪委书记。秘书说，郭书记解决不了的事情，纪委书记解决得了？方宏达说，你听我的没错。秘书这才风快地下楼去了。

不一会儿，纪委书记就赶到了常委楼。方宏达便给他出了个主意，不过还得征求一下郭书记的意见，如果行的话，老干部们会离开的。纪委书记就拨开老干部，来到郭书记的前面，把方宏达的话对他说了一遍。郭书记无奈道，看来也只能这样了。

纪委书记就转身大声对老干部们说，刚才我和郭书记商量好了，一是他答应亲自出面做银行工作，贷款给计生委还大家的集资款，二是马上派专案组到计生委去查案，一定将计生委基建问题查个水落石出。郭书记也站起来说，纪委书记的话你们总该相信吧？如果银行不贷款，我们也不派专案组到计生委去，你们再到这里来上访也不迟。

老干部们想想，觉得目前也只能如此了，纷纷退了出去。

过了两天，由市纪委牵头，监察审计和反贪局联合组成的专案组就浩浩荡荡开进了计生委。两天后，银行的贷款也到了计生委的户头上，老干部们一次性把集资款连本带息领了回去，一场风波基本平息下来。

杨青玉后来知道这个主意是方宏达出的，就找到他说，就是你坏了我的事，否则张思仁绝不会这么轻易躲过这一劫。方宏达笑道，这是什么主意？谁都知道这么做的。杨青玉想想说，那倒也是。你说这个专案组会查出什么名堂吗？方宏达说，你别有什么指望。

果不出方宏达所料，专案组在计生委查查停停，停停查查，前后待了一个多月，不但什么也没查出来，还给计生委的基建下了一个工程造价基本合理，资金使用没有明显过失的结论，然后拍拍屁股走了，害得全委职工空盼了一场。老干部们已经领走了集资款，再没人出面去供张思仁，计生委一下子变得风平浪静起来。

只有杨青玉想不通，问题明明摆在那里的，怎么专案组却什么也没查出来呢？她跑到方宏达办公室，愤愤不平道，真黑了天了。

隔墙有耳，方宏达不想在办公室对此事妄加议论，把话题岔到别处，说，杨主席你身上这套衣服很靓嘛，是在哪里买的？杨青玉不满地剜方宏达一眼，说，就你处处在维护张思仁。方宏达答非所问道，时间过得真快呀，明天又是周末了，真想跟谁去约个会。

杨青玉不笨，意识到方宏达是想找个好说话的地方，便说，我约你的会，看你怕不怕侯姐拧掉耳朵。方宏达说，那好呀，能赴杨女士的约，拧掉耳朵也值得。杨青玉说，那明天上午 8 点，我们听紫公园见吧。方宏达说，你不是逗我好玩的吧？我这把年纪了，感情脆弱，经不起打击的。杨青玉扑哧笑了，说，你还脆弱？

第二天一大早，方宏达对侯玉秀说省计生委来了一个处长要去陪同，便走出家门，打的赶到听紫公园。这时公园里还没几个人，方宏达一看表，离 8 点还有半个小时哩。就在心里嘀咕道，自己是不是迷上了这个女人？要不怎么这么迫不及待呢？

正这么思忖着，见杨青玉从公园门外走了进来。方宏达就躲到树丛后面，要看看杨青玉等待他的时候会是什么样子。心里则想，看来这个女人也和自己一样有些迫切。

杨青玉在公园门里徘徊了一会儿，就频频往外张望，还不停地去看手表。方宏达觉得有趣，却不忍心杨青玉等得那么着急，从树丛里走出来，突然站到了她前面。杨青玉一惊，捅了方宏达一拳，笑骂道，原来你早到了，害得我干着急。

两人信步往公园里面走去。还没转上半圈，周围的人就渐渐多起来，他们这才意识到这不是久留之地，便从公园后门悄悄溜了出去。方宏达建议到郊外的凤凰山去看看，那里的游人应该不会太多。杨青玉觉得这个主意不错，还说那里有一个尼姑庵，可进去抽一签。两人于是买了矿泉水和食品，低头钻进的士，不到一个小时就上了凤凰山。

果然这里行人寥寥，只偶尔在路旁碰上一两个端着钵子要钱的乞丐。杨青玉仿佛忘记了昨天心头的气愤，心情慢慢舒畅起来，从包里拿出角票和元票，往那些伸过来的钵子一路扔过去。方宏达就笑她，今天你不是来游玩的，而是代表政府来发放救济款的。

很快到得庵前，两人走进去。庵里很安静，除了两个坐在神龛旁边打盹的老尼姑，没有一个善男信女。许是听到他俩的脚步声，两个老尼姑同时睁开眼睛，问他们准备求什么。杨青玉回头朝方宏达笑笑，说，你说呢？方宏达别有用心地说，你求爱情吧。杨青玉笑道，我不求爱情，我求仕途。

然后根据老尼姑的吩咐，对着菩萨行了跪拜礼，接着拿过纸和香，到外面的焚香炉里烧了，再回来接过老尼姑手中的签筒，摇出一支签来。竟然是支上上签，上面有四句模棱两可半通不通的五言谶语。老尼姑于是祝贺道，这位施主，目前仕途虽然还有些小波折，但很快就会将这个小坎迈过去的，不出三个月就将吉星高照，官运亨通。

说得杨青玉喜不自胜，眼睛眉毛都是笑。

出得尼姑庵，两人沿着后山的小道，缓缓走进一处茂密的森林。走着走着，那条小道就消失了，两人已经到了树林深处。方宏达说，我们休息一会儿吧。从包里拿出一张报纸铺到地上，让杨青玉坐了，又取出矿泉水和糖果糕点，摆满一地，一边吃喝，一边有一句没一句地聊着。方宏达说，我好久没到过有山有水的地方了，有时间多往这些地方走走，可以延年益寿啊。杨青玉说，是呀是呀，如果没有你的陪同，我怎么会到这里来呢？

这时方宏达忽然笑了，说，早上出门前，我对侯玉秀说是出来陪省计生委的处长，她哪里知道我陪的是一位年轻的女主席。杨青玉说，你是做贼心虚吧？方宏达说，你却不心虚？杨青玉说，我心虚什么？我们又没干什么坏事。方宏达说，孤男寡女地往这密林深处钻，你敢保证，却不会干出什么坏事来？

你这不是自作多情么？杨青玉说，我还没有那样的念头。方宏达说，你没那样的念头，难道就能说明我也没那样的念头？杨青玉说，你有那样的念头只管有就得了，我才不会操闲心哩。方宏达说，你就不怕我将你强暴了？杨青玉说，你有那样的色胆吗？

开了几句玩笑，杨青玉说，你说今天我抽的签会不会应验？方宏达说，抽签本来就是一种游戏，莫非你还当了真？杨青玉略有所思道，计生委只要不是张思仁把持着，我杨青玉走官运，也并不是一句空话哟。方宏达说，事实是张思仁还待在计生委里，而且他最近又取得了一个重大胜利，看来一时三刻也不可能离开计生委的。

杨青玉略有所思的样子，说，这也是怪，办公大楼的基建造价那么高，明摆着他张思仁在中间作了手脚，怎么专案组却查不出来，相反给他下了个那样可笑的结论，这不是此地无银三百两吗？方宏达说，你是真的不懂此中奥妙，还是装蒜？杨青玉说，我装什么蒜？

见方宏达还没说出要说的话，杨青玉又说道，你是不是以为我跟你跑到这凤凰山上来，真的是来与你谈情说爱？方宏达笑道，我没这份痴念。

接着两人沉默了，好一阵也没谁吱声。方宏达喝了一口水，又咬了一口蛋糕，望着树林外面尼姑庵的屋顶，幽幽道，其实这里面的奥妙一眼就能看穿。张思仁很聪明，没把钱全部装进自己的袋子，而是拿这钱织了一张密密的网，让自己成为这网中的一个结，所谓环环相扣，唇齿相依。为了共同的利益，这张网决不会让这个结出现什么麻烦的。

将方宏达的话琢磨了一下，杨青玉似有所悟道，你的意思是，那个声势浩大开进计生委的专案组，其实也受着这张网的控制？方宏达笑了，说，你并不笨嘛。杨青玉说，这样看来，张思仁是进了保险柜里，万无一失了？方宏达说，那也不见得，他张思仁可不是圣人，基建这件事上撕不开缺口，他还有别的痛处。杨青玉说，还有什么痛处？方宏达说，这个嘛，你比我更清楚。

杨青玉就不吱声了。她听懂了方宏达的意思。她确实知道张思仁的痛处。只是要把张思仁的痛处揭去，她杨青玉也要跟着脱一层皮。杨青玉无奈地摇摇头，叹了一声。

一旁的方宏达侧首瞧瞧杨青玉，意味深长地笑了。

就这么无言相对了一阵，方宏达瞥了瞥空中已经偏西的太阳，缓缓站起来，拍拍屁股，说，可以下山了吧？杨青玉还在地上坐着，说，不要走了，今晚就在这里过夜算了。

方宏达想起一句俗话，戏谑道，人家的老婆过不了夜，我敢吗？杨青玉说，你坏！谁跟你过夜？顺手拣了身旁的一块小土块向他扔过去，竟不偏不倚打在方宏达额上。方宏达哎哟一声，把眼睛捂住，蹲到了地上。

杨青玉吓了一跳，说，是不是打着眼睛了？赶忙走过来，掰开方宏达的手，对着他的眼睛吹起来。

方宏达就闻到了杨青玉身上一份特殊的体香，这香味儿让他莫名地冲动起来，他那沉睡了好几个月的地方，忽然变得昂扬挺拔了。

方宏达欣喜若狂，双手一伸，把女人紧紧地揽入怀抱。

傍晚两人回到城里后，没有回家，住进一家豪华宾馆。方宏达雄风大振，痛痛快快做了一回男人。

暴风骤雨过去后，是清风丽日，杨青玉懒懒地偎在方宏达怀里，显得柔情万种。她喃喃道，宏达，在你面前我已经毫无保留了，我什么都听你的。

方宏达听得出杨青玉话后面的意思，但他不想让杂念破坏心头这份温馨，用嘴巴堵住那两片性感的红唇。

温存了一会儿，方宏达忽然想起下午说过的那句话，忍不住笑起来。杨青玉问，你笑什么？方宏达说，还说人家的老婆过不得夜，我不正在和人家的老婆过夜吗？杨青玉骂道，你得了好处，还说这样的话，真无耻。一边举起两只拳头，在方宏达胸膛上擂起来。

方宏达手一捞，把杨青玉搂紧，让她使不上劲，顺势又疯狂了一回。

十一

方宏达为自己又重新成了男人，也为自己完完全全得到杨青玉而兴奋不已。这兴奋自然要写在他的脸上，计生委的人都看出来了，对他说，方主任看你印堂发亮，是买体育彩票中了大奖吧？方宏达说，那还用说？中了一支牙膏。逗得大家哈哈大笑起来。

也是好事成双，有天晚上周时势把方宏达叫到家里，向他透露了一个重要消息。原来楚南市委的人事很快会有一次调整，市委书记郭东南要去省人大做副主任，市长何向前将填补他市委书记的空，接下来的几个主要领导都将跟着动一动，比如党群副书记钟守春就有可能到政府那边去做市长。

说到这里，周时势转了口锋，对方宏达说，宏达啊，这还是个小道消息，我也是前天在省里开会时偶尔听到的，不知准不准确，你还不能到外面去随便说。方宏达忙说，那是那是。

不过方宏达是个明白人，知道不是准确消息，周时势也不可能告诉他。他心里暗想，在几个常委里，周时势的名字紧挨在钟守春后面，钟守春去了政府，按惯例周时势会顺理成章成为党群副书记。这大概已成为定局，周时势虽然嘴上没这么说，但从他那舒展的眉眼之间是完全看得出来的。

方宏达还想，钟守春和周时势一向互有抵触，周时势来管党群，过去很为郭东南和钟守春所倚重的吴早生等人，会不会也得挪一挪呢？而吴早生一挪，张思仁会不会也要受点影响？不过方宏达知道，人事上的事情向来复杂，牵一发动全身，而且郭东南和钟守春在楚南经营了那么多年，可谓盘根错节，周时势一接管党群就想有所动作，恐怕不是那么容易。

方宏达这么分析着，周时势忽然对他说，宏达啊，你们可要引起注意，最近不断有人上访和举报，反映计生委在审批二胎指标时存在严重弄虚作假的问题。方宏达说，是不是那个宁建军？听说这段时间他带着老婆到处跑，反映吴早生生二胎的事，说吴早生生了二胎还高升了，自己生了二胎却被开除了工职，要政府恢复他的工作。周时势像不经意地随便问道，是谁给吴早生办的二胎手续？方宏达说，那时我刚到计生委，据说是上一届班子定的，但具体手续是当时在计划统计科当科长的张思仁一手经办的。

周时势没再追问，懒懒地打了一个哈欠，说，好吧，这事就谈到这里，你我心中有数就是。方宏达忙点头称善，起身准备出门。周时势也站起来，送方宏达到门口，说，有事没事常来坐坐。

走在回家的路上，方宏达将周时势说过的话又前前后后仔细琢磨了一阵，慢慢就悟出了他的意图。方宏达没有再往家里走，转身朝杨青玉住的地方走去，同时掏出手机给她打了一个电话。

一听是方宏达的声音，杨青玉佯装生气道，那天晚上后，你一直没给我打电话，我还以为你早把我忘到脑后了呢。方宏达说，能吗？我这不是正给你打电话了？杨青玉说，你现在在哪里？方宏达说，远在天边，近在眼前。

方宏达说完，头上三楼的窗户就打开了，杨青玉伸出头，向他扬扬手，又对着电话说，你上来吧。方宏达说，你那位呢？杨青玉说，那位出差去了，儿子也被他外婆接了过去。方宏达说，这岂不是天赐良机？收了手机，钻进楼道。

方宏达一进屋，杨青玉就搂紧他，再不肯松手。方宏达说，先跟你说件事行吗？杨青玉说，不行不行不行。早把方宏达的衣服给剥开了。两人于是倒到床上，尽兴疯狂了一回。

完事后，两人又搂着温存了一阵，方宏达就把今晚跟周时势见面说的话，还有刚才的一些想法，都跟杨青玉说了。杨青玉装聋卖傻道，你跟我说这些干啥？我还以为你今晚是专门来陪我的哩。方宏达说，工作娱乐两不误嘛。

杨青玉嗔怪地斜方宏达一眼，在他脸上吻吻，把头拱进他的怀抱。方宏达在她光洁圆润的肩膀上拍拍，说，吴早生二胎手续是你和张思仁亲手办的，你最有发言权。杨青玉说，你好坏，原来你引诱良家女子，是想利用我，我的一腔痴情算是白付了。方宏达说，这不是你我共同的革命心愿吗？

好好好，我一不做，二不休，把自己出卖出去算了。杨青玉说着，翻身下床，打开大壁柜，开了里面一个小抽屉的锁，拿出一个鼓鼓囊囊的信封，扔到了方宏达面前。

方宏达望一眼杨青玉，忙把信封打开了。就见里面是一把有关审批吴早生二胎生育指标的复印材料，其中有吴早生申请二胎的报告，有省人民医院关于吴早生女儿的病历表，还有委务会讨论吴早生二胎指标的会议记录，以及委务会成员的签名等。

方宏达说，你这些材料，恰好说明吴早生生育二胎是符合手续的。杨青玉笑道，你看了会议记录的内容没有？

方宏达便低了头，仔细看了一遍会议记录，然后笑道，真有意思，原来委务成员的发言，绝大多数是不同意给吴早生办二胎的，只是我不懂，凭着这样的材料，怎么计划统计科竟然敢办理手续？而且我还听说，后来有人举报这事，纪委特意到计生委查过案卷，他们却没看看这个会议记录内容？

杨青玉这才兜了底，说，后来归档的会议记录都是张思仁伪造的，原始记录早毁掉了，这份复印件还是我偷偷弄的。方宏达说，纪委的人不会找委务成员核实一下？杨青玉说，你来计生委之前的班子，不是基本换走了吗？吴早生就是授意张思仁，利用这个空档做的手脚。

事情已经非常明朗了，但方宏达觉得还没有把握，说，省人民医院这份病历表有没有问题？杨青玉说，这也是假的。方宏达说，吴早生的女儿到医院检查过没有？杨青玉说，检查是检查过，医生开始是不肯出具她有病的病历表的，不知后来怎么又开了这个病历表。方宏达说，不知能不能到省人民医院查到原始记录？杨青玉说，这也可试试。

方宏达把材料塞进信封，还给杨青玉，说，当初你怎么想起要搞这一份复印件呢？杨青玉诡谲地说，没有这个东西，张思仁将我赶出计划统计科时，会提我做工会主席吗？

方宏达笑起来，说，你这样的女人真厉害。

两天后，杨青玉找个借口，悄悄上了省城。杨青玉是方宏达悄悄用的士送到火车站的。火车要开时，方宏达塞给杨青玉两瓶酒，要她办完事后，代自己去看看丛记者，同时把丛记者的手机告诉给了杨青玉。

看着火车开走之后，方宏达才转身离开车站，回到委里。在办公室打了两个电话，又出门，找到了宁建军。宁建军虽然还住在建设局的职工宿舍里，但屋里又脏又乱，跟个垃圾站没有两样。

开始宁建军还不愿理睬方宏达，说，我一看见计生委的人，气就不打一处来。方宏达说，今天我是来向你道歉的，不过我不是代表计生委，是代表我个人。那次你到计生委找我说情况，还没说上两句就被人拉走了，后来我想替你找市委有关领导汇报你的情况，想给你帮点忙，也没帮上，我对你不起。

自从被开除出建设局后，宁建军受惯了白眼，挨够了歧视，从来没人这么对他说过话，当时就感动得流下泪水，抓住方宏达的手半天不肯松开。方宏达在宁建军肩上拍拍，说，事情总会有所好转的，你还不能完全失去信心。

临走，方宏达还塞给宁建军 500 元钱，宁建军死也不肯接，说，方主任有你一份这样的心情，我知足了，你的钱我不能收。方宏达说，能收得收，不能收也得收，要不就算我借给你的，行不行？宁建军这才接了钱。

方宏达还给宁建军留下一句话，你这事要想引起市里领导高度重视，除了上访和鸣冤叫屈，恐怕还得有些惊人之举。宁建军不懂方宏达的意思，说，什么是惊人之举？方宏达笑道，这就要看你自己的能耐了，只有引起市里甚至省里的高度注意，或者说让市里领导下不了台，你的事才有可能得到解决。

宁建军懵懵懂懂地点点头，说，我想想看吧。

三天后，杨青玉从省城回来了，她给方宏达弄回了吴早生女儿当年在省人民医院检查病情的原始病历复印件，那上面明明白白写着吴早生女儿一切正常，没有病残。

方宏达很高兴，说，有了这张牌，还愁此事成不了？杨青玉说，你的事当然成得了，可我杨青玉要大难临头了。方宏达说，你别担心，到时有周书记在后面撑着，你我都不会吃亏的。杨青玉说，算了算了，事到如今，我没法吃后悔药了。

方宏达在杨青玉脸上拍拍，说，丛记者接见了你没有？杨青玉说，有你这两瓶酒，他能不见我吗？他还说，到时一定专程到楚南来看你。

十二

不久郭东南被免去楚南市委书记职务，荣升为省人大副主任。楚南市委班子进行了调整，果如周时势所说，市长何向前接任市委书记，党群副书记钟守春做了市长，而周时势也如愿以偿，分管了党群，成为楚南市的三号人物。

郭东南离开楚南市的那天，新任市委班子为他召开了隆重热烈的欢送会。会后大家尾随着郭东南走出市委大楼，送他上车。不想就在郭东南正跟众人握别，刚转身往台阶下迈时，一件意外事故发生了，有人在他们身后的楼厅里的墙角点燃了炸药包。爆炸声惊天动地，整个市委大楼都跟着震动了，在场的人都吓得魂不附体，尖叫着从地上蹦起来，纷纷抱头鼠窜，奔往台阶下的坪里，有点像电影《地雷战》里的日本鬼子。

幸好除墙角炸了一个大洞，几个离楼厅较近的市委领导和工作人员被气浪灼伤了脸部外，没有人员伤亡。爆破英雄也机灵，点燃炸药包后就躲到了一边，所以也没伤着。

这位英雄不是别人，正是状告吴早生生二胎升官，自己生二胎却被开除工作而上访多年未果的宁建军。

刚好省报丛记者就在楚南市采访，公安人员还没赶到，他已经先到了爆炸地点，又是拍片，又是现场采访，忙得不可开交。

很快，丛记者的系列报道就连篇累牍地在省报重要位置登了出来。特别是爆炸案背后的原因，丛记者作了详细披露和剖析，与此案有关的市委助理巡视员组织部常务副部长吴早生和计生委主任张思仁的名字，多次出现在报道里。楚南市于是沸腾了，大家每天最感兴趣的事就是找来省报，阅读丛记者的连续报道。

舆论造了出去，省纪委和省计生委只得派人下来，对此事进行调查落实。他们打开计生委的档案柜，所能见到的有关吴早生生育二胎指标的审批材料既齐全又合法，找不出任何破绽。调查组的人只得找有关人员访问调查，结果也都说吴早生的二胎指标合理合法。

眼看案子无法深入下去了，有两件复印材料从天而降，到了调查组负责人的桌上，一是吴早生女儿在省人民医院检查时留下的真实的病历表，二是计生委审批吴早生二胎指标的最初的会议记录。调查组的人大喜过望，据此结了案。

事情的结局是，吴早生的助理巡视员和常务副部长的职务被撤销，降为一般副处级干部。上届计生委的班子成员都受到相应处罚。张思仁记了大过，降为副处，调离计生委。杨青玉也和张思仁一样，是吴早生二胎指标手续经办人之一，降为科级干部，不过科级干部没必要调离，还留在计生委。

周时势在物色好了填补吴早生常务副部长位置的人选后，在常委会上提名让方宏达担任计生委主任，当即遭到钟守春的反对，他说，像吴早生这样的事情，哪个地方没有几例？人家没出事，唯独楚南市闹得鸡犬不宁，臭名在外，还不是方宏达对张思仁取代了他的位置不满，串通杨青玉踩了张思仁的痛处？方宏达再待在计生委，恐怕不妥。

钟守春虽然做了市长，不再管党群了，但他还是排在周时势前面的副书记，周时势也就不敢过于坚持。市委书记何向前权衡利弊，又考虑方宏达教师出身，教育局还有一个党组书记的闲职空着，就和周时势商量，让方宏达到教育局去，也算是由副处提为了正处，而且教育局长快退二线了，还有机会把局长的帽子接过去。

方宏达不稀罕这个正处和那顶未来的局长帽子，不肯走。周时势说，吴早生和张思仁下了台，钟守春做声不得，但要你走，他的理由是很充分的，你不走，他肯罢休吗？方宏达知道不走不行，就提出来，要看到杨青玉做了计生委计划统计科长再考虑此事。周时势说，这好办。回去和何书记通了通气，又找来新任计生委主任，说杨青玉虽然挨了处分，但她过去就是计划统计科长，业务熟悉，把李支农挪开，让她再回去当科长，是有利于工作的。新主任知道周时势和方宏达以及杨青玉的关系，也就就汤下面，回去落实了周书记的指示精神。

方宏达离开计生委的那天，到建设局宿舍楼去跟宁建军见了一次面。宁建军是周时势打了招呼，上个星期从公安局放出来的。周时势还亲自找了建设局长，要他在建设局下面新设的基建投资公司里，给宁建军谋个事做做。周时势是管党群的市委副书记，他出面说了话，建设局长又不弱智，自然不会打半点折扣，满口答应了。方宏达就是受周时势之托，来问宁建军在基建投资公司上班了没有。宁建军点头说，感谢周书记和方主任关怀，已经上了两天班了。方宏达说，那就好。虽然目前你只是聘用人员，但你要好好干，以后如果有什么机会，我会跟周书记去说，争取成为公司正式职工。

宁建军就感激得不得了，喉头梗塞着，一时说不出话来。

裸體工資

裸体工资

>>

一

这天晚上的常委会议不到十一点就结束了。会上议了几项工作，然后罗书记宣布，由常务副县长何铁夫主持政府全面工作。

几个常委包括何铁夫本人都只望了罗书记一眼，没谁觉得这有什么意外。罗书记又笑了笑说，这是市委组织部临时做的决定，我也没来得及跟大家通气，不过组织上的安排是正确的，何铁夫同志对政府工作很在行，人又年轻，是非常可信的，今后大家都要配合他的工作。接着说，会议就开到这里吧，铁夫请你还留一下。

其他常委陆续离开会议室后，何铁夫对罗书记说，罗书记，由钟副书记去政府主持工作的呼声不是很高么？他做了多年的党群书记，在通化县享有很高的威望，他主持政府工作比我强。

事前应该跟你说一声的，可你上市里要财政调度资金去了。这是组织上的安排，我想你会乐意接受这一重任的，个人服从组织嘛。罗书记说，钟大鸣同志群众基础确实不错，能力也强，但你从市里一下来就在政府，对政府工作很熟悉，很有办法，组织上的考虑不是没有道理啊。何铁夫说，不知钟副书记有何想法？罗书记说，组织上已经找过钟大鸣同志了，他很拥护组织的决定。

与罗书记分手后，何铁夫在县委大楼前的坪地上转悠了一会儿，才缓缓往大门口走去。他一直住在市委对面的武装部招待所里，家属没在身边。他原是市政府经研室一名不得志的科长，四年前市委组织部搞了一次副处级干部招考，本来对官场不抱希望的何铁夫经不住官帽的诱惑，以笔试第三名面试第四名考核第五名的优秀成绩选中，到通化县来做了一名分管文教的副县长。半年后常委班子调整，分管财贸的常务副县长的位置空缺，县里几派势力为此明争暗斗，搞得十分火热。最后市委组织部决定，由不是甲派也不是乙派更不是丙派的财经大学毕业的何铁夫来做这个常务副县长，才平息了这场角逐。常务副县长做了三年多，做得何铁夫并不轻松，刚下来时的那番雄心壮志也消失得差不多了，不想这时前头显出一片曙光，原任县长任期未满就调往市政府做了秘书长。何铁夫知道，有望接替县长这个空档的，县委常委里也就两个人，一个是党群副书记钟大鸣，一个就是他何铁夫了。何铁夫想，钟大鸣的叔叔就是市委常委兼秘书长，他这个党群副书记就是等着接替就要到任的罗书记的班的，也许用不着再来过渡这个县长了。

何铁夫的想法不是没有道理，书记和县长行政上尽管是同一个级别，但县长却是副书记，组织上要重用和提拔县领导，一般只考虑书记，而不会想到县长，县长必须坐到书记的位置上才会有进步。如果罗书记任期满后，组织上有意安排钟大鸣担任县委书记，那么这个县长的归属就和尚头上的虱子，明摆在这里了。果然不出何铁夫所料，罗书记今晚宣布由他主持政府全面工作，这虽然不是宣布他担任县长，但从某种意义上来说，与宣布他担任县长是没有太大的区别的。

尽管这是预料之中的事情，可何铁夫还是有些亢奋。他脚下步子快了半拍，不一会儿就来到武装部门口。门边的哨兵是认得何铁夫的，给他行了一个军礼，并朝他笑了笑。何铁夫也向哨兵扬扬手，觉得哨兵的笑容很灿烂，好像哨兵也知道他心头的兴奋似的。

何铁夫当然无法做到宠辱不惊，当了副县长不想当常务副县长，当了常务副县长不想当县长，当了县长不想当县委书记，若是这样，还呆在这县委大院里干啥？尽管如今在政府做县长副县长并不是件轻松的事情，有时甚至要搞得焦头烂额，免不了让人心生厌倦，可既然已经干到今天这个份上，也就只得继续向前，没有后退的余地了。好在回头自省，何铁夫这几年的宦海生涯并没白过，多少有点收获，无论于己于民。

进得招待所，径直往楼上爬去。何铁夫住在三楼。这是何铁夫为图安静作的选择。上到三楼，走廊上竟然一片黑暗。平时走廊上的灯连白天都是亮着的，如果他何铁夫不把灯熄灭，是再也没人愿意多此一举的。大概是灯泡坏了的缘故。何铁夫也不去多想，借着远处高楼上投射过来的微光，往东头走去。

到了最东头的房门口，何铁夫掏出钥匙正要开门，忽然从黑暗里晃出两条人影，将何铁夫吓了一跳，还以为是遭遇了歹徒。

“何县长”。黑暗里一声软甜如饴的女声。旋即头上的灯也亮了。何铁夫回头，原来是政府办的打字员于小丽，她身后还站着一个男人，何铁夫也认得，是她的丈夫，在财政局一个什么股里工作。

何铁夫一边开门，一边说，小于你找我？于小丽说，我们刚从武装部一个熟人家里出来，估计你们的常委会也该开完了，特意上您家来看一眼。何铁夫让他们进屋，于小丽往后面一缩，忙说，何县长先，何县长先。何铁夫只得自己先往门里迈。

三人落座后，于小丽用那双水汪汪的媚眼瞟了瞟何铁夫，说，何县长您一个人住在这里，不感到孤单么？何铁夫说，天天上蹿下跳的，哪里来得及孤单。于小丽说，何县长是个事业心重的男人，政府的人都对您评价很高呢。

何铁夫望望于小丽夫妇，心想他俩跑到这里来，恐怕不是为了来说两句奉承话吧，就问，你们有事吗？于小丽嗲声嗲气地说，何县长您也是忙惯了，一到您这里来就要有事，没事就不可以来了？倒说得何铁夫不好意思起来。

又说了会儿话，于小丽站起身来，嘟着好看性感的嘴巴说，好了，我们也不影响领导的休息了。一边给丈夫使了个眼色。她丈夫就慌慌张张地从夹克衫里搜出一包东西，放到刚坐过的沙发上。然后两人往门口退去。

你们这是干什么？何铁夫说，拿了东西去追，两人已经走到走廊另一头的楼梯口。

何铁夫只得作罢，回到房里。打开包一瞧，是两条芙蓉王香烟，市场上要三百多块钱一条。何铁夫心想，他们送这么贵的烟干什么呢？

把烟重新扔回到沙发上，何铁夫进了浴室。热水澡泡得他很痛快，一身的困倦似乎也消失得没了踪影。常委会上罗书记宣布他主持政府全面工作的话又在耳边响起。何铁夫就有了一种想跟谁聊聊的愿望，从浴缸里伸出手来，拿起壁上的分机话筒，准备打个电话。一时却不知该揿什么号码好了。何铁夫脑壳里晃过这几年比较谈得来的一些同僚的身影。可有些想法能跟他们说么？

忽然想起自己的老婆董小棠来。他们是大学里的同学，感情一直很好，平时何铁夫心里有了什么想法，常常喜欢跟她聊。可自从到通化县来任职后，不知是太忙还是别的缘故，何铁夫跟董小棠谈得越来越少了。是呀，官场上的事情总是瞬息万变的，想跟她说说，也不知从何说起才好呢。

何铁夫仰着头，目光在扣了塑料板的热雾迷蒙的天花板上停留了一下。他忽然想起了于小丽，今晚她带丈夫来干什么呢？如果不带着她的丈夫,说不定还真会跟她聊上一阵子哩。

放下话筒,走出浴缸,何铁夫又想另一个人来。那也是一个女人。那个女人叫做左舒青,中学时低他三个年级的校友。那年月文学还很红火,何铁夫和他的文朋诗友组织了一个命名为山径的校园文学社,左舒青因为诗写得很漂亮,就很自然地进了文学社,投靠在何铁夫的麾下,两人开始了一段纯真而富于浪漫的友情。只是不久何铁夫就考上大学走了,之后给左舒青写过几封信,都被邮局退了回去。后来才听说左舒青随父母转学到了现在的通化县。许多年后,何铁夫通过副处级干部的考核后,组织上征求他的意见,想到哪里去,他毫不犹豫就选择了这个离市区并不近的通化县。一到通化,何铁夫就转弯抹角,终于打听到左舒青的下落,她在通化一中当了老师,而且已是三岁孩子的母亲。尽管如此,当何铁夫来到左舒青前面,发现她依然不减当年的青纯靓丽,许多年前那份异样的感觉又在他身上燃放起来,他知道自己还在暗暗地喜欢着这个女人。

一串十分熟稔的数字开始在何铁夫脑袋里跳跃。那是左舒青告诉他的她家里的电话号码,何铁夫第一次接触这串号码时就把它牢牢记在了心里。可何铁夫一次也没用过这个号码。何铁夫懂得如今自己的位置特殊,是不允许跟左舒青有太多瓜葛的。他一直压抑着心里头的愿望,强迫自己不去与左舒青交往,尽管何铁夫接过左舒青写给他的电话号码时,就在左舒青眼睛里读到了她的一份真意。今天何铁夫碰到了这一生中一件比较重要的事情,也许他有充分的理由给左舒青去个电话了。

何铁夫揿下那串数字。话筒里立即传来长长的嘟音。仿佛等了一个世纪,对方终于有人拿起了话筒。何铁夫正要开口,里面响起一个粗声大气的男人声音:喂,喂,你是谁?

这可是何铁夫始料未及的。他有几分尴尬,不声不响地放下了话筒。何铁夫莫名地就有了一种心虚的感觉,好像自己做了什么见不得人的丑事。

这个时候电话猛地震响了。何铁夫扎扎实实地吓了一跳。他双眼瞪着电话机,让它响了好几声,才把话筒提到手上。是财政局长龚卫民打来的。何铁夫好想骂几句该死的龚卫民,你的电话早不打晚不打,偏偏在我心神不定的时候打过来。

不过何铁夫并没骂出声，而是换了一种平和舒缓的口气说道，老龚是你呀。龚卫民说，何县长，听说你们刚刚散了常委会。何铁夫说，这不，我才进屋。龚卫民说，您要主持政府全面工作了？何铁夫说，谁说的？龚卫民说，什么事瞒得过我龚卫民？我跟您去市里要调度资金的时候就知道了。何铁夫说，怪了，我怎么直到刚才罗书记发了话才知道呢？龚卫民说，这就叫做旁观者清嘛。

何铁夫沉吟片刻，才又说道，这个全面工作不好主持啊。龚卫民说，县长调走后，政府的工作不是一直由您在主持嘛。何铁夫说，那只能叫做维持，因为没正式明确我的职责，我没有压力。龚卫民说，何县长啊，您这也是一次难得的机遇，我龚卫民能够给您出力的，一定为你出力。何铁夫说，这我清楚。这样吧老龚，明天上午 9 点左右，我俩碰个头，就这个月的工资问题合计一下。龚卫民说，好，我到白云山庄去等你。

二

第二天是星期一，何铁夫仍像平常一样，一早就来到办公室，叫政府办陆主任把几位副县长喊拢来开个短会，把当前急于要处理的事情布置一下。县长调走后已经半年多了，政府要正常运转，何铁夫这个常务副县长都是这样布置工作的，只是当初罗书记并没要他主持全面工作，而是说政府的事情暂时由他牵头。主持工作和牵头，字面上看去似乎相差无几，但实际含义却有天壤之别。因此平时这些副县长们可没有今天这么迅速整齐，不是张三迟到就是李四缺席，总是士气不振的样子。

而从今天各位的态度和眼神中，何铁夫已经看出，他们早知道了昨晚常委会的内容。

就在何铁夫正要开讲的时候，一位秘书推开门，向何铁夫报告说钟书记来了。接着钟大鸣就进了屋。何铁夫和众人便不自觉地弯了腰欲站起来。钟大鸣伸出一双手，手心向下压了压，居高临下地说，别起身，大家别起身，我说一句话就走。尔后就近坐下来，说是受罗书记之托，多此一举地给大家宣布了何铁夫主持政府全面工作的事。

钟大鸣走后，何铁夫说，其实我主不主持工作一个样，过来一段，尽管县长调离，由于大家的共同努力，政府的工作一直开展得有条不紊。

今后还要靠大家齐心协力，把政府的局面维持下去。何铁夫说话向来就是这么低调。在座的副县长们包括办公室陆主任，都是在通化干过许多年的地头蛇，年龄比他大，资历比他深，凡事只有低调处理，并处理得当，才能让他们心服口服。

接着何铁夫说道，各位比我更清楚，政府的工作难就难在三子：肚子厂子票子。计划生育通过多年的强化管理，肚子的问题出得少了。而我县过去就没有多少上规模的国有工矿企业，最大的国有企业通化造纸厂目前还能维持，其他几家小型厂子尽管停机下岗的工人不少，但转产再就业的机会还是有的。不过恼火的也是这个问题，没有几家上规模的国有企业，税收就上不去，财政口袋空空，干部职工的工资难得足额发放到位。而且我们所说的足额仅仅指的几个裸体工资，就是工资表上那可怜的级别工资和职务工资，并没包括政策规定应该领取的人平每月 150 元的其他工资补贴和 50 元的生活费之类，至于什么出勤费、误餐费就更不用提了。这样，与外地比较，我县干部职工每月就少了三百多元的收入。我的意思是各位原有的分工不变，我呢，主要精力还是放在财贸尤其是财税工作上。

又议了几件别的事情，就散了会。

几位副县长分头行动去了，只有曾副县长不想走，对何铁夫说，何县长，今年猪肉不起价，屠宰税任务恐怕难得完成。

曾副县长分管农业，同时负责农村屠宰税的征收工作。何铁夫知道他讲的是实情，就说，你反映的情况我也清楚，你还是按照原来的办法征收吧，回头我再跟财政局的同志商量一下，一是尽快将上半年多收的粮食差价款子返还给农民，让农民手中多几个钱；二是把干部职工的肉食补贴落实下去，这样也许会使肉价有所回升。听何铁夫这么说，曾副县长心里踏实了一点，说，那我就等候何县长你的佳音了。

曾副县长走后，何铁夫才坐到停在楼前的 2000 型桑塔纳里，出了政府大院。看了看表，刚好 9 点。司机小衣问到哪去，何铁夫说了声白云山庄，小衣就方向盘一打，将车开进了左边的林荫小道。

十分钟后，小车停在了白云山庄前的坪地里。何铁夫对小衣说，11：50 再来接我。然后钻出车子，进了装饰古拙的白云山庄。龚卫民和预算股长小段早在那个最僻静的小包厢里等着了。这是何铁夫跟龚卫民和小段秘密办公的场所，除了他们的司机和县委罗书记外，再没别的人知道。这也是没法子的事，通化财政收入的增长速度远远跟不上支出的增长速度，各部门各单位伸手朝财政要钱的人，整天围着何铁夫和龚卫民的屁股转，搅得他俩不得安宁，所以只得选了这样一个秘密地点接头，像搞地下工作一样。

何铁夫还没落座，小段就接过他的包，从里面取出一个竹壳玻璃杯子，盛了一杯浓茶，放到他的面前。龚卫民则撕开自己的白沙，抽一支递上去。何铁夫挡开他的手，从包里拿出一包芙蓉王，扔到桌上。龚卫民赶紧收起自己的白沙，拿过芙蓉王，迫不及待地取一支叼到嘴上。一边说，我知道何县长今天一定会有好烟招待我们。何铁夫说，昨天在市里碰上一位早几年卜海的同学，他硬要请我吃饭，我没时间参加，他就送了两条芙蓉王。

说到这里，何铁夫暗暗好笑起来，心里说："何铁夫你怎么了，也学会了编故事？大概是要掩盖什么，何铁夫便给自己也点了一支芙蓉王。龚卫民见了说，何县长您还是少抽，不然县长太太和我都有意见啦。

何铁夫笑笑，从嘴里吐出一串长长的烟圈。平时他是不大抽烟的，烦恼了或高兴了，才偶尔抽上一支。而且他抽烟是不进喉咙的，所以烟子都是从嘴巴里出，鼻孔不会冒烟。做常务副县长，送东西的人自然很多，何铁夫推不掉的时候，也会接几条香烟，这样他就成了龚卫民的半个无偿烟贩，尽管身为财政局长的龚卫民从来不愁没好烟抽。

在通化，龚卫民要算何铁夫最铁的下属了。龚卫民和何铁夫上下相差不了两岁，何铁夫刚管财政那阵，龚卫民仅仅是个不上品的预算股长。可龚卫民办事利索，脑子活，点子多，相比之下，当时的财政局长也许因为年龄偏大的缘故，就显得迟钝得多。这也是通化县的普遍现象了，中层班子都面临着严重老化的问题，下面一批既年轻又有能力的股长都压在那里。何铁夫立即找罗书记和管党群的钟大鸣副书记商量，想提一下龚卫民。罗书记没说的，但具体到钟大鸣那里就卡了壳，是何铁夫又做钟大鸣的工作，霸蛮将龚卫民提的副局长，第二年又给老局长解决了助理调研员的待遇，让他退到二线，再把龚卫民提到了局长的位置上。

这个过程，龚卫民自然再清楚不过。他知道，如果没碰上何铁夫，他能做到副局长的位置就挺不错了，根本不可能这么快当上财政局长。他很感激何铁夫的知遇之恩，工作起来特别卖力。加上两人的性格、观点和工作思路都比较接近，办起事来合手，这两年的财政工作多少还有点起色。别的不说，何铁夫刚下来时，干部职工的那几个裸体工资都不能按时兑现，有时甚至一拖就是三四个月，如今尽管不能在月初发放工资，但每月的月底还是能勉强发到大家手里的。只是如今政策性增加工资的口子越开越多，加上每年都有大批大中专学生和转业军人要分配安置，干部职工的工资额一年比一年大，要保证每月把几个可怜的裸体工资发放到干部职工手里，也已变得越来越困难。

今天何铁夫把龚卫民和小段约到这个白云山庄来，就是为了算一算今年最后一个季度的工资账。何铁夫说，卫民，税务那边的数字过来没有？龚卫民说，今天一上班，我就和小段去了一趟地方税务局，他们的收入任务看来没多大问题了。现在关键还是国税，年初他们就没完全接受县人大安排的收入任务，现在还差预算 1200 多万。

闻言，何铁夫猛吸一口烟，好一阵子没吱声。国税收入属中央财政，但对于通化这个财政补贴县来说，中央财政是根据国税收入上缴情况确定返还数额的，如果国税这一块完不成，上级财政下拨给县财政的收入将会少好几百万。而通化县国税收入一半以上来源于通化造纸厂，造纸厂要是不合作的话，今年的日子就没法过。

何铁夫就问道，造纸厂的任务还差多少？龚卫民说，造纸厂还差 800 万，那个狗日的吴凤来头昂得像条卵，我和国税的人几次找他都不买账。何铁夫说，他今年的生产和销售情况好像蛮不错的嘛。龚卫民说，吴凤来的尾巴也翘得太高了，政府该派审计去查他们一下子，他们的财务混乱得很，群众反映很大。

何铁夫摇摇头，说，不可不可，至少现在不可。现在把吴凤来弄得太狼狈，造纸厂还找不出一个比他更合适的人选。何况审计查出来的金额要提成 30%，况且闹大了，上级审计部门闻风而动，也往造纸厂派人，把资金都提走，那通化县的损失就更大了。

龚卫民一时也就不好说什么了。他也知道这个造纸厂是税源大户，事关通化县的大局，弄不好财政就要吃亏。他只好说，现在看来只有您何县长出面了，吴凤来可以不听国税的，也许会听您的。何铁夫说，有什么办法呢，也只有我去求爹爹，拜奶奶了。当即给吴凤来通了电话，吴凤来答应第二天上午在厂里跟何铁夫见面。

三

第二天上午，何铁夫别的事情都无暇顾及，带着龚卫民和国税局长就往造纸厂赶。

按照常规，主持政府全面工作的常务副县长找人谈工作，是用不着走出政府大院的，可造纸厂在通化县举足轻重，吴凤来作为产值和利润都还不错的造纸厂厂长，是政府有求于他，他却没有太多巴结政府的必要，所以吴凤来犯不着像其他厂长那样，在县领导面前小心翼翼。何铁夫记得他初到通化的那阵，这个吴凤来是一点也不把他放在眼里的，平时见了面也是一副爱理不理的样子。后来是因为造纸厂碰上了一个大难题，何铁夫给他出了一马，使问题迎刃而解，吴凤来才对何铁夫刮目相看了。

那还是前年的事情，当时何铁夫还没管财政。那一阵为了治理环境污染，上面下文要下一批不到规模的造纸厂，通化造纸厂也名列其中。吴凤来顿时急了。他知道，唯一的办法是扩大生产规模。扩大生产规模当然不难，难的是扩大规模后，产品要有出路。这时吴凤来得到国家税务总局要选择生产税务发票纸定点厂家的信息，他立即带人离开通化，跑省城，上北京，申请生产任务。在上面活动了二十多天，带去的 80 万元活动经费花得只剩回程的路费了，生产税务发票纸的事依然没有一点眉目。这时不知吴凤来从什么地方得知，何铁夫有一个大学同学在国家税务总局当处长，而且就是具体负责税务发票纸的。他立即找到何铁夫，请他往北京跑一趟，并当场拿出 20 万元现金，给何铁夫做活动经费。

本来，何铁夫是不愿意帮吴凤来这个忙的，何况当时他并没分管财税工作。但考虑到通化的实际困难，如果造纸厂一倒闭，县财政就会一筹莫展，何铁夫还是答应给吴凤来，给他去试试。不过何铁夫没有收吴凤来的那 20 万元现金。他把那叠厚厚的钞票放回到吴凤来的手里时，本来想说，不要以为金钱就是万能的，这个世上还有些东西是金钱无法替代的。但话到嘴边，何铁夫还是咽了回去。何铁夫想，本来是要为吴凤来，准确点说为通化县的干部职工做件好事，如果仅仅一句话得罪了吴凤来，似乎没这必要。

何铁夫只是说，八字还没一撇呢，我怎敢收你的大礼？吴凤来有些不高兴地说，没钱怎么办得成事？何铁夫真想说，你不是已经花了血本了么？可他只说了句，我只说试试，并没保证给你办成哟。吴凤来也就不好再勉强，收回了钱，悻悻道，那我听你的佳音，事成之后再感谢您。

按吴凤来的理解，何铁夫不肯收钱，对这事肯定就不会上心。就是上心，在当今世上，没有钱在前面开路，又办得了什么呢？吴凤来以为何铁夫这是打马虎眼，随便应付他的，也就不抱什么希望。

吴凤来当然并不清楚，何铁夫和税务总局的那个同学是大学里最铁的兄弟，大学毕业后，两人一个进了机关，一个考研上了北京，但两人一直保持着密切的联系，三年前听说何铁夫要下县做副县长，已经做了税务总局处长的那个同学还力主何铁夫下县，并表示今后有什么困难用得着他，只要打一个电话就可以了。这一回为了造纸厂的事，何铁夫给那同学打电话时，那同学果然不打一点折扣就答应下来，而且第二个星期就把通化造纸厂生产税务发票纸的通知给办了下来。这样一来，通化造纸厂不但消除了停产的厄运，还扩大了生产规模，保障了产品销路。

吴凤来也就对何铁夫感激得不得了，特意给何铁夫送来一只良种冻鸡。何铁夫知道这只鸡有名堂，但他没识破他，只是说，老吴你是知道的，我家属不在通化，我自己连饭都很少做，你还是拿回去自己吃吧。吴凤来说，何县长您帮了造纸厂这么大的忙，连只鸡都不肯收，叫我怎么受得了？何铁夫说，话可不能这么说，我和你都是为了通化人民的事业，你有什么受不了的？拗不过何铁夫，吴凤来只得无可奈何地把冻鸡拿走了。

望着吴凤来的背影缓缓走出武装部的大门，何铁夫知道吴凤来不会就这么放手的，转身给家里打了个电话回去，对妻子董小棠说，如果有人给家里送冻鸡来，你就原封不动地放到冰箱里，等我回去处理。

果然不出所料，第二天晚上董小棠就打来电话，说通化造纸厂的吴厂长和一个科长给家里送去了一只冻鸡。何铁夫交代了几句，两天后趁上市里开会的机会回到家里，打开冰箱拿出那只冻鸡，将手伸进已挖空了内脏的鸡肚里一掏，立即就掏出一包东西来。原来是一把用塑料包好的大额钞票。

何铁夫当然不是不爱钱。这世上不爱钱，还有别的什么可爱呢？可何铁夫知道这种钱他是粘不得的，尽管他曾给予造纸厂那么大的帮助。他真想把这钱交给纪检会，这样既可免去吴凤来的纠缠，同时又可博个清正廉明的好名声。但这样不是把吴凤来给彻底得罪了吗？何铁夫只得以通化造纸厂的名义，把这把钞票存进了银行，过了两个月，觉得不太唐突了，才找了一个比较适合的时机，把存折给了吴凤来。

吴凤来给何铁夫送钱，当然并不只是感谢何铁夫，还另有用意。吴凤来从这次何铁夫给他办成的这件事上面，改变了过去对何铁夫不以为然的态度，觉得何铁夫究竟与通化县那些土生土长的县领导不完全相同，他有能力，人年轻，前途未可限量，能跟何铁夫搭上，以后不会有亏吃。不想何铁夫并不吃他那套惯用的从未失灵过的手段。这就使吴凤来感到很恼火，口上虽然不好说什么，可心里免不了要记恨何铁夫。

何铁夫自然不是傻瓜，知道吴凤来这次拖着该交的税款不交，实际上是做给他何铁夫看的，意思是你何铁夫也要知道自己到底有几斤几两，你不买我吴凤来的账，我还不把你何铁夫放在眼里哩。他是等着何铁夫亲自去找他，他要让何铁夫知道他吴凤来分量到底有多重。

何铁夫几个人的车子已经开到通往造纸厂的资水桥桥头。这时桥上挤满了人群，好像在看什么热闹，车子无法通过。司机小衣下去了解了一下，原来是一伙人正在往吴凤来家的小洋楼里送花圈。何铁夫感到奇怪，刚才从政府大院出来时还跟吴凤来通了手机，并没听说他家里出事，怎么现在就有人往他家送起花圈来了？

几个人钻出车子，过去一打听，才知道是厂里一伙离退休工人所为。何铁夫认得其中为头的，他在政府召开的老干会上见过，是退下来多年的杨老厂长。何铁夫走上去，将杨老厂长截住。一见常务副县长何铁夫，杨老厂长把举在头顶的写着“吴凤来永垂不朽”条幅的花圈放下来，愤慨地说，何县长你是知道的，我们向政府和纪检会反映也不止一次两次了，吴凤来这兔崽子吃喝嫖赌，贪污腐化，家里的洋楼比宾馆还高级，却拖着我们这些老工人的工资不发，我们要用这些花圈把他的家门堵死，让他进不了屋。

何铁夫把杨老厂长拉到一边，同情地说，杨老厂长，你们的困难政府是清楚的，我们正在和劳动部门商量对策，准备责成吴凤来尽快兑现厂里的承诺，可你们采取这种过激的手段，相反与事无补。杨老厂长说，何县长啊，我们对政府尤其是对你没有意见，如果不是你给我们争来定点产生税务发票纸的指标，造纸厂早不存在了。我们只恨吴凤来狗杂种，他不晓得天高地厚，以为自己多了不起，今天我们要给他一点颜色看看。何铁夫说，老厂长您是懂政策的老领导了，吴凤来如果有问题，组织上总会查出来的，而你们这样做，只会给社会带来不稳定因素，现在中央口口声声强调稳定压倒一切，你作为老党员老领导，怎能带这个头呢？

何铁夫这几句语调不高却有些分量的话，将杨老厂长镇住了，他的目光中显出了几分犹豫。何铁夫趁机又说，您老把大家劝走，就说我何铁夫表了硬态，今后大家有什么困难到政府找我，如果我不能给大家解决，再把花圈塞到我的房门口也不迟。

见何铁夫说得这么诚恳，杨老厂长不再啰唆，走到人群前头大声喊道，伙计们，刚才何县长跟我表了态，今后有困难可以去找他，我们今天看在何县长的面上，就饶了吴凤来这一次，他下次还要与我们过不去，再找他算账！

杨老局长本来就是这次行动的始作佣者，他又把何铁夫抬了出来，大家也就不再坚持，舞着花圈退了下去。

当吴凤来闻讯赶回家门口时，看到的只是拖着花圈的人群的背影了。

吴凤来也就二话不说，把该交的税款都交了，并给何铁夫表态说，争取年底再做 200 万元的贡献。何铁夫很欣赏吴凤来的痛快劲儿，说，你这可是给政府帮了大忙了。吴凤来说，这本来也是我应该做的，只要你何县长心里有数就是了。

何铁夫当然知道吴凤来话中的话，他笑了笑，岔到了另外的话题上，吴厂长，你们厂里的安定团结也要注意搞好，工人们包括离退休职工的待遇，能解决的尽量给予解决，不然你们厂子一乱，将影响到整个全县的大局啊。

何铁夫这种话，说与不说看上去一个样，吴凤来并不是不懂得这样浅显的道理。可何铁夫话里的意思不在字面上，他是想告诉吴凤来，尾巴翘得太高，总有人要来踩你的尾巴的。

这件事让何铁夫很兴奋了一阵子。他知道自己这是一种阴暗心理，那就是看到自己的对手陷入了尴尬境地后，自己有手段把他从尴尬境地里拉出来，这比那种落井下石的伎俩更容易使人产生成就感，尽管这种手段比落井下石并没高明到哪里去。后来何铁夫跟龚卫民在一起的时候，还念念不忘这事，得意地开玩笑说，要说这一次还是杨老厂长给帮的大忙哩，我们应该祝他老人家万寿无疆才是。

说得龚卫民会心地笑起来。

四

收入任务有望得到圆满解决，何铁夫那颗悬着的心就落了地。他对龚卫民说，今年的财政收支已经尘埃落定，就这个样子了，明年的财政工作如何搞，卫民你早考虑，早拿思路。过几天，我把政府的杂事处理完毕，再让罗书记主持召集常委会，听听你们的意见。龚卫民说，要说思路，早就有了，现在就可以给您拿出来。何铁夫说，别慌，好事不在忙中取，考虑成熟了，再抛出来不迟。

由于心情舒畅，这天傍晚何铁夫推掉一切应酬，自己在家里随便做碗面条，填饱肚子，便优哉游哉出了门。他想到资水河边的利济门上去走走，那里每天傍晚都有棋摊，何铁夫好久没到那里去看棋了。

不一会儿，何铁夫就来到河边的利济门下。门洞上方的门楼里，弈人敲击棋子的声音格外清脆。利济门实际上是旧时的一道城门，城门上的门楼背倚山城，面临资水，风光无限。尤其是到了傍晚，落霞染醉水面，归鸟上下盘旋，的确是个休闲散心的好去处，怪不得那些有闲的弈人们要早早赶来，占据一席之地。

何铁夫上得门楼，眼前的几处摊子，好几对弈人正杀得难分难解。他先朝楼外的水天瞟了几眼，然后倚在楼柱上，借着水色天光，低首观起棋来。

何铁夫喜欢观棋，喜欢到这种地方来观棋。来这里散心或下棋的人，一般是一些普通老百姓，县里的达官显贵是不屑于到这些场合来厮混的，自然也就没有谁认得他何铁夫，他可以暂时地做一做自由人，完全不用端着架子，来跟人周旋。这里通常下的是普及率较高的象棋，那些深奥繁复的围棋极少见得到。象棋最大的好处是棋子不多，棋盘结构简单，一眼扫过去，棋盘上有些什么子都能看清，不是一件太费目力的活动。当然要在棋盘上有所作为，不多看几步，多算几招，那就没有出路。

好在这里不是棋院，棋手们不是到这里来夺金掠银捞奖金的，并不十分在乎胜负，只图一时轻松快活，那种老谋深算刀光剑影的情形极为少见。何铁夫的棋艺也只平平，但往往旁观者清，有时也能看出棋局中的破绽，兴致所至，早忘了君子观棋不语的规矩，忍不住会在旁点拨一下，使自己的虚荣心得到一丝满足。这个时候，下棋的人就会偏过脑壳，朝何铁夫瞄上一眼，把他看成高人，起身硬要他来一局。何铁夫也不谦让，把屁股贴到人家坐得滚烫的石凳上，与对方手谈起来。一般情况下，无论是输还是赢，何铁夫下过一盘两盘，就会把位置让给原来的弈人。他仅仅是过一下瘾，并不是要跟人争夺高下。

这天傍晚，大概是心情格外高兴的缘故，何铁夫被人请到棋盘边的石凳上后，一连下了五六盘，还舍不得离开。而且发挥得很好，平时这个水平的对手，顶多能下个平手，就算不错了，今天竟连赢了五局。对手也憋足了劲，拉着他不让走，直到暮色苍茫，棋子都看不清楚了，才不得不罢休。何铁夫揉揉双眼，站起身来，很惬意地伸了一个懒腰，同时忍不住还要往那未收盘的棋局上瞟上两眼。

就在这时，何铁夫在观棋君子中看到了一个熟人。这多少让他感到有些意外。在这里碰到熟人的机率的确是太小了。

这人不是别人，而是经常跟他在一起的龚卫民。

何铁夫一边跟龚卫民往城楼下走去，一边说，你是什么时候到这里来的？龚卫民说，我整整看您下了四盘棋，这四盘棋里，您三胜一负。何铁夫说，我怎么没发现你？龚卫民笑笑道，您那么专注投入，心无旁骛，怎么会发现我呢？

何铁夫这才想起，在这里见到龚卫民，应该不是碰巧，说，你找我有什么事吗？龚卫民说，我可不是来找您的，我是特意来看棋的。何铁夫将信将疑，说，你也喜欢象棋？水平一定不一般吧？龚卫民说，哪里，我喜欢看棋，却下得极少。何铁夫说，我也下得少，只是喜欢这象棋明来明去公平竞争的风格。

龚卫民望望何铁夫，略有所思地说，象棋象棋，相清楚了再下的棋，可这个相字却大有学问在里面。何铁夫说，什么学问？龚卫民说，象棋看上去似乎简单，不多的棋子明明白白摆在并不复杂的棋盘上，你一着我一着地下，可是象走田，马走日，你攻我守，前赴后继，有时好像平平淡淡，实际上险象环生，危机四伏；有时看上去已经兵临城下，其实对方已是强弩之末，只不过虚张声势而已。

也许是说得兴奋了，龚卫民那双不大的眼睛，在这初夜的幽暗里发出一样奇特的亮光。他继续说道，我就喜欢这种暗含玄机，需要一定智商和韬略，才能取胜的游戏，它可刺激人的中枢神经，使人变得敏锐和机灵，变得斗志旺盛。

何铁夫不认得龚卫民似的，偏了头瞥他一眼，心想，这个龚卫民，看来还不完全是你心目中的那个龚卫民。何铁夫就说道，龚卫民看你不出，还一套一套的，好像城府还不浅嘛。龚卫民好像意识到自己说漏了嘴似的，赶忙说，哪里，我这是班门弄斧，在您何县长面前，我还嫩得很哩。

何铁夫的猜测没错，龚卫民嘴上说自己是来看棋的，事实上是有事要跟何铁夫说。晚饭后他就开始找何铁夫，先给他房里打电话，没人接，再打他的手提，也没开机。何铁夫在通化没有亲人，也没有朋友，他会到哪里去呢？会动脑筋的龚卫民猛然记起有次闲聊时，何铁夫曾无意间透露出他对象棋的兴趣，又想起资水边的利济门上，每天傍晚都有棋摊，于是出城，跑到城门上，果然见何铁夫正在酣战。

现在他俩已经来到大街上。何铁夫想起几天前曾交代龚卫民拿下年工作思路的事，就问他，你考虑成熟没有？好久可以替你开常委会？龚卫民说，今晚如果您有空，我就去把初稿拿过来，给您瞧瞧，您觉得行了，就可开常委会了。何铁夫说，今晚有空。

晚上何铁夫花了两个小时，把龚卫民的杰作认真看了。这是何铁夫和龚卫民多次议过的实行公共财政的方案。说白了，以后的财政主要负责干部职工和教师的工资，年初把这些支出打足，其余视收入情况再定，有钱就把数字放到人大常委会上去，人大常委会定什么项目就开支什么项目，没钱就什么项目也不安排。当然这也不是何铁夫和龚卫民异想天开，要搞什么新花样，外省一些财政比较困难的地方已经开始这样搞了。

对这个方案，何铁夫还比较满意。账算得虽然紧了点，也就是说几乎全年的收入都算了进去，但具体细致，操作起来容易把握。何铁夫知道这是龚卫民自己动手弄的，财政局乃至整个通化县，还没有谁算得出这么精确的财政账。他打心眼里欣赏龚卫民的才干，心想，这样的角色，莫说做财政局长，就是做常务副县长甚至县长书记，能力也绰绰有余。

何铁夫只在方案上作了几处小小的修改，就签了字，准备送给罗书记过目。看看墙上的石英钟，还不到十一点，何铁夫便给罗书记打了个电话过去。恰好罗书记在家，何铁夫就出门，进了县委大院。可罗书记要接方案时，又改变了主意，说，先还是给钟书记看看吧，以后县委的工作他要多操点儿心。

何铁夫听得出罗书记话里的弦外之音，却不好多问，只得拿了方案，去找钟大鸣。

钟大鸣是通化本地人，在县城边上修了房子，不住在县委大院。何铁夫不想往钟大鸣家里跑，打算第二天再给他。可这个时候回招待所，肯定睡不着，干脆上办公室瞧瞧，看看有没有信件什么的，何铁夫意识到已有好几天没去办公室了。

打开办公室的门，把灯拉亮，何铁夫的眼睛也跟着亮了一下。他在县委大院里待的时候少，以往每次回到办公室，桌子椅子都蒙着厚厚的灰尘。为此何铁夫将陆主任训了好几回，却总是收效甚微。今天不知哪位仙女下凡，竟然把办公室弄得干干净净的，文件柜衣帽架一尘不染，桌上的书报摆得整整齐齐，茶几上的水壶茶杯洗得光光亮亮。

何铁夫想，这是谁干的？这样的干部就应该表扬。

第二天何铁夫早早就进了县委大院。一上二楼，就见自己的办公室已被人打开了。来到门边，原来是于小丽在专心地抹着办公桌。

见何铁夫走进来，于小丽就笑嘻嘻地说，何县长您好！何铁夫说，小于，原来是你在学雷锋。于小丽说，给领导打扫办公室，本来就是我分内的事。

何铁夫突然想起那天晚上于小丽和她丈夫送烟的事，就问她，小于，你和你丈夫找我，一定有什么事情吧。于小丽停了手中动作，犹豫一下，才说，也没什么，就是我丈夫在财政局工作好多年了，一直待在什么权力也没有的监督股，我想请何县长您跟龚局长打声招呼，换个好点的股室。

这也不是个蛮大的事情，于小丽怎么还要转这么多的弯呢？何铁夫就说，你找过龚卫民本人没有？于小丽说，找过不止一次两次了，他口里答应得很好，就是不见有什么动作。何铁夫说，好吧，我跟他说说。于小丽就感激地说，劳驾何县长操心了。

于小丽走后，何铁夫叫来一位秘书，想要他把公共财政方案给钟大鸣送过去的。忽然又改变主意，支开秘书，决定还是自己亲自去找钟大鸣。

上到三楼，来到副书记室的门外时，门是虚掩着的，好像钟大鸣正在办公室里跟人谈话。何铁夫想，当书记看来比当县长有意思多了，谈话就是工作，工作就是谈话。这么想着，在门口站立片刻，觉得有些无聊，就准备离开。

还没转身，门开了，龚卫民低着头，从里面走出来。

一眼瞧见何铁夫，龚卫民脸上有些尴尬，嘴巴动了动，想说什么，却终于什么也没说出来。好在钟大鸣也来到门边，像是送客，见着何铁夫，很热情地把他请了进去。龚卫民还在门口愣了一下，然后下了楼。

何铁夫进屋后，钟大鸣给他屁股下面塞一把椅子，说，何县长你是忙人，今天有空到三楼来走走？

龚卫民刚才那尴尴尬尬欲说还休的样子，还留在何铁夫脑壳里，拂之不去。他心里想，这龚卫民到钟大鸣这里来做什么呢？所以钟大鸣问何铁夫话，他竟然没听到似的。钟大鸣只得又重复了一句，何铁夫才反反应过来，说道，我是无事不登三宝殿，要劳你书记大驾。说着把方案递上前，还做了几句说明。

钟大鸣满口应承道，我一定看，看完就还给你。

钟大鸣说话算话，当天就推掉别的事情，将公共财政方案看了两遍，并在上面批了几条具体意见，第二天亲自下到二楼来，把它交给了何铁夫。钟大鸣说，我看这个方案可行，我请示罗书记，尽早召开常委会定下来，明年就按这个办法搞。何铁夫说，感谢钟书记对财政工作这么理解和支持。

何县长客气了。钟大鸣说，是你和龚卫民的主意吧，难得你们的一片良苦用心啊。何铁夫说，主要是龚卫民的功劳，我不过打了打边鼓。钟大鸣说，这龚卫民还是一个不可多得的人才嘛，你何县长有眼力，没看错人。

听钟大鸣夸龚卫民，何铁夫就想，当初要提龚卫民当财政局长时，钟大鸣坚决反对，数了一大箩龚卫民的不是，是何铁夫着意要用龚卫民，声言龚卫民不当财政局长，他就不管这个烂财政，并取得了罗书记和组织部长等多数常委的支持，才终于给龚卫民下了文。

想不到时过境迁，他钟大鸣也对龚卫民倍加赞赏起来了。

五

研究公共财政的方案不久就在常委会上获得通过，接着又在人大常委会上议了议，就基本定了下来。何铁夫对龚卫民说，下一步你再召集预算和行财等股室，把账算细一点精一点，做明年的预算时，就以此为依据了。龚卫民点点头说，我们立即就去行动。

一个星期之后，龚卫民给何铁夫拿来一大把表格，说，这是全县吃皇粮人员工资细数，已经算到了单位和个人头上，按照以往财政收入10%至12%的增长速度，全县的人头经费差不多可打足了，当然仅仅是指裸体工资，至于政策规定应该发放的其他工资、生活补贴、误餐费之类，还没办法打进去。

何铁夫眼睛盯着表格，说，那农业、城建、工业解困等切块资金，县长机动金，还有没有余地？龚卫民摇摇头，无可奈何地说，暂时还体现不出来。何铁夫说，这些资金以往都掌握在常委各位主要领导手里，如果明年不安排一点的话，我敢保证，你这个所谓的公共财政是无法执行得了的。而且财政收入明年就有把握按10%至20%增长么？假设只能增长5%或3%，甚至下降呢？龚卫民说，方案不是常委通过了的么？

何铁夫斜龚卫民一眼，说道，你是真的不明白，还是跟我装蒜？

龚卫民沉吟片刻，才缓缓说道，公共财政早搞得搞，迟搞也得搞，这是整个地方财政的大趋势。我的账算来没算去了，工资支出数也已经打得非常紧，几乎没有了余地，唯一的办法就是增收了。

何铁夫用鼻子哼了哼说，增收？你到哪里去增收？龚卫民说，也不是完全没有办法，比如造纸厂，每年再多交三至五百万，并不是没有可能。何铁夫说，你要指望吴凤来多交三五百万，就看你的本事了，我已是黔驴技穷。龚卫民说，我们同时还可向上面伸伸手，现在上级财政每年给我县的定额补贴是500万，如果再争取争取，达到800万甚至900万，也是有可能的。何铁夫说，可能可能，你左一个可能，右一个可能，这可能到底有多少可能？

何铁夫把这绕口令一绕，两人都忍不住笑了起来。

事后何铁夫想了想，觉得下一步也只能从龚卫民说的这些方面去努力了。至少到上面去多争取点定额补贴，还是可行的。

何铁夫觉得事不宜迟，要动作就得早动作，决定自己亲自出马，带上龚卫民，先去财政厅探探动静。龚卫民马上来了劲，说，只要您何县长出面，那一定会马到成功。何铁夫说，在县里我们这些人说句话，恐怕还算句话，可到了省里，我们说句话，跟放个屁又有多少区别呢？龚卫民说，何县长您就别谦虚了，预算处童处长是您的同学，您要上厅里办事，还有办不成的？

原来龚卫民的眼睛早盯着何铁夫的同学童学军。何铁夫说，预算处长权是有权，可权把子究竟握在厅长手里，就好像你局里的预算股长，还不处处都得听你的？龚卫民说，话虽如此，可有了您那做预算处长的同学指引，我们就有把握把厅长的工作做通了。

接着龚卫民把自己的计划给何铁夫说了一下，何铁夫说，看来如今也只能这么办了。

事情敲定后，龚卫民正要走开，何铁夫忽然想起一件事，叫住他道，卫民，政府办于小丽的丈夫是不是在你局里工作？龚卫民说，是呀，在监督股当股长。何铁夫说，于小丽找过你没有？龚卫民笑道，找过，怎么没找过？我知道她迟早还会来找您何县长的。何铁夫说，那你怎么答复她？龚卫民说，她的意思，想让我把预算股长的位置腾出来给他丈夫，您想她丈夫一不会写，二不会算，放监督股闲着，无碍大局，弄到预算股来，不是要坏我的大事吗？

听龚卫民这么一说，何铁夫相反不好说什么了，说，也没什么，我随便问问而已。

转眼就到了深秋时节。何铁夫和龚卫民连续上省城跑了几趟，通过何铁夫那位在预算处做处长的同学童学军，跟财政厅蔡厅长取得了联系。在他们的一再恳求下，蔡厅长终于答应10月下旬到通化县来视察工作。

回到县里，何铁夫先向罗书记和钟大鸣作了汇报，然后跟龚卫民上了离县城十公里远的紫竹公园。紫竹公园不但山清水秀，还有一处宜人的温泉，是一个绝好的休闲去处。何铁夫交代公园经理，立即在公园宾馆里选一个位置好又僻静的单人套间，按广东的最新格局进行装修，会客厅的布局，大卧室里的设施弄最高档的，还要把山上的温泉接到卫生间的大浴缸里。至于装修经费，公园不用操心，财政随即会拨过来。

该安排的安排了，该布置的布置了，何铁夫的心才闲下来。又想起利济门上的棋摊，已经好久没到那里去过瘾了，这天傍晚，何铁夫又独自出了武装部的门，往资水河方向走去。

还没走到利济门，不想跟一个人遇上了。这人就是那次组织离退休工人，给吴凤来家里送花圈的造纸厂退了休的杨老厂长。杨老厂长其实并不要找何铁夫，他是没事在街上随便走走，与何铁夫不期而遇的。本来杨老厂长已经把那次何铁夫许的愿忘到了脑后，这一下看到何铁夫，又想了起来。他拉着何铁夫的双手使劲摇着，一边说，何县长好久没看到您了，我正要找您哪。何铁夫只得说，杨老厂长，您老有何指教？

杨老厂长脸上就洇上了一股愤慨，他放开嗓门嚷道，吴凤来这狗娘养的，又扣了我们几个月的福利，而且他鬼影子都找不到，我们没法子，只好到政府去静坐了。

闻言，何铁夫出了一身冷汗，忙说，杨老厂长，您就帮我多做点工作，要大家不要去政府静坐。我今晚就找吴凤来，你们的问题一定会得到解决的。杨老厂长说，我们都是看您何县长的份上，没找政府，要不然早就行动了。何铁夫抱拳给杨老厂长作揖，口里说，我代表县委县政府感谢您老了！

打发走杨老厂长后，何铁夫骂了一句，狗日的吴凤来，你到底是怎么搞的嘛，难道硬要让人家把花圈摆到进你屋里才甘心？也没了去看棋的情绪，何铁夫车转身，抬步往回走。

回到招待所，刚打开门，电话就响了。拿起话筒，电话里就喂了一声。何铁夫的心头猛地跳了一下。他还从没在电话里听到过这个声音，但一听就听出来了，好像他等这个声音已经等了许久了。何铁夫说，舒青，是你吗？左舒青说，是我，我还没说话，你就听出来了？何铁夫说，别的女人给我打一百遍电话，我也许都听不出，可是你不同，你一次电话都没给我打，我都听得出来。

左舒青沉默了一会儿，才说，我想找你有点事。何铁夫说，是现在？左舒青说，现在你有空吗？何铁夫说，有空，你到我这儿来，还是我去你那里？左舒青又沉吟了片刻，才说，到你那里去不好，你一个人住在招待所里，还是别往你那里跑。

何铁夫想，她总是这样处处为人着想。就说，你还和以前一个样。左舒青说，到我这里来一下吧，我小孩在家里。

何铁夫就去了一中。

左舒青住在教室旁边的耳房里。何铁夫推开虚掩的房门时，她正在灯下看作业。见了何铁夫，左舒青就放下作业，给他搬凳子，倒茶水。

这当儿，何铁夫把房子打量了一下。这是连在一起的两间屋子，里间做卧室，外间做客厅，还在墙外拼了一个小厨房。在全县的学校中，一中待遇是最好的，谁知左舒青这样的一级教师还住在这样的地方。好在左舒青收拾得很干净，给人的感觉挺舒适的。何铁夫就说，你要上课，又要带孩子，家里还弄得这么整洁，真不容易。左舒青说，也没什么，习惯了。何铁夫说，孩子呢？左舒青说，在里面睡了。何铁夫又问，孩子的父亲不在家里？左舒青说，我们早分手了。

何铁夫有些吃惊，说，怎么从没听你说过呢？左舒青笑笑说，我跟你又没见过几次面，哪有机会向你汇报？何铁夫说，是呀，如今我忙你忙大家忙，却不知到底在忙些什么，连许多必要的交往都顾不上了。左舒青说，你忙是忙仕途，做了县长做市长，前程远大，我们这些穷教书的，再忙也忙不出个出息来。何铁夫说，你别挖苦我了，还什么市长，这么个小小的副县长就够我受的了，真是误入歧途啊。

误入歧途还不至于吧？左舒青说，不过如今企业倒闭，工人下岗，税收征不上，吃皇粮的人则越来越多，你这父母官也不是那么好做的，条条蛇咬人哪。

左舒青这两句话本来也平常，可何铁夫听来却入耳得很，心想，这舒青还像当年那样理解人，不免对她心存感激。又聊了些别的，何铁夫问左舒青，那个时候你的诗写得多漂亮，现在还写吗？问过，自觉问得滑稽，如今什么年代了，还有人写诗？便自哂了。

左舒青也笑了，说，你还记得那个年代，那已经一去不复返了。说完，脸上竟有些愀然。

何铁夫看看手机上的时间，觉得不早了，就说，只顾跟你闲聊，都忘了问你什么事。左舒青说，也没什么，主要是想跟你见见面。一边打开抽屉，从里面掏出一个信封，递给何铁夫，说，这是校长放我这里的。不知他从哪里知道我是你的同学，硬要我递这个报告。放我这里两个月了，校长追问了几次。我总犹豫着，不知要不要找你，直到今天晚上才终于鼓足勇气，给你打了个电话。

何铁夫打开信封，里面是一个要钱的报告。便说，如今财政连工资都难保证，给单位追加经费的可能性不是太大。左舒青赶忙说，我也知道财政确实困难，解决不了也没什么，我事先就在校长面前说了的，只试一试，不一定就能解决问题。何铁夫说，当然，有机会的时候，我会尽力而为的。

何铁夫要走时，左舒青也关上房门，执意要送他一段。学子们已熄灯就寝，校园里一片宁静。时至暮秋，天上的月亮很明朗，很豪放，给树荫浓密的校园小路播下斑剥的光影。两人忽然不吱声了，陷入沉默。似已回到十多年前那所中学的校园，也是这样的月夜，也是这样的校园小路，何铁夫和左舒青为讨论他们新写的诗，徘徊复徘徊，多么投入，多么痴情。

一股柔情在何铁夫心头升起，他偏了偏脑壳，望望左舒青，发现她也低着头，似在想着什么？想着什么？何铁夫不用问也知道。他真想伸出双臂，将左舒青那有些单薄的肩膀轻轻揽过来，揽进怀抱。

这么默默无语，来到校园门口的路灯下。何铁夫站住了，说，你回去吧，外面的露水很重。一直低着头的左舒青这时才抬起来，依然无语地望何铁夫一眼。

何铁夫就看见，左舒青的眼睛里闪着泪光。

六

这段时间，何铁夫和龚卫民的工作重心，几乎就是紫竹公园那个豪华套间的装修了。隔不了三五天，两人就要上公园去看一次进度，直到完全按他们事先布置的规格装修得差不多，才放下一颗心来。

同时一个星期要给财政厅童处长打两个电话，生怕蔡厅长改变主意，不到通化县来了。

10月底到了，童处长终于在电话里告诉何铁夫，蔡厅长下周星期一来通化。何铁夫立即叫上龚卫民，去向罗书记和钟副书记汇报。两位都表示，一定要按最高规格接待蔡厅长。

得到两位书记的话，何铁夫心里就有了谱。他说，县里的领导级别不够，我看应该给市委市政府报告一声，来个市领导陪一陪。两位书记都觉得有道理，就由罗书记亲自给市委胡书记打电话。

罗书记拨的是胡书记秘书的手机。胡书记秘书一听是通化县罗书记的电话，问候几句，就让胡书记接了电话。听说财政厅蔡厅长要到通化县来，胡书记自然高兴，说，你们的工作做得好，做得好，是应该把蔡厅长请来视察视察。伍市长出国不在家，我就做主了，我和管财贸的常务副市长林志鹏同志一起出面接待蔡厅长。

胡书记是个细心人，还作具体布置，星期一上午八点准时在市委门口集合，由他和林志鹏副市长带队，通化县几大家领导一起参加，叫上两辆警车，赶到市北面的市界处，隆重迎接蔡厅长一行。

星期一上午，通化县几大家领导跟着胡书记和林志鹏副市长，如期赶到市界处恭候起来。何铁夫手机不离手，不到二十分钟就要跟童处长通一次话。通到第三次上，蔡厅长的车子已经到了前方 300 米处。何铁夫立即站到路中间，把手举过头顶，扬起来。蔡厅长的车携一阵劲风，吱一声停到何铁夫脚边。

胡书记和林副市长跟蔡厅长在省里开过多次会，彼此熟悉，蔡厅长还没下车，两人就迎上去，将他请出来，握着手，连说，蔡厅长您辛苦了，辛苦了。蔡厅长也说，你们辛苦了辛苦了。见来了这么多的人和车，蔡厅长又说，你们这是太客气了，不必不必。口上虽然这么说，脸上却显得非常灿烂。

接驾的人太多，胡书记只给蔡厅长介绍了几个主要角色，如通化县罗书记钟大鸣何铁夫之流。跟何铁夫握手时，蔡厅长说，小童跟我多次提到过你，说你非常能干，税务总局税务发票印制权，全国好多地方费九牛二虎之力跑北京争取，都没争取到，却被你一个电话弄到了通化。说得何铁夫心里很暖和，胡书记他们也连连点头称善，

寒暄几句，胡书记就把蔡厅长请上了车。童处长见胡书记这么客气，就让他坐到蔡厅长的车上，自己钻进何铁夫的车子。随即，一前一后的警车鸣响警笛，十多辆高级小车一溜儿开动了，显得好不威风。

在车上，童处长对何铁夫说，姓何的，你确实会办事，厅长要到你县里去，连市委书记和市长都替你出了面。何铁夫说，这哪里是我会办事，

是蔡厅长和你有面子啊。童处长说，这也有些道理，但主意肯定是你何铁夫出的，要不我这个童字就倒着写。

何铁夫笑笑，不置可否。

因为是同学，两人说起话来便有些随便。何铁夫说，如今地方上的财政越来越吃紧，你们这些财神菩萨自然越来越显得神气，到了哪里，谁敢不小心侍候？童处长说，这有什么神气的？何铁夫说，就拿通化来说吧，如果财政形势好，该发的工资发得出，该办的事情办得了，我还犯得着兴师动众，跑到这里来恭候你们吗？

说得童处长笑起来，在何铁夫肩上就是一捶，说，看来在社会上混了这么多年，你的性情跟在大学时并没有太多改变。

胡书记原来的意思，是要把蔡厅长留在市里吃了中饭再走的，蔡厅长听童处长说到通化只有两个小时的路程了，也就决定还是直接往通化去。胡书记见蔡厅长主意已定，只得听他的，跟着马不停蹄奔往通化。

到通化后已是中午1点。中饭后来不及休息，蔡厅长就让胡书记和林副市长陪着，看了几家企业。吃晚饭时，何铁夫跟童处长商量，胡书记他们在这里陪着也没必要，相反还会影响蔡厅长的休息，是不是劝他们回市里算了。童处长过去跟蔡厅长一说，蔡厅长也觉得有道理，就对胡书记说，你们都是大忙人，这么守着我，我真过意不去，今晚你们就回市里去，不要陪我了。

胡书记的事情也确实多，只客气了两句，就把罗书记和何铁夫他们喊过来，当着蔡厅长的面说，我们今晚就回去了，我把蔡厅长交给你们，哪里怠慢了，我拿你们是问。蔡厅长说，别说得这么厉害，我又不是小孩子，只要有饭吃就行了。胡书记几个满怀歉意地跟蔡厅长握过手，道过再见，当晚回了市里。

胡书记他们走后，蔡厅长又对罗书记和钟大鸣说，你们两位和县里几大家的领导也各自回家吧，大家跟着跑了一整天，回去得太迟，夫人可不干了。说得大家都笑。罗书记说，蔡厅长难得到通化来一趟，我们陪陪是应该的，就是回去做床头柜，也很值得。蔡厅长笑着说，看来通化县的男人是经常当床头柜的，功夫一定很深的啰。不过如果因为我蔡某人而做床头柜，那我要不好意思了。这样吧，你们还是回去，给我留下小何和小龚，待会儿我们上街散散步，看看小城夜色。明天你们也不要来陪，这几天我们了解一下贵县的财政情况，走的时候大家再见见面就行了。

蔡厅长的话实际上也是何铁夫和童处长的意思，他俩早就跟罗书记他们通了气的，所以罗书记他们给何铁夫叮嘱了几句，也就离开了宾馆。这伙人一走，蔡厅长这里就清静多了，何铁夫提议，到资水桥上去看夜景，几个人出了门。

来到桥上，正是夜色正浓之时。凭栏远眺，两岸灯火如昼，河里流水哗然，波光闪烁。蔡厅长抹抹头上被微风吹散的稀疏的头发，深吸一口清新的空气，感慨地说，还是这些边地山城好啊，长居于此，寿命都要长几年。何铁夫说，山城污染也严重起来，今非昔比了。比如下游的造纸厂，河里排放的废水，空中排放的废气，已经为害不浅。

说时，何铁夫用手指了指不远处的灯火辉煌的造纸厂。蔡厅长说，是不是承印税务发票纸的那家造纸厂？何铁夫说，正是，它是我县财政收入的主要来源，所以当初上头要下这个厂子，我们才想方设法力保，不然，我县干部职工莫说裸体工资，就是基本生活费，恐怕也到不了手了。

何铁夫忽然意识到自己说得远了，赶忙刹住，换了话题说，蔡厅长您看我，现在是 8 小时之外，我们是来陪领导看夜景的，尽扯这些干嘛呢？这大概也是职业病吧。蔡厅长说，我下来就是听情况的嘛。何铁夫说，也不能老是工作，工作和休息要有机结合。明天再带你们到一个山好水好，没有任何污染的地方去，保证比这里强百倍。蔡厅长说，我们可不是下来游山玩水的。何铁夫说，仁者爱山，智者爱水，我知道蔡厅长可是仁智之士啊。

这话让蔡厅长听着舒服，指指何铁夫，笑道，你这何铁夫，好会说话。

在桥上转了一圈，几个人进了桥头一家名曰情未了的娱乐中心。蔡厅长开始不肯进去，在腰上捶了捶说，坐了一天车，腰都竖不起来了，还是回去休息吧。何铁夫说，那里面就是消除疲劳的地方，我们想去里面轻松轻松，您不去，我们怎么有理由去？蔡厅长才勉为其难地说，你这么说，我只好陪陪你们了。跟着走了进去。

先要了一个大包厢。坐下喝了几口茶水，何铁夫请蔡厅长去蒸桑拿。蔡厅长说，桑拿房里缺氧，我受不了。一旁的龚卫民说，里面还有盲人按摩。童处长也帮腔道，蔡厅长有腰肌劳损，按一按，说不定还见效。蔡厅长就骂童处长，好呀，你出卖我，看回厅里我给你颜色瞧。然后起身跟着何铁夫走。蔡厅长也确实有腰肌劳损，这是何铁夫事先在童处长那里了解到的实情，不然他就没把握请得动蔡厅长了。

桑拿室里没有外人，好像是专为蔡厅长准备的。服务人员见客人来了，立即给桑拿房开了蒸汽，何铁夫和蔡厅长就脱光衣服，只在下身围了条毛巾，钻进桑拿房。蒸了不到五分钟，两人就出来了，泡进热气腾腾的浴池里。泡够了，何铁夫就叫过服务员，快去请按摩师，老板泡好了。服务员说声好，几步迈出了桑拿室。

按摩师很快就移着细步进来了，果然是位盲人。服务员又跑过来，把蔡厅长从浴池里扶出去，用干毛巾给他揩干身上的水。服务员牛高马大，力气也足得很，到得按摩台前，伸手在蔡厅长那发福的腰身上只一托，就把他托到了按摩台上。盲师那骨格清奇的大手就伸了过来，缓缓地在蔡厅长的身上运作起来。盲师摸着了蔡厅长的后颈，说，客人后颈高隆，一定是大富大贵之人。蔡厅长笑笑，不吱声。盲师摸着了蔡厅长的肩膀，说，客人肩宽背厚，这样的主儿，逢乱世拥兵百万，如今是太平盛世，也一定拥金过亿啊。

蔡厅长这下心里乐了，不觉偏了头瞥盲师一眼。盲师说，你别看我，我说的话难道还有假不成？蔡厅长奇怪，他怎么知道我看他？看来不是等闲之辈。蔡厅长就把话岔开了，说，你这里很清静的，平时客人也不多吧？盲师说，平时这里热闹得很呢，今天据说是要来大领导，保安在门外挡着，这里才这么自在的。

蔡厅长这时呻吟起来，唤道，对了对了，就在这里，重点再重点。

离开桑拿室后，蔡厅长跟何铁夫夸奖道，不错不错，这盲师不错，我在省人民医院做定期保健按摩，那名医还没这盲师按得到位。想不到在通化这样的边地，还有这等高人。何铁夫笑道，蔡厅长才是高人呢，拥金过亿。蔡厅长指着何铁夫笑道，小何你这东西，肯定是你跟盲师透露的。何铁夫说，没有没有，绝对没有，这盲师还真懂骨相，一摸就准。

两人说笑着回到包厢里，这时童处长他们正在破着嗓子吼叫。何铁夫一瞧，里面多了个女人，竟然是政府办的于小丽。何铁夫说，小于你怎么也来了？于小丽说，我到情未了来看一个朋友，听包厢里唱歌的声音像是龚局长，推门进来一瞧，果然是他。

说到这里，于小丽望一眼龚卫民，继续说，龚局长要我陪省里领导唱两曲，我就不走了。何铁夫说，好好，你的歌是我们政府系统最棒的，多唱几首吧。顺便把她介绍给蔡厅长。于小丽也主动，伸手跟蔡厅长握了握，就点了一首歌，要和蔡厅长唱。蔡厅长推脱不了，就接过话筒，跟于小丽唱起来。唱的是流行一时的《心太软》：你总是心太软，心太软，独自一个人流泪到天亮。

唱罢，于小丽瞟着蔡厅长说，蔡厅长典型的男中音，比任贤齐富有男人味，好像是哪所音乐学院毕业的。蔡厅长说，我是乱吼的。于小丽说，情未了的舞曲也是非常棒的，蔡厅长这样的艺术型人才，舞肯定是一流的，我请蔡厅长到厅里跳一曲吧。龚卫民说，蔡厅长您不知道小于的舞，我们通化找不到第二个，保险您跳了一曲，又想第二曲。

经不住鼓动，蔡厅长只得跟于小丽去了外面的舞厅。

直到12点多，几个人才尽兴离开情未了。路上，于小丽向何铁夫请假，说她几年没休公休假了。何铁夫说，这段时间事情也不多，你就休几天吧。于小丽道声谢谢，又跟蔡厅长他们说了再见，跳上一部出租摩托先走了。望着于小丽坐的摩托箭一般远去，何铁夫心想，莫非于小丽今晚跑到情未了来，就是为了向我请公休假的？

这时只听蔡厅长说道，这个小于不错，舞跳得好极了，我本来是不会跳舞的，经他一带，也跟得上舞步了，我好像还从没碰到过这样的好老师。龚卫民说，明天我们再到这里来，我负责去请她。蔡厅长说，不用不用，我又不是专程来通化跳舞的。

七

一夜无语。

第二天一早，何铁夫正准备上车往宾馆去，政府办陆主任匆匆跑到武装部来，堵住他，上气不接下气道，何县长不好了，不好了。

大清早的就有人说不好了，何铁夫心里老不高兴，没好气道，何县长怎么不好了？何县长还站在这里没死。陆主任说，何县长您没死，可曾副县长这时不一定还活着。何铁夫一听，意识到事情有些严重，只得刹住步子，耐心听陆主任说明原委。

原来昨天下午曾副县长在离城十里的城南乡检查屠宰税收缴情况，了解到乡旁边的落叶村农民不肯交纳屠宰税，就带上乡里的书记和乡长一帮人，到村里去动员交税。结果跟村民们发生冲突，村民们扣下他们的小车，将曾副县长挟持到村里一个秘密地点藏起来，扬言政府不减免屠宰税，他们就不交车放人。县公安局长闻讯，亲自带上一卡车的干警，开到村里，和村民们对峙了一个晚上，曾副县长还没出来。

何铁夫一听，就知道问题出在了哪里。他给龚卫民打了个电话，要他先去宾馆打蔡厅长他们的招呼，他有急事要去处理，恐怕要中午才回去得了。然后上车出了城。

赶到落叶村时，真枪实弹的干警们还堵在村口，村里的墙头屋尾都站满村民，一个个拿着鸟枪木棒。何铁夫走到干警们前面，吼道，把枪给我放下！站在你们前面的是什么人，你们难道不清楚吗？干警有的开始收枪，有的还在犹豫。何铁夫不耐烦了，又骂道，有种的继续把枪举着，看我回去端不端你们的饭碗？这样大家的武器才都放下了。

接着何铁夫转身，一边往村里走，一边高喊道，乡亲们，你们抓错了人，该抓的不是曾副县长，而是我何铁夫，县政府主持工作的常务副县长何铁夫。是我的工作没做好，我对不起大家，我现在就把自己交给你们。

在场的人，包括公安局长和干警们，谁也没见过这阵势，顿时都傻了眼，进也不是，退也不是。如今的老百姓跟政府的关系那么紧张，曾副县长已经落入他们手中，现在何县长又自投罗网，这如何是好？那边的村民也蒙了，这个何县长也怪，先是让警察把枪放下，接着又自己送上前来，难道他就不怕死么？

这时只听何铁夫又破开嗓子，喊起来，农民兄弟们，这都是政府失职，我向你们陪礼道歉来了。我清楚，现在猪肉价格连续下降，我们还要来收你们的屠宰税，而该补给你们的粮食差价款，又迟迟到不了你们手里，如果换了我何铁夫，也会像你们这么做的。告诉你们吧，政府已把粮食差价款拨了出来，之所以没及时到达你们手上，是因为中间有人做了手脚，我们已经掌握情况，正在查处做手脚的人，如果过几天不把这家伙揪出来，并把差价款补给大家，我何铁夫誓不为人！

何铁夫一席话，让村民们的心有些动了。他们觉得何铁夫的话还诚恳，手上的鸟枪和木棒不由自主地慢慢放下了。何铁夫又说，村长在么？我想跟他说几句话。有几个村民就说，这不关村长的事，是我们自发干的。何铁夫说，我不是这个意思，我是想跟他商量一下，我现在有两样东西，一是我本人，另外是我后面那辆小车，今天你们是要我留下，还是把车子留下，由你们选择，先把曾副县长换出来，回头抓了这次隐瞒拖欠粮食差价款的罪犯，再来取今天留下的，好不好？

一个留着山羊胡子的老头这时站了出来，说，我们村长到广东打工去了，村上的事情基本上由我说了算。我们是久闻你何县长大名的，据说你还是一个好官，今天我们相信你一回，把曾副县长放了，如果你不能兑现你说的，到时再找你的麻烦也不迟。说着，他向后挥挥手，有人就把曾副县长送了出来。

临走时，何铁夫果真把自己的小车留在了落叶村，他向村民许诺说，两个星期后再来取车。然后搭公安局长的车回到县城。

从出城到回城，前后才一个多小时，所以何铁夫赶到宾馆时，童处长他们才起床。童处长说，昨晚睡得迟，早上起不来。又把何铁夫拉到一边，轻声说，厅长很满意昨晚的安排，你们离开宾馆后，在我面前一个劲地夸你呢。何铁夫说，还不是全靠你从中撮合。童处长说，哪里哪里，是老同学你能干嘛。

吃过早餐，蔡厅长提出去财政局看看，一行人离开宾馆。见何铁夫自己没车，要去坐龚卫民的车，童处长就把何铁夫拉到他和蔡厅长的车上，问道，今天你的车哪去了？何铁夫说，通化财政穷，搭你们的车可省点油费。蔡厅长说，真的？我可还没见过你这样会打算盘的县长。童处长说，他的车八成是了卖了钱，给干部职工发工资了。

到了财政局，楼上楼下地转了几处，又到会议室听龚卫民汇报了一阵工作汇报，一个上午已经过去。中饭后，几个人直接上了紫竹公园。

进得公园，满目都是青山绿水，蔡厅长赶忙叫司机把车停下，从车里钻出来。其他人也下车，陪蔡厅长步行。蔡厅长赞叹道，多好的山水啊。随即口中念道，常恨春归无觅处，不知转入此中来。何铁夫说，我说了，蔡厅长一定会喜欢这里的山水的，没猜错吧。又指着路旁的溪水道，这就是山上流下来的温泉，蔡厅长在这里泡几天，保证您乐不思蜀，不想回去做厅长了，到时童处长回去搞宫廷政变。蔡厅长说，厅长算个什么？如果我那个厅长可换取你这紫竹公园，我一定换。

十多分钟后，几个人就来到温泉边上的公园宾馆。走进装修一新的豪华套间，蔡厅长就诧异了。高贵的红色地毯，发亮的红木沙发，典雅的席梦思大床，华丽的吊项，还有进口大彩电和大冰箱等，应有尽有，无一阙如。还有与卧室差不多大的卫生间，里面的桑拿房，按摩台，大浴缸也齐全得很，让蔡厅长叹为观止。何铁夫这时就站在蔡厅长旁边，他伸手在墙上按了一下，浴缸的四周立即吱吱吱喷出水来，那水冒着腾腾热气，很快弥漫了整个卫生间。蔡厅长走上前，伸手在水里一试，水是热的。何铁夫说，这水可不是烧出来的热水，公园里没有锅炉可烧。蔡厅长说，这就是温泉？何铁夫说，当然是温泉，矿物质丰富得很哩。蔡厅长叹道，就是省城的星级宾馆也没见这么气派排场的。

很快安顿下来。何铁夫几个陪蔡厅长在套间外的会客室里打了一会儿扑克，接着到餐厅吃晚饭。晚饭过后也不安排别的活动，让蔡厅长泡温泉，泡个足意。蔡厅长泡够了，开门正要进卧室，何铁夫把他挡住，说，蔡厅长您到按摩台上趴着，按摩师来了。蔡厅长回头一瞧，昨晚那位给他按摩过的盲师仿佛从天而降，摸索着走了过来。

头两天，蔡厅长一直是在大套间里泡温泉，泡过后，盲师给他按摩，按摩过后，几个人陪着打扑克。有时也到山上走走，呼吸些新鲜空气。到第三天傍晚，龚卫民提出，外面的露天大温泉池子每天这个时候换水，大家可陪蔡厅长去那里一起泡。蔡厅长点头说，我也不能老一个人在套间里享受，这样要脱离群众了。

大家走出宾馆，一起进了刚换过水的露天池子。这里的最大好处是水面宽，水深的地方高过人头，可以像在河里一样，来几个狗爬式或剪刀式。蔡厅长自小在长江边长大，水性不错，当即来了个仰泳。白胖的身子并不中看，速度和姿势却还可以，博得众人的一片掌声。

泡了一会儿，池边下来两个穿着泳装的女人，其中的一个竟然是于小丽。何铁夫有些纳闷，怎么这于小丽又出现了？不过于小丽过来打招呼时，何铁夫还是很客气地跟她说了声，小于是你啊，你怎么到了这里？于小丽说，平时领导也不带我出来玩玩，我只好趁休假，自己出来走走。又跟龚卫民点了点头，于小丽便往蔡厅长和童处长那边游去。

童处长早就看到了于小丽，对蔡厅长说，厅长您看是谁？蔡厅长的眼睛就亮了，对于小丽说，小于你不是仙女下凡吧？于小丽说，厅长处长你们好！蔡厅长的目光在于小丽身上叮住挪不走了，说，小于你真是好身材啊。于小丽那修长的双腿就在水里优美地摆了摆，甜甜地说，我知道厅长这是挖苦我。

从此每天傍晚换完水后，几个人就会出现在露天大池里。自然也包括于小丽在内。后来何铁夫和童处长他们借故泡温泉累人，就把蔡厅长交给于小丽，由她单独陪蔡厅长上大池里泡温泉，他们几个继续留在宾馆里聊天或看电视。那位盲师当然也没走，仍然一天三次给蔡厅长按摩。

其他时间也打牌，不过已改成麻将。这是于小丽的主意，她说什么年代了，还打扑克，打麻将才有味道呢。蔡厅长就听了于小丽的。基本上是蔡厅长于小丽童处长和何铁夫打，龚卫民偶尔替一替何铁夫。不打大的，五一二，一炮五元。蔡厅长和于小丽赢得多，童处长和何铁夫总输。何铁夫说，我和童处长智商低，不是打麻将的料。于小丽说，智商低的人情商高。蔡厅长忙附和说，是是是，童处长一出门，他夫人就老不放心。

又泡温泉，又搞按摩，又打麻将，一个星期不觉就过去了。蔡厅长的腰脊劳损似乎好多了，疼痛感明显减弱。这天麻将正酣，蔡厅长忽然说，时间过得真快啊，真是洞中才数日，世上已百年，我们也该下山了。何铁夫说，人生百年，难忘温泉，我们就别走了。

说着话，手上一颗麻将牌掉到了地上。何铁夫勾着头去地毯上拾牌，无意间瞥见蔡厅长那只胖脚正在于小丽白嫩的腿上摩挲着。

何铁夫赶忙把头抬起来，心想，明年通化县的裸体工资有着落了。

八

送走蔡厅长他们后，何铁夫就在常委会上提出来，立即逮捕粮食局局长，因为是他拖着财政拨过去的粮食差价款没发放给农民，才闹出落叶村事件，而且他本人也从中捞了好处，这都是证据确凿的事实。

开始既管着党群又管着政法的钟大鸣不同意，说，要抓就连落叶村的人也一起抓。何铁夫说，法不责众，何况理在村民手里，不抓粮食局局长，我们就不好交差，还要出事的，到时被绑架的就不只是曾副县长了，恐怕我何铁夫和你钟书记也在劫难逃。反正我的车已经交了出去，现在把我也交出去吧。这样罗书记才表了态，抓了粮食局局长。何铁夫又到粮食局坐了两天，守着会计把粮食差价款一笔笔拨到乡里，要乡里赶快造册，发到村民手中。

然后何铁夫亲自去了落叶村。那笔粮食差价款陆续到了村民手上，村民们也听说何铁夫已经把粮食局局长抓了起来，所以对他非常客气，都说上次抓人不对，何县长怎么处置他们都没意见，并表示屠宰税保证一分不少地交给政府。何铁夫很感激这些通情达理的村民们，说了许多道歉的话。村民自然也理解何铁夫，他的小车开出村子时，大家还恋恋不舍地送出村外好远。

落叶村的事情能有这个结局，何铁夫还是满意的，所以在回县城的路上，何铁夫心情有几分舒畅，和司机小衣开玩笑说，小衣啊，我是怕你下岗，才跑这一趟的呀。小衣也笑着说，我下岗算什么，如果何县长您亲自下岗了，那就麻烦了。

说笑着，车子不知不觉就进了城。可正要进县委大院的时候，何铁夫的手机响了，是政府办陆主任打来的。一听陆主任的声音，何铁夫背上就发麻，因为陆主任的电话总是凶多吉少。果然不出所料，陆主任电话里的第一句话就是："何县长，又出事了，你现在在哪里？何铁夫不好气地说，你别管我在哪里，你说到底出了什么事？陆主任说，龚卫民龚局长被人砸烂了脑壳，正躺在人民医院里，你要不要去看一下？

何铁夫闻言吃惊不小，问陆主任到底是怎么回事。陆主任支支吾吾的，好一阵说不出个所以然来。何铁夫就没了耐心，关了电话，让小衣把车开到医院去。

好在龚卫民的伤并不重，额头上虽然脱了一层皮，却并没伤着里面。龚卫民告诉何铁夫，是外贸公司的职工砸的。外贸公司原来叫做外贸局，属行政部门，由财政发放工资，前几年转体出去，成为公司体制，财政便不再负责工资。由于经营不善，连连亏损，职工半年多没领到工资了，就跑到财政来，说是财政局把他们分出去的，要求恢复过去的体制，仍然由财政发工资。龚卫民解释说，他们转体是省委省政府下的文件，与财政何干？也许是说话的口气粗了点，对方也起了高腔，混乱之中，不知谁在龚卫民头上来了一下。

说到这里，龚卫民笑笑说，革命就是要流血，一流血对方就退了下去。一旁的段股长却仍是一脸的愤怒，对何铁夫说，何县长您要做主，把这事摆平，他们连龚局长都敢打，其他的财政干部今后还敢出门？龚卫民朝段副局长摇摇手说，这没什么，比起人家半年多没领工资，吃饭都没保障，我这点小伤算什么？何况当时也没看清是谁动的手，不好追究。

见龚卫民并无大碍，何铁夫也就放了心，安慰他几句，准备离去。龚卫民又告诉何铁夫，财政厅的文件下来了，给通化县每年追加了500万元定额补贴。何铁夫闻言，高兴地说，这可不是一个小数字，加上原来的500万元，通化县每年可享受上级财政整整1000万元的定额补贴，基本上占了通化这个贫困小县可用财力的四分之一。龚卫民一脸灿烂，说，没有何县长出面，将财政厅领导请到通化来，哪有这么好的效果？

一高兴，何铁夫就想起一个人来，对龚卫民说，这件事这么圆满，除了县委政府的大力支持和财政部门的精心组织安排外，也还有于小丽的一份功劳啊。卫民你说，于小丽丈夫的事，你是怎么考虑的？龚卫民说，我打算申报小段当副局长，把预算股长的位置让出来，给于小丽的丈夫，不知何县长您意下如何？何铁夫说，你不是说于小丽的丈夫不会写，也不会算吗？龚卫民说，可以学嘛，他人又年轻，什么学不来？

恰好上面给通化县的县领导来了两个免费去昆明和北海疗养的指标，常委会上定人时，罗书记认为何铁夫和龚卫民是通化县的有功之臣，提议由他俩去。钟大鸣几个觉得有道理，表示赞同，最后就定了他俩。何铁夫和龚卫民觉得这一段安排蔡厅长这个行动，日夜不停地操劳，神经高度紧张，放松一下也好。结果龚卫民去了北海，何铁夫上了昆明。

在昆明一个山庄里呆了几天，何铁夫想起县里的一些事情，便有些待不下去了。正准备提前回县，忽然在山庄里意外碰上造纸厂的吴凤来和他厂里的销售科游科长。他乡遇故人，何铁夫就有种亲切的感觉，尽管他对吴凤来一直有点想法。

何铁夫就问吴凤来，怎么上昆明来了？吴凤来说，全国造纸行业订货会在昆明召开，我们是特意赶来的。何县长您怎么也来了？何铁夫说，我疗养来了。吴凤来摇摇头说，疗养？您会来疗养？我才不信呢。何铁夫说，只你当大厂长的天南海北地到处走，我却不可来疗养疗养？吴凤来说，疗养好久？何铁夫说，已经来四天了，明后天就走。吴凤来说，走干什么？我们的订货会已开了一天，明天还有一天，后天我陪你去西双版纳看看吧。

何铁夫想，平时一年四季忙忙碌碌的，也没个空闲，如今出来了，那么急着回去干什么呢？何况这也是跟吴凤来交流感情的好机会，你既然在通化干，就要跟吴凤来这样的角色搞好关系，这对工作也是有帮助的。何铁夫就说，好吧，你吴厂长盛意，我要推辞，显得我不地道，我就留下来陪陪你吧。

第三天三人飞了大理。开支当然全由吴凤来出，县长跟厂长出门，还没有要县长自己掏钱的先例。从大理飞回昆明后，何铁夫去宾馆拿了行李，又跟吴凤来他们飞到重庆。从重庆上船游三峡时，吴凤来见何铁夫手上的提包质量差，式样旧，就说，您这包也该扔了，到了武汉我给您买一个真皮的。到了武汉，吴凤来还真地买来一个又漂亮又实用的真皮提包，亲手交给何铁夫。并把他原来那个旧包抢过去，搜出里面的手机证件什么的，一扬手，把旧包扔进了长江。

武汉没啥好玩的，三个人立即登上飞机，两个小时回到了市里。吴凤来借故家里事多，当天和游科长回了通化县，何铁夫想起好久没跟老婆孩子见面了，回了家。

晚上，何铁夫在客厅里跟女儿争抢电视频道，董小棠在房子里给他清理东西。忽然董小棠在里面叫道，铁夫你进来一下。何铁夫进到房里，董小棠手上拿着吴凤来送给他的那个真皮小提包，里面的东西已被抖出来，抖得满地都是。何铁夫不知董小棠要干什么，问，你没在包里发现女人的照片或香水什么的吧？

董小棠没有开玩笑的意思，递给何铁夫一个存折，说，这是什么？我刚才在包里发现的，平时怎么从没听说你有这么多存款。何铁夫接过存折一瞧，竟然有 10 万元存款。存折上写着自己的名字，存款地址就是本市的银行。

何铁夫立即明白过来，原来吴凤来跑到昆明去，并不仅仅是开订货会，同时也是奔他何铁夫去的。

九

一个小小贫困县，一下子省里增加了 500 万，造纸厂又超收 200 万，两项加起来整整 700 万元，这年的财政账也就好算多了。以往一到年底，各部门各单位上政府和财政局要欠拨工资的，要欠拨业务费的，要欠拨基建款的，要好不容易到上面伸手要来而县财政无法拨出的戴帽资金的，来来往往，络绎不绝，就像农贸市场赶场一样，何铁夫和龚卫民根本不敢待在县政府和财政局，东躲西藏，打一枪换一个位置，跟电影里的李向阳一样。今年县政府和财政局安静多了，何铁夫和龚卫民也不再到处打游击。袋里有钱心不慌，他们从容得很，事先就将过去欠的账列出一个明细表，分轻重缓急，一项项作了安排，12 月中旬就基本拨了出去。还补发了半年的政策规定该发而财政一直发不出的干部职工的生活补贴。剩下的为数不多的余钱，县委几个常委提议当奖金发给干部职工，因为大家好几年没领一分钱的年终奖了。何铁夫顶着不发，他说，通化县的干部职工已经习惯不领奖金了，他们都是些好干部好职工，我相信他们会理解政府和财政的难处的。我们也不能忘了氮肥厂水泥厂几家厂子的下岗职工，应该给他们发两个月的基本生活费，也让他们过上一个像样点的元旦。

大家不好反对，也就只得依了何铁夫。全县上下就到处传言，何铁夫是个好官清官，头脑清醒，办事能干，不仅能从上面弄得到大钱，还处处考虑干部职工和普通百姓的困难，这样的能人，不应该老做常务副县长，早应该做县长做县委书记了。这些话传到何铁夫耳里，他并不往心里去，可其他县领导听了，就不怎么舒服了，撇着嘴说，原来何铁夫是在哗众取宠，好像全县的工作都是他一个人做的，我们都在吃干饭。

有了点钱，全县的党代会也如期在县城隆重召开。会上选举产生了新一届县委常委。罗书记市里另作安排，不在候选人之列，钟大鸣、何铁夫等九人当选。何铁夫得的几乎是满票，要他当县委书记的呼声很高。可分工的结果，钟大鸣做书记，何铁夫为副书记，并明确为代县长，只等 3 月份的人民代表大会一开，就可选为正式县长。代表们对此多少有些不满，但这是市委的决定，而何铁夫也有一个妥善的安排，也就不好起哄了，党代会圆满结束。

会议结束的当天晚上，刚上任县委书记的钟大鸣亲自跑到武装部招待所，找何铁夫谈工作。何铁夫正在房里看一份材料，见钟书记驾到，忙起身敬烟倒茶。一边说，钟书记啊，我正要去拜访您呢，您倒先来了。

何县长我们谁跟谁呀。钟大鸣说，如今罗书记要走了，全县的担子就完全落在你我两个的肩上了。何铁夫说，我凡事听钟书记您的安排，积极当好您的副手。钟大鸣说，话可不能这么说，你是政府的一把手嘛，县里的工作，最难弄的还是政府这一块。何铁夫说，有您钟书记给我撑腰，我的底气就足了。钟大鸣说，何县长是能干人，你的能力搞好政府工作，绰绰有余。这也是全县上下都公认了的，这次党代会选举常委，你的得票就最高嘛。

何铁夫望一眼钟大鸣，心想，今晚钟大鸣到我这里来，就是来把这句话说给我听的？他说这句话的用意在哪里呢？是想警告我不要以为得票多就自以为了不起，当不当书记不是以得票多少来定的，而要由上头说了算？转而又想，钟大鸣还不是这类浅薄之徒，他一定还另有企图吧。

何铁夫的分析没错，两人又闲聊了一会儿，钟大鸣终于说了他真正想要说的。钟大鸣说，何县长你的担子越发地重了，政府人手又少，你看是不是要增加个把助手？钟大鸣说的当然是实情，自何铁夫主持政府工作以来，政府一直空着一个副县长的位置，何铁夫同时做着两个人的事，政府增加一个人手，很有必要。

何铁夫于是说，过一个多月不是要开人代会了吗？到时补选一个副县长就得了。钟大鸣说，为确保选举顺利，我意思现在就给你安排一个县长助理，明确为副县级，到时副县级干部当副县长，代表们的工作好做些。

钟大鸣这不是理由的理由，何铁夫还不好反驳。却不知他要安排什么人。何铁夫只得附和道，钟书记考虑得真周到。钟大鸣说，只要你支持，我想就这么定了。何铁夫说，人选呢？钟大鸣说，给政府安排人，我想还是由你这个县长来定。何铁夫不免暗想，钟大鸣肯定早就有了人，只不过做个样子给我看罢了。就说，人事安排是县委的事，政府听县委的。钟大鸣说，你就别推了，提个人选出来吧，你觉得工作最得力最合手的就提出来。

何铁夫自然就想起一个人来，他就是龚卫民。但当初提龚卫民做财政局长时，钟大鸣都极力反对，如今若提他的名做县长助理，人代会再选副县长，钟大鸣卵睾子不要跳脱？何况此时的钟大鸣已不是彼时的钟大鸣，已是通化第一人，是得罪不起的。何铁夫也就懒得开口，随他钟大鸣定谁。钟大鸣又说，何县长你提吧，我尽量满足政府的要求。何铁夫说，还是钟书记你提吧，我心里好像还没有合适的人选。

钟大鸣就做出一副深思熟虑的样子，在房间里来回走了两个圈子。

最后钟大鸣在屋中间站住了，用手在额头上敲了敲，试探着说，你看你手下的龚卫民怎么样？

这一下，何铁夫就有些犯傻了。他的想象力再丰富，也想不到龚卫民这三个字会从钟大鸣的嘴巴里冒出来。

下达龚卫民做县长助理的文件，第三个星期就到了何铁夫手里。当然龚卫民财政局长的职还未免，仍由他兼任。照理，一向为何铁夫所赏识的龚卫民得到提拔，而且又是给自己做助理，他应该感到高兴才是。可何铁夫就是高兴不起来。也许是龚卫民偏偏是钟大鸣提的人选，这是一个星期以来，何铁夫怎么想也想不明白的事。

正因如此，当龚卫民跑到政府来向何铁夫报到时，他显得有些冷淡，有种爱理不理的味道。一向在何铁夫面前特别随便的龚卫民变得局促起来，在他办公室坐了不到两分钟，就借口还要回财政局处理点事，起身出了门。

看着龚卫民的身影从窗前晃过，何铁夫就似乎隐约意识到了什么。

十

吴凤来突然被检察院所属的反贪局弄了去。听说反贪局已经掌握了吴凤来贪污巨款的确凿证据。

通化造纸厂是个副县级架子，吴凤来是副县级干部，以往政法机关要办这个级别干部案子的时候，政法委书记先要跟常委通个气。可对吴凤来，他们却来了个先斩后奏。这让何铁夫很气愤，在常委会上发了一通火。

这天晚上的常委会本来是要研究春节后的人民代表大会事宜的，不想何铁夫一进会议室就把提包往桌上一甩，大声吼道，真是无法无天，起码的规矩都不要了，一个堂堂的县级干部，就这么被弄了进去，常委连半点口风都没闻到。其他的县级干部你们全部弄进去，我没半点意见，我还少负责几个人的工资，可吴凤来是造纸厂的厂长，吴凤来进去了，谁去缴这 1000 多万元的税款！

何铁夫说的是大实话，在坐的常委，包括政法委书记和分管政法的县委副书记，都张着耳朵听着，吱声不得。何铁夫也是特意说给他俩听的。他喝口茶，好不容易才压住自己的火气，放低声音说道，有人大概以为我跟吴凤来是穿一条裤子的，我们同流合污，一路货色，可哪个不知道，我为了催吴凤来的款子，跟他斗过好多，我又何尝不想换一个听话的人去代替他？可通化县找得出代替得了他的人么？春节很快就要到了，接着又要召开县人民代表大会，上级财政的定额补贴款要下半年才调得出，其他的税收又正逢淡季，以往每年这个时候都是靠造纸厂提前交了税款，给我们发放工资，现在把吴凤来弄了，厂里的纸销不出去，销出去的纸也要不回货款，看你们拿什么发放这两三个月的工资。

说到这里，何铁夫还是没法刹住，继续道，也许有人以为就我关心人代会，因为要代表们给我投票，那么今天就做个决定，人代会不要开了！如果说我想当这个鸟县长，我他妈的就是你们的孙子！

这天晚上的常委会基本上就是听何铁夫发脾气，什么事也没研究成，10 点刚到就草草收了场。事实上，如今办什么事情都与钱有关，吴凤来被抓，造纸厂瘫痪，政府少了个主要财源，上级财政的补贴款按惯例都得下半年才可能拨下来，财政一时拿不出钱来，就是研究也没用。

只是何铁夫心里清楚，脾气他是发了，但钱的事还得他去解决，至少一二三月份的工资和人代会的开支要筹措拢来。他决定还是跟龚卫民商量一下，看还有什么别的办法没有。何铁夫就打龚卫民的手机，手机没开。打他家里电话，电话老占线。何铁夫想，电话占线，大概龚卫民在家，反正他家离武装部也不远，于是出了武装部，朝龚卫民家里走去。

龚卫民住在他老婆单位的工商银行宿舍里，五分钟不用就到了。从传达室经过时，差点与低着头往外匆匆而行的造纸厂销售科游科长撞个满怀。何铁夫说，是游科长哟，这么晚了你还在这里？游科长说，我到龚——只说了半句，就把话咽了回去，改口道，我到供销社彭主任家里谈点工作，谈到这个时候。然后慌慌地出了传达室。

望望隐入黑暗中的游科长的背影，何铁夫心里暗想，这游科长怎么慌慌的？莫非他与吴凤来的案子有关？

龚卫民果然在家。他惊喜地把何铁夫迎进屋，亲切地说，何县长您好久没上我家来了嘛。何铁夫说，是呀，你忙我也忙，只顾忙去了。何况你也在政府任了职，天天见面，有事在办公室里就商量了，想来也没借口呀。龚卫民说，何县长，我可是您一手栽培起来的，您这么说，我可不好受。

何铁夫不免在心里说，是呀，我也感到不是怎么好受。过去他俩走到一起，从来就没客气过，也不知从何时起，似乎就变了一种味道。

何铁夫也没去多想，只说，你的手机不开，电话又老占线。龚卫民说，刚才我正在给童处长打电话呢，费了好多口舌，他才答应春节前给我们调度 200 万。何铁夫说，200 万发一个月的工资还差一大截呢。龚卫民说，今天我跟小段又去了一趟银行，金库里还有 200 多万，如果把上年结余的那几十万加在一起，一月份的工资可以保障了。何铁夫说，二月份和三月份呢？二月底是春节，春节一过就进入三月，正是人大会召开的时候。龚卫民说，万一没别的法子，只好动用那笔国债转贷资金了。

说到这里，龚卫民便不吱声了。何铁夫说，国债转贷资金谁敢动？这是用于水利建设的专项资金，是总理放下来的，文件规定什么时候都不能挪作他用。龚卫民说，那春节前我俩去趟财政厅，向蔡厅长伸伸手，请他们春节前再给通化调度点资金过来。何铁夫说，看来也只好走这条路了。省里只要有钱，也许是会调一点给我们的，反正我们有指标在他们手里。

从龚卫民家里出来已经十一点多了。还没出传达室，何铁夫就碰上供销社彭主任从小车上下来，正要往里走。何铁夫猛然想起刚才碰到的游科长，他不是说跟彭主任谈工作吗？彭主任这个时候才回来，他谈什么？这时彭主任也看见了何铁夫，立即喊住正在掉头的司机，要送何铁夫回武装部。

"才几步路，我正想散散步呢。"何铁夫说，"彭主任怎么这个时候才回来？"彭主任说，到市里开了两天会，这才回来。哎，我去开会之前，可是向您县太爷报告了的，您忘啦？何铁夫这才记起，前天彭主任确实到政府办当面跟他报告了的。就捶了捶自己的脑壳，说，你看我这记性哪去了。

县城不是大都市，进入农历十二月，机关里的人早忘了用公历记日子，都掐着指头，计算着还有多少天就该过年了。见了何铁夫和龚卫民，只有一句话，要过年了，哪天发工资？钟大鸣也对何铁夫说，大年初十就报名开人代会，那几个裸体工资还是想办法发出去吧，大家也好过个像样点的年，到时有情绪来开会。

是呀，一月份的工资勉强发了出去，可二三月份也就是过年的工资却还没有着落，何铁夫和龚卫民自然比谁都急。没法子，两人只得在一起商量上财政厅拜年的事宜，巴望财政厅能在年前给点调度资金。何铁夫说，除了给蔡厅长和童处长拜年，别人还考不考虑？龚卫民说，预算处那位具体经手拨款的阮科长，是不能忽略的。何铁夫点点头说，那倒也是的。龚卫民说，一人送两条大中华和两瓶茅台，怎么样？

何铁夫想起上次吴凤来给自己送冻鸡的事，就说，一个人送一盒茶叶吧，就是市面上那种书本一样大小的10元钱一盒的云雾茶。龚卫民说，何县长您这不是开玩笑吧？一盒茶叶也想要回调度资金。何铁夫说，谁开玩笑了？

龚卫民突然明白过来，笑笑说，还是何市长这个主意好。

要讲发，不离八，何铁夫和龚卫民选的日子是农历一十八。这个时候离过年还有十二天，财政厅愿意给钱，年前还可以发到干部职工手里。当然头两天就给童处长打了电话的。童处长在电话里说，你们不要来，农历十二月还没到，财政厅宿舍区就装了两台监控摄像机，传达室也配了保安，外来人员都得接受检查。何铁夫说，没关系，我又不去给你送礼。

也是因为同学关系，童处长才不好推辞，说道，你们一定要来，不要自己进来，我去外面接你们。何铁夫说，一切照你的指示办。

听童处长把今年财政厅说得这么森严，何铁夫干脆连司机也不带了，自己动手开车。中午就到了省城。两人也不急着找人，白天见人不方便，于是去一个日场歌厅听了一下午歌。听完歌出来，已是黄昏，只见地上白皑皑铺了一层不厚的雪。龚卫民说，这才像一个过年的样子。何铁夫说，是呀，就要过年了。

说着，何铁夫不觉鼻头就有些酸酸的，心想，如果不是作这个鸟官，这个时候也该和老婆孩子一起购年货，考虑如何过年了。能够理解的，说是为全县干部职工那几个裸体工资奔波，不理解的，还说是我何铁夫想巴结人大代表呢。这么想着，何铁夫捏着鼻子往地上一擤，竟然擤出一把血丝来，沾在雪地里，格外醒目。龚卫民见了说，何县长，您这是怎么？何铁夫说，没怎么，可能有点心火。然后上车，打响马达，朝财政厅开去。

快到财政厅了，何铁夫把车子开进一个偏僻的巷口，然后下车，一边向财政厅靠拢，一边从提包里取出手机给童处长打电话。隔财政厅还有100米的地方，就见童处长从传达室里走了出来。两人加快步伐迎了过去。童处长说，要你们莫来硬要来，这样的天气不是受罪么？又说，摄像机就装在大楼顶上，我们现在已经进入监控范围。

经过传达室的时候，保安自然又是一阵盘问，好在他们仅仅提了一个手提包，又是童处长领着，才顺利过了关。到童处长家里坐定后，见没有外人，何铁夫就从包里取出一包云雾茶，递给童处长，开门见山说，这次来就看望你和蔡厅长，还有那个具体负责拨款的阮科长，你和蔡厅长的茶叶是一样的，阮科长的打五折，你觉得行吧？童处长说，你们这样，是要让我们犯错误不是？何铁夫说，我们老同学了，你还不知道我的为人？龚卫民也在一旁说，您看我们司机都不带，何县长亲自驾的车。童处长说，我已跟蔡厅长说好，争取给你们调剂点资金出来，没有特殊情况的话，下个星期就可到达通化。龚卫民说，还要我们来一趟么？

童处长想了想说，本来你是不用来了，但年底到了，我的应酬也多，弄不好会忘了你们的事，你来一下也好，还可守着处里把钱拨走。

从童处长那里出来后，两人先去了管拨款的阮科长的家里，然后再上蔡厅长家。厅长夫人很热情，赶忙用一次性的塑料杯子给两人倒了热茶。蔡厅长则说，离开通化后，还没见过你们的，都好吧？两人忙点头说，好好好，托厅长的福嘛。蔡厅长说，是到省城来购年货？何铁夫说，年货也购一点，主要是来看看厅长，您对通化这么关怀，通化人民没齿不忘啊。

说着，何铁夫从包里拿出一包茶叶，放到茶几上。厅长仍是一脸的笑，说，这么客气干什么？坐在对面的厅长夫人脸色却跌了一下，但她也是见多识广之辈，立即又笑容可掬了。

从蔡厅长家出来后，何铁夫把着方向盘要往宾馆里开，龚卫民说，赶回市里去吧，也就两个小时的路，您也好久没和嫂子团聚了。何铁夫说，你这家伙！心里却很受用，一踩油门，把车开出了小巷。

十一

晃眼又是一个星期。为了确保省里的资金及时到位，何铁夫对龚卫民说，你还是上一趟财政厅吧，没准那姓童的家伙还真把我们的事给忘了呢。

龚卫民走后，何铁夫天天给他打电话，问钱什么时候到。开始龚卫民总说，别急，童处长答应了，过一天两天就办。过了两天，何铁夫又给龚卫民去电话，龚卫民说，童处长说好了，明天就给我签字，你还耐心等一下。何铁夫想打电话给童处长，知道人家年底忙，而且龚卫民正在找他，就放弃了这个念头。

可是又过去了两天，还没见资金拨下来，何铁夫心里骂了句，这龚卫民怎么搞的，平时他办事好像不是这个样子嘛，这回到底怎么了？只好又给他打电话。却老拨不通。最后拨通了，没讲上两句，又断了。何铁夫正急得跳脚，龚卫民把电话打了回来。他说，阮科长到乡下去了，他每年都要提前给父母去拜年的，可能要去几天。何铁夫说，等他回来再拨款，途中至少得两天，不是年三十了？钱怎么到得了职工手里？

龚卫民在那头沉吟片刻，说，反正这个钱会拨下来的，是不是先借用一下那笔国债转贷资金？何铁夫说，这个钱谁敢动？动了上头要派人来追查的。但想想，省里的钱反正落不了空，只好先拿那笔钱应一下急。何铁夫便指示财政局段副局长调用那笔国债资金。段副局长提醒何铁夫道，这是明令不能挪作他用的专项资金，龚县长又不在家，而且他还是财政局局长，他不签字，我不敢动。何铁夫火了，吼道，还用你来给我宣讲政策？龚县长不在，何县长在嘛，何县长签了字算不算数？

龚卫民是等县里的工资发完之后才回到通化的。他还是没把资金拨回来。向何铁夫汇报时，龚卫民说，等阮科长从乡里回去，银行已经关账放假了，不过他答应，春节一过立即把款子拨下来。何铁夫也懒得跟龚卫民理论，说，你们要过年，我也要过年。回了市里。

春节放假三天，加上前后两个连着的大礼拜，共有七天。何铁夫是初七那天回到通化的。初十开人代会，他必须提前两天把政府一些事情安排好，然后集中精力开好大会。这个会对他来说，的确意义不同一般。当然当不当这个县长，他也并不是很在乎，可走到今天这个地步，不将这个官做下去，又去做什么呢？

同时何铁夫还对违规拨走的那笔国债转贷资金放心不下，得催龚卫民快点到省里去，将调度资金拨回来，好把窟窿补起来。所以一到通化，他就去了龚卫民家。龚家人说，龚卫民已经上了省城。这样，何铁夫才放了心。

可何铁夫没有想到，初八那天晚上，何铁夫已经睡下好久，反贪局几个人敲开了他的房门。说实话，何铁夫知道他们迟早是会上他屋里来的，却没想到会是这个时候。彼此都熟悉，平时是常见面的，所以他们对何铁夫还算客气。为头的姓周，他是检察院的副院长兼反贪局局长。周局长说，何县长，我们是为吴凤来的案子来的，根据他的招供，有件事想到你这里来取证。

何铁夫知道他所谓有件事指的是什么，指指墙上的石英钟说，你们看看这是什么时候了？你们要取证，难道非得这个时候来取吗？周局长说，对不起，何县长，干我们这一行的，深夜两三点找人是经常的事，这是我们的工作性质所决定的，还请你理解和原谅。何铁大说，你们说吧，到底是什么天大的事？周局长说，何县长，难道一定要我们先开口吗？何铁夫说，你们不开口，我怎么知道你们指的什么？周局长说，何县长你是知道我们的政策的，你先开口和我们先开口，其性质和结果可不一样。何铁夫不耐烦了，大声道，姓周的，你别神气，我至少现在还是通化的代县长。周局长说，你是不是代县长，这与我们办案没多大的关系，王子犯法与庶民同罪。何铁夫一拍桌子，吼道，放你娘的狗屁，我犯了哪一条？

这周局长也沉得住气，依然是不愠不火的样子。他说，何县长你回忆一下，吴凤来是不是曾给过你钱？何铁夫说，给过好多？你捐的是哪一次？周局长说，你硬是不肯说，我替你说，十万元，我大概没说错吧？

你没说错。何铁夫懒得跟他们绕圈子了，从抽屉里拿出一本存折，往周局长面前一摔，说，你们看看，吴凤来的钱都在这里。周局长打开存折，见里面曾经存过十万元人民币，可那十万元人民币已经取走。周局长冷笑一声，说，何县长你当我们是三岁小孩？想用这个一分钱都没有的存折来哄我们？何铁夫说，我麻烦你再往后面翻翻行吗？

周局长就往后面翻了翻。他看到了存折的内壳里面用浆糊粘着一张事业性收费收据。收据盖着通化一中财务科的红印，上面写着今收到通化造纸厂校庆捐款拾万元整的字样。

第二天，整个通化县就传开了何铁夫被抄家收审的谣传。传得非常神，说吴凤来为了让何铁夫减免他的税款，一次就给了何铁夫五十万元的贿赂，何铁夫拿着这笔钱，带上政府办的于小丽飞了云南，又飞重庆，潇洒快活如神仙。还说反贪局的人去抓何铁夫时，他正和于小丽睡在床上，两个人都一丝不挂的。又说何铁夫给了于小丽不知好多好处，否则她怎么会跟何铁夫上床？

如此如此，不一而足。直到两天后人代会如期召开，何铁夫端端正正坐在了主席台上，这谣传才不攻自破。

然而好运并没因此而降临何铁夫，第三天就要开始选举的时候，何铁夫县长候选人的资格被撤了下来。原因当然已不是收受吴凤来的贿赂，而是何铁夫动用国债转贷资金的事，被人捅到了市纪委，市纪委当即下来查实，何铁夫白纸黑字在国债转贷资金的拨款单上签着自己的大名。还是看在何铁夫是为了发放工资，而没有别的不可告人目的的份儿上，才免去了刑事责任，但他县长候选人的资格那是非取消不可的。只好按程序，紧急召开人代会主席团会议讨论，临时确定县长候选人。

讨论来，讨论去，刚从省里调资金回来的龚卫民被推举为候选人。

十二

何铁夫准备离开通化县的头一天，吴凤来到武装部来看望他。吴凤来是何铁夫县长候选人资格被取消的第二天放出来的。何铁夫把那个空白存折和贴在存折里的那张收据一并给了吴凤来。

吴凤来心里很不好受，说，何县长，这十万元，我并不是有意要害您啊，是您使造纸厂起死回生，让全厂的职工有碗饭吃的，可您却从没得到过我们的半点好处，我和全厂的职工都过意不去啊。而有些人没给厂子办过半件事，却从我们那里弄了不少的好处，我心里服吗？可我要说别人的事，说那些从我手里拿走几十万上百万的贪官，他们不听，也不让说，硬要我交代和您的问题！这十万元钱尽管我早就知道您以纸厂的名义捐给了一中，但我在他们面前也不说半句，我让他们自己来找你，让他们自己打自己的嘴巴。

老吴你别说了，我了解你的好心。何铁夫略有所思地说，我不明白的是，这十万元钱你不说，他们究竟是怎么知道的呢？吴凤来说，这还用说，是那姓游的狗杂种说出来的。原来我还不知道，他跟钟大鸣和龚卫民他们是一伙的。

提到龚卫民，何铁夫想起了什么，等吴凤来走后，给童处长打了一个电话，问调度资金怎么春节后才到县里？童处长有些奇怪，说，这是怎么搞的？龚卫民到省里的第一天，手续就办好了的，不信你还可以问问具体负责拨款的阮科长。何铁夫说，阮科长年前不是回乡下去了么？童处长说，哪有的事，春节前那么忙，阮科长一直在处里上班，哪里也没去。

何铁夫无言了。他突然觉得胸闷，气促得不行，喉咙也堵着，差点儿憋昏过去。最后一口恶血从口里喷出来，染红了地上的瓷板砖。

何铁夫在通化县人民医院住了一个星期。其实并没什么大问题，主要是心火过盛所致。也没告诉家里，这个星期是左舒青闻讯过来打的招呼。出院那天，左舒青还把何铁夫接到家里吃了一顿饭。左舒青说，铁夫，你要离开通化了，以后上我家去的机会就不多了。

左舒青搬了新家，三室两厅。左舒青告诉何铁夫，这是一栋教授楼，也就是要有高级职称的老师才住得进来。何铁夫将左舒青收拾得干净明亮的屋子打量了一下，说，蛮好的，你几时评了高级？左舒青说，我还没评高级，这是校长照顾的，校长说我为学校做了贡献，让我提前搬进教授楼来。何铁夫说，你做了什么贡献？左舒青说，你给了十万元嘛。何铁夫就笑了，说，这是造纸厂的钱，怎么算到了我的头上？

不一会儿，菜就上了桌。左舒青还拿来了一瓶红葡萄酒，说，稍微喝点没碍事的。端酒杯的时候，何铁夫没见左舒青的孩子上场，就问，孩子呢？

送到我妈那边去了，今晚我们慢慢喝两杯。左舒青把杯子举起来，柔柔的目光抛向何铁夫，说，还记得吗？我们第一次在一起喝酒是学校组织的一次篝火晚会，当时我们喝的就是这样的红葡萄酒。何铁夫说，记得记得，有些事情是一辈子也不会忘记的，它是人生的最大财富。

说着，两人的杯子一碰，一杯酒就下了喉。何铁夫就觉得奇怪，平时在外面喝了那么多好酒，什么茅台五粮液剑南春之类，常常喝，却从没觉得像今晚这酒这么好喝。何铁夫就有一种酒不醉人人自醉的感觉，心想，到通化来，什么也没得到，可却找到左舒青，而且喝到了她的酒，我何铁夫不也就足了吗？

一票否決

一

县委县政府召开的减轻农民负担工作会议开到下午七点结束，龙溪乡党委书记周正泉和乡长毛富发走出县委礼堂就登上乡里的吉普，匆匆出了县城。周正泉征求了一下毛富发的意见，就用手机打通乡里的电话，让乡办秘书小宁通知在家的党委委员召开会议，研究部署减负方案。八点多回到乡政府，在食堂里吃了几口师傅留在锅里的饭菜，八点二十就夹着公文包，进了会议室。

毛富发先传达了县里减负会议精神，申明谁违背减负原则收了不该收的钱粮，就一票否决谁。接着周正泉讲话，他说，大家也看到和听到了，最近新闻媒体报道了不少涉农事件，中央和省市一个一个的开会议，一个一个的批示和通报往下发，县里的减负会议更是把减负当做高压线横在乡干部面前，谁触电谁自取灭亡。因此我们的工作一定要做到位，不能出任何差错。特别是上个月把农业税和统筹款任务落实到村组后，部分干部已下村搞征收，所以要尽快把减负精神贯彻下去，坚决按政策办事，有依据该收的就收，没有依据而不该收的一分钱也不收，否则出了乱子，吃不了兜着走。

周正泉的话音还没落，下面已纷纷议论起来。有的说，平时的税费就收不足，再减就一分钱也不要收了。有的说，乡里的底子薄，干部的基本工资都发一个月没一个月的，再减负我们的屁股都要露在外面了。一说露屁股，有人就穷开心，嬉皮笑脸地说，女人屁股露在外面是健美，男人屁股露在外面是流氓，我们不成了流氓？说得一屋子的人都笑起来。

周正泉不笑，说，我也知道减负后的日子更加艰难，所以有几项工作必须跟减负同时进行。一是财政所尽快算一下账，看减负后财政收入会短收多少；二是教育办要考虑教育附加费取消后，学校经费尤其是教师工资怎么解决；三是税务、农经等部门要挖潜力，找税源，争取减负不减收；四是企业办摸摸乡里几家停产多年的企业的情况，有潜力恢复生产的设法恢复生产，有可能承包出去的承包出去。

最后周正泉宣布，明天上午开始行动，由党委政府和人大几位头头各带一队人马，分三路开赴东南西三片，进村进组进学校，把减负内容一项项落实下去。

第二天周正泉就带着一队人马，去了东片的高桥村。一进村，农民们就把他们团团围住了，说上面一再强调要减轻农民负担，电视都放了，报纸都登了，你们还到村里来干什么？说对农业税我们没有太多的意见，皇粮国税，自古就是要交的，可统筹款收得实在没道理，要交今年也不能交五十元一亩了，只能按三十元一亩交。说家里没鱼塘养鱼，没土地种橘子药材，每亩田也分了五元特产税，这是不得交的。

周正泉拿本子记下大家的意见，告诉他们，这次乡里就是下来落实减负的，大家有什么问题都提出来。也许众人习惯了乡干部一进村就要粮要钱的老一套，今天听周正泉说专门来减轻农民负担，相反不知说什么好了。周正泉趁机跟他们作了解释，要大家把农业税、统筹款等合理负担和一些杂七杂八的不合理负担区别开来，说，合理负担恳请大家按时足额上交，不合理收费坚决拒绝，如果哪个找你们的麻烦，我周正泉为你们做主。关于每亩五十元统筹款的任务，周正泉解释说，年初县里以为今年会有新的政策出台，有过只收三十元一亩的设想，可后来左侧算，右权衡，还是定了上年的标准。

周正泉把这一层道理一说，大家也没了意见。周正泉又对统筹款的用途作了说明，这是村干工资、五保户供养、民兵训练、现役军人补助等正当开支，目前乡村财力有限，只得从村民手里统筹，以后乡村经济发展了，乡里和村里拿得出钱，村民便可少交甚至免交。至于特产税的事，周正泉说，县里给我们乡分了三十万元的任务，乡里实在分不下去，才不得已这么做的，如果确有困难，乡政府再想想办法，能否从另外的途径解决。

讨论正热闹的时候，乡办秘书小宁骑着单车匆匆赶了过来。小宁上气不接下气地对周正泉说，你的手机没信号，我只有赶紧跑来了。周正泉说，什么事把你急成这个样子？小宁说，黄金村出事了！周正泉的头皮就麻了一下，撇下众人，爬上吉普车。要小宁也不骑单车了，一起挤进吉普车里。

原来副乡长龙跃进为完成农业税征收任务，前天就去了黄金村。为调动干部职工的积极性，这几年乡里采取征收任务和工资奖金挂钩的办法，龙跃进收税的积极性很高，每年的任务就他完成得最好。也怪不得，龙跃进老婆没工作，父亲前年为了给小儿子筹学费，上山砍竹子卖钱，摔在一个刚砍过的竹蔸上，把输尿管戳破，在医院里动了两次手术，搞得家里负债累累。偏偏黄金村是龙溪乡最偏远最贫困，税收征收难度最大的村，龙跃进在那里收了两天的农业税，实物和人民币两项加在一起还不上千元。后来了解到黄金村有不少人在广东打工的，常有钱寄回村里，龙跃进跑到邮政代办点查了查汇款单，把那些欠税的农户家里的汇款单扣下来，等人家来取汇款时坐地征收。这一招还真行，龙跃进一下子就收了好几千元。其中有一位姓陈的老婆婆来取她孙女从广东寄回来的400元汇款，龙跃进扣缴了她家欠交的农业税和统筹款共计310元，陈婆婆不甘愿，和龙跃进发生了争执。实际上也只争了几句，陈婆婆就走了。谁知没到半个小时，村里就有人来喊龙跃进，说陈婆婆跳井了。

吉普放开到黄金村口，就见一户人家门前挤满了人，想必就是陈婆婆的家了。周正泉几个一下车就往屋里奔，见一七旬老人斜躺在竹制躺椅上，头发披散，面容苍白，九死一生的样子。龙跃进已先到了，还有乡卫生院的医生前后忙乎着。围观的人告诉周正泉，还是今年天旱，井里水浅，陈婆婆跳下去后，井水才淹到腰身处，而且刚好有人路过井边，听到动静就把陈婆婆救了起来。还说陈婆婆命苦，三十岁死了丈夫，把一儿一女拉扯大，女儿被人拐到了河北，儿子得了偏瘫躺在床上，儿媳也跟人跑了，家里就靠她一双手操持。好在孙子孙女争气，孙子读高中，成绩排在班上前几名，孙女为了让弟弟把书读下去，去广东打工，把工钱都寄了回来。这次寄的400元钱，就是给弟弟交伙食费的，不想乡里逼着交了税，陈婆婆无法向孙子交代，一时气不过，跳了井。

听人这么一说，周正泉心情有些沉重，蹲到陈婆婆身旁，向她赔礼道歉，然后把自己身上仅有的300元钱拿出来，放到陈婆婆手里。周正泉带了头，其他乡干部不好无动于衷，只得纷纷解囊，多少表示一点。这倒让陈婆婆不好受了，大骂自己老糊涂了，做出这样的蠢事，害得乡上的领导担惊受怕。

回到乡里，周正泉给了龙跃进一个不轻不重的记过处分。龙跃进对处分没意见，只要求他在黄金村收的税款指标仍算在他的头上。龙跃进走后，小宁来问周正泉，龙跃进这事要不要报到县里去？周正泉皱了皱眉头，心里还是护着龙跃进的，只说了句，以后再说吧。然后走到操坪里，爬上等在那里的吉普车，准备下村。可司机小林刚打响马达，龙溪中学的校办主任就匆匆从外面跑进来，把车子拦住了。校办主任哭丧着脸说，周书记你快跟我去看看，学校已经上课不成了。

原来事情的根子是周正泉的前任，现已做了教育局长的原乡党委书记夏存志埋下的。夏存志到龙溪来之前就是教育局副局长，因与人争夺局长的位置失败，才到龙溪来做了书记。上任不久，夏存志就带着龙溪中学的校长宋天来跑资金，搞集资，将一栋三层教学楼竖了起来，并且拆了校门，扎架重修，要彻底改变龙溪中学形象。夏存志这么做的目的十分明显，那就是要给人瞧瞧，他不当教育局长，同样可以办教育。恰逢把他挤走做了教育局长的那位仁兄因经济问题下台，夏存志顺理成章做了教育局长。只是夏存志满面春风上调了，龙溪中学却留下了不少后患。这几年龙溪中学因修教学楼欠了一屁股债，根据他们的实际困难，以往教育局不但没有按比例征收他们的教育附加费，还要从其他学校集中上去的教育附加费里挤出钱来，多少拨些给他们。这个学期县里开了减负会，教育附加费一分也不能收了，龙溪中学便少了一个主要的还债手段，债主们生怕自己的钱泡了汤，纷纷跑进学校，逼着宋天来拿钱，宋天来拿不出，他们就砸烂了教室玻璃，还要把在建的学校大门上的脚手架也拆下来。

听完校办主任的汇报，周正泉要小宁去喊乡长毛富发和其他干部。小宁转了一圈，仅仅喊来企业办主任彭明亮和派出所所长顾定山。周正泉说，毛乡长他们呢？小宁说，每个人的房门都敲到了，估计已经下了村。周正泉说，我上车前还见毛乡长提着裤子刚从厕所里出来。小宁说，要不再去找一次？

周正泉摆摆手止住了小宁。他心里明白，在处理龙溪中学的问题上，毛富发和其他干部是不会合作的。当初夏存志倾乡里所有财力建龙溪中学教学楼时，毛富发和乡里大部分干部都反对，认为乡里底子薄，干部工资都保证不了，搞这样的大动作后患无穷，加上学校生源越来越少，新建教学大楼没必要。当时身为副书记的周正泉对夏存志的做法也是持反对意见的，只是学校基建搞起来之后，夏存志布置什么任务，周正泉顾全大局，还得配合他。后来夏存志调离龙溪，按常规，书记的位置不从外面来人，就该由乡长毛富发接任，没想到竟让周正泉这个副书记顶了上去。为此乡里干部议论纷纷，说发财要乱来，当官要后台，组织部长是周正泉党校时的同学；说生命在于运动，当官在于活动，周正泉给分管党群的副书记李旭东送了两万元现金；说三十而立，四十而不用，毛富发已经四十岁，过了提拔的年龄，周正泉运气好，天上掉下个馅饼，人家没捡到被他捡到了。周正泉对此无话可说。他知道夏存志是把龙溪中学当做自己树的旗帜来看待的，他不想在自己离开龙溪后，这面旗帜跟着倒下，才相中了还算配合他的周正泉，因此当李旭东找他谈话时，就表示周正泉不接任书记，他坚决不离开龙溪乡。

离学校还有一段路，就见在建的校门的脚手架上攀着好几个人，扔砖头的扔砖头，撬马钉的撬马钉，干得很欢的样子。派出所所长顾定山从车上跳下来，大声吼道，周书记来了，你们看见没有？周正泉也把脑壳从车窗里伸出来喊道，你们要想解决问题，就下来跟我商量好了。

拆脚手架的人这才开始往下爬。其他讨债人和学校的师生也闻风而动，一下子把周正泉他们围了个严实。宋天来忙向周正泉做检讨，学校还有 90 多万基建款没拨出去，他没有什么卵能耐，打发不了这些债主。周正泉一边在心里骂着夏存志的娘，一边死撑着面子，对讨债人说，我有话对你们说，你们信不信得过我？大伙就嚷嚷道，给钱就信得过，不给钱别说你乡里的书记，就是县里的书记省里的书记，我们也信不过。

周正泉大度地笑笑，说，我要是县委书记或省委书记，还会站在这里，跟你们磨嘴皮吗？我把话说明了吧，今天要拿钱，你们把宋天来和我的皮剥了也没用，不过你们如果能给点时间，我是一定会想法子的。大伙说，你的话我们不相信。周正泉说，我这个鸟书记三年两载也走不掉，到时如果不给钱，你们到乡政府掳我的被子还不行？

周正泉这一说，大家觉得现在就是拆了大门，捣掉教室，不见得钱就能到手，既然乡里的书记发了话，以后找乡里也行，口气才软了一点。

二

周正泉准备上一趟县城。走之前，召集几个头头凑了凑这次分头下村下组开展减负工作的初步情况。还专门听取了财政所长裴汉云的汇报。裴汉云根据党委意见，就减负后的乡财政算了一笔账。减负后屠宰税不能足额征收，特产税没有来源，加上其他一些税费不敢收，今年全乡至少短收 60 多万。除此之外，乡里还有一个拖了多年没有解决的问题，那就是摆在乡财政账上的50万元借款。原来事出有因。前几年县委县政府头脑发热，发文要各机关各乡镇投资办厂办经济实体，或以不同方式到企业里投资入股，以此活跃地方经济和弥补机关经费不足。当时的书记夏存志觉得乡政府出面办企业和实体，既没资金，又没经验，拿钱投给企业把握不大，最后才决定由干部私人向财政所借周转金，自己决定投资方向，这样既响应了县里的号召，又把风险转移了出去。方案一宣布，财政所门口就挤满了借周转金的人，一百多名干部借走50多万。不想几年下来，企业差不多都已倒闭，干部们投的钱等于扔到了水里，泡泡都没一个。后来财政所挨家挨户催收周转金，催了几年也没谁拿得出钱来还。财政周转金是上级财政借下来的，到时还得还回去，而上级财政不会找借钱的个人要钱，只管从下达给下级财政的指标中抵扣。不减负的时候，乡财政还有手段拆了东墙补西墙，拿别的资金临时填补借款，现在财政短收那么多，这手段也不灵了。

听完裴汉云的汇报，大家才意识到问题的严重性。却没别的好办法，只有让裴汉云把欠款先公布出去，要大家定期还钱。周正泉算了一笔账，如果借款收得上，先还一部分给上级财政，再重新办理一部分续借手续，把已停产两年的木材加工厂恢复起来，一方面可增加农业特产税，另一方面乡里还可收几个管理费。

碰头会后，周正泉心里有点不踏实，去了毛富发家。一进屋，毛富发老婆曾冬玉就端上一杯凉茶，递给周正泉。伸手接茶时，周正泉无意间瞥了一眼曾冬玉那颤动着的丰硕的胸脯。许是好几个星期没挨女人了，周正泉就觉得那胸脯好汹涌，仿佛是故意向他示威似的。

曾冬玉是毛富发的第二个老婆，毛富发因第一个老婆生不出孩子，折腾了几年还是离了，后来又娶了曾冬玉。曾冬玉是乡卫生院的护士兼出纳，比毛富发足足小了十岁。比毛富发小十岁不说，还有这么一个大胸脯，你他妈的毛富发艳福真不小。周正泉就想。

周正泉还想，毛富发你没当上书记也值得，你老婆这个大胸脯就抵得几个鸟书记。

也许是为了躲开那惊心动魄的胸脯的诱惑，周正泉一仰脖子，把一杯满满的凉茶都灌了下去，兴犹未了地说，整个乡政府，也就你家里有这么好的凉茶。曾冬玉就接过周正泉手上的杯子，说：“我再给你倒一杯。”

周正泉赶紧说，够了够了，我坐两分钟就走。曾冬玉这才拿着杯子转身进了里间。

毛富发望一眼老婆的背影，对周正泉说，你嫂子每天起来，别的事情都不做，先要冷一壶茶放到这里，说我们当乡干部的下村入户，老远从外面回来，口干舌燥的，没耐心喝热茶，有凉茶可救急。周正泉说，你有曾医生在身边，福气不小啊。毛富发说，还说福气，我四十岁的人了，还官不官民不民的，待在这个破地方。你不知她天天在我耳边聒噪些啥，什么张三与我一同参加工作，现在做上局长，住进了三室两厅；李四尽管只是个股长，却掌握着实权，要什么有什么；最差的王五无职无权，儿子也进了全县最好的重点学校。

周正泉知道，毛富发一半是发牢骚，一半也说的是实情。毛富发是龙溪本地人，做了三届乡长了，多少办了些实事，比如这满山满岭的树林，就是毛富发一个村一个组地做工作，用行政手段和乡规民约严禁滥砍乱伐，实行封山育林的结果。可官场就是官场，书记换了一个又一个，他这个乡长还在原地踏步，进不了城，也得不到重用。周正泉暗暗同情毛富发，这次上面没让毛富发做书记，却把自己给抬了出来，心里就有些过意不去，好像是自己做错了什么似的。

周正泉正不知怎么安慰毛富发，毛富发也意识到说得太多了，赶忙说，周书记一定有什么事吧？周正泉说，我打算上一趟县城，一是找找林业局，我们搞了几年的封山育林，山上的潜力大得很，看能否批点木材砍伐指标，把乡里的木材加工厂恢复起来，同时弥补一下农林特产税的缺口；二是让宋天来到几个部门去烧烧香，看能不能化点缘回来。

末了周正泉又交代毛富发，我走了，家里的减负工作，还有别的一些事情，特别是周转金的回收清理，还得请你多操操心。

从毛富发家里出来，周正泉上了吉普车。吉普车在路上炸了一次胎，修了两次离合器，加了三次水，不足五十公里走了三个半小时，到城边天已麻黑。周正泉让小林把车停在一家路边小店前，准备吃了晚饭再进城。立刻就有一位年轻姑娘走上前来，帮忙把车门打开了，一边甜甜地叫道，先生辛苦了。三人走进店里，另一位姑娘就献上了热茶。

正要点菜，外面又进来几个人，原来是龙溪地界上近两年暴发起来的煤窑主舒建军几个。舒建军笑容可掬地朝周正泉走过来，故作惊喜道，是老同学您呀，看来我今天吉星高照，得遇贵人。又回头示意身后一位姿色不错的年轻女人，让她过来和周正泉见面，说："这是我公司的销售部经理肖嫣然小姐，老同学您认识吧？

好像在哪里见过，周正泉点点头说道。舒建军说，在哪里见过？是在梦里见过吧？周正泉说，也许吧。客气地把手伸给叫肖嫣然的女人。就觉得这女人的手柔柔软软的，像崭新的绸子。周正泉不免心想，做个窑主比做这个鸟书记强远了，出门还有漂亮女人陪着，而且这女人的手这么柔软。

这时舒建军已坐到周正泉旁边，左一个老同学右一个老同学的。舒建军跟周正泉是同学不假，两人在一个班读过三年高中。那时舒建军是班上最矮最黑的一个，加上成绩又臭，无论老师还是同学，没谁把他当回事。偏偏又爱在女同学面前出风头，全班同学都把他视作狗粪。还异想天开地爱上了班上一个堪称校花的女同学。可校花却悄悄喜欢着周正泉，根本瞧不上舒建军。舒建军就恨死了周正泉，三番五次到班主任老师那里告状，说周正泉跟校花有染，结果周正泉挨了学校通报批评，校花也没面子待下去，只好转学走了。周正泉为此恨得太阳穴上的青筋乱跳，要收拾舒建军一番，只是正在备战高考，一直没时间和机会。后来周正泉上了大学，舒建军在家里荡了两年，也参军去了部队。不过这两年舒建军没在社会上白混，到部队后，他比一般战士要成熟得多，很有一套讨首长欢心的手段，几年下来就提了司务长，转业回来进县委行政组做了副组长。本来在行政组舒建军干得如鱼得水，跟领导的关系搞得火热，不知怎么突然离开机关下了海，四处筹措资金，在广东抄起了地皮。广东抄地皮的风刮一阵就刹住了，他便回到县里，率先在龙溪开起了全县第一家私营煤矿，成了远近闻名的私营企业家和省人大代表，风光一时，惹得县里的头头脑脑竞相与他交好，有的还暗地里到他矿上入股，做了他的隐形后台。周正泉不知是记着高中时的旧恨，还是看不惯如今这些官商勾结的风气，跟舒建军保持着一定距离，舒建军几次上门请他上窑山指导工作，他都不冷不热地推掉了。今天不知怎么的，竟被他逮了个正着。

这当儿，舒建军已把菜谱拿了过去，豪爽地说，我来点，好久没跟老同学喝酒了，这一顿我请客。周正泉不想与舒建军搅和，却不好跟他抢菜谱，只得随他去。

不一会儿，菜就上了桌，什么口味蛇，土王八，竹鼠，山鸡，都是些平时少见的野味。酒是当地产的五星级开口笑，舒建军一边给周正泉倒酒，一边说，喝本地酒放心，没有假。周正泉对酒是无所谓的，只是不想在舒建军前面显得小家子气，也把杯子捏在了手上。齐喝三杯后，舒建军举杯给周正泉敬酒，说:“老同学您是我的父母官，我的窑就在您的地皮上，凡事多请包涵。周正泉说，哪里哪里，今后乡里有困难，需要舒老板帮忙，可不要躲避哟。杯子一碰，脖子一仰，酒就到了嘴里。

酒下喉后，舒建军给周正泉亮亮杯底，同时向肖嫣然使了使眼色，肖嫣然就举着杯子来到周正泉身边，瞟着周正泉说，我早就听说过，老板这位老同学不仅是官场好手，同时也是酒中豪杰，今天相见恨晚，至少也得喝个十全十美。周正泉说，何谓十全十美？肖嫣然说，你的芳名有个全（泉），你十全；人家都说我不丑，不丑即美，我十美。周正泉说，肖小姐好口才，定然也好酒量，可我偏偏水平有限，就一杯吧。肖嫣然说，周书记是嫌这种喝酒方式呆板不是？那我们喝交杯酒吧。说着，伸手来挽周正泉的手腕。周正泉连忙躲开了，慌慌地说，不行不行，今晚还有要紧事，我甘拜下风。

闹嚷中把酒喝完，两伙人各自钻进自己的车，上了路。进城后，舒建军他们就忙自己的去了，周正泉让宋天来和小林住进县委招待所改成的所谓宾馆，然后对宋天来说，来之前我和你分了工的，该烧香的地方，今晚就让小林陪着你去，我就不好出面了，只负责跟夏存志联系。宋天来说，我办事，你放心。周正泉点点头，准备回家。他的家在老婆邹立敏所在的医药公司宿舍区里，离宾馆有一段距离，小林要去送他。周正泉不让，说:“你们还要去找人，我走走路没事。

回到家里，邹立敏还没睡。也是久别胜新婚，这晚周正泉酣畅淋漓，江河直下，感觉十分到位。邹立敏也很满意，在周正泉腮上吻了又吻，撒娇道，你真行。周正泉说，是你能干嘛。聊了一阵，周正泉正要睡去，邹立敏吊着他的脖子说，现在医药公司效益越来越差，工资都快发不出去了，据说财办下面要成立市场服务管理中心，要进三十多个人，你的同学黄绍平在财办当主任，你跟他去说说吧。

周正泉睡意矇眬，说，明天我办了事，就去找一找黄绍平。

三

这天周正泉先去的教育局。也是他运气好，一走进教育局办公大楼，迎面就碰上夏存志挟着个包，准备出门。夏存志说，我的大书记，是什么风把你吹到这里来了？你如果迟来一步，我就上市里去了？周正泉说，您要出差？那我就在这里跟您简单汇报几句。夏存志摇摇手说，没事没事，到市里去也就一百多公里，小车快，两个小时不要就到了，我们先到办公室去聊聊。

回到局长办公室，宾主一落座，夏存志就开了腔，说:”书记当得还得手吧？周正泉说:“别说了，县里的减负会一开，一系列连锁问题就跟着出来了。尤其是龙溪中学，没有教育附加费还欠款，债主们纷纷跑去围攻学校，搞得我焦头烂额。接着周正泉把龙溪中学这几天发生的事给夏存志说了说。

夏存志说，你来得很及时，这次我就是上市里争取扶贫帮教资金的，如果顺利的话，我会重点给龙溪中学倾斜。周正泉说:“听夏局长这么说，我心里就有底了。夏存志说，我也知道我在龙溪中学留下了个尾巴，还得周书记你好好地给我捂着点哟。

离开教育局，周正泉上了林业局。局长没在家，周正泉直接去了林政股。周正泉在县政府呆过，跟股里人熟悉，他们也还客气。听周正泉说要恢复木材加工厂，申请砍伐指标，他们说，如今上头对环保强调得很厉害，砍伐指标控制得特别死。周正泉说，控制得再死，也总有些吧？几个人就笑笑说，那要看你周书记的法水了。周正泉说，我有什么法水，主要靠兄弟们帮忙。这样吧，今天中午我请客，跟兄弟们搓一顿怎么样？

开始几个人还推辞，经不起周正泉一番劝说，才跟他出了林业局。吃了喝了，周正泉又给每人打发了两条精品白沙。大家都挺高兴，一个个红光满面的，像刚娶了媳妇。还打着饱嗝说，你周书记这么够朋友，你的事情我们就是犯错误也要给你办。

与林政股的人道别后，周正泉一看表，已是下午四点。想起昨晚老婆的指示，忙赶往财办。黄绍平刚从工商局回来，见了周正泉，嬉皮笑脸地说，多挣钱呀，你挣了多少钱了？

黄绍平是周正泉大学同学，特别喜欢开玩笑，从来没正儿八经喊过老同学大名，总是将周正泉喊作多挣钱。周正泉说，我挣什么钱？一个乡巴佬，哪像你财办主任，带财。黄绍平说，带财也没你寨王老子神气，老实交代，你有几个压寨夫人？周正泉说，去你妈的，我老远跑了来，你总得跟我说句正经话吧？黄绍平说，你想要我跟你说正经话是么？我这就跟你说句正经话，今天晚上我要跟你老婆睡觉。

闹了半天，黄绍平才煞住，说："你金口未开，我就知道是谁叫你来的了。周正泉有些蒙，说："谁？黄绍平说，邹立敏。周正泉说，她找过你了？黄绍平说，没有，可我知道准是她叫你来的。周正泉说，不，不是她，是毛富发让我来的。

黄绍平像不认识周正泉似的，瞪着他说，你别出傻气了，这次市场管理中心从工商划出来时，我好不容易多争了几个名额，才把邹立敏考虑进去，你难道要把这个指标让出去？周正泉说，毛富发在乡里工作了大半辈子，自己进不了城，老婆也窝在乡里，孩子进不了城里的学校，你要人家怎么安心工作？

他毛富发与我有什么关系？你要把指标给他，我这里就通不过。黄绍平不满地说，再说医药公司眼看就要倒闭了，不给邹立敏一个安排，她不跟你离婚才怪呢。周正泉说，绍平我就求求你了，你不知道我现在的处境，我不争取毛富发的支持，我这个鸟书记是当不了几天的。黄绍平吼道，狗日的周正泉，你是真怕我睡你老婆不是！

还没吼完，桌上的电话铃响了。黄绍平拿起电话，听了两句，便把话筒往桌上一扣，朝周正泉顿了一句，你的。周正泉拿过话筒，里面嗡嗡嗡叫着，听不清是谁。周正泉就知道是龙溪打来的了，每次乡里的电话因线路有问题，都是这个鬼声音。周正泉就喊道，你是谁？快说话！搞了半天才听出是小宁，他焦急地说，乡里出事啦！周正泉说，什么事？小宁说，差点出人命了！没说完电话里又一阵嗡嗡声，最后什么动静也没有了。周正泉只得放下电话，回头对黄绍平说，你也看见了，当乡干部没两分钟能安宁的，我这就得赶回去。

黄绍平好像还在生他的气，没吱声。等周正泉迈出门，黄绍平便朝着他刚才坐过的椅子就是一脚，踢了个底朝天。听到身后的响声，周正泉迟疑了一下，却没回头，继续往前赶。他知道黄绍平是这个卵脾气，但他人是好人，是会考虑自己的意见的。

来到街口，周正平打开手机，准备给家里和宋天来打电话，一辆桑塔纳开过来，停在他身边。舒建军从车里伸出个脑壳，叫道，老同学你快上车，我带你去个地方。周正泉说，我马上就要回乡里去。舒建军说，急什么啰，你离开两天，保证乡里搞不了政变。新开业的华都吃喝玩乐一条龙服务，我们去那里潇洒潇洒。周正泉说，你的情我领了，可我真的去不了。这时车里的肖嫣然也把头伸出来，笑眯眯道，肯定是书记夫人太厉害，周书记子弹不够用，才急于逃走吧？周正泉说，哪有你们说的这么开心，乡里要出人命啦！

见周正泉不像开玩笑，舒建军就说，真的？周正泉说，刚接到小宁的电话。舒建军说，这样吧，我的车况比你的好，你上车，我这就送你回去。周正泉想想也有道理，如果自己的烂吉普又像来时那样，不是这里出毛病，就是那里出差错，今天半夜也到不了乡里。于是不再犹豫，钻进舒建军的桑塔纳。

桑塔纳开进乡政府后，周正泉的一只脚还只落地，小宁就小跑着奔过来，打机关枪似的告诉周正泉，昨天他离开乡政府后，财政所所长裴汉云就发动所里的人，加班加点把干部们的借款条子清理出来，对了账，然后逐笔誊到一张大白纸上，今天一早公布在乡政府操场边的墙壁上。墙下很快就围满了人，大家边看榜，边叽叽咕咕议论起来。说这钱又不是我们自己硬要借，都是乡领导左号召右号召才借的，我们又按照领导的意图一分不留地投给了企业，企业都不存在了，我们到哪里收钱去。说企业不存在了，可肥了企业老板和乡领导，这钱我们可不会还，要还财政所找企业老板和乡领导还去。还说财政的钱是国家的，国家是爹是娘，我们是儿是女，拿了爹娘的钱也要还，哪有这样的理？

大家正在议论，副乡长龙跃进走了过来。他一见自己的名字高居榜首，心上陡地就腾起一股烈焰。只听他大声嚷嚷道，裴汉云你没搞错吧，我只借了一万，你怎么写着一万五？裴汉云把榜贴好后，还拿着盛浆糊的瓷碗站在墙下，想把榜上的数字检查一遍，生怕哪个地方誊错了。听龙跃进这一嚷，他就瞄着龙跃进的名字说，你第一次借的一万没错，可三天后你又借了五千，你吃错了药，记不得了？也许这段时间龙跃进走背运，心情太坏，听裴汉云说他吃错了药，一股莫名的火气就冲到了脑门上，跨前一步，点着裴汉云的鼻子说，姓裴的你说说，我吃错了什么药？

裴汉云平时跟龙跃进是开惯了玩笑的，一时没反应过来，仍然说，没吃错药，怎么连借了多少钱都搞不清了？龙跃进的拳头不觉就扬了起来，咬着牙根吼道，你是不是身上的骨头痒？

一旁的人对裴汉云要他们还钱也多有怨气，见龙跃进出来当英雄，便有些亢奋，纷纷起哄道，龙跃进你有没有条卵？有条卵你就硬一硬给大家看看！裴汉云见势不妙，本想一走了之，可他又是不服软的性子，也吼道，龙跃进你是想打人怎么的？裴汉云的话还没落音，龙跃进的拳头就挥了过来，不偏不倚地落在裴汉云的鼻梁上。裴汉云在鼻子上一摸，摸出一手的血来。也是一时性起，顺便扬起手上的瓷碗向龙跃进砸过去，正正当当砸在龙跃进的太阳穴上，龙跃进惨叫一声，重重地栽倒在墙角边。

周正泉跟小宁赶到乡卫生院，缠着纱布的龙跃进正躺在病床上吊水，人睡了过去。一旁给龙跃进换吊瓶的护士就是毛富发的老婆曾冬玉。她说，周书记你一出门，家里就翻了天。周正泉担心龙跃进的伤势，便问，情况怎么样？曾冬玉说，也没什么，砸了个口子，出了些血，没伤着正穴。周正泉这才松了一口气。

大概是听见床边有人说话，龙跃进扭扭身，醒了。一见是周正泉，眼里就蓄满了泪水，委屈地说，周书记您要给我做主。周正泉心上就来了气，心想祸是你惹出来的，你还有脸要人给你做主。但看龙跃进正在养伤，也不好说他的不是，只说，你安心把伤养好，别的以后再说吧。

接着周正泉又到财政所去找了裴汉云。周正泉说，裴汉云呀裴汉云，我要你张榜公布欠款，没叫你用碗砸人，你这是要的哪门子威风？裴汉云说，我这是正当防卫，狗日的龙跃进先动手打在我的鼻子上，我的鼻血要盛起来，起码有两大碗。周正泉说，你这也是正当防卫？哪有正当得人家又缠纱布，又吊盐水的？裴汉云说，人不犯我，我不犯人，人若犯我，我必犯人。说得财政所的人都笑了。

好个人不犯我，我不犯人，又要搞文革了是不是？周正泉最后说，回收欠款的事，暂时缓一缓，等把你们两人的事情处理清楚再说吧。

说是要处理，周正泉却不急。他知道这样的事急不得，当事人正在气头上，不容易处理，弄不好又会把火点着。

周正泉这里不急，龙跃进那里急。一是因为他心虚，事情是他闹大的；二是他不想总在卫生院待着，处理决定没下，他心里就没底，不知这药费最后由谁出，如果让他本人出，那就惨了。于是走出卫生院，回乡政府找周正泉和毛富发。找到周正泉，龙跃进说，周书记你撤了我的副乡长，甚至开除我的党籍，我屁都不会放一个，但我的伤是裴汉云砸的，医药费得全由他出。周正泉说，你不见我正忙？计划生育，征粮收税，综合治理，群众上访，现在又要减负，哪样躲得了？

找到毛富发，龙跃进又把跟周正泉说过的话重复一遍。毛富发说，这事你还是找周书记，乡里的事书记说了算。龙跃进说，你是乡长，我是副乡长，我的事你不做主谁做主？毛富发说，好好好，我找找周书记，要他赶快研究。

龙跃进才心安了些，掉头回了卫生院。忽然觉得脚上不对劲，挪也挪不动了，请医生一查，才发现脚杆子骨裂。原来那天被裴汉云砸倒时，他的脚正好在水泥墙角上重重地碰了一下，当时只注意血流如注的脑壳，后来在卫生院里躺着，也没在意，今天多走了几步才痛起来。医生说，脚上的骨裂虽然不太严重，但拖的时间多了几天，治疗起来就费事了。龙跃进一听就傻了眼，不知这药费又该加到哪个数。

龙跃进走后，毛富发找到周正泉，说，龙跃进他们的事还是研究一下，定一个调子吧。周正泉说，好吧，几个主要负责人碰个头，研究一下。

研究了半天，大家都觉得给龙跃进个记过处分算了，至于医药费，裴汉云出一半，公家报销一半，龙跃进家庭困难，就不要他出了。周正泉说，这事还不能就事论事，回收欠款是乡党委集体决定的，不给跳出来闹事的龙跃进一个重点的处分，今后我们这些人就别在干部职工面前说话做事了。特别是减负后，税收征收难度加大，乡里面临的困难和矛盾越来越多，学校有人闹事，各项正常支出安排不了，干部职工工资没着落，连下村的补贴都没处领，这些都与没钱有关。所以回收干部职工老欠显得尤为重要，处理龙跃进决不能心慈手软。

最后周正泉表态说，我看这样吧，龙跃进的副乡长职务停两个月，让他反省反省；医药费他不能不出一点，事情的起因还是他嘛，我看他也得出一半，另一半由裴汉云出。

四

龙跃进在卫生院花的药费不多不少，总共1020元。处分决定下达后，裴汉云咬咬牙，拿出510元钱，出了该自己出的那部分医药费。裴汉云想得通，钱虽然出得冤枉点，却没输理，想想还是合算的。

龙跃进却接受不了，停职反省无所谓，就是把党籍开除了，他也说过他不在乎，只是要出510元的医药费，比放他身上的血还让他心痛。于是天天拖着一条瘸腿，在乡政府院子里转悠，书记副书记，乡长副乡长，人大办主任，武装部长，司法员，甚至七站八所的人，该找的他找了，不该找的他也找了，见谁就要跟谁诉说半天。开始还有人听他说两句，后来大家就烦了，远远看见他瘸过来，就赶紧躲起来。

这天晚上也不知龙跃进是第几次走进毛富发家里了，曾冬玉听见他的脚步声，就去关门，却被龙跃进抢先一步，把来不及关死的门生生给顶开。曾冬玉就怨毛富发，说家里又不是你的办公室，要办公家的事，你上办公室去。毛富发也一见龙跃进就头晕，说龙跃进呀，龙跃进，你老找我干什么呢？龙跃进说，我不找你，找谁去？你再不给我主持公道，我就死在你这里。毛富发说，龙跃进你别乱来，这是我家里。

毛富发嘴上这么说着，心里直怪周正泉不该让龙跃进出那一半的医药费，但毛富发又不好在龙跃进面前明说，只得启发他说，亏你还在乡里混了那么多年，乡里的事谁说了算，也搞不清？

听话听音，龙跃进后来就很少来找毛富发了，把目标集中在周正泉身上，几乎天天都要到周正泉的办公室和宿舍门口去堵他。龙跃进说，周书记呀，我人都变成这个样子了，你已让我停职反省，还要我出那么多钱，天下有这样伤天害理的事吗？周正泉就向他解释说，党委是根据基本事实，并从全乡的大局出发，才做出这样的结论的。龙跃进说，你们做领导的从大局出发，我没意见，可吃饭吃米，说话说理，这个理字总不能丢到厕所里去吧！

三次五次，周正泉还耐得住性子，七次八次就受不了啦，大声吼道，龙跃进你好歹是个党员，党委的决定你服得服，不服也得服，否则开除你的党籍干籍。龙跃进说，我还没犯到这一步。铁了心要让周正泉不得安宁。大家就开玩笑说，龙跃进是逼周正泉的婚，看来周正泉不嫁给龙跃进，龙跃进是不会放过他的。周正泉没法，就不在办公室上班，不在自己屋里睡觉。但龙跃进反正找得到周正泉，他只要在哪里一出现，龙跃进就立刻瘸着腿跟了上去，好像周正泉的影子似的。周正泉也是没法子，便把派出所所长顾定山喊到身边，像是专职保镖一样，只要龙跃进一上来，顾定山就把他拦住，不让他靠周正泉的身。

这天夏存志陪分管党群和教育的县委副书记李旭东到龙溪中学来检查工作，给学校带来 25 万元扶贫帮教款子。这对龙溪中学无疑是一笔大数字，学校不但可偿还部分基建欠款和集资款，还可拿出两万元把已停工的校大门砌上去。周正泉担心龙跃进会出来捣乱，反复叮嘱顾定山，好好看住他，不让他到学校去。

谁想还是让龙跃进冲进了学校。当时李旭东和夏存志一行听完宋天来的汇报，周正泉本来安排好到乡政府前面的悦来酒店去吃中饭的，李旭东却坚持要在学校食堂与老师和学生们共进中餐。而此时离开餐时间还有个把小时，李旭东兴致很好，提议在校园里走走。李副书记要走走，大家就义不容辞地跟着他走走。校园本来不大，一圈下来，要不了几分钟。周正泉忽然想起宋天来曾几次要他题写校门的事，他没空也没心思给他写，今天何不趁此机会，让书法上有些造诣的李旭东来题？周正泉跟夏存志和宋天来一说，两个人也很赞同，于是向李旭东提出这个要求。

开始李旭东还推辞说，我的字平时写给自己看还行，要题校门不遗臭万年？夏存志说，李书记是师大中文系毕业的高才生，字如其人，刚劲挺拔，谁不知您书法上的芳名？周正泉也说，李书记的字在省市书法大展中多次展出过，秉承的是魏晋风骨，题校门再合适不过。经不住夏存志和周正泉你一句我一句的恳求，李旭东才同意下来。于是一行人走进校长办公室，取墨备纸，只等李旭东酝酿好情绪，大笔一挥了。

就在这个节骨眼上，龙跃进那幽灵般一瘸一瘸的身影仿佛是从地底下钻出来似的，突然出现在校长办公室的门口。龙跃进一边往里挤着，一边高声喊道，李书记您可要给我做主啊，我出了 510 元冤枉钱啊！

正拿着狼毫，敛神屏气，准备往宣纸上运笔的李旭东听这一声高喊，手上的笔就有些不听使唤了，掉头去寻那声音。一心瞄着李旭东手中大笔的周正泉就全身发麻，待在那里动弹不得。好在上气不接下气从楼下追上来的顾定山冲了过来,抱住龙跃进就往外拖,不让他再往校长办公室里钻。此时李旭东已把手中的笔放下了,对还没完全醒过来的周正泉说,是怎么回事?你把他给我叫过来。

龙跃进被带进校长办公室后,李旭东问他冤在哪里,龙跃进就开始申冤诉苦。这段时间龙跃进天天向人申冤诉苦,搞得他自己都不太弄得清事情的来龙去脉了,申了半天,诉了半天,也没申诉清楚,翻来覆去就是那510元钱。李旭东就摇了摇头,对龙跃进说,你先下去吧,我再调查调查。

顾定山将龙跃进拖走后,李旭东问及周正泉,周正泉简明扼要地做了回答,李旭东也没什么好说的,只说,以后处理这类事情,可要注意点方式方法。周正泉点头如捣蒜,口中说着,是是是。李旭东这才又拿起笔来,醮醮墨水,运笔于纸上。

送走李旭东一行,周正泉气不打一处出,把顾定山叫来训了几句。顾定山说,今天我看得很紧的,龙跃进开始一直在乡政府里面转悠,我到厕所里去了不到2分钟,回来就不见了他。周正泉说,李副书记他们是直接到中学去的,乡政府除了办公室小宁和你我几个,没谁清楚,龙跃进是怎么知道消息的?顾定山说,我见毛富发跟你去中学之前,在龙跃进面前站了一会儿,肯定是他给龙跃进出的主意。

周正泉就叹息一声,说,这个毛乡长,也真是的。顾定山说,周书记您心里应该比我明白,毛富发当了多年的乡长,至今得不到重用,而您原来是副书记,一下子做了书记,回过头来领导他,他心里平衡吗?周正泉止住顾定山说,不要说这些不利于团结的话。

顾定山才不吱声了。周正泉又说,小顾呀,你看龙跃进这样下去,终究不是句话,你得想想法子。顾定山说,有什么法子呢?他又不够收监的程度,关是关不了的。周正泉说,当然不能这样,尽管龙跃进有些不像话,但我们都是党员,还不能这么黑。顾定山说,周书记您看这样行不?给他点好处,要他放手,否则做他一下。

周正泉就知道了顾定山的意思,说,定山,这恐怕不太好吧?顾定山说,有什么不好的?不定他个妨碍公务罪,已经便宜他了。周正泉说,那你要特别注意分寸,不能搞得过火。顾定山说,这我知道。

果然以后龙跃进就不来缠周正泉了。周正泉问顾定山,你要了什么手段？没伤害他吧？顾定山说，没有的事，我还要对您书记负责嘛。正说着，小宁喊周正泉接电话，周正泉就对顾定山说，你忙你的去吧，有空我请你客，再听你细说。

电话是黄绍平打来的。黄绍平说，周大书记，市场管理中心就要办进人手续了，你想清楚没有？周正泉说，想清楚了，你安排毛乡长的老婆曾冬玉吧？黄绍平说，那曾冬玉一定如花似玉吧？你和她是不是有一腿？周正泉说，去你妈的，我这是为了革命工作。黄绍平说，好吧，我听你的，只是你老婆要跟你离婚，别怪我没提醒你哟。周正泉说，还没严重到这个程度。

没多久，曾冬玉就去了县市场管理中心。

毛富发对周正泉心存感激，工作上比原来主动多了。他在乡里待得久，情况熟悉，对减负后怎样发展乡里经济，确保减负不减收，有一些好的思路，便主动到周正泉的办公室去找他。此时周正泉正在接待蒋家村的两位群众，就要毛富发也一起听听。

原来这是蒋家村两位姓唐的兄弟，由于是外姓人，常遭蒋家人欺侮，两年前蒋家三个名叫蒋国相蒋国臣蒋国帅的兄弟，强逼他们唐家出租320国道旁的耕地，给他们开窑做砖，唐家人惹不起这横行乡里的三兄弟，便以低价将5亩上好的水田出租给了他们。可两三年下来，他们不但连那低得可怜的租金也不给，唐家兄弟去讨要时，还挨了他们一顿好打。两兄弟咽不下这口气，从组里告到村里，又从村里告到乡里，也没谁肯出面，今天才好不容易拦住了周正泉。

听完他们的诉说，周正泉又问了些情况，就好言安慰两兄弟，说乡政府还是共产党的乡政府，我们先调查清楚，如果情况属实，一定会为你们做主的。

唐家两兄弟走后，周正泉在桌上重重地拍了一下，气愤地说道，太不像样了，共产党的天下，竟然还有这样弱肉强食的现象存在。毛富发道，如今我们的乡政府只顾计划生育，征粮收税，哪里还有工夫管老百姓这些鸡毛蒜皮的事？周正泉说，这可不是鸡毛蒜皮的事，这是正不压邪，看来不管管是不行了。

两人还顺着这个话题，说了些别的事情。这时周正泉才意识到，自从当上这个书记后，毛富发和他说话，还从没这么投机过。周正泉就问毛富发，嫂子的事办妥没有？毛富发说，办妥了，很顺利。周书记您可给我帮了大忙。周正泉说，只是一件小事。毛富发说，这怎么是小事？我为这事跑了几年，也没跑出个名堂，老婆都要跟我离婚了。周书记您这样厚待我，我也不知道怎么感谢您，只有在今后的工作中报答您了。

这天毛富发说了好些动感情的话，周正泉很受用，心想自己需要的就是这个效果。想想也有意思，几天前毛富发还暗地里指使龙跃进捣他周正泉的乱，现在就变得如此贴心贴肝了。不过话又说回来，毛富发那也是情理之中的事，他总体来说还是一个比较正直的干部。

周正泉这么思忖着的时候，毛富发说，近两天把班子成员喊拢来，好好商量商量，乡里有些工作是再也不能拖了。周正泉说，我看就今天晚上吧，党委几个人都在乡里。毛富发爽快地说，就今天晚上吧，我去布置。

周正泉感到从未有过的轻松，毛富发走后，他在屋里转了两个圈，就走出房门，在栏杆边做了两个扩胸动作。此时只听一阵马达声响，顾定山驶着摩托从外面回来了。顾定山见周正泉站在栏杆边，跟他打招呼。周正泉忽然想起一事，要顾定山到他那里去一下。顾定山进屋后，周正泉说，你还没告诉我，你是怎么摆平龙跃进的呢。

顾定山就笑了，说："乡政府后面的村里有一个叫大头的浪子，因犯案被我送进去后，我又让人把他保了出来，所以我说的话他买账。那天我让大头拿了一万元现金送到龙跃进家里，警告他收下这一万元钱，只要不再去缠周书记，什么事也没有，否则当心另一条没残的腿。当时龙跃进就吓得两手筛糠，点着头说，再不了再不了。

听到这里，周正泉说，那一万元钱哪来的？顾定山说，从裴汉云所里借的。周正泉说，借的？怎么还他？这又不是一个小数字。顾定山说，第二天早上就还给他了。周正泉说，那你又到哪里弄来这么一大笔钱？

顾定山就忍不住笑了，摇着头对周正泉说，周书记这您就不知道了，这一万元钱是吓龙跃进的，您想想，他敢接吗？周正泉这才明白过来，笑骂道，你这个鬼家伙。顾定山又说，不过我还是给了他 510 元钱，说是乡里补给他的医药费。

闻此言，周正泉心头有些沉重，说，你去弄一张 510 元的发票，我签个字，拿去财政所报销。有什么办法呢，都是一个钱字啊！你看我们的干部都被穷得成了什么样？

五

周正泉是书记，党委会自然由他主持。他说，前段的减负等工作占去了我们不少时间，现在要集中精力抓一下乡里的经济了，经济是基础，基础不牢，地动山摇，今晚的议题就是如何搞活乡里的经济，请大家出点子。

周正泉说完，大家开始讨论。

毛富发是有思想准备的，意见很成熟，党委的决议基本上是他的思路：一是继续抓紧落实还没落实到位的减负任务；二是加大征粮收税力度，打击偷逃抗税事件，该收的税款要收足；三是加大力度，把职工借的周转金收一部分上来；四是尽快把木材加工厂承包出去，早日恢复生产；五是跟舒建军等龙溪境内的私人矿主联系好，让他们尽量收购龙溪的木材，以增加龙溪的农林特产税。

长会短开，按照工作目标把责任人确定后，9点钟就散了会，大家分头去行动。周正泉和毛富发最后离开会议室，周正泉说，毛乡长，蒋家村蒋家三兄弟强租唐家水田不给租金的事，你去了解一下，最好叫上企业办主任彭明亮和税务所所长瞿宏德，查一查他们的纳税情况，如果没交耕地占用税，还要照章罚他们。毛富发说，这事确实得好好处理一下，说不定还能抓个典型出来，以推动整个乡里的税收。周正泉说，如果我没别的事情，也跟你们一起去。

第二天上午，周正泉正要跟毛富发他们到蒋家村去，舒建军和他那形影不离的秘书肖嫣然不知从什么地方冒了出来。周正泉只得让毛富发几个先走，把舒建军和肖嫣然让进办公室，说，昨晚我还在党委会上说了，最近要到你们那里去看看，不想你们捷足先登了。舒建军说，老同学您肯光临我们那破地方，是我们的福气。周正泉说，那是下步的事，先说说你们今天来有什么好事吧？舒建军说，没什么事，主要是来看看老同学，如果您有空，想请您到馆子里坐一会儿。

周正泉知道他们这是在绕圈子，心想如今的人，不知怎么都这么聪明了，办什么事说什么话，都学会搞铺垫打埋伏。周正泉就笑笑说，你说了主要，那么次要呢？舒建军也笑了，说老同学好机智的，次要的待会儿再跟您说。周正泉说，你们也看到了，乡里的事千头万绪，我哪有时间陪二位上馆子？这样吧，有什么事，你们现在就说，我周某人能办的，一定给办，办不了的，请你们多多海涵。舒建军说，老同学是个痛快人，我舒某人服了。

这话不免又让周正泉暗生感叹。现在有点权有点钱的人，自我感觉都好得不得了，除了服自己，是天也不服，地也不服，还有服别人的？当然周正泉想是这么想，却不出声，等着舒建军继续说下去。

究竟有层同学关系在，舒建军也就直说道，事情是这样的，乡税务所的人到我那里去了两次了，我正在扩建煤窑，手头资金周转不来，请他们是否减免点，他们说没这个权，不过给我出了个主意，如果有您书记大人的条子，他们是买账的。周正泉说，舒老板呀，你这是欺我不懂税法吧？舒建军忙说，岂敢，我姓舒的可以欺天瞒地，也不敢在您书记大人前面要半点小聪明。肖嫣然也在一旁说，舒老板常常在我面前说，他这半辈子还没有几个角色让他在乎过，只有您这个老同学是人中豪杰，他从学生时代起就对你五体投地了。

这话实在有些肉麻，周正泉赶紧说，你们当大老板的，想必知道这免税的事不但乡里没权，就是县里市里也没这个权吧？舒建军说，老同学这么说，我也不好太为难您了，不过您堂堂书记，如果肯跟所里说句话，把我的纳税时间推一推，我就感恩戴德了？

周正泉想想，自己也正有事得求他姓舒的，不能把话说得太死了，堵了自己的路，就说，这个我倒可以试试，至于灵不灵，可不敢保证哟。舒建军说，有您当书记的这句话，我心里就踏实了。两个人就出了书记室。

周正泉刚松了口气，谁知肖嫣然又折了回来，对周正泉说，我还有一点小事有求于周书记。周正泉说，你说吧。肖嫣然说，听说蒋家村两位唐姓兄弟到乡政府告蒋家三兄弟的状？

这肖嫣然的消息真灵通，乡里的这点小事也瞒不过她。周正泉点点头说，是有这回事，今天上午我还打算跟毛乡长他们到蒋家村去的呢。肖嫣然嗲声嗲气地说，蒋家三兄弟是我的表兄，我知道他们从小就不服天管地管，周书记您可要给我好好管管。周正泉就有些发蒙，一时不知肖嫣然这话的意思是真要他管管，还是正话反说，让他网开一面。

此时肖嫣然已经转过她那婀娜的身子，边往外走边说，周书记说到我们那里去，一定要去哦，不去我会生气的哦。周正泉只得说，一定一定。

不想周正泉送肖嫣然出门后转身回来，却见办公桌下放着一个礼品袋，打开一看，是四瓶昂贵的酒鬼酒。周正泉提着酒想追出去，又恐这样太张扬，只好作罢。

自然去不成蒋家村了，剩下的时间，周正泉也不到别处去，坐在办公室里批阅那堆小宁催了好多次的文件。文件大部分是以县委县政府的名义下发的，内容无非是农业产业结构调整要实现新的突破呀，农民收入要有新的增长呀，农业投入要达到法定比例呀，教育投入要高于国民经济增长速度呀，计划生育率要达到98%呀，还有什么要确保社会稳定呀，要切实减轻农民负担呀，不一而足。

周正泉便觉得有些好笑。这边要增加投入，那边要减轻负担，好像票子不是从老百姓手里征缴上来的，而是天上掉下来的一样。最有意思的是每个文件的最后都煞有介事地强调说，没达到文件要求就一票否决。周正泉想，这也一票否决，那也一票否决，照这样否决下去，乡政府里每一块砖每一片瓦都可以否决他十次八次了。

不过周正泉也知道，这一票否决的话不较真时，也只是说说而已，一旦较了真要否决你，也确实是没有好多二话可讲的。记得刚到龙溪工作时，正碰上县里搞计划生育验收，乡里使出浑身解数，把验收团的人当亲爹亲娘奉着敬着，该请的请了，该送的送了，眼看验收合格就要下文了，不知谁举报龙溪一名妇女不按计划超生了一胎，结果乡里当时的书记就被一票否决了，不折不扣地免了职。这几年农村计划生育抓得确实很紧，但任何地方的超生现象其实是根本没法禁绝的，一个乡每年发现几例超生，实在正常得很，如果没人举报，或者举报了封闭得好，或者上头有人帮着说说话，是不会有什么大问题的。后来周正泉才知道，那位书记正好跟当时还没管党群而管着计划生育的县委副书记李旭东有隙，李旭东在其他的地方没有充足的理由扳倒他，便借这次机会，实现了自己的夙愿。而那位书记是心知肚明这事的真正原因的，可他还只能哑巴吃黄连，有苦说不出。

周正泉忽然觉得，这一个个面目狰狞的一票否决，就仿佛一把把高扬在头上的杀威棒，哪天一不小心，冒犯了哪一道天条，那就有受的了。

批完文件，不觉已是中午。在食堂里吃饭时，见顾定山也在，周正泉就要他吃了饭到自己屋里去一下。饭后两人回到屋里，周正泉把办公桌下舒建军送的那四瓶酒鬼酒拿出来，让顾定山转交给大头。顾定山说，没这个必要吧？周正泉说，有必要，这次大头帮了大忙，说不定以后还用得着他呢。

周正泉有午睡的习惯，只要没急事，中午总要想法睡一会儿，所以顾定山走后，他就关了门。可还没上床，毛富发他们从蒋家村回来了，把门敲得咚咚直响。周正泉只得开了门。毛富发气鼓鼓冲进屋，铁青着脸叫道，周书记，这个乡长我不当了，我咽不下这口气。

周正泉赶忙拉过一把椅子，又端上一杯水，要毛富发慢慢说。毛富发坐到椅子上，仰脖把满满一杯水喝了下去，情绪才稍为平静了些。

毛富发领着彭明亮和瞿宏德，上午 9 点多就到了蒋家村。原来这蒋家三兄弟一贯横行乡里，蒋家村不但外姓人怕他们，就是他们蒋家的本姓人也总是敬而远之。三兄弟也没把毛富发几个人放在眼里，不但对占用唐家耕地不给租金，相反把唐家人打伤一事供认不讳，还肆无忌惮地说，这 5 亩田原来就是我们蒋家的祖业，如果唐家今后还要来讲啰唆，就抽了他们的脚筋。毛富发很生气，教训了他们几句，他们就气势汹汹把毛富发围在中间，扬言道，姓毛的，你当你的乡长去，我们的事情你管不着。毛富发说，你们既然还知道我是乡长，那么龙溪乡范围内的事情，我想管就得管。三兄弟说，你这个小小乡长算条卵，我们还怕了你不成！毛富发当时就气得浑身发抖，半天说不出话来。

彭明亮见三兄弟太不像样，忙站到前面，大声对他们说，你们不要太放肆了，现在还是共产党的天下！三兄弟说，共产党的天下又怎么的？共产党就不要烧砖砌房子了？彭明亮说，共产党烧砖砌房子是要办手续的，把你们的手续拿来看看？三兄弟说，我们在自己爷爷田里烧砖，就像在自家饭鼎里舀饭，也要办手续？我们可从没听说过。瞿宏德这时也上前说，你们没听说过的事多着呢，你们知道吗？在田里开窑是要交耕地占用税的，砖卖出去后还要交营业税。三兄弟说，现在要减轻农民负担，你们还下来收这税那税，我们到县里告你们去。瞿宏德说，负担是负担，税是税，我们按政策办事，你们少废话，现在补税还来得及，否则定你们的偷税抗税罪。

说着瞿宏德就去身上掏税票。可瞿宏德的税票还没掏出来，三兄弟中的老三蒋国帅就举着砖坯，向瞿宏德头上挥了过来，瞿宏德眼快，赶紧往旁边一闪，砖坯狠狠地砸在他的腰上，瞿宏德当时就缩了气。好在瞿宏德人年轻体质好，除一根肋骨受了点伤外，别的还没事。

听毛富发说完这番遭遇，周正泉脸色都紫了，半天才气出一句话来，这还了得，这个世界简直没有王法了！吩咐毛富发去通知顾定山，这就带上派出所所有干警，到蒋家村去把蒋家三兄弟抓来再说。

可毛富发才走出办公室，周正泉又把他叫回来，摇着头说，暂时恐怕还是不要派出所出面为好。毛富发说，为什么？周正泉说，三兄弟打伤了人，肯定已有防备，就这样去抓人，弄不好人没抓住，还会惹出别的麻烦。还是先拿出一个稳妥点的对策，再采取有效行动，反正这次恶性抗税事件一定要严肃处理，否则龙溪乡的税，我们就不要再收了。

六

县里开过减负会议后，财政尤其是乡级财政大幅度下降，各乡镇意见纷纷，县委县政府也意识到光减负而不增收，政府的日子也不好过，便下发了大力开展税法宣传，切实搞好税收征管的通知，要求各部门各乡镇明确工作目标，通过开展多渠道多形式的税法宣传活动，使税收法规政策家喻户晓，深入人心，以及时足额完成各项财税收入任务。

看完通知后，周正泉皱皱眉头，忽然就有了一个主意。

有意思的是跟这个通知一同到达乡里的，还有县委书记和县长写给乡党委书记周正泉和乡长毛富发的亲笔信。从小宁手里接过信件时，见信封下方县委书记和县长的亲笔署名，周正泉就感到有些奇怪，心想现在通讯这么发达，县里有什么要事急事，上午发个文，下午就到了乡里，就是书记县长本人要给乡里下指示打招呼，或托乡里处理个什么私事，一个电话打下来，什么都能交代个明明白白，完全犯不着劳心费力来写信。

等到周正泉把信拆开，一看内容，才知道里面依然不过是一套司空见惯的官话。信里说，乡级党委和政府是党联系人民群众的直接窗口，为了缓解干群关系，维护党的威信，党委政府一把手要带领干部们深入基层，了解实情，和农民打成一片，绝不能做损害人民群众利益的事情，为此再次申明七个不准的要求，即不准随意增加税额，增加农民负担；不准在路上设卡，收取各项税费；不准面向农民集资，搞各种名目的摊派；不准借任何名义拆农民房子，牵农民畜生；不准三个以上干部一起到农民家里征粮收税；不准动用警力警械；不准打骂绑架关押农民。最后要求尽快把精神贯彻到每位干部职工，今后谁违背了这七不准就拿谁是问，给予一票否决。

看完信后，周正泉用鼻子哼了哼，不出声地说，如今领导的工作方法和领导艺术也是越来越高明了，左一个文件，右一个通知，上午一个讲话，下午一个批示，这还不够，现在又玩起了亲笔信。殊不知，把无数个文件里说过的话换一个角度写成书信，初看似乎还有点人情味什么的，细细品味，却觉出几分滑稽。

不过不管怎么说，周正泉对此还是能够理解的。最近电视里又连续披露了好几起涉农事件，好几个地方的县委书记县长都丢了乌纱帽。在县里能把官做到书记和县长这一级，跟在市里做到市委书记和市长，在省里做到省委书记和省长一样都是挺不容易的，如果一不小心让几十年经营下的前程毁于一旦，岂不冤哉？也许县委书记和县长是兔死狐悲，怕自己的乌纱帽也丢了可惜，也许他们的确是体恤民情，心系百姓，因此尽管减负的会也开了，文件下了一个又一个，可心里还是不踏实，才挖空心思想出这么一招来。原以为就自己这个最基层的乡里的九品书记难做，现在看来上头的领导也不那么省心。周正泉把信交给毛富发，说毛乡长你也看看，还有税法宣传的通知，晚上党委先开会学习讨论，研究具体的行动方案，明天再召开全体干部职工大会传达贯彻。

晚上周正泉先宣读了县委书记和县长的亲笔信，接着由毛富发贯彻宣传税法的通知精神。传达贯彻完毕，周正泉让大家谈谈认识，发表意见。大家纷纷议论起来，说上头左一个目标右一个任务，都是死在那里都逃不掉的硬家伙，而同时又这不准那不准，把乡干部的手脚都捆死，叫我们怎么办？

讨论来讨论去，无非是一些牢骚话，周正泉觉得再讨论也没什么实际意义，于是很书记地说，当前各地涉农事件确实不少，县里领导也是苦心孤诣，我们必须牢记在心里，不要一不小心触了电就是。目前急于要做的是如何宣传好税法，促进税收征管。我看宣传税法和别的宣传不同，别的这宣传那宣传都是务虚的多，税法宣传是直接为征收税款服务的，这个宣传做好了，对加大税收征收力度可起到立竿见影的效果。我们的税款再收不上来，干部职工没工资可领，要办什么事情办不了，乡政府只好关门了。这样吧，拿几天时间做一下准备，近期以 320 国道为主线，把乡里 100 多号人马和吉普车摩托车都调动起来，搞一次有点规模的税法宣传行动，促进一下今年的税收。

周正泉只说到这里为止，另外还有一层意思他没说，就是要趁这次税法宣传机会，抓几个蒋家三兄弟那样的典型。周正泉心里一直憋着一口气。

在大家准备税法宣传行动的这几天里，县减负办罗主任几个到了乡里。罗主任告诉周正泉，他们接到举报，黄金村的陈婆婆被乡干部逼得跳了井，他们是特意下来落实这件事的。总不能让上级领导空着肚子谈工作，周正泉二话不说，喊上毛富发和乡里减负专干，把罗主任他们请进乡政府门口的悦来酒店。

入乡随俗，先同饮三杯。周正泉抹抹嘴巴说，罗主任真对不起，乡里工作没做好，让领导跑路了。罗主任说，哪里哪里，我们也是例行公事。周正泉说，陈婆婆的事我们当时就做了处理的，只是减负任务重，腾不出时间向上面汇报。罗主任说，周书记你也知道，上头的减负抓得越来越紧了，这方面出了问题是要一票否决的。

又是他妈的一票否决。周正泉心里不满，嘴上却说，罗主任啊，龙溪是出了名的贫困乡，老百姓田少地少，想栽几蔸烤烟，种几棵西瓜都没地方，山上倒是有几棵树木，可如今上面的砍伐指标控制得很严，也变不了钱，因此每年为分配税收任务，我们只差没给各村委主任下跪了。然后周正泉举杯对罗主任说，罗主任你如果能理解我，就请喝下这一杯。罗主任说，我当然理解，如今农村工作是越来越难做了。

周正泉把酒喝干，又满上一杯，举到罗主任面前，说，难得您这么理解我，我先饮为敬了。就这么一杯又一杯的，也不知喝了多少，周正泉似乎就有了三分醉意。他就趁机半醉半醒地说道，上头也太不把我们这些乡里干部当人看了，今天要完成这任务那任务，完不成就一票否决；明天呢又这不准那不准，谁顶风作案摘谁的乌纱帽。

见状，毛富发就来拿周正泉的杯子，说，周书记你这杯酒就由我代了。周正泉不松手，又灌下一杯，说，我可以开诚布公地说，我头上这顶乌帽子也不值几个钱，我早就不想戴了，谁稀罕谁拿去就是！毛富发扯扯周正泉衣脚，小声说，周书记你看客人都不喝了，你也不要把自己喝醉了，你的胃病很厉害的。周正泉拨开毛富发的手，抓过瓶子又倒一杯喝下去，然后摇头晃脑地说，坐在馆子里，泡在酒杯中，工作多少事，都付笑谈中。

这酒一直喝到下午四点，周正泉是用手撑着胃区离开酒店的。罗主任觉得周正泉够朋友，对毛富发说，周书记真讲义气，胃痛成这样，还跟我们喝了这么多。毛富发说，都是你主任面子大嘛，平时他可滴酒不沾的。

罗主任离开龙溪时，毛富发要表示点，周正泉说，我们工资都发不出去，免了。可过后周正泉又有些后悔，不该就这么让罗主任他们空手而归，不管怎么说，他们不追究黄金村的事就算是对乡里的最大支持了，更何况这也是一次与县里领导搞好关系的机会。不过周正泉又想，也顾不上那么多了，要紧的是手头的几件事情，书记是自己当着，要推也是没处可推的，于是忍着胃痛，把企业办和财政所等几个部门的负责人召到办公室，问他们的情况。

企业办主任彭明亮先到，他告诉周正泉，木材加工厂的承包和恢复生产工作已做得差不多，县林业局的木材砍伐指标也已经下达，余下的便是原材料收购了。

周正泉点点头，吩咐彭明亮几句，掉过头去问财政所所长彭汉云，彭汉云说，最近把去年农民欠的税款收了部分回来，欠发干部职工的工资基本可以应付了，这样一来，收回职工部分欠款的计划也有望得到实现。

这时瞿宏德也到了，周正泉问到舒建军缓税的事，瞿宏德说，我们了解了一下，舒建军确实是在扩建新窑，手头资金紧缺。周正泉说，按政策能缓就缓一缓吧。另外，舒建军要扩建新窑，必然需要大量木材，你和我一起去趟窑山，要舒建军就地收购龙溪的木材。

七

周正泉和瞿宏德坐着乡里的破吉普，摇摇晃晃进了舒建军的窑山。

路是简易公路，不宽，沿途都是进进出出的运煤的拖拉机，吉普车转一个弯又要停下来让一回拖拉机。周正泉说，看来这舒建军的事搞得蛮大的。瞿宏德说，你别看舒建军是个私营老板，他一年的产值就有五六千万呢。

这时前面又突突突开过来一辆手扶拖拉机，周正泉见是顾定山曾说过的大头，就边打招呼边从吉普上走下来。大头一见是周正泉，也下了拖拉机，高兴地对周正泉说，周书记您也到山上去？周正泉说，上山看看。大头说，周书记您太够朋友了，把那么好的酒鬼酒给我，以前我别说没喝过这样的好酒，连闻都未闻过。周正泉说，一点小意思，何须挂齿。

说着，周正泉还把身上一包精品白沙给了大头。大头接过烟后舍不得拆包，放鼻子底下闻了又闻，不好意思地说，周书记您对我这么好，我也不知道怎样报答您才是。周正泉说，什么报答不报答的，都是兄弟嘛。大头拍着胸脯说，周书记您肯把我大头当兄弟，是我的福分，今后您有什么事，尽管吩咐就是，我大头抛头颅洒热血，在所不辞。

周正泉不再说什么，在大头胸口上捣一拳，然后上了吉普。

爬过两个山头，便进了窑区。舒建军一见从山下上来的是周正泉和瞿宏德，就丢开其他一切事务，叫上肖嫣然来陪他们。周正泉要先看看窑区，几个人就一边在那细煤渣铺就的煤道上行走着，一边随意聊起来。周正泉说，舒老板你吩咐的事，我周某人可不敢有丝毫怠慢，你可以问瞿所长。舒建军点头说，我知道，我知道，要不是乡里支持，我早停产了。

煤窑都在地底下，煤区并不大，不一会儿就回到了原来的地方。周正泉就提议道，听说舒老板的办公室很有气派，是不是让我们也长长见识？舒建军说，哪里哪里，不过有椅子桌子而已，老同学到时可不要见笑哟。

转到窑区后面一栋不大的两层楼的办公楼前，抬头一瞧，只见门边挂着黄龙煤业开发有限公司的烫金大牌子。从办公楼的外表看，也就是一般的水泥房子，可走进二楼舒建军的办公室，周正泉就不觉得在心里暗暗感叹起来。这里不但有高级老板桌，红木大沙发，进口的大彩电，大冰箱，大空调，还有两大壁柜的古玩珍宝，把个周正泉看得眼花缭乱。不免自叹弗如，自己一个九品乡党委书记，天天只顾上蹿下跳，一个办公室别说装修什么的，连两把像样的椅子都没有。这也就别提了，还要担惊受怕的，生怕哪里出了漏子，吃不了兜着走。与姓舒的一比，这乡党委书记简直就不是人干的。

周正泉说，舒老板，我只要有福气在你这豪华气派的办公室里待上半天，这辈子也就满足了。舒建军说，老同学您就别取笑我了，我一个掏煤的，无职无权，哪有您大书记，管着一方水土，呼风唤雨，要多威风有多威风？周正泉说，哪有你说的这么神？我这个书记是曹操碗里的鸡肋，食之无味，弃之可惜。

不过周正泉转而又想，舒建军说的也有道理，在龙溪地盘上，他周正泉也算是至高无上了。这么一想，心里这才好受了些。

接下去免不了又是进馆子喝酒那一套。周正泉因为那天陪罗主任喝酒，胃病还没恢复，只象征性地喝了几口。他虽然只位列九品，但在龙溪地界，他的官封了顶了，所以舒建军和肖嫣然是不好勉强的，他俩要敬周正泉的酒，全由瞿宏德代劳。推杯换盏的当儿，周正泉趁机把这次上山的主要目的跟舒建军说了说。舒建军说，您老同学开了口，自然没得说的。我在龙溪的地盘上开窑，需要木材什么的，自然就地取材，收购龙溪的。

走出酒馆，已经太阳偏西，周正泉和瞿宏德准备上车，舒建军还是不肯放手，一定要请他们到新开张的卡拉 OK 厅去唱几曲。两人拗不过，只得客随主便。进 OK 厅后，舒建军另外还请了两位小姐，也不知是窑工还是外地来的坐台妹。开始是唱歌，周正泉唱道，我们是工农子弟兵，来到深山，要消灭反动派。唱完，大家拍手。肖嫣然笑道，周书记要到我们深山里来消灭反动派，我们没意见，我只提醒您要小心，我们这里的反动派都是女的，看您消灭得了多少。大家就笑，笑得很暧昧。

唱了一阵，肖嫣然就用眼色暗示小姐，要她们请客人到厅里面的小舞池去跳舞。一位大概才 16 岁的小姐就上来拉周正泉的手。周正泉忸怩了一下，就跟小姐进了小舞池。舞池里本来就只有一只暗红色的小灯，两人一进去，小姐就把门帘拉上了，里面差不多就成了洗相的暗房。周正泉说，这么暗，小姐不怕我踩你的脚？小姐笑笑说，老板真开心。说着就一头栽进周正泉的怀里。

先后跟两位小姐在舞池里跳了几曲，这时肖嫣然走了过来，要跟周正泉跳。肖嫣然跟小姐不同，不是一上场就往他身上贴，而是和他保持着一定的距离。肖嫣然说，周书记跟年轻小姐缠在一起，把我姓肖的忘到了脑后。周正泉说，哪里哪里，我是不会跳舞，怕影响你的情绪。肖嫣然说，见了您周书记，我的情绪就激动得很，哪里还会受影响？周正泉说，你有舒老板这样的护花使者护着，还会为我周某人激动？肖嫣然说，您别看我天天跟舒老板在一起，那只不过是工作关系而已。

说着话，肖嫣然那翘翘的软胸就有意无意地在周正泉胸前蹭一下，蹭得周正泉全身发软，暗想，还是肖嫣然这样的女人有味，不像那两个年轻小姐，一上场就粘住你，相反没了意思。见周正泉不吱声，肖嫣然就问，周书记在想什么？周正泉说，我什么也不想。”只在心里暗暗佩服舒老板。肖嫣然说，他有什么值得佩服的？周正泉说，不是说不爱江山爱美人么？他有你这样的美人在侧，竟然还能把他的煤窑弄得这么热火朝天，换了我恐怕鱼和熊掌却无法兼顾了，你说我还不佩服？

周书记的话听着就是让人舒服。肖嫣然说，看来您很善于讨女人的欢心，晓得绕着圈子夸女人。周正泉说，哪里，我做得还很不够，离党和人民的要求还相差很远嘛。说得肖然嫣扑哧笑了。

又跳了两圈，肖嫣然忽然说，上次我跟您说蒋家三兄弟是我的表兄，其实我是骗你的。周正泉说，你为什么要骗我？肖嫣然说，那天我们到你那里去，并不仅仅要您打招呼缓税，主要还是蒋家三兄弟的事。周正泉说，还有这样的事？蒋家三兄弟的事还把舒老板惊动了？舒老板跟他们也有关系？肖嫣然说，不仅舒老板跟他们有关系，县里的李旭东李副书记跟他们也有关系哩。

周正泉感到很惊讶，不自觉地停下了脚下的步子，望着幽暗中的肖嫣然说，我怎么从来没听说过呢？

坐上吉普往回赶的路上，周正泉耳朵里一直响着肖嫣然关于李旭东跟蒋家三兄弟有关系的话，他终于明白，为什么蒋家三兄弟会如此嚣张了。蒋家三兄弟不过是乡下的土农民，他们又是怎样跟李旭东搭上的呢？周正泉心想，我才不管你三兄弟的后台是谁呢，现在正好趁李旭东的招呼还没打下来，我先摸一摸你们的老虎屁股再说。

回到乡里，周正泉到税务所等几个部门问了一下税法宣传的准备工作，觉得有几分倦怠，就回屋睡下了。却一时睡不着，好像胃里有点不适。今天并没喝什么酒，也许是在山上受了点风寒。想到山上，周正泉脑壳里一会儿是肖嫣然关于蒋家三兄弟与李旭东的话题，一会儿是 OK

厅里那晃荡的音乐和那几个女人的影子。

周正泉想，那两个小尤物拱进你怀里时，好像跟你贴心贴肝的，让你飘飘然如坠五里云雾，一不小心还以为是自己那么逗人喜欢，细思量就知道绝对不是你周正泉身上有什么磁性，而是舒建军的台费和小费在作祟。倒是肖嫣然跟你若即若离的，不经意地晃着她那显山露水的乳房，偶尔在你胸前撩一下，就宛若液化气燃具上的点火器，如果你的气阀关不严的话，那是要着火的。

这么异想天开着，周正泉就忘了胃里的不适。只是睡意更加少了。就恨恨地咒自己，真没出息，一接触女人就神经错乱。咒也不管用，还是睡不着，干脆披衣下床，到外面呼吸几口新鲜空气。

深秋的夜晚，万籁俱静。不少职工屋里还闪烁着灯光，操场上偶尔有人从灯影里走过，响起踢踏的足音。远处的村庄笼罩着薄薄的月色，悄然的灯火有如天边的点点星光，深邃而神秘。多好的夜色呀！周正泉心头不禁生出几分感慨，心想如果不是俗事缠身，有份好心情欣赏这良辰美景，该多有意思？倘若辞了这份差事，做一介草民，也许并不是什么坏事吧。

想到此处，周正泉自觉好笑起来。做这么个小小的书记，级别是低了点，烦心的时候多，可究竟领导着全乡五万多号老百姓，供自己使唤的干部职工也有一百多人，抖起威风来还是有地方可抖的。何况只要在这位置上待着，不出什么差错，某一天时来运转，往上荣升的机会也不能完全排除。县委常委和县政府的副县长里头，就有好几位是从乡党委书记的位置上上去的。这倒不是说乡里的书记都会进步，像夏存志那样到县里掌管一个实权部门的也不多，能混个县人大政协下面的委里的主任，算是进了城，最不行的也就在乡里正科级到底了。不过周正泉并不担心自己会是最差的结局，他年轻有文凭不说，还在县政府做过几年秘书，跟县里的头头不陌生。他觉得不能就此死了这条心。人活着总是要有一点盼头的，哪怕盼的是海市蜃楼。不然自己这么起早贪黑地奔波，哪里来的动力？

周正泉就这么想通了。想通了人也轻松了许多。

周正泉天宽地阔地打一个哈欠，手长脚长地伸伸懒腰，正转身准备回屋，楼下忽然有人叫了一声周书记。是一个软软的熟悉而久违的女人的声音。

原来是曾冬玉站在楼梯下面。周正泉心头就莫名地动了一下，说曾医生是你？什么时候回来的？曾冬玉说，下午回来的。说着曾冬玉就上到了楼上。周正泉开她的玩笑说，久别胜新婚，毛乡长舍得放你出来？曾冬玉说，他有什么舍不得？现在还在外面打牌，想找他说句话都说不上。周正泉说，明天我批评他。

说了一阵话，周正泉才意识到还站在走廊上，就邀曾冬玉进屋坐坐。曾冬玉说，不啦，您也该歇歇啦。就把手上一件东西递过来，说这是给您的。周正泉这才发现，她手上并没空着。就伸了手接过来，笑着说道，不是牛皮糖吧？曾冬玉说，您想吃牛皮糖，下次给您买，这次是两盒新出产的胃药。

周正泉把药放手上掂掂，就着窗里透出来的灯光，瞧了瞧药盒上面的“胃泰”两个字，说：你怎么想起给我买胃药？我又没胃病。曾冬玉说，别嘴硬了，一起在乡政府待了那么多年，您胃有毛病，我还能不知道？我单位有一个胃穿孔病人，吃了不知多少药了，效果总是不理想，不久前出了这种胃泰，吃了几盒，病就好多了，所以给您带两盒回来试试。

周正泉的胃病是到乡里来之后吃饭没规律，又经常有应酬，喝酒没个节制才造成的，他连老婆都不让知道，竟然被曾冬玉放在了心上。周正泉就说，曾医生，真不知如何感谢你才好。曾冬玉说，您谢我什么？我都还没感谢您呢。

曾冬玉走后，周正泉就按说明吃了几颗，也不知是心里作用，还是药物的作用，顿时感觉好多了。感觉一好，睡眠就格外香。

他好久都没睡得这么香了。

八

因为睡得好，第二天起来，周正泉便觉得头脑清醒，精神抖擞。吃早饭的时候，周正泉叫过乡办秘书小宁，要他发通知，把乡政府在家的80多位干部职工，包括派出所10多名干警和治安队员都召集到乡政府的大操坪里。

饭后人一到齐，周正泉先给大家宣读了县委和政府下发的开展税法宣传，加大税收征管力度的通知，然后说，通知上要求各地组织形式多样的税法宣传活动，使税法家喻户晓，深入人心，以确保税收任务的完成，今天我们就按照通知精神，沿 320 国道搞一次规模浩大的税法宣传活动。说完，周正泉先上了插了彩旗、装了大喇叭的吉普车，带着队伍上了路。

半个小时后，队伍就到了蒋家村。村民们从来就没见过这么多车和这么声势浩大的人马到过他们村子，路旁站满了大人小孩。周正泉拿着话筒大声宣讲着依法纳税是每个公民的义务，偷税逃税抗税是违法行为之类的政策，号召村民们遵纪守法，依法纳税。车后面的干部就给众人分发宣传单，宣传单上印着税法知识和农民应该交纳的税种。纳税是关系到千家万户的事情，所以农民们都主动伸手来接传单，然后低了头认真看起来。

不一会儿，队伍来到蒋家三兄弟开窑的地方。蒋家三兄弟听到外面的动静，早就从窑后面的工棚里钻了出来。开始他们还没意识到今天乡政府就是冲着他们来的，站在一边，抱了双手看热闹。直到顾定山走到他们面前，问他们开窑纳没纳税，要他们拿税票出来接受检查，他们才慌了神。其中的老大蒋国相反复说，我们是在自己的田里烧砖，要纳什么税？顾定山说，我问你，你们烧砖占没占田？烧的砖卖不卖出去？蒋国相正要说什么，老二蒋国臣忙上前说，我们是占的自家祖上的田，烧的砖是给自家修屋用的，又不出卖。

正在理论，周正泉和瞿宏德走了上来。周正泉说，你们在这里烧了两三年的砖了，难道你们要造皇宫，用得了那么多砖？蒋国相说，我们不但自己用，我们的亲戚修屋也要用砖。周正泉说，强词夺理！说着向瞿宏德抬一下下巴。瞿宏德立即从包里拿出几张货单，摊到蒋国臣面前说，你看看这上面是不是你们的名字？三兄弟还要抵赖，周正泉说，你们少啰唆，交上税款和罚金吧。这时老三蒋国帅忍不住了，张牙舞爪地叫道，要钱我们没有，要命你们这就拿去。

一听蒋国帅的声音，周正泉气就不打一处出，点着蒋国帅的鼻子，深仇大恨道，蒋国帅你给我听着，你们强占民田，欺压百姓，还没处理你们，你们又偷税抗税，打伤税务干部，今天我新账旧账一起跟你算！蒋国帅正要发作，周正泉又喝道，给我绑了再说！

周正泉话音刚落，顾定山身子一蹲，扫膛腿就以讯雷不及掩耳之势扫出去，将还没完全反应过来的蒋国帅扫翻在地，接着一只锃亮的铐子就上了他的双手。蒋国相和蒋国臣上前要来帮忙，其他几个民警早已冲过来，把两人团团围在中央。

抓了蒋国帅，蒋家村的村民一片叫好声，说恶人终有恶报，蒋国帅这是罪有应得。那唐姓兄弟对周正泉感恩戴德，乡下人也没什么好表示的，特意跑到乡政府，给他送来两只土鸡。周正泉当然不肯接，两兄弟就急得不得了，感激涕零地说，周书记您一定要收下，我们唐家搬到蒋家村三代人了，天天做小人，受欺侮，还从没这么扬眉吐气过，我们感谢您周书记，感谢共产党。

周正泉推辞不掉，只好把鸡收下，交给食堂给乡里干部打牙祭。不过周正泉也给唐家兄弟打发了两条烟，唐家兄弟开始死活不要，周正泉说，如果你们不接我的烟，你们的鸡就带回去得了。这样两兄弟才拿了烟，喜气洋洋地走了。

望着两人走出乡政府的大门，周正泉感慨良多，心里说，老百姓对我们这些当干部的，要求并不高呀，只要为他们主持一点点公道，他们就把你当爹当娘。

这次行动的另一个效果，就是过去那些凭霸气和关系不肯纳税的人，也主动到税务所来补了税，乡财政一下子就增加了40多万元收入。问题是工作成效出来了，可周正泉的日子也不得安宁了，这几天县里已有好几起人打来电话，要周正泉不要做得太过火，早点放人。其中还有县里的一些很有身份的角色。

周正泉口上答应着，过后则咬牙切齿道，我周正泉就不信邪一回，大不了丢掉这顶不值钱的乌纱帽。也是为了留着口水养牙齿，干脆把手机关掉，还特意交代小宁，凡是找他的电话，就说下了村，不在乡里。一个乡下的砖窑主出了点事，县里竟有那么多人打招呼，这可是周正泉始料不及的。

然而还有更让他预料不到的，这天晚上竟有人把他屋里的窗户砸了个稀烂。当时周正泉正在熟睡，突然哐啷一声重响，把他从梦中惊醒。拉亮电灯一瞧，窗户上开了一个黑洞，临窗的书桌上满是碎玻璃，地上还有一块大石头。周正泉从床上翻起来，对着窗户大声吼道，有种的就跟我面对面搞，砸窗户算条卵！

窗外黑沉沉的，什么动静也没有，周正泉只得又息灯上床。刚睡着，窗户上又扔进了一块石头。另一扇窗户也被砸烂了。周正泉坐起来，想下床，愣怔一下，又躺下了。这样折腾得两个来回，已没了睡意，就张着双眼望天花板。望着望着，窗户上就起了亮色，也没耐心再躺在床上了，便穿衣下了床。

揉着肿胀的眼睛打开门，迎面一阵凉风吹来，忍不住就打了一个喷嚏，这才想起已是秋末冬初时令。正回了头要进屋加衣，只见门上插着一把杀猪刀，刀尖下还有一张皱皱巴巴的纸条。只见纸条上写着：姓周的你不要太狠，当心你的脑壳！

周正泉笑笑，伸手取下杀猪刀和纸条。刚好顾定山晨练回来，周正泉便喊住他，定山你过来一下，这里有一样东西。顾定山过来一瞧，皱着眉头说，周书记，这些人是说得出就做得出的，您要不要避一避？周正泉说，使这种下三烂手段的人，正好说明他们心里虚得很，有什么可怕的？

不过周正泉心里非常明白，好戏才开头，真正的对手还没有露面。这对手当然不是别人，就是肖嫣然曾说过的跟蒋家兄弟瓜葛不少的县委副书记李旭东。可为什么事到如今，却不见李旭东有半点动静呢？难道他就那么沉得住气？

就在周正泉正纳闷的时候，有人找上门来了。这人自然也不是李旭东，而是窑山上的舒建军。舒建军这次没带肖嫣然，是一个人来的。也没绕什么圈子，进了周正泉办公室，就直截了当地说，老同学呀，我可是代表李副书记到您这里来的，蒋家兄弟的事，还请您给点面子。周正泉故作惊讶地说，舒老板呀，你把我都弄糊涂了，你又是李副书记，又是蒋家兄弟的，你要我这笨脑筋怎么转得过弯来？

舒建军也不隐瞒，干脆把话挑明了，给周正泉说了一段旧事。

李旭东是 1967 年师大毕业的，那时正闹文革，大学毕业先要下农村锻炼，李旭东到了蒋家村。根据当时的一贯做法，大学毕业生李旭东被安排住进了全村最穷的蒋顺民家。蒋顺民就是蒋家三兄弟的父亲。那年月文化虽然老被革命，但乡下人对有文化的人还是敬仰三分，蒋顺民觉得家里住进年轻大学毕业生，是件很有面子的事。那时蒋国帅刚刚出生，大哥蒋国相 6 岁不到，一家人老的老，小的小，就靠蒋顺民一人挣工分养家，家里自然一贫如洗。当时李旭东身体特别虚弱，人瘦得皮包骨。

蒋顺民见一个二十出头的大学生孤身一人来到农村，身体又有病，很是同情，宁肯自家人忍饥挨饿，也不愿李旭东受委屈，总是把家里最好的东西拿出来先供给他。特别是到了青黄不接的时候，蒋家人十天半月地吃糠咽菜，蒋顺民也要想方设法给李旭东弄顿米饭。

有一次李旭东在阳光下的水田里泡了一天，晚上回到家里浑身发热，可他又不想惊动劳累了一天的蒋顺民，就咬紧牙关在床上硬撑着。蒋顺民是个细心人，吃晚饭时就见李旭东脸色不对，到了夜里心里还记挂着，总是不踏实，就到李旭东的房里去探视。在他额头上一探，烧红的铁一样烫手。蒋顺民二话不说，背着李旭东就往公社医院走。那时蒋家村到公社也就是现在的乡政府的路是刚修的毛马路，恰逢上半夜下过一场大雨，泥烂路滑，空着手走路都不容易，蒋顺民硬是背着李旭东，水一脚泥一脚地小跑着，赶到了公社医院。医生把李旭东的病情稳住后松了一口气，告诉蒋顺民，如果晚来一步，李旭东就没救了。

蒋顺民一家就这样跟李旭东结下了深情，蒋顺民临死前，还特意托人叫来当时已在县委办做了副主任的李旭东，要他今后好好教管自己的三个儿子。时光荏苒，李旭东从县委办副主任做到县委办主任，又做到了县委副书记，但他没有忘记蒋顺民一家的大恩大德，总想着怎样报答蒋家。

后来窑主舒建军为了窑山的经营权，多次找李旭东斡旋，事成后，李旭东把自己和蒋家的瓜葛透露给了舒建军。舒建军是个聪明人，不用李旭东明说，他也懂得他的意思，爽快地说，我有一个主意，蒋家村尤其是村里伴着 320 国道一带，土质特别适合烧砖烧瓦，我投一笔资金进去，让蒋顺民的三个儿子去经营，李书记您看怎么样？李旭东觉得这个主意不错，就说，我也象征性地放点钱进去，算是对他们的支持。事情就这样定了下来。

舒建军瞄得很准，蒋家村的土质的确是一流的，砖瓦一出窑就在外面打响了牌子。加上李旭东暗中照应，县里的不少工程都到蒋家村来进砖瓦，生意一下子红火起来。只是这蒋家三兄弟因借着后面李旭东和舒建军的势，也太不把村里的百姓和乡政府放在眼里了，这才激怒了周正泉，出现今天这个局面。

听完舒建军的叙述，周正泉半天没吱声。他早知道他面对的并不仅仅是身为普通村民的蒋家三兄弟，而是强大的权势和财势。一方面周正泉不愿屈服于这两股势力而对不起老百姓和自己的良心，另一方面又不想拿着鸡蛋往石头上碰，毁了自己的前程。他想平时说的两难境地，大概就是这么回事了。周正泉当然还不只为着自己那廉价的良心和前程着想，他还有一个顾虑。舒建军已经开始收购龙溪乡的木材，如果得罪了他，那今年龙溪乡的特产税就是一句空话了。

一时没有两全之法，周正泉只得在舒建军肩上拍了拍，对他说，你老同学的话，我当然得认真考虑考虑。这样吧，蒋国帅的事我一个人也拍不了板，乡里是集体决策，你让我开个会，大家一起来定吧。舒建军就笑着说道，你们那一套搞法我还不知道？名义上是集体决策，实际上是您一把手说了算，只要您通了就什么都通了。周正泉说，你这样的人如果搞政治，一定很可怕。

舒建军笑笑，站起身，说：李副书记托付的事情，老同学不看僧面看佛面，一定会妥善处理的，我恭候你的佳音。

九

舒建军走后，周正泉把顾定山叫到办公室，要他放人。顾定山很惊讶，盯住周正泉说，这么快就放人，怎么向老百姓交代？周正泉就吼道，老百姓有什么不好交代的？老百姓你要他圆他就圆，要他扁他就扁，还不好交代？

顾定山还是不明白，周正泉放低了声音说，顾大所长我问你，你抓蒋国帅的目的是什么？顾定山说，维护纳税环境，完成收税任务呀。周正泉说，如果不完成税收呢？顾定山说，要一票否决。周正泉说，现在你抓了人，尽管税收上去了，人家还是要否决你，怎么办？顾定山就不知说什么好了。周正泉又说，我们的工作不就一个目的，挖空心思不让人否决么？好了，不多说了，你先放了人再说。

放了蒋国帅，全乡上下一片哗然。干部说，这么兴师动众把人抓来，屁久的工夫不到就把人放掉了，乡政府还不威信扫地，今后什么工作也别想开展了。群众说，周正泉原来是一个软壳动物，舒建军一句话，他就当成了圣旨，莫不是得了他的好处？

周正泉对此不理不睬，却悄悄把顾定山叫到屋里，对他说，放了人后，你要做的是两件事，一是抓紧把蒋国帅三兄弟横行乡里的材料整理出来；二是明天晚上又秘密把蒋国帅给我抓回来，带到一个任何人也不知道的地方，要他把偷税情况一五一十地交代清楚，然后咱们准备向法庭起诉他们。

顾定山得了周正泉的话，立即喊了两个最贴心的干警，穿了便服，趁黑潜入蒋家村。

蒋家三兄弟此时正在家里举杯庆贺蒋国帅的归来，一个个眉飞色舞的。蒋国帅跟蒋国相和蒋国臣碰了碰杯，说多亏两位兄弟暗中相助，我喝下这杯，表示感谢。蒋国相说，你说错了，不是我两兄弟暗中相助，是李书记和舒老板给周正泉施加了压力，他才放你出来的。蒋国臣也说，是呀，李书记和舒老板可是我们的大恩人，我们得找个机会好好谢一谢他俩才是。蒋国帅也牛气地说，周正泉也是自不量力，想在太岁头上动土，他一个小小的乡党委书记，在乡里面多少还算把角色，可到了李书记和舒老板面前，他算条卵？三人就这样一边喝酒，一边胡吹海侃，直闹到夜深才各自散去。

不想顾定山几个早守在蒋国帅的屋里了，蒋国帅刚上床迷迷糊糊睡着，他们就神不知鬼不觉摸过去，把他从床上提起来，用麻袋一罩，扛了就走。

这次行动除了周正泉和顾定山几个，连毛富发都不知道，所以舒建军再一次找到周正泉，朝他要人的时候，他就矢口否认，不是自己所为。舒建军说，除了您周书记，谁敢动蒋家三兄弟？周正泉说，蒋国帅是他两位兄弟亲自接走的，乡里事情又多又杂，过后我也不再过问，也就什么都不知道了。

舒建军觉得周正泉这话不太可靠，说那又是什么人吃了豹子胆？周正泉说，这几年蒋家兄弟搞得这么红火，平时又那么霸道，难免得罪人。我们把蒋国帅一抓，他们本来高兴得不得了，可还没高兴够，我们又把蒋国帅放了，他们心里就不平衡了，心想你们乡政府也太无能了点，连蒋家兄弟都治不了，于是把蒋国帅抓走，要做个样子给乡政府看看。舒建军半信半疑地说，您说得这么头头是道，莫非您知道什么内幕？周正泉说，舒老板你看你这是什么意思？我见你很在乎蒋家的事，这不帮你瞎猜么？你又算到了我的头上，我不是冤么？

舒建军虽然觉得这事蹊跷，心里明白十有八九是周正泉搞的鬼，可又没什么依据，只好怅然回了窑山。

不过舒建军并没就此放手，当天就停了龙溪乡的木材收购。现在不比前几年，木材都是定点定量砍伐和收购，买方和购方都得持有从林业局严格报批下来的手续。这次龙溪乡老百姓砍伐木材都是拿的乡政府统一办下来的砍伐证，现在砍倒的木材大部分还没脱手，舒建军这下停了收购，别的地方没有手续也不敢来收购，大家于是纷纷跑进乡政府，要周正泉和毛富发解决问题。

周正泉虽然估计舒建军会来这一手，却没想到他的动作会这么快。也没别的办法，周正泉只得让顾定山把大头约到一个秘密处所，要他再帮一次忙。大头见周正泉和顾定山两个人一起来找他，知道事情很重要，周正泉还没开口，他就习惯性地一拍胸脯说，周书记您有什么事，只管吩咐就是，我一定按您的指示办。

顾定山给大头递一支烟，又啪地打燃打火机，给他点上，笑着说，你别急，听周书记慢慢跟你说。大头也笑了，嘴鼻齐用，喷出一团浓浓的烟雾，朗声说，周书记您发话吧。周正泉这才开口道，大头你也知道了，舒建军已经停了龙溪乡的木材收购。你也是龙溪人，知道龙溪没什么经济来源，砍下的木材卖不出去，就断了财路。我想让你做舒建军一下。

一听要做舒建军，大头就来了劲，叫道，这舒建军也太狂了一点，比过去的资本家还狠，一车煤从窑山运到县城的煤炭公司，五十多公里，他才给十五元运费，我们起早摸黑给他拖煤，一天累死累活跑两趟，才三十来块，几次要他提高运费他都压着不提，我们几个跑运输的哥们早就想做他了。

大头说得兴奋了，就把两个拳头纂得铁紧，做了个敲山震虎的动作，臂膀上的关节挣得嘎嘎直响。一边又自信地说，周书记您指示，是做他的耳朵鼻子，还是手脚卵子？周正泉就笑了，说：你这样做是违法的。我的意思是，你们不是要求他提高运费，他不肯提是么？大头说，是呀，他不提我们也没办法。周正泉说，怎么没办法？你们要动脑筋呀。

见周正泉老绕圈子，大头一时又明白不过来，一旁的顾定山早不耐烦了，训大头道，你呀就是笨，你就不知道将你的哥们都发动起来，把几十辆拖拉机全部停在窑山上，堵死舒建军的窑口，让他再来向你们下跪？

大头一拍脑门说，这是好主意，我们怎么却没想到呢？把他的窑口堵死，不但外面的车进去运煤运不成，就是窑里面的煤想推出来，也推不出。

大头要走了，顾定山又追出去叫住他，给他塞了个信封。大头不肯接，说顾哥您也小看我了，我们哥们一场，还要您用钱买不成？顾定山说，别啰嗦，这是周书记的一点小心意。大头这才收下了，说周书记也太义气了，这事我不给他办好，我大头是只狗。顾定山说，我和周书记不相信你大头，就不把重任交给你了。你们要把条件提得让舒建军接受不了的程度，而不要提龙溪木材收购的事。这样事情闹大后，舒建军肯定会找乡政府的人去解围，周书记没出面之前，你什么人也不要理睬。你明白我的意思吗？大头点头说，我明白。

周正泉这一着也够狠的，第二天舒建军的窑山就被几十辆拖拉机塞得水泄不通，连舒建军那部桑塔纳要下山都开不出来了。大头他们的理由当然只有一个，就是运费太低，每车要由十五元增加到二十元。这十五元一车的运费在舒建军的窑山实行了好几年了，由于如今农民的拖拉机多得像稻田里的老鼠，没有一点门路还谋不上这份差事，拖拉机手只要上得了窑山就心满意足了，从来就没人提出过要增加运费。因此听大头他们提出这个要求，舒建军觉得很好笑，说你们不想上窑山，我也不勉强，你们把拖拉机开走得了，想增加运费，没门。就这样对峙了一天，双方互不相让。

到第二天中午，舒建军意识到窑山停产一天就要少几万元的收入，这样下去不合算，心想先答应他们的要求，等事情平息后再清退牵头闹事的人，再把运费压下去也不迟。可当舒建军把增加运费的意见通报给大家时，大头他们却说，这是昨天的运费，今天我们要增加到每车二十五元。舒建军气得发晕，吼道，你们这不是成心和我过不去吗？我这窑也不开了，看你们到什么地方增加运费去。

这样又来了两个回合，虽然舒建军一再做出让步，大头他们就是不肯把拖拉机开走。这时舒建军才想起向李旭东求救，这窑山他也是投了资的，他既管着党群，又管着政法，他打个电话，公安局长带几十个公安到窑山跑一趟，大头他们还不把拖拉机乖乖开走？舒建军便拿起电话，揿了县委的号码。可电话里面什么声音也没有，原来电话线早就被大头他们掐断了。而山上又是盲区，手机是不管用的。舒建军一时就没了辙，把电话机重重地甩在地上，摔成了两瓣。

见舒建军这个狼狈样，肖嫣然提醒他，是不是先找找龙溪乡政府。舒建军说，我还不知道找龙溪乡政府？可我才停了龙溪的木材收购，他们巴不得有人造我们的反呢？弄不好还是他们在后面作的祟。肖嫣然说，不管怎么说，我们的窑开在龙溪境内，税收由他们收，他们有责任维护窑山的治安。舒建军也是没法，只得让肖嫣然下山找乡政府试试。

因为堵着拖拉机，肖嫣然是走小路离开的窑山。到了窑山下面的公路边，才租了摩托赶往乡政府。秋天刚刚过去，正是催收税款的时候，乡政府的干部都下村下组去了，乡政府里没几个人。走进乡办，见小宁在低头做简报，肖嫣然说，小宁，周书记他们呢？小宁说，都下村了。肖嫣然就急得不行，求小宁说，窑山出了大事，你能否把他们叫回来？小宁不太清楚事情的原委，惊问道，出了什么事？肖嫣然说，拖拉机手罢了三四天的工了，窑山上搞得乌烟瘴气的。

小宁就给村里打电话。打了好几个村子也没找着周正泉。肖嫣然说，怎么不打他的手机？小宁说，我们乡位置太偏，大部分村里都没手机信号。肖嫣然说，毛乡长呢，找不到周书记，把毛乡长找到也好。小宁说，毛乡长好像在白水村，我给你找找吧。把电话打到白水村，毛富发果然在那里。

毛富发虽然不知这件事的始作俑者就是周正泉，但他对舒建军停止收购龙溪的木材也是有想法的，开始并不想管他们的事，但考虑到窑山在龙溪境内，万一出了大事，乡里也责无旁贷，才回了乡政府。也不知山上闹成个什么样子了，毛富发打算还是喊上顾定山，结果到派出所一问，所里说顾定山昨天就带着几个干警外出办案去了，所里只留着两个干警值班。毛富发就急得眼睛冒火，说养兵千日，用在一时，你们派出所也不知是怎么搞的，平时威风得很，到了关键时刻鬼影子都找不着了，窑山上出了这么大的事，你们总得给我去一个人吧？

毛富发是带着一个干部和一个干警还有肖嫣然，坐着派出所的三轮警车离开乡政府的。跑到窑山下，三轮警车自然也无法超越堵在路上的拖拉机，四个人只得步行上山。

到山上后，舒建军正和大头几个在办公室里谈判。一见毛富发，舒建军仿佛抓到了救命稻草，忙把毛富发请到身旁的老板沙发上，对大头他们说，毛乡长都来了，你们总得放手了吧。大头瞥毛富发一眼，大声说，我以为是毛主席呢，原来是毛乡长，毛乡长来了又怎么啦，毛乡长还是乡里的二把手，就是乡里的一把手周正泉来了也不管用，我们又不是向乡政府要运费。

听大头提到周正泉三个字，毛富发忽然觉得奇怪起来，心里想，是呀，为什么偏偏在这节骨眼上，周正泉躲得不知去向？莫非他事先就知道窑山上会发生这个事？

不用说，毛富发在山上也什么问题都没解决。离开窑山时，毛富发对舒建军说，怪我毛富发不中用，要想说服大头他们，看来你得把周书记找来。舒建军就恨恨地说，你们乡里不管我的事，我也只有来蛮的了，到时出了人命，你们乡里也脱不了干系。

十

谁也没想到，此时的周正泉正在县委副书记李旭东那里。

县委高书记上个月升任市委秘书长，市委已正式宣布，由李旭东主持县委全面工作。李旭东主持县委全面工作后的第一件事，就是找周正泉。他让县委办的人给龙溪乡政府打了两个电话，要周正泉务必立即赶到县委，去跟他见面。

当时周正泉正和顾定山躲在乡政府附近一个废弃多年的旧仓库里审讯蒋国帅，要他供出近几年砖厂的经营情况，好尽快确定他们偷税的具体数额。周正泉和顾定山的行踪没有向别人透露，只悄悄跟乡办秘书小宁说了一声，叮嘱他没有特殊情况不要惊动他们。因此凡是找周正泉的人或电话，小宁都找借口敷衍了事。县委打第一个电话过来的时候，小宁同样编个理由搪塞过去。可第二个电话跟着又打了过来，说李书记发了大脾气。小宁不敢怠慢，跑去通报了周正泉。

周正泉没法，跟顾定山商量了几句，要他尽快撬开蒋国帅的嘴巴，这才上车赶往县城。一路心想，李旭东一个电话又一个电话催促你去见面，除了蒋国帅的事，还能有别的什么？

周正泉走进书记室的时候，李旭东正在给阳台上那盆苍翠的矮竹浇水。办公桌上还摊着一副墨迹未干的草书，笔酣墨畅地写着两句诗。那是典型的李旭东那带有魏晋风格的字，周正泉不用看署名和印章也认得出来。诗曰：

些小吾曹州县吏

一枝一叶总关情

此时李旭东已收住壶嘴，也没瞧周正泉，不紧不慢地说，正泉你过来看看，我这盆小竹长得怎么样？周正泉就来到阳台上，瞧瞧那矮竹说，我是俗人，哪里懂得欣赏这高雅的尤物？一边在心里说，李副书记你左催右催，莫非仅仅叫我来欣赏你的竹子？

李旭东伸手把竹上一片小纸屑拈掉，说高雅谈不上，但这是平时少见的黑竹，是我下乡时，在一条人迹罕至的山溪旁采的。周正泉就将脑壳伸过去瞄瞄，见那细细的竹杆果然是一种褐黑色，就说，李书记慧眼识珠啊。

李旭东就得意地笑了，放下手中水壶，进屋，拿过衣架上的毛巾揩了一下手，示意周正泉坐下，然后用一只一次性塑料杯子给周正泉也倒了一杯水，才意味深长地说，我李某人当然没有识珠的慧眼，但我看中的人是不会差到哪里去的，比如你们几个新提的乡党委书记，我自以为还是看准了的。我没说错吧？周正泉赶紧说，当然当然。李旭东说，怎么样？主持龙溪工作后，还得心应手吧？周正泉说，有李书记的正确领导，还行。李旭东点了点头说，这我就放心了。喊你来，也没什么紧要事，今天正好有空闲，想跟你聊聊。

周正泉心里头似乎就莫名地热了一下，有几分感激地说，感谢李书记惦记着部下。李旭东在周正泉肩膀上拍了拍，知心知肺地说，好好干吧，你也看到了，高书记去了市里，县里的班子可能会有一次小范围的调整，新的人选嘛，我想就在你们几个大乡的书记里物色。正泉啊，我手上这一票自然是归你的，可你自己也要积极创造条件哦。

从李旭东的办公室出来后，周正泉没有直接回乡里，打算顺便到家里住一个晚上，就让小林把破吉普开到医药公司去。李旭东刚才的话还在脑壳里回响着，让周正泉一时无法平静。表面上李旭东是在向你许愿，压根儿没提及蒋国帅的事，可周正泉清楚，他是用这种含蓄的方式向你摊牌。也就是说，你周正泉的一切都掌握在他的手心里，如果你识相，事情该怎么处理就怎么处理，你仕途上就会有所作为，否则就另当别论了。这可是傻瓜也懂得的道理。

周正泉甚至想，如果李旭东早一天两天找他，说不定自己就改弦易辙，顺着李旭东给的杆子往上爬了，这样你好我好大家好，何乐而不为呢？可事到如今，蒋国帅关在旧仓库里，窑山上闹得天翻地覆，恐怕就是周正泉想改变初衷，也大势已定，没有这个可能了。

这么想着，吉普已进了医药公司。周正泉还在车上傻坐了一分钟，才下了车。小林将车倒了头，正要开走，又把头伸出窗外，问周正泉还有没有别的事。周正泉想了想说，你不要到处跑，就在招待所待着，把手机也开着。

望着小林把车开走后，周正泉才挪动步子往自家楼下走去。一边走，一边下意识地掏出包里的手机瞧了瞧。跟顾定山分手时，周正泉就吩咐过他，有什么情况随时联系。因是在县城里，手机上的信号足得很，周正泉就放心地把手机放回到包里。

到了家门口，周正泉掏出钥匙，插进锁孔，不想里面竟上了倒锁。周正泉不解，青天白日的，上什么倒锁啰。就在门上敲了敲，喊道，立敏你开门，是我。里面没有反应。周正泉又敲又喊，还是无效。

只得下楼，走到阳台那边。就见邹立敏站在阳台上，眼睛望着远处，理都不理他。周正泉有点纳闷，说邹立敏你这是怎么了？我大老远跑回来，你门都不开。邹立敏把头扭到了另一边，像没看到他一样。周正泉不死心，又说，有什么事情，你总得把门打开，让我进了屋再说吧？邹立敏这才说，要我给你开门干什么？你把我的指标都给了人家，让人家得了那么好的工作，你不晓得去敲她的门！

周正泉这才晃然大悟，心想黄绍平这家伙把什么都说了。周正泉知道邹立敏的性格，她一旦对某件事有了想法，一时三刻是转不过弯来的。也就不再心存侥幸，出了医药公司。

在街头徘徊了一会儿，也没地方可去，自忖只有到招待所去跟小林混一阵子了。不料有一个人从对面走了过来。这人不是别人，竟然是曾冬玉。她老远就喊道，周书记是您！周正泉也感到很惊喜，一边打量着曾冬玉，一边说，曾医生看你到了城里，人都洋气多了。曾冬玉说，周书记不是取笑我吧？

周正泉又在曾冬玉挺拔的胸脯上瞄瞄，说，我这是由衷地赞赏哩，你看你这身淡紫色套装，将你丰满的身材衬托得恰到好处。女人都一样，有人夸奖就头发晕，曾冬玉得意地低了头，把自己瞧了瞧，说，周书记你好会夸奖人的，毛富发那死鬼，就是把他的嘴巴撬开，也说不出一句好听的话来。

聊了几句，曾冬玉邀请周正泉到家里去坐坐。周正泉想，邹立敏你有什么了不起的？你还没有曾冬玉这么一副迷人的胸脯呢，就跟着曾冬玉上了她家。

这是市场中心组建时工商局分的宿舍，旧是旧了点，但有两室一厅，还带厨房和卫生间。屋里又干净又整齐，让周正泉这位有家无归的男人感到很温馨。曾冬玉很热情，又是烟又是茶又是水果什么的。吃了喝了，曾冬玉还不让周正泉走，执意留他吃晚饭。周正泉不知是挡不住曾冬玉的热情，还是怀了对邹立敏的满腔仇恨，稍稍犹豫就留了下来。

晚饭还是两个人，曾冬玉的儿子在学校寄宿没回来。两人一连喝了好几杯。周正泉说，我在乡政府那么多年，怎么不知道你喝得酒呢？曾冬玉扬着眉毛，望定周正泉说，这您就不知道了，女人不像男人，男人什么时候什么场合，端起杯子就能喝，女人不同，女人喝酒要有好对象好心情，没好对象好心情喝酒是受罪。

这时天色渐渐暗下来，周正泉要去开灯，曾冬玉说，这半明半暗的气氛不更有意思么？何况不开灯，你也不会把酒喝到鼻子里去的。又喝了两杯，周正泉不敢喝了，说你知道的我胃不行。其实他是觉得孤男寡女的待在一个屋子里，心里没底。曾冬玉说，这酒度子低，我当过医生，不会害你的。说着凑过来，一手捞住周正泉的手，一手抓了桌上的杯子，往他手上塞。

周正泉身上的血液就翻腾起来，竟然没去接杯子，却把曾冬玉的手臂抓住了。曾冬玉那丰满的身子也猛地一颤，软进周正泉的怀里。

天色完全黑下来，只有窗外的灯光透进屋子，带来些许亮色。曾冬玉很主动，解开自己的胸脯，把周正泉的手搬了进去。一边断断续续地说道，你不知道，好多男人想得到我这两只奶子，我都不给。正泉你是个好人，为我办了那么大的事情，我也没什么报答你的，就把这两只奶子交给你了。

周正泉的手在曾冬玉柔韧鼓胀的硕乳上抚摸着，浑身的感觉都澎湃起来。他想，我不惜把老婆的指标让出来给了这个女人，借口是为了乡里的工作，潜意识里原来是为了这两只令人垂涎的美乳。周正泉就恨恨地骂了自己一句，周正泉你是什么东西！

就在此时，一个声音不识时务地响了起来。那是一段全中国13亿人民都熟悉的旋律：你从哪里来，我的朋友，好像一只蝴蝶，飞进我的窗口。在这幽静的初夜，这音乐显得格外清脆刺耳。

周正泉一下子从那对美乳的诱惑里惊醒过来，把沙发上的包打开，取出那只该死的手机。视屏上闪着蓝光，里面是顾定山的手机号码。周正泉只得歉意地对曾冬玉说，冬玉，情况紧急，我不能留了，得马上就走。

曾冬玉一动不动呆在黑暗里，半天才说，周正泉，你知不知道，拒绝女人的男人是最不道德的男人！

闻言，周正泉就怔了怔。他迟疑一下，还是走了出去。

十一

回到龙溪，周正泉连夜上了窑山。越过长蛇阵般的拖拉机队伍，赶到灯火如昼的舒建军的办公室，大头和毛富发还有顾定山他们都在。一个个都正襟危坐，铁青着脸，仿佛刚参加完一场悲痛无比的葬礼。顾定山把周正泉拉到一旁，告诉他，他还没离开龙溪的时候，窑山上的民工见大头他们闹得这么有滋有味，也蠢蠢欲动，准备来个全线大罢工，迫使舒建军给他们提高待遇。舒建军得到消息，吓得屁滚尿流，火急火燎跑到乡政府，要毛富发他们快想办法，否则就要出大乱子了。毛富发这一回也急了，硬让小宁找来了顾定山。顾定山也知大事不妙，才给周正泉打了电话，几个人先上了窑山。

听顾定山如此说，周正泉心里暗暗乐了。他期待着的就是这个效果。他装腔作势地训斥了大头一通：在我周正泉管辖的地皮上，大头你可不要太猖狂，你别忘了你是有前科的，派出所里还记着你大头的名字。我勒令你今晚就带头把拖拉机开走，明天再上山运煤，否则我要顾定山把你们全部送进去。大头说，周书记我们又没跟乡里捣乱，是要他舒建军增加运费。周正泉说，运费的事，由我们跟舒老板商量，你操什么心！大头这才说，既然周书记这么说，我们就把拖拉机开走，不然的话，我们是要和他姓舒的斗争到底的。

周正泉不再理大头，假惺惺地对舒建军说，舒老板真对不起，在我周正泉的眼皮底下出了这么大的事，是我的失职。不过话又说回来，你给他们开的运费也的确低了一点。舒建军点头如捣蒜，当即拍板，将大头他们的运费每车由原来的十五元增加到二十元。同时表示，从明天起恢复收购龙溪木材，而且收购价格增长8%。

周正泉他们要走了，舒建军还不放心，拦住周正泉说，老同学，大头他们没事了，民工们怎么办？周正泉说，你今晚可以睡大觉了，大事是出不了的，这些民工都是龙溪的老实农民，又没什么组织，不像安源工人，有刘少奇等老一辈无产阶级革命家的统一指挥和领导，大头他们今晚一撤退，民工们见掀不起什么风浪，也会悄悄回到井里去的。

舒建军将信将疑，放了周正泉一行。

果然，窑山再没有什么险情。毛富发和顾定山不解，问周正泉，周书记您又不是神仙，怎么敢肯定大头他们开走了拖拉机，民工们就不会闹事了？周正泉笑笑说，你们去问大头好了。一问大头才知道，这是周正泉单独给他布置的，要他在窑山放出民工要罢工的风声，吓唬吓唬舒建军。不想这一着真灵，一下就把舒建军给吓住了。周正泉还说，如今想到窑山上找份事做的农民多的是，你闹事也许一时能得点小便宜，过后舒建军东一个西一个把你们的名除掉，他还可以顾些更加低廉的民工，而那些民工不像大头他们有自己的拖拉机，离开窑山还找得到别的事情，那些一身死力气的民工离开窑山，还有什么门路可找？

这次较量的最后得胜，让周正泉很是兴奋了几天。他暗想，这也许不仅仅是给乡里增加了财政收入，体现了他这个做书记的伟大业绩，同时还让他骨子里那份对舒建军这样的暴发户的嫉妒和仇恨得到了尽情地发泄。周正泉还莫明地想起了当年的校花，她的离去让周正泉遗憾了许多年，这一下周正泉心头的遗憾似乎也减轻了许多。

周正泉当然很快把这份兴奋扔到了脑后。夜长梦多，他要尽快把蒋国帅兄弟的事做个了结。奇怪的是，当周正泉和顾定山掌握了蒋家偷税逃税的大量证据，把案子移送司法部门后，县里再没人出来说话。在证据面前，蒋家兄弟不再对偷税逃税的事实作半点否定，但要他们说出哪些人在他们的砖厂里入过股投过资，他们一口咬定，没这样的事。这是他们的聪明之举，没有出卖头上的保护伞，虽然砖厂被封掉，三个人也象征性地判了刑，但不久就先后被假释出来，其中判得重一点的蒋国帅，三年半的刑，也只在里面待了半年，就以保外就医的名义出了狱。后来据说三兄弟又到隔壁乡里办起了砖厂。

时光如水，一眨眼就到了年底。

总结一年的工作，周正泉觉得上任书记以来，大的建树没有，但还是有几件事是能够摆到桌面上来的。全乡农林特产税首次超过百万元大关，不但根据政策减轻了农民负担，取消了按人口和田亩摊派到农户的特产税任务，还代农民交了部分统筹款。乡里的几家企业恢复了生产，也上交了一笔不薄的管理费。把蒋家三兄弟送进去后，尽管他们很快就陆续出来了，却刹住了多年来刹不住的偷税抗税歪风，农业税、耕地占用税、营业税等税收都征了上来。与此相关联的是水利建设、计划生育、文教事业等工作，因为乡里注入了一定的资金，都有了较大的起色。县财政还给乡政府提留了 25 万元超收分成奖，乡政府不但用这笔钱冲了职工多年未还的部分欠款，还给每人发了 1200 元奖金。

1200 元在城里干部眼里是个小数字，打麻将也许还不够半个晚上的输赢，但在三四百元一月的基本工资都发一个月又停几个月的乡镇干部手里，却是一笔沉甸甸的财富。这 1200 元可以给一把鼻涕一把泪水哀求了无数次的儿女补交一份学费或生活费，给卧病多年死又死不了活又活不成的老父亲抓几包药回去，或者在下岗在家的老婆脸上换一份久违的笑容。这一天大家见面，别的什么都不问，就问领了么，然后异口同声地说，周书记抓得狠一点好，不抓得狠一点，我们手里哪会有这把票子？有的则说，你们不知道，是周书记的名字起得好。问怎么个好法？答曰，周正泉者，多挣钱也。

周正泉也没忘记龙跃进的家境，另外给他解决了 700 元困难补助。

想不到就在龙溪乡给干部职工兑现奖金的那天，县委下了一个通报批评龙溪乡的文件。李旭东已被任命为县委书记，这个文件据说是他做书记后签发的第一个文件。文件的内容是龙溪境内的窑山出了群体性罢工闹事的恶性事件，龙溪乡的社会治安综合治理工作因而被一票否决。按年初跟县里签订的综合治理目标管理责任状里的承诺，被一票否决的单位一把手，不降职也要调离，于是周正泉被调到一个叫岩头的偏远的小乡做了书记。表面上是平调，实际上跟降职是一回事，因为在岩头那样的小地方做书记的人，从来就没出息过和进步过。

岩头乡至今只有一条毛马路，吉普车都去不了，周正泉只得托顾定山联系了大头的手扶拖拉机。调到一个谁也不原意去的地方任职，自然不是什么光彩的事，天没亮周正泉就灰溜溜地上了拖拉机。

不知是拖拉机把大家吵醒了还是别的什么原因，毛富发和顾定山及大部分干部职工不约而同都起来了，站在大门口为周正泉送行。周正泉只得下了拖拉机，一一跟众人握别。跟龙跃进握手的时候，周正泉说，跃进啊，对你的问题，我处理得确实太重了点，还请你原谅。龙跃进就泪光莹莹了，感激地说，周书记呀，都是我的思想狭隘，现在我才想清楚，如果不是你把钱收上来投到乡里的企业里，企业就恢复不了生产，我们的欠款不但还挂在账上，每人1200元的奖金，还有我的困难补助，想都不敢想。周正泉就抓住龙跃进的手，狠狠地摇了摇，点着头说，有你跃进这句话，我就踏实了。

拖拉机驶出乡政府时，后面还响起了清脆的鞭炮声，炸醒了静寂的清晨。强硬的周正泉再也抑制不住，眼里涌出了晶莹的泪光。这一下他陡地就想通了，这一年多的书记做下来，虽然什么政治资本也没捞到，而且还发配到了僻远的岩头乡，但却得到了大家的认同和理解，也算是个小小的安慰吧。

周正泉的心里也跟悄然而至的曙色一样，渐渐明朗起来。

出乡政府不远，拖拉机就离开国道，开始顺着一条毛马路往山上爬去。大头见周正泉一直不语，就一边驾着拖拉机，一边安慰周正泉说，周书记您也别不好受，岩头天高皇帝远，到那里做书记跟做寨王老子一样，您爱怎么就怎么，什么人也管您不了。周正泉想想也是，就自嘲地说，人往高处走，水往低处流嘛，到那里做了寨王老子，还可娶个漂亮的压寨夫人，到时请你去喝喜酒。

解體工資

进步

》

一

最近市委组织部办公室主任如愿以偿，被提拔到下面县里做了县委常委兼组织部长，这样办公室主任的位置便空了出来，这样在组织部干了两年科员三年副主任科员四年副主任的钟开泰就有了一线希望。

也就在钟开泰满怀希望的时候，严部长的秘书把他喊进了部长室。

那一会儿钟开泰正在编写《组织工作简报》，准备早点编印出来，呈送给市委领导，并寄发给上面的省委组织部和下面的县区组织部。这份简报过去一直由主任亲自编写，钟开泰只帮着搞搞校对什么的，主任走后，严部长见好几个星期没出简报了，就嘱咐钟开泰把这份工作接过去。当时钟开泰心里就热了一下，似乎预感到了什么。所以严部长的秘书走进办公室，客客气气喊了声钟主任，而且径直向钟开泰走过来的时候，钟开泰的眼睛就陡地亮了，不自觉地放下手中的笔，兀地站了起来。也许是这些比预料中的要来得快，那份本来是深藏着的迫切和急不可待便有些无法自抑。因此待严部长的秘书口中吐出“严部长”三个字，钟开泰就仿佛被一股什么神奇的力量托起来，整个身子似乎已离开了地面。钟开泰几乎是悬浮着离开办公室，飘向部长室的。

进了部长室，钟开泰依然没回过神来，在严部长的桌旁愣着，不知是站着好，还是坐着好。一双手也变得多余起来，放到前面不是，放到后面也不是。

照理办公室副主任免不了要经常跟单位的头儿见面，钟开泰应该没什么好拘束的。可组织部不是一般意义的单位，组织部长更不是一般意义的单位的头儿，而是堂堂市委常委，是一个位显权重的市委领导，他的地位和威严不免让人敬而远之，何况平时部长的应酬多，这检查那考察，这指示那报告，没停没歇，够他对付了，是没有太多时间在部里待的，部里除了那几个要害科室的科长主任跟他直接打交道外，副科长副主任以下的干部难得有好多正面接触。因此钟开泰面对着严部长的时候，便很明显地感觉到坐在他面前的，不是自己单位的头儿，而是一个可望而不可及的市委大领导。

严部长也许意识到了钟开泰的不自在，抬起手来，朝对面的沙发摆了摆，笑着说，坐下吧，客不坐，主不安嘛。钟开泰这才后退一步，坐到沙发的边沿上。只听严部长又亲切地说，小钟今年三十五了吧？钟开泰点头犹如鸡啄米，心里感激严部长竟然连他的年龄都那么清楚。只听严部长又说，三十五正是干事业的好年华啊，我要年轻十五岁，也是你这个年龄，做梦都会笑出声的。

严部长一席话，让钟开泰有所放松，他这才镇定了一下，壮着声音说，部长您也正当年富力强啊。严部长说，哪里哪里，今不如昔了。

还聊了些别的，这样严部长才言归正传：小钟，你看你们的主任到县里任职去了，办公室一摊子不能少了牵头的，部务会的意思，就先由你负责吧，你人年轻，我相信你会打开局面的。

闻言，钟开泰身上就像浸饱了水的面包，不由自主地膨胀起来，眼睛也仿佛刚充足了电，变得目光如炷了。不过钟开泰也不是十七八岁的毛头小子了，又在组织部呆了那么久，见的世面自然也不少，已经学会自我控制。他立刻把情绪调整到最佳状态，笑望着严部长说，感谢严部长的信任，我一定好好工作，绝不辜负领导的殷切期望。

从部长室出来后，钟开泰莫名地就觉得这个平时死气沉闷的组织部，今天突然变得鲜活和富有生气了。不说别的，单说过道墙壁上那块宽大的政务公开栏，本来那些标记着领导分工和科室职责的宋体字，要说多古板就有多古板，现在不知怎么地显得生动活泼了，每一个字体都像一只灵动的似要飞起来的小鸟。就连每一个从过道上走过的同事的脸上，都仿佛呈现着真诚和友善，而平时钟开泰总觉得他们满脸都是虚伪和假仁假义。

钟开泰还碰见了借调在组织部属下的党员电教站的胡小云。胡小云那双美丽的大眼睛灿若星辰，钟开泰总觉得里面暗含了对自己的仰慕和崇拜，也不知这是钟开泰自作多情，还是事实果真如此。

胡小云是电台的播音员，模样俊俏，一口流利甜蜜的普通话不知令多少听众倾倒着迷。上一任部长非常重视党员宣传教育工作，为了充实电教站的力量，特意从市电台借调了胡小云，还做了以后正式调进来的打算。不想那位部长临时异动，换了严部长，严部长对党员宣教工作没有前任热心，胡小云的调动也就搁了下来。不过胡小云没有泄气，工作照样卖力，不但在播音上苦下功夫，还主动去找优秀党员的素材，做了好几期叫得比较响的节目，竟然受到省委组织部的好评。胡小云自知自己的弱项是文字功夫还欠点火候，于是常常找到钟开泰，左一声钟主任右一声钟主任的，喊得十分亲切，让钟开泰帮忙修改台本。两人的关系也就比别的同事多一层默契，后来即使没有台本需要修改，胡小云也爱往钟开泰这里走。

这天胡小云也在钟开泰脸上发现了什么，笑着说，今天你气色好爽的，在哪里吃了免费午餐？钟开泰停下往办公室迈的步子，笑望着胡小云说，你没请，哪来免费午餐？说着进了办公室，想坐下静心编完桌上的简报，同时控制一下心头的兴奋劲。

胡小云还在门口站了好一会儿。她偏了头望望斜对面那仍然半开着的部长室的门，尔后走向钟开泰，附在他耳边轻声道，是不是要进步了？钟开泰明显地感觉到了胡小云那女孩特有的温馨的气息，身上不由得就软了一下，好想把那颗风情万种的头揽住，贴到自己胸前。但钟开泰立即清醒过来，偏开脑袋，避着胡小云，冷静地说，小云你可不要乱说。

胡小云就意识到自己的举止有些过分，组织部可不是乱说乱动的地方。于是抬头瞧一眼对面办公桌上正低头看材料的小张，咂咂舌头，轻手轻脚出了办公室。

钟开泰还在桌旁呆坐着，桌上的简报稿子一个字也看不进去。过了好一阵，才望一眼墙上的石英钟，见下班的时间只有半个多小时了，就跟小张打声招呼，出了办公楼。夕阳犹在，街口那来来往往的车辆金光闪闪的，莫名地令人兴奋。钟开泰本来过了唱流行歌曲的年龄，此时也哼起电视里常播放的一首流行曲：车来车往，车来车往……

哼着哼着，不自觉就来到一棵古槐下，钟开泰转身进了街边的农贸市场。等他从农贸市场走出来时，手上已提了一大包东西。嘴上还哼着车来车往。后面徐徐开过来一辆的士，在钟开泰身边连鸣了几声喇叭，不知是请他上车，还是要他让路。向来很少花钱坐的士的钟开泰一时豪气顿生，回过头，有些夸张地扬一扬手。的士还没停稳，钟开泰就伸手拉开车门，低低头，钻进去。

等老婆周春雨和儿子陆续回到家里，钟开泰已将做好的饭菜端上了桌子。菜已不是平时的一菜一汤，有飘香鸡，黄闷鱼，腊香肠，有老婆和儿子最爱吃的肉末炒酸豆角。还摆了两个高脚杯，倒上刚买回来的长城干红葡萄酒，然后在每个杯子里都放上一块切成薄片的柠檬。

周春雨很是奇怪，平时这个钟开泰几乎是衣来伸手，饭来张口，今天突然变得这么不同凡响，是不是地球转错了方向？她望望钟开泰，说，你今天没有在街上捡到钱包吧？

钟开泰笑而不语，举起杯子跟老婆碰碰，先喝了一大口。周春雨又说，见到了婚外恋人？这话还真让钟开泰想起一个人来，那就是胡小云。只是他心里清楚得很，他跟胡小云还没到婚外恋人那个层次。钟开泰于是斜一眼周春雨，冷冷地说，你的想象力莫非就这么小儿科么？

儿子这时抓着鸡把子咬一口，又拿过妈妈的杯子，学大人样喝下一口，然后说，我知道爸爸今天一定得了表扬。钟开泰笑问儿子，你怎么知道？儿子说，我们班上的同学哪个得了老师表扬就要请同学们的客。周春雨说，你爸那么落后，谁表扬他？儿子说，那爸爸没得表扬，怎么会请我们？钟开泰说，还是儿子聪明，不过爸这可比得表扬还要重要。

夜里把儿子安顿睡下后，钟开泰和周春雨进了属于他两人的大卧室。才上床，钟开泰就想有所作为，周春雨把他推开，娇嗔道，你别美，吃饭时我提的问题，你还没回答我哩。钟开泰笑嘻嘻道，那要看你表现得如何。

见这个平时总是萎靡不振的钟开泰今天这么兴高采烈，周春雨也就不想败了他的兴致，风情万种地偎进他怀里。也是人逢喜事精神爽，这天晚上钟开泰发挥得格外充分，两人都得到极大满足。

事后钟开泰才吐露了真情，算是对周春雨的报答。钟开泰先说了严部长把他喊进部长室时的情形，接着清清嗓子，学着严部长的腔调说道，小钟，你看老主任支教去了，办公室一摊子不能少了牵头的，部务会的意思，就先由你负责吧，你人年轻，我相信你会打开局面的。

周春雨听了，很开心地在钟开泰腿上掐一把，两人又翻云覆雨了一回。

二

钟开泰就这样成了组织部办公室负责的。

这负责两个字虽然既普通又平常，但这几天钟开泰却明显地感觉出了它们给自己带来的某些变化。没跟这两个字联系上之前，他这个副主任也就领导着小张，做点上传下达，汇总汇总情况，起草一些无关紧要的文稿，接待处理一下基层普通群众来访来信的不起眼的小事。现在不同了，不仅直接呈送给省委组织部和市委领导包括严部长在内的《组织工作简报》要他编发，而且有了参加部分会的资格，分管市直和县区党政官员考核任免的干部一科二科起草的任免通知要他核发，另外严部长要找部门头头谈话什么的，也由他出面具体联系安排。连组织部的财权也掌握在了钟开泰手上，领导用车得他派，哪个科室要购置办公用品或出差什么的开支要请他审批报销。钟开泰一下子从机关边缘人变成了举足轻重的角色，就是大权在握的干部一科二科的科长，平时根本就没把他这个小小的办公室副主任放在眼里，现在因为有求于他，对他也格外客气，笑脸相迎了。

钟开泰的自我感觉就好不得不得了了。有一阵，他甚至以为自己可以和干部一科二科的科长平起平坐了。但很快他就意识到自己幼稚得实在有些好笑。

说来还得感谢那位懵懵懂懂的昏暮敲门的县委副书记。那天晚上，钟开泰和周春雨坐在客厅里看电视连续剧《笑傲江湖》。本来对金庸小说和金庸小说改编的电视剧，钟开泰没有兴趣，但周春雨却是个金庸迷，他只得奉陪着。正看得兴味索然，忽然有人轻轻敲响了房门。这时已经过了十点，钟开泰凭直觉，意识到这个时候来敲门的人肯定不是一般角色。

钟开泰在这栋组织部的宿舍楼里住了七八年了，平时除几位亲戚和不多的几个要好的朋友来走走，其他人是难得迈进这个门的。就是这些亲戚朋友要来，也会在九点以前，而且先会电话告知。钟开泰不免暗忖，是不是自己在办公室负责，有人求上门来了？有人求，才显示得出你的实力啊。钟开泰一阵窃喜，从沙发上蹦起来，箭一样射向门边。习惯性地往猫眼上一瞧，但见明晃晃的楼灯下站着一位高高大大的汉子，手上还提着一个食品袋。

钟开泰认识门外的汉子，是县里一个分管党群的副书记，这段时间天天往组织部跑。据说该县的县长要进市里某局当局长，他有心想顶替上去。钟开泰心里说，这个家伙真灵性，我一负责办公室他就找上门来了，大概他是无法靠近严部长，才来走我这条绝径。算他没找错人，安排他和严部长见一次把面，我还是有办法的。

人也就是怪，那些天天门庭若市的有权人，不堪忍受惯于昏暮敲门的人的滋扰，门上一有动静就心惊肉跳，而像钟开泰这类向来无人问津的边缘人，忽然有人找上门来了，则不免浮想联翩，受宠若惊起来。当下钟开泰就感激地颤着双手，将门打开，真诚地向那副书记笑道，哎呀，我还以为是谁呢，原来是大书记您哪，是什么风把您吹来的？

那位副书记当时就木了，愣怔着站在门口，像是从没见过钟开泰似的。事实是今天上午他还在组织部办公室门口跟钟开泰十分热情地握过手。钟开泰还以为他是胆怯，鼓励道，有事吗？有事进屋说吧。

这时对方才刚从梦中醒过来似的，轻声咕哝了一句，这不是邓科长家呀？然后悻悻地转身，提着手中的食品袋下了楼。钟开泰看得很清楚，那是两瓶装的精品开口笑酒。傻瓜都知道，酒盒里绝不仅仅是开口笑酒。

那位副书记说的邓科长，是分管县区党政官员的干部一科的科长，他住在跟钟开泰同楼层同方位的另一个单元里。

这件事对钟开泰的刺激可不小，此后的每天晚上，只要一听到门外有脚步声，他就条件反射般从沙发上弹起，急步往门口方向冲去，快到门边又猛地停下了。继而在屋子里不停地绕圈，像一只被敲昏了脑袋的鸭子。一直要到那脚步声完全消失，他才失望地回到原来的位置，慢慢平静下来。

不过这件事也帮助了钟开泰，他渐渐地冷静了，开始对自己的地位重新进行评估。他又将严部长那天跟他的谈话反反复复温习了几遍。严部长说过办公室先由你负责，但也仅仅点了个先字，至于后怎么样，他并没有明确表态。在组织部待了十多年，钟开泰也算是世事洞明了，懂得这就是常说的领导艺术，什么话都留有余地，不会说得太死。其实严部长的意思已经很到位了，办公室由你负责，但还不是负责人，更不用说办公室主任了。这有些咬文嚼字的味道，但机关里，尤其是像组织部这样的部门，在牵涉到人事的时候，那些关键的措辞就这样讲究。

钟开泰冷静地想了想，不能只计较眼前一些表面上的荣辱得失，自己的最终目的是要抓住这次机遇，上一个关键的台阶。而这样的机遇并不是太多，特别是在他这种年龄。也就是说，弄好了，他这个负责的就会成为负责人，进而成为主任，还有进步的可能。这倒不是这个主任的位置如何的了不起，而是作为一个机关干部，总不能做一辈子的副科级干部，总应该找一个再进一步的台阶。

因此钟开泰格外看重严部长给予的这次机会。他记住了严部长打开局面的话。领导既然要你负责，你当然就要做点事情出来给人瞧瞧，否则一切免谈。原来的办公室主任也是一步步干上来的，而且主任这个位置只干了两年就得到了提拔。钟开泰分析了一下，他之所以进步这么快，主要是跟严部长跟得特别紧，善于领会严部长的意图，严部长一个眼神，一举手一投足，他都能及时觉悟出其真正的含义，深得严部长的赏识。人贵有自知之明，钟开泰知道自己没这个本事，不过卖命地工作是做得到的，以弥补先天不足。比如部里的宣传报道和财务后勤，过去的主任紧跟领导去了，这两项工作一直不怎么突出，还很有潜力可挖。宣传报道说穿了就是恰到好处地反映部里的工作，提高领导声誉。至于财务后勤，无非就是一个钱字，只要有了钱，什么人间奇迹都能创造出来。

钟开泰于是就从这两个方面动起了脑筋。他很自然地想起两个高中时的同学，一个是在电视台任职的东方晓，另一个是在财政局做事的陆百里。钟开泰把抽屉里的通讯录拿出来，想给他们打打电话，不想东方晓和陆百里的电话号码竟然还是六位数的，而这个城市的电话早已经升到了七位数。

这让钟开泰就感慨不已了。这几年自己仕途多舛，没有多少值得张扬的地方，很少与外界联系，至少也有两三年没找过东方晓和陆百里了。一时就没了打电话的兴趣，把电话本扔进抽屉里，望着窗外那棵毫无动静的塔松发了半天呆。

在外人眼里，组织部是一个帽子工厂，他们在给别人批发帽子的时候，也会顺便给自己预留几顶。这当然一点不假，只要有来头，在组织部转一圈出去就是县长书记，再混几年就是副市长就是市委常委。现在的市委常委和副市长一级的领导层里，就有好几位在组织部搞过科长主任什么的。比如前面提到过的办公室主任，不到四十就做了县里的组织部长，只要不出意外，两三年就能做到分管党群的副书记，再过三四年不是书记就是县长，这么一路走下去，十来年也就是五十岁不到就可进市里的领导班子，如果更上一层的领导赏识，后面的宦途还有希望。

只是万丈高楼平地起，你先得占据诸如一科二科科长的要害位置，或至少也要干干办公室主任这样的职务，才有往上爬的基本的起点。只是话虽这么说，却并不是组织部的每一个干部都有这样的幸运。因为做到科室一把手的位置，也有很多的台阶要迈。按常规，首先你得从科员进步到副主任科员，然后由副主任科员进步到副科长副主任，再由副科长副主任进步到主任科员，之后才有可能进步到正式的科长。不是吗？有些人在组织部干了一辈子，眼睁睁看着那些大帽小帽一顶顶扣到了别人头上，自己却要到退休那天才勉强混成副团级组织员，见马克思时才算是有了点面子。

眨眼间，他钟开泰也成了中年人，弄不好的话也只能重蹈覆辙。他暗忖，如果退回去十年，他才不把这鸟科级主任放在眼里呢。那时候他大学毕业出来没两年，虽然只是厂办一个没有级别的干事，但脑子里却装满了企业改革的宏伟目标，心里想着的是如何在日后的职代会上竞选厂长，干一番轰轰烈烈的大事业。不曾想娶了市委常委市委秘书长的女儿周春雨做老婆后，秘书长岳父竟然连招呼都没打一声，便一纸调令将他调进市总工会，后来又想方设法把他弄进市委组织部。

皇帝轮流做，这个时候岳父大人的常委和秘书长的位置被人取而代之，去政协做了副主席，钟开泰的进步也就大打折扣，只能一个一个台阶地往上迈了。先是在企业党建科做了两年科员，接着去青年干部科做了三年副主任科员，然后才进办公室做了副主任。这副主任做了四年，一般来说还有一个主任科员的台阶要过渡，才有望做上主任或科长。也就是说从科员到主任或科长，没有个十年八年是走不完这段历程的，而且中间还不得有什么波折。想想一个人一生中又有几个十年八年？何况钟开泰这十年八年是从二十多到三十多的黄金时段的十年八年。十年八年可以把日本鬼子赶出中国，把蒋介石赶到台湾，十年八年可以让一段不起眼的海岸成为拔地而起的现代化城市，十年八年自然也可以使一介寒儒一跃而为政界要员，可他钟开泰却这么碌碌无为地徘徊了十年八年。

钟开泰感到十二分的苦涩。他心里再清楚不过，如果这么继续按部就班下去，过了四十再转为正科级，做个什么科长主任，也为时已晚，最后也就只能等着做个副团级组织员，所谓的仕途也就船到码头车到站，就此打住了。

这么思想着，窗外那棵塔松不知不觉变得模糊起来。原来天色已晚，下班时间早过，整个组织部人去楼空，没有了一点动静。钟开泰这才起身离去。

三

这天钟开泰又坐在办公室里，望着窗外的塔松呆想。他还下不了决心，要不要打电话跟东方晓和陆百里联系。

正在此时，一部本田轿车从市委大门外徐徐开过来，停在了塔松下。旋即一个有些熟悉的身影从车里从从容容钻了出来。钟开泰的眼睛就花了一下。那不是别人，竟然就是他正要找的高中同学东方晓。

钟开泰就有一种喜出望外的感觉，恨不得身生双翼，从窗口飞出去，把东方晓揽入怀抱。

不过钟开泰还没飞出窗口，本田车上又走下一个人来。钟开泰自然认识，那不是别人，是现任的市委秘书长。钟开泰这才想起那部本田原就是市委的车子。他在心里嘀咕了一句，东方晓你这小子，几时跟秘书长缠上了？市委秘书长也是市委常委，东方晓能跟秘书长粘在一起，当然也不是等闲之辈。

钟开泰不知此时去跟东方晓打招呼是否合适，因此迟疑了片刻。但最后他还是出了办公室。他知道秘书长的办公室在三楼，东方晓必须从组织部所在的二楼经过。钟开泰来到二楼的楼梯头，装作要下楼的样子，顺理成章地跟秘书长和东方晓照了面。还是东方晓先打的招呼。东方晓还没有上完楼，仰着个脖子对钟开泰喊道，钟开泰你这混混，还没死？说得秘书长和钟开泰都笑了起来。

钟开泰一边跟秘书长点点头，一边对东方晓说，好死不如歹活着，我要活给你看，气死你！说着两人相互擂了一拳。钟开泰又说，到秘书长那里去？东方晓说，是呀，秘书长找我有点事。钟开泰做出要往楼下去的姿势，客气地说，办完事到我办公室坐坐，我去传达室拿个东西就回来。东方晓说，当然，到了你这里，不拜码头，我狗胆包天？

快下班时，东方晓果然进了钟开泰的办公室。也许是出于记者的习惯，一进门东方晓就递过来一张名片，同时说，把你的名片也给我一张吧，有事好找你。钟开泰说，我从来就没印过名片。一边在东方晓的名片上瞟了一眼。见上面写着新闻部副主任的头衔，钟开泰就说，你这个新闻部是个科级架子吧？

“什么卵科级，我这名片一方面是便于人家找我，另一方面说明我可以处理稿子。”东方晓说，“这一向你还好吗？”钟开泰说，怎么说呢？原来的主任到县里当组织部长去了，严部长要我负责办公室。东方晓说，哟，怪不得你印堂发亮，两眼生辉，原来是进步了，什么时候请客？钟开泰说，哪有这样的好事？不过请客是可以的，只要你有空。

东方晓笑望着钟开泰，说，你这可是一个很关键的台阶，上了这个台阶，就前程无量，一片光明了。钟开泰说，我哪里敢这么乐观？我现在仅仅只是负责，八字还没一撇呢，何况这个责也不怎么好负，要想有所作为并不容易啊！东方晓说，天下事难不倒共产党员，你这不就一个办公室吗？我才不信那么难对付。钟开泰说，嘴上两张皮，说起来轻松，做起来就是另一回事了。东方晓说，有什么想法可以跟我说说嘛，说不定我能给你出个歪点子。

东方晓的话正中下怀，钟开泰就把自己的一些想法跟他简单说了说。

东方晓快人快语，说，钱的事我帮不上忙，但你要宣传呀报道呀什么的，我包了。实话跟你说吧，我虽然只是新闻部的副主任，可部里好几年没主任了，部里的事情我说了算。也就是说，新闻部负责的新闻节目，我想给谁上就给谁上，想上到哪个时段就上哪个时段，你老兄什么时候需要我的新闻节目甚至头题，打声招呼，我给你安排就是。

钟开泰知道这个东方晓说话尽管有点牛气，但刚才说的却是大实话。东方晓是个有点才气的记者，做过不少颇有影响的节目，他的光辉形象还堂而皇之地上过中央电视台的“东方之子”。就凭了他的名气和手上的摄像机，市里的头头脑脑都愿意跟他打交道，说不定他一高兴，就会给你搞几组镜头，市电视台播了再上省台，甚至上中央台，让你美名在外，为以后的进步造点必要的声势。本来这样的角色当个台长副台长什么的，完全不在话下，可偏偏东方晓什么都不放在眼里，说话又直来直去，无遮无拦，得罪了不少人，所以至今还是个新闻部副主任。新闻部是电视台的黄金码头，有影响的新闻节目几乎都是从那里出来的，台里的台长总编甚至广电局的头头都在那里做过一阵子主任，觊觎这块风水宝地想去做主任的自然大有人在，可他们自觉业务上与东方晓没法比，所以没敢去领导他，东方晓至今还把持着新闻部。

两人又东一句西一句扯了些闲话，钟开泰想起刚才东方晓和秘书长那个亲热的样子，就忍不住问道，秘书长跟你打得火热，是不是又要你给他抬轿子吹喇叭了？东方晓说，党和人民专门安排我们这号人抬轿子吹喇叭，我们不抬谁抬？我们不吹谁吹？

也是一时高兴，东方晓告诉钟开泰，秘书长是请他做一档节目。

钟开泰说，好嘛，马屁拍响了，你也弄个台长副台长的干干。东方晓撇着嘴说，我才不稀罕什么鸟台长副台长呢，我现在副主任一个，不是照样天天有人找么？钟开泰说，还是当记者好，有本事有名气就牛皮哄哄的，不像我们缩头乌龟一样。东方晓手一扬说，大丈夫能缩能伸，我知道你现在缩头是为了以后出头。钟开泰说，但愿有这一天。

聊了一会儿，东方晓见办公室没有外人，又神秘兮兮地说，你知道吗？这回秘书长有一个不大不小的行动哩。

见东方晓说起这样的话题，钟开泰赶忙起身，过去关了办公室的门，这才回头说，隔墙有耳哩。东方晓理解地说，你这是是非之地，说话也得小心翼翼，我可没这样的习惯。然后放低了声音说，市委管党群的副书记就要调往外地当书记了，两个候选人一个是秘书长，一个就是你们的严部长，这你大概听说了吧？

钟开泰摇摇头，说，不太清楚。东方晓说，亏你还蹲在组织部。你知道吗？刚才秘书长喊我去，就是要我给他弄节目上省台，提高他的声望，为争取这个党群副书记做准备。钟开泰说，照这么说，你把秘书长宣传出去了，不直接影响了严部长？东方晓说，我不知道严部长跟你的关系如何，才特意来问问你，你看有没有必要有所侧重？

钟开泰沉吟了一会儿，才说，严部长也许有把我扶正的想法，如果你能给我打打擦边球，当然会很管用。东方晓说，有你这句话，我心里就有数了。停停又说，这样吧，上半年在我的节目上给组织部上两个头题，至于你严部长的专题节目，我会另有打算。

两人还侃了几句，东方晓看看手机上的时间，说，我刚才是以上厕所的借口出来的，秘书长还等着我去吃晚饭呢。

四

东方晓比较讲哥们义气，不久就在钟开泰的配合下，给组织部拍了两个像模像样的新闻，在黄金时段播出。喜得严部长眉开眼笑，把钟开泰喊进部长室，说，小钟你干得好嘛，当初我在部务会上提出让你负责办公室时就说过，你一定会干出成绩来的，算我没看错人。钟开泰说，部长过奖了，不是我干得好，是部里的工作有成效。

工作当然是一个方面，可工作上去了，却没人反映出去，也形成不了大的影响嘛。严部长说，听说那个给组织部拍节目的东方晓不是等闲之辈，在外面还颇有影响的，你跟他关系如何？

钟开泰懂得严部长的意思，就如实禀告道，中学时我们同过学。严部长说，那好，如果他愿意，不妨跟他见见面，交个朋友。钟开泰说，只要您有空，我随时都可叫他。严部长说，有时间再说吧。

钟开泰见严部长没别的事，就转身准备离去。还没走上两步，严部长又叫住了他。严部长说，据说近来部里的电话，除了我这部电信局不计费的机子外，其余都停了机，医药费也报不了，司机手头的油费发票也捏了一大把，是怎么回事？钟开泰说，财政好久没拨公务费了，连工资也不能当月发放，这事情确实有些让人恼火。严部长说，恼火是恼火，但你还得想点办法，不能让组织部就这么瘫痪了。钟开泰说，我已跑了几趟财政，这两天我再去跑跑看。

钟开泰说的是实情，这段时间为了财政欠拨的公务费，他一连找了几回陆百里，陆百里总是说，老同学，不是我手里拿着钱不给，而是财政太困难了，先要保工资，其他的支出只好停拨。钟开泰说，你这话跟我说了也不只一次两次了，你总不能每次都用这句话打发我吧？陆百里无奈，只得说，你别逼我了，过两天给你想点办法。钟开泰说，好吧，过两天再来拜访你。两天后，钟开泰又去了财政局。这次他是铁了心了，要赖也要要张拨款书回去。

恰好在财政局门前的坪里碰上了陆百里，他正要上车赶去财政厅开会。钟开泰把着车门不放手，一边说道，陆大科长，组织部的电话车子什么都停了，严部长说过，他下岗前，先下了我的岗再说，你不表示点，今天我是不得放过你的。

财政厅那边下午报到，晚上还要开预备会，这里钟开泰缠着不松手，陆百里实在没有法子，只得拿出手机给科里的人打了个电话，嘱咐给组织部拨 3000 元公务费。

拿着这区区 3000 元回去，报了几个人的药费和司机的油费发票，连电话费都没交就一分也不剩了。钟开泰想，这也不是办法，还得在陆百里身上下点功夫。

这一天，钟开泰把东方晓约到一家僻静的小餐馆，感谢他在黄金时段给组织部上了两个头题新闻。事先钟开泰就跟餐馆老板打了招呼，要他上馆子里有特色又叫得响的菜，安排最机灵最漂亮的小姐。

在包房里落了座，钟开泰试探性地对东方晓说道，是不是把陆百里也叫来？不想东方晓一听就不高兴了，大声叫道，你要请他，我就走。钟开泰知道东方晓一向看不起陆百里，只得赶忙说，这不是卵掉进油坛子里——由(油)你吗，你别紧张好不好？东方晓说，他陆百里是什么玩意儿，我还不清楚？高中毕业考了两年才考了一个财校，如今在财政局混了一个副科长就趾高气扬的，我就是看不顺眼。钟开泰说，可人家不是一般的副科长，是行财科副科长，而且和你一样，科里没有科长，他是当家的副科长。东方晓说，当家的副科长就了不起了？你是看见了的，人家堂堂市委常委在我面前还要客客气气的呢。

话虽这么说，可过了一阵，东方晓还是改了口，说，还是把陆百里叫来吧。钟开泰故意说，算了吧，我们两个还自在些，何必让第三者插足。东方晓扑哧一声笑了，说，看来你钟开泰只要离开组织部，说的话就动听了。我早知道，你今晚并不仅仅请我。你如今在办公室负责，有求于陆百里。何况我们也曾经同学一场，我不能太小肚鸡肠。

说着，东方晓还拿出随身电话号码本，要钟开泰本人给陆百里打电话，一边说，我曾因要替人办事，特意找过他，谁知他事没给我办，却牛皮哄哄的，气得我差点放了他的脚筋。

东方晓数落陆百里的当儿，钟开泰已经要通了陆百里的手机。陆百里打了打折扣，最后还是答应了。

十多分钟后陆百里就赶了来。

东方晓对陆百里虽有不满，但见了面还是客客气气的，并又习惯性地掏出名片给他递上去，说，这是新近印的，原来名片上的手机号码是

900 的，现在改作 138 了。同时也没忘记朝陆百里讨名片。

陆百里的口气也跟钟开泰一个样，说，我一个小小副科长，印名片鸟用？

钟开泰心下就暗暗好笑起来，怎么就这么巧了？在坐三个都是上不得场面的副科。不过这样也好，大家一个级别，免得有谁心里不平衡。

这时服务小姐见客人已经到齐，就把菜端了上来。钟开泰说声开始吧，招呼服务小姐斟酒。小姐斟酒的姿势很优雅，而且那只手白净丰腴，一下子引起了陆百里的注意，他于是把小姐拉到身边，要他一起喝酒。小姐说，先生，我喝不得酒，一喝就爱发酒疯。陆百里觉得小姐说话有意思，说，我最喜欢小姐发酒疯，发酒疯才有风度嘛。

小姐也就不再客气，端起杯子。这小姐其实酒量不错，三个男人喝得微醺了，她还没事。陆百里来了雅兴，瞥了屋角电视屏幕上的泳装女郎一眼，要和小姐搞对唱。小姐说，什么年代了，还对唱？我讲个谜语吧，你猜着了，我喝一杯，猜不着，你喝一杯。钟开泰和东方晓都说这个主意很好，陆百里也就不好拒绝，要小姐讲。

小姐说，新婚之夜——打一著名城市。

陆百里想了一阵，也没想出来，小姐就笑着要他喝酒。陆百里指着钟开泰说，可以让他代替吗？小姐说，那要看他愿不愿意。陆百里说，今晚是他请我喝酒，他怎么会不愿意？小姐说，那是代猜谜语，还是代喝酒？陆百里说，先代猜谜语，猜不着代喝酒。小姐故作沉思状，然后对钟开泰说，那你就猜吧。

钟开泰其实早就猜出来了，但还是装模作样地念了一大串城市名，最后才故意晃然大悟道，我猜着了，开封。

小姐就用手点了一下陆百里的脑壳说，你是个木瓜脑壳，还是他聪明。又转身对另一边的东方晓说，你一定比他聪明，我说一个给你猜，你不能找人代替。东方晓说，行，我一定猜着，猜不着我从楼上跳下去给你看。

小姐说，飞机上做爱——打一成语。

东方晓也一连念了十多个成语，最后才说，我知道了，一日千里，而且这个日字是个动词，没说错吧？小姐说，你这么快就猜着了，看来你肯定有这方面的经验。

这时陆百里来了劲，也要说一个谜语让小姐猜，并且许愿说，猜着了今晚的小费给双倍。小姐说，我一定能猜着。陆百里说，十万毛兵抬杆铳，一抬抬到水帘洞，一管硝药打完了，两粒码子没进洞——打一工作方式。

小姐就笑起来，说，这不是谜语，这是毛话，我不猜。正说着，外面有人喊小姐接电话，小姐就说声对不起啦，出了包房。

三人本来就不是瘾君子，小姐不在场，也就没再喝酒，有一句没一句地聊了起来。钟开泰见今晚陆百里还高兴，他也跟着高兴，说话的声音不觉也略高了些。东方晓知道钟开泰要说的话还没说出来，就说，今晚你请我俩喝酒，我想醉翁之意不在酒吧。钟开泰说，别说得这么难听嘛，我又不是设的鸿门宴。

不过彼此是同学，钟开泰也就不再绕弯子，把目前自己面临的困难说了。东方晓把头偏向陆百里，将了他一军：我东方晓已经在黄金时段给钟开泰上了两个头题，也算尽了点微薄之力，你陆百里也说句话，你身居财政要职，现在钟开泰有求于你，你是怎么个态度？陆百里说，我当然尽力而为。不过现在财政十分困难，工资都保证不了，恐怕没多少余钱派作其他用场。

东方晓就拉长了脸，说，你看看，你看看，钟开泰还没向你伸手，你就这个态度。钟开泰忙止住东方晓说，百里说的也是实情，财政确是捉襟见肘，何况几天前他已经给我拨了 3000 元公务费。陆百里叹道，市长和局长都打了招呼，工资之外的一切支出都停拨，除了得癌症躺在医院里要掉命。东方晓马上说，那钟开泰你就打个申请解决癌症病人医药费的报告吧，让陆百里给你解决个七万八万的也好。

钟开泰摊着双手，说，我部里又没有癌症病人。东方晓说，没有癌症病人就难住你了？你不可以发挥你的聪明才智，创造些癌症病人出来？钟开泰问陆百里说，这行吗？陆百里说，其实你真要想解决问题，我倒是可以给你出个主意。钟开泰说，只要能弄到钱，我听你的。陆百里说，你最好是要你们严部长给我们的局长打声招呼。凭我的经验，财政局长可以拿出千条万条理由拒绝任何人，但组织部长说句话，他还没这个胆量拒绝。

钟开泰却感到为难了，摇着头说，这个我可不好去跟严部长说，他这样的领导位置特殊，讲话做事都小心谨慎，你要他低着脑壳去求人，他首先考虑的是人家会向他提什么交换条件，一般是金口难开的。东方晓也说，部长打招呼弄的钱也不能算他钟开泰的功劳呀。

陆百里一脸无奈，说，那你真的只好写个申请癌症病人医药费的报告来试试了，不过我不敢保证就能批到钱。

五

钟开泰还真的写了一个申请解决八万元癌症病人医药费的报告，给陆百里送了过去。

然后钟开泰就等候着，一个星期给陆百里打两个电话。这样过去了两个月，陆百里那里还没一个准信，钟开泰也就慢慢泄了气。

弄不来钱，组织部的日子不好过，他钟开泰的日子更不好过。严部长对部里的开支情况过问得越来越少了，见了钟开泰也没了先前的热乎劲，钟开泰似乎从严部长脸上隐约看出对自己的不信任。他心里就有些虚，知道再这样下去，自己这个办公室负责的，迟早要负不成责。情绪变得很低落，亮了几个月的印堂逐渐暗淡下去。

老婆周春雨见钟开泰一脸的晦气，也对他失去了信心，挖苦道，你真不中用，过去总怨领导不重视你，现在领导重视你了，给了你这么好的机会，你又能怎么样？认命吧，你家的祖坟还没起拱哩。

钟开泰正烦着，周春雨这一说，他更加恼火，吼道，我是不中用，你拿我怎么样？又没犯着你哪里，你狗咬耗子管什么闲事！周春雨也来了气，叫道，好好好，我狗咬耗子，多管闲事，以后我们井水不犯河水。钟开泰说，不犯河水就不犯河水，你以为你身上长着花，我稀罕得不得了？

周春雨的泪水就从眼眶里溢了出来，咬着牙根道，我倒了十八辈子霉，我瞎了眼，嫁给你这么个男人，吃没吃好，穿没穿好，玩没玩好，人家夫荣妻贵，穿金戴银的，我别说项链耳环，连像样点的裙子都没一条。

这么吵下去没多少意思，钟开泰推开门，走了出去。

那天钟开泰愁云惨雾地在街上游荡了两个小时。两个小时后回到家门口，门上的锁却怎么也打不开。钟开泰知道是周春雨上了倒锁。又在门上敲了半天，周春雨还是不来开门，钟开泰便下楼去了办公室。办公室里只有椅子，连沙发也没一张，钟开泰只好把办公桌上的东西拣开，摊了几张报纸，在上面睡了一夜。

不想第二天早上醒来，头重脚轻的，路都走不稳了。办公室小张来上班的时候，见钟开泰脸色枯黄，目光失神，一副人不是人鬼不是鬼的样子，大吃一惊，喊上单位的小车把他送进了医院。其实也没大病，吊了半天盐水，又傻睡了几个小时，就恢复了不少。部里的人就提着水果罐头，跑到医院里来看望他。

后来连严部长也来了。严部长在钟开泰额上抚了抚，心疼地说，小钟啊，你这完全是工作累的，以后可不能再这么玩命了，要注意劳逸结合，爱护身体哟。钟开泰就感动得不得了，暗下决心，一定要把工作干好，以实际行动报答严部长。

严部长的话比医生的盐水管用多了，钟开泰的病当即好了大半。就有些熬不住，想离开医院。不想此时病房里又来了一个人。钟开泰就泥在床边，有些不太相信自己的眼睛似的。

这人不是别人，是借调在电教站的胡小云。这一阵钟开泰为捞取向上爬的资本，忙里忙外的，也没顾得上胡小云，好像好久没见过她了，这一下她从天而降，自然让钟开泰不觉一阵惊喜。钟开泰的脸上泛出光来，一边跟胡小云招呼，一边挪过床头的凳子，给她让座。

胡小云笑着走上前，变戏法似的从身后拿出一篮鲜花，递到钟开泰的手上。钟开泰连说几声谢谢，把花篮捧到鼻子底下闻闻，再小心放到了床头柜上。胡小云已在凳子上坐下，说，你身体一向那么棒，怎么突然住进了医院？钟开泰说，天有不测风云，人有旦夕祸福嘛。胡小云说，那也是。钟开泰说，不进医院，谁会给我送鲜花？胡小云开心地说，你想要鲜花，以后我天天往你家里送，看你招不招架得住。

开了几句玩笑，钟开泰说，好久没见你去我办公室了，在忙些什么？胡小云说，谁说我没去你办公室？每次去，你不是忙得团团转，就是不在办公室，想跟你说句话都说不上。钟开泰半真半假地说，是吗？是我不好，不过我心里一直是装着你的。胡小云说，别说得这么好听，如今的男人都是花舌子，十话九不真。钟开泰说，十话九不真，总还有一话是真的嘛，这唯一的真话我都给了你了。

这么说着的时候，钟开泰一直望着胡小云那双动人的大眼睛。大概是被看得不好意思起来，胡小云脸上一红，低下头，轻声说道，其实在组织部，我也就你一个朋友，我佩服你的人品和才华，觉得跟你在一起，挺有意思的。

钟开泰有几分感动，却一时不知说什么好，有意岔开话题道，你正式调动的事有进展了吗？胡小云说，不忙，等机会吧。钟开泰说，要不要我跟严部长去说说？胡小云立即摇摇头说，不可不可，你自己的事正在节骨眼上，你要在工作上多出点成绩，取得严部长的信任，切不可因为我的事，让严部长对你产生什么看法。

胡小云真是个善良的姑娘，处处为人着想。钟开泰感激地说，你说的也不无道理，等我这个主任的职务有了眉目，一定帮这个忙。

两人说着话，不觉得天就黑了下来。胡小云还不想走，又觉得待得太久不好，便告辞出去。钟开泰来到门口，直到望着胡小云袅娜的身影消失在楼道口，才转身回去。见花篮里的鲜花艳艳地开着，不免又是一番痴想。

这么磨蹭了好一会儿，才收拾好简单的两样东西，提着花篮，去营业厅办理了结账手续。出得医院，想起那医药费报告的事，便给东方晓打了手机，问他在哪里。东方晓说，我现在在省城，给一个朋友往省台送带子，要过两天才回得来。钟开泰说，你回来就打我电话，我有要事找你哪。

收了线，钟开泰还在街头徘徊了一阵，才慢慢往家里走去。快上楼时，发现手上还提着胡小云送的那篮鲜花，觉得在周春雨面前不怎么好解释，又折转身去了办公室。担心鲜花容易枯萎，便找了几个空酒瓶，盛了水，一支支插进瓶里，再移到窗台上，好沾点夜露。做完这些，钟开泰才关了灯，扯上办公室的门，回了家。

这次周春雨没再上倒锁，可仍然不肯理睬钟开泰。钟开泰也没说自己这天在医院吊水的事，洗个澡就上床睡下了。夜里老是做梦，梦见自己正往一处陡壁上攀爬，爬上去一点又摔了下来。这个梦做了整整一夜，钟开泰终于还是没能爬上去。醒来后，梦中的情形还在脑壳里萦绕不去，心想这是不是对自己前程的预兆呢？

钟开泰向来是不信有什么预兆的，但这天不知怎么的，他还是跑到市委后面那条老街，问了问析梦算卦的人。那是一个瞎老头子，听了钟开泰说的梦，故意沉吟半晌，才笑道，恭喜恭喜，先生不久就有高升。钟开泰说，那个陡壁我不是老爬不上去么？有什么可高升的？瞎老头说，这个嘛，先生您却不懂了，梦中的事都是反喻，梦中爬不上去的地方，现实中则一定能爬上去。

怕钟开泰不相信，瞎老头还给他打了几卦，然后说，卦辞上说，先生吉星高照，官运亨通，不久就会荣升。说得钟开泰心花怒放，放下一张十元票子，昂然而去。

接下来的两天，钟开泰就一门心思等着东方晓，什么事情都没心事做。好在窗台上的花还鲜艳着，无聊时就浇浇水，一边想想送花人。其实送花人就在同一栋楼里，钟开泰完全可以直接去找她。但钟开泰告诫自己，这个时候可要稳得住，当前他唯一要做的就是工作工作再工作，而不可心有旁骛，让领导对自己有什么想法。

倒是胡小云偶尔会从办公室门外经过，好几次都见钟开泰在专心给窗台上的花浇水，心里不免一阵热乎。她也想进去坐一会儿，却有些犹豫，最后还是不声不响地离去，回了电教站。

六

才从省城回来，东方晓就打了钟开泰的电话。两人一见面，东方晓就说，什么好事急着要找我？是不是老婆吃小蜜的醋，要我来调解？钟开泰说，哪有你们做记者的这么风流？我长到三十多岁，还不知小蜜是啥滋味呢。东方晓说，想知道小蜜的滋味还不容易，下次批发一个给你。

说了一阵开心话，钟开泰赶忙把话头打住，说，找你来可不是跟你穷开心的，有件事还得请你出出主意。东方晓说，有话就说，有屁就放，别老这么吞吞吐吐的。钟开泰说，上次交给陆百里的医药费报告，他还是没给下文。东方晓说，我知道那厮的意思，你没有什么表示，他是不会有动作的。钟开泰说，陆百里不会是这种人吧，我们究竟同学一场。

"你这是一厢情愿。"东方晓说，"你在机关里带久了，人也痴呆了，好像不食人间烟火似的，他陆百里才不会这么书呆子气呢。你也知道，如今谁办事都是有交换条件的，何况你的报告也不是三五千元的事，陆百里要把它办成，也得费一点力气。"

钟开泰就点点头。旋即又摇摇头，叹道，看来我真的落伍了。东方晓就笑了，说，你也没必要责备自己，其实你这是大隐隐于朝，没什么不好。钟开泰说，你别挖苦我了，再这样，我的自信心就丧失得干干净净了。你还是说说，我该怎么向陆百里表示吧？东方晓说，我出这趟差，家里积了不少烂事，等我把这些烂事处理了，再跟你联系。

没几天，东方晓就打来了电话。他说，你准备一个大点的红包，等一会儿，有一部黑色奥迪会开到市委大楼前，到时你到车上来。

钟开泰身上只有 400 多元钱，只得朝小张和另一个同事借了 600 元，凑齐一个整数，塞进衣袋，赶忙下了楼。还在楼厅里，就见奥迪车从大门外徐徐开进来，不声不响地停在楼前的台阶下。上了车，东方晓就把驾车的人介绍给钟开泰，说是市房产信托投资公司的舒总。舒总很有风度地侧侧脑壳，跟钟开泰点点头，算是打过了招呼，然后一踩油门，把车开出了市委大院。

在街上转了两个弯，到了财政局。把陆百里接上车，然后去了城边的天湖娱乐城。从外面看去，娱乐城也就是一般的楼房，进到里面却豪华气派，还有保安把守和礼仪小姐引路。四个人转弯抹角，来到一处剧院式的大厅。说是剧院式，是因为其广大空旷，其实并没有舞台和观众席，而是一个大游泳池，波光闪烁，水雾缭绕。客人不多，水里六七双，水边三五对。见几位走进去，一个西装革履的中年男人走过来，跟舒总打招呼，那样子十分亲热。送上耳朵，得了舒总吩咐，中年男人就走开了。舒总这才告诉身旁的东方晓几个，说这个娱乐城就是他开发的，老板是他多年的朋友。

说话间，服务员送上毛巾和泳裤。四个人走进一旁的小间，换上短裤，先后回到水边。正要下水，四个袒胸露腿的美貌小姐走过来，分头缠住四个男人，跟进水里。钟开泰哪里经历过这种场合？开始还有些不自在，下意识要挣脱小姐的拉扯。小姐就笑了，说，先生还是初次来这里吧？你别紧张，我又不会吃了你。

钟开泰就在心里骂自己没出息。小姐又朝不远处努努嘴，说，你看人家表现得多么优秀。钟开泰斜眼看看另外三个被小姐拥着的男人，果然一个个泰然自若，如鱼得水，好不风流快活。钟开泰也就坦然了许多，试探着把手伸过去，揽住了小姐的软腰。小姐于是趁机一返身，贴紧钟开泰。

钟开泰身上的毛细血管立即扩张开来，心想怀里的小姐要是胡小云就好了，下次一定带胡小云到这里来。一双手也不老实了，往小姐的要害处伸过去。小姐把钟开泰的手拨开，故意生气道，先生好好色哟，原来你刚才是装样子的。然后抱紧钟开泰，双双沉入水底。

在水里游龙戏凤，足足开心了两个小时，几个人才出了池子。换衣服的时候，钟开泰没有忘记此行的初衷，把东方晓拉到一边，问他，今天我们来这里不仅仅洗澡吧？东方晓说，你放心，误不了你的事，这还只是前奏。你带了多少钱？钟开泰说，一千块够了吧？

东方晓就从身上拿出一叠票子，说，我这里还有两千元，你也拿着。钟开泰说，要这么多，不会害了人家？东方晓说，这点钱就能害人？你难道真的一点不知市面上的行情？钟开泰摇摇头说，我真的是小巫见大巫了。那什么时候给他？东方晓说，就这么直来直去地给？钟开泰又犯傻了，说，那又怎么给？东方晓说，待会儿你就知道了。

这一阵，娱乐城的老板已经走过来，把四个人带进一个小餐厅。吃完饭后，钟开泰正不知还有什么节目，服务员已送上一副崭新的麻将。

也不知怎么的，这天钟开泰手气特别好，一上场就连赢了三把。东方晓就恨铁不成钢地狠狠踢了钟开泰一脚，钟开泰才幡然而悟，意识到今天不是来赢钱的。以后他就小心了，除和了两把小牌，凡是大牌都咬着嘴皮放了流。东方晓和舒总也没怎么和牌，几乎是陆百里一个人在和。舒总还说，我没打牌的命，一打牌人家就不再喊我舒总，而是喊我总输。东方晓说，下次我一定喊上三个姓舒的老总来打，那我就发财了。钟开泰说，如果不小心喊了三个姓银的老总，人家总赢不输，那你就惨了。东方晓说，中国人的姓也真有意思，我们台里有一个姓牛的编辑，跟男女老少都合得来，年轻点的同事都喊他牛老师，同辈的同事都喊他牛编辑，有一天不知谁省了一个辑字，喊了一声牛编，以后大家就不再喊他牛老师和牛编辑了，一律喊他牛鞭，他也不介意，牛鞭就牛鞭，答应得很亲切。

这边三个你一句我一句地开心地聊着，那边陆百里却极少答腔，一双骨碌小眼来回扫视着手上和桌上的麻将，一副刻苦用功，兢兢业业的样子。就这么一来二去的，没几个小时，钟开泰口袋里的三千元就所剩无几了。

这时舒总的手机响了。到外面接了几分钟电话，舒总回来说，对不起兄弟们，有一件棘手的事在等着，我得去处理一下。几个人于是推倒麻将，出了天湖娱乐城。

要分手的时候，钟开泰试探着跟陆百里提了一下那八万元的报告的事。陆百里说，这事我记着，能办尽量给你办，你在办公室等我的电话，不要老往财政局跑。钟开泰小学生一样点点头，感激地说，听老同学的。

报告的事吃了定心丸，但从袋子里输出去的那三千元钱，却让钟开泰有些发愁。钟开泰是组织部的穷人，就是成了办公室负责的，县里和市直机关那些要求进步的头头们，天天晚上往部长副部长和管干部的一科二科的科长科员家里跑，也依然没人进过他的家门，他的全部经济来源也就是工资表上那七八百元的死钱。也就是说，要他拿出小半年的收入去填补这输出去的三千元钱，无异于断了他生存活命的后路。

也就在钟开泰无计可施之际，东方晓从天而降，进了他的办公室。办公室小张是认得东方晓的，知道他是钟开泰的同学，又像以往一样知趣地走开了。东方晓转身把门关上，笑着对钟开泰说，这位小张还挺机灵的，你当了主任，一定要把他提做副主任。钟开泰说，我哪有这样的权力？东方晓说，你可给严部长进言嘛。

说着，东方晓递给钟开泰一把崭新的票子。钟开泰丈二和尚摸不着头脑，说，这是什么？东方晓说，这是人民币。钟开泰说，我知道不是美元。东方晓说，你数数吧，刚从银行里提出来的。钟开泰不数，仍然瞪眼望着东方晓。

“你不认识我怎么的？”东方晓说，“这是昨天你输出去的钱，至于我给你的那二千元，我已装进了袋子。”钟开泰还是没反应过来，疑惑地说，你不是在耍魔术吧？东方晓耐心地说，昨天是舒总请客，怎能让你出钱呢？你出三千块钱是出血，他出几千几万是拔身上一根毫毛。

钟开泰这才明白过来，放心地把钱装进口袋。

不用再为小半年的工资发愁了，钟开泰暗暗舒口气，说，舒总对你这么豪爽大方，你们到底是什么关系？东方晓说，也没什么关系，只给他拍过两个吹捧节目。上个星期你打电话时，我不是正在省里吗？就是给他去送带子的。钟开泰说，想不到你的带子还这么值钱，我做这个鸟办公室副主任有什么意思？到你那里去，你收留么？东方晓说，你就不要得陇望蜀了，你是个做官的料，先把你的官做好做大，到时兄弟们也好癞子跟着月亮走，沾沾光。钟开泰说，但愿能有那么一天。

钟开泰和东方晓借舒总的东风给陆百里烧了一把香，满以为这一回那八万元医药费的报告会变成现金了。又因陆百里跟钟开泰说得明白，不要天天往财政局跑，钟开泰也就铁了心守着办公室的电话机，等候陆百里的佳音。东方晓也老记着这事，每次到市委来采访或办事，总要跟钟开泰照个面，问陆百里拨款子过来没有？钟开泰不知是安慰自己，还是安慰东方晓，把握十足地说，不急不急，我们的铺垫工作做得这么到位，陆百里不会不往心里去的。还有严部长，有事没事也喜欢进办公室串串，先聊聊别的，然后把话题绕到这事上，小钟呀，这一段时间你辛苦了，为了部里那八万元的报告，你没少往陆科长那里跑，我知道如今弄两个钱回来不容易。我看哪，八万元解决不了，四万五万的也好，组织部的日子只要能维持下去就行了。钟开泰感激严部长能理解自己，说，严部长您放心好了，我了解陆百里，他答应了的事，是会兑现的。

谁知左等右等，陆百里那边还是外甥打灯笼，照旧没有反应。钟开泰心里就有点发毛，心想这事如果泡了汤，东方晓帮了那么大的忙还放一边，反正是要好的同学，严部长这里却不好交差了，这么一点小事也办不来，不明摆着自己无能么？对自己这种没了根底和靠山的机关小干部，无能就意味着前途暗淡，就意味着穷愁潦倒，一辈子也别想有出头之日。

七

见钟开泰满脸的晦气，胡小云到办公室去的次数也就多了些，无话找话，跟他聊上几句，想给他减少点心理压力。

这天下午，钟开泰正在办公室里无所事事，几次抓起电话拨打陆百里的手机号码，拨到一半又犹豫着放下了话筒。这时胡小云走进去，要钟开泰陪她去见一个人。钟开泰说，见谁？不是男朋友吧？胡小云说，去你的！见男朋友还要你去？是台长打了好几个电话，要我回去一下，有事要交代我，我见不得那老男人看女人时色迷迷的目光，想要你给我去壮壮胆。

这样的要求，钟开泰如何拒绝？就跟胡小云出了办公室。

不想两人上了的士后，胡小云就让司机把他们送到了城外的河滩上。钟开泰说，你不去找台长了？胡小云说，兵不厌诈嘛，不找个充分点的理由，你会跟我走吗？钟开泰点着胡小云的鼻子说，你才是十话九不真哩。

两人在河滩上走了一段，钟开泰想起那天跟东方晓几个去过的天湖娱乐城，真想也请胡小云到那里去潇洒一回，只是工作上的事没办成，也没情绪去开心，只好缄口不声。却见胡小云拿出一张报纸，铺到沙地上，先坐了，然后侧了头去瞅那波光潋滟的河水。钟开泰在一旁站着，迷茫的目光定格于水天相接处的一道帆影，心头生出一份莫名的伤感。

胡小云扭扭好看的腰肢，让出一半报纸，要钟开泰坐到自己身边。钟开泰迟疑一下，还是照办了。胡小云喃喃道，你跟你老婆恋爱的时候，来过这里吗？钟开泰说，我跟她没恋过爱。胡小云说，那跟谁恋过？钟开泰说，跟谁也没恋过。胡小云说，我不相信。钟开泰说，信不信由你。

话到此处，两人沉默起来。过了一阵，胡小云才突然说道，你就不想补上这一课？

胡小云这话有些暧昧，钟开泰似已觉出了其中的含义，于是脱口说道，跟谁补？跟你？胡小云的脸上顿时腾起两片红云，她伸手在钟开泰背上捶了几下，嗔道，你坏！

夕阳西下时，两人开始往回走。胡小云从坤包里掏出一张薄薄的黄纸，递到钟开泰手上，说，昨天我上凤凰山给你抽了一签，是个上上签，和尚说你这一次一定旗开得胜，马到成功。

看看黄纸上的四句谶语，都是说得圆又说得扁的似是而非模棱两可的话，钟开泰心里自然不信。却非常感激胡小云的良苦用心，一边收好黄纸，一边说，但愿你的美意能成为现实。胡小云说，苟富贵，毋相忘，你进步了，别想不起我来了。钟开泰说，我是那种人吗？

也许是受到胡小云的感染，钟开泰心头又升起一丝丝信心。他鼓了鼓勇气，再一次去了财政局。可钟开泰还未及开口，陆百里就先说道，我不是叫你不要老往财政局跑吗？你工作忙，我也上蹿下跳的，没有好多时间应付你。说得钟开泰吱声不得，在科里站不是坐也不是，只得走人。

过一段还没音讯，钟开泰又跑到了财政局，陆百里说，老同学，你也太性急了，好事不在忙中取嘛，人家的事我没有义务牵肠挂肚，你的事我敢忘记吗？钟开泰说，你总得给我一个准信嘛，我心里也好有一个底。

陆百里说，共产党的事谁也打不了包票，你叫我拿什么准信？钟开泰还想说句什么，陆百里有些不耐烦了，说，我说过，事情有眉目的时候，我会通知你的，办什么事没有一个过程？

钟开泰意识到事情难得有结果，顾不得自己的臭面子，陆百里不耐烦，也还是三天两头往他那里跑。最后陆百里干脆说，现在正在搞医疗保险改革，政府领导指示不再批医药费，你那个报告恐怕有点不好办了。

忙乎了两个月，一分钱没忙到手，仅仅讨得陆百里这么一句话，钟开泰心里恨恨的，真想伸出拳头，把陆百里的鼻子揍个稀烂。

怏怏然离开财政局后，钟开泰找到东方晓，把陆百里这个态度跟他说了说。东方晓开始还有些不信，说，我知道陆百里不是好东西，但还不至于无赖到这个地步吧？钟开泰说，开始我也这么以为，现在我算看透了他，如果他陆百里再这样赖下去，我一不做二不休，找几个烂仔做了他。

东方晓摇摇头，说，亏你还在堂堂市委组织部混了那么多年，你说这话，好像是个没文化的小市民。钟开泰说，谁的忍耐性都是有一个限度的，我不做他，就去反贪局告他那天在天湖娱乐城里收了我们七八千元的钱。东方晓笑道，那是娱乐，最多算是小赌，告他不倒的。钟开泰说，那不是变相受贿么？省纪委上个月才发了文件，受贿 1000 元停职反省，受贿 2000 元就地免职，受贿 3000 元以上交司法部门处理，陆百里远不止这个数吧？东方晓笑道，那是省里最近出了几件受贿大案，省委做样子给中央看的，人家没谁当真，就你当真。何况受贿是他陆百里，行贿是你钟开泰，也是要一同追究的。

钟开泰一时就没词儿了。东方晓低着头在地上走了两个来回，略有所思道，我看还得在陆百里身上想想办法，你我的智商都不低，总会想出一个让陆百里就范的办法，让他把那八万元癌症病人医药费的拨款单送到你手上。我正好有空，现在就去财政局找陆百里。钟开泰死也不肯再去财政局了，说，我一迈进财政局的大门，脑壳就疼，何况陆百里把话说到了这个地步，找也是白找。东方晓说，你怕陆百里吃了你不成？走走走，去探一下口风也好嘛。

钟开泰也是没法，只得和东方晓去了财政局。

可这天陆百里不在财政局，行财科的人说，陆百里住了院。问什么病住院，科里人说不出个子丑寅卯。离开财政局后，东方晓对钟开泰说，这两天我抓紧把手头一个采访任务弄完，再约你去医院看陆百里。

八

两天后，东方晓到组织部的宿舍楼里去约钟开泰。是周春雨开的门，见是东方晓，她就说，大记者光临，是来采访钟开泰吧？他看来要出名了，先出名后升官，也是一条捷径。东方晓说，你别老想着让钟开泰出名升官，他升了官，又有权又有势，在外面包了二奶，看你吃不吃醋。周春雨说，我吃醋干什么？我不知道也去养白脸？东方晓说，你看我的脸白不白？

开了几句玩笑，东方晓才对钟开泰说，我已经给你打听清楚了，陆百里得了一样怪病。钟开泰一时没反应过来，一本正经地说，医学这么发达了，还有什么病称得上怪病？东方晓说，陆百里这病，医学上还没涉及到这个领域。钟开泰疑惑地说，是你在故作高深吧，到底是什么病？东方晓说，妇科病。

连一旁的周春雨都笑起来，说，东方晓你真是个人才。钟开泰也笑着说，我知道你尽说鬼话。东方晓一本正径地说，谁跟你们说鬼话了？只不过陆百里那妇科病的妇字，应写作正副的副。

钟开泰这才明白过来，骂道，就你词汇丰富。东方晓说，你是知道的，陆百里也和我们一样，在科里做了多年的副科长了，而且科里也没正科长。不过行财科不是一般的科室，在财政局里面是一个很要害的码头，支出大权在握不说，还经常跟市领导打交道，能当上正科长，那副局长就指日可待了。

接着东方晓告诉钟开泰，财政局为了安排行财科长，党组会不知开了多少个，意见就是统一不了。原来陆百里有一个显著特点，单位里其他人包括副局长们，他可以不放在眼里，但跟一把手的关系绝对地铁。一把手的意思当然很明显，要让他来当这个行财科长，可其他的党组成员反对，说陆百里连党员都不是的，做主要科室负责人不适合。其实做科长就非得是党员，也没谁这么硬性规定过，只是现在机关里没几个不是党员的，那么多党员闲在那里做着主任科员副主任科员甚至一般科员，却硬要陆百里这个非党干部做行财科长，局长也不好过于坚持。局长能够坚持的是，别人提的行财科长的名他也卡住。就这样，局长一直让陆百里主持着科里的工作，以后再慢慢想办法让他入党。这次陆百里住院，起因就是入党的事。陆百里从进财政局那天起就开始写入党申请书，写了那么多年，建党对象学习班也不知上了多少回了，就是入不了。行财科所属支部的党员也有意思，陆百里是局长的人，平时对他的作派看不惯也就看不惯，那是无奈其何的，但陆百里要入党，他们不投你的票，总做得到吧，反正他们手上也就这点不是权的权。由于局长催逼，上个星期支部又把陆百里入党的事拿出来讨论了一番，结果还是没能通过。陆百里深深懂得，入党这一关没过去，他那个正科是没有太大希望的，所以一怒之下进了医院。不过陆百里虽然在医院里住着，但局长信任他，科里的事还是他说了算。

听完东方晓的叙述，钟开泰说，陆百里入不入党，与我们没关系，但我们应该到医院去安慰安慰他，也许在医院那种特殊的场合，不比在财政局机关里，容易沟通感情。东方晓诡谲地说，就这么去不行。钟开泰说，当然，得准备点什么礼品。东方晓说，这是你的意见。钟开泰说，那你的意见呢？东方晓说，我的意见是你给我拿纸和笔来。

钟开泰不知道到医院去看陆百里，与纸和笔有什么关系，站在那里不动。东方晓说，你舍不得？那我上街买去。钟开泰说，你要干什么嘛？东方晓说，我要用你严部长的笔迹给陆百里写几句话，逗逗他，保证他买账。

钟开泰这才明白过来，说，这恐怕不妥吧？严部长知道了会怎么样？东方晓说，你别考虑那么多，听我的没错，即使严部长知道了，只要你能弄来银子，他也是高兴的。钟开泰也没别的法子，只得说，那就试试吧。给东方晓拿来了笔和组织部的函头纸。

没几分钟东方晓就弄出来了，那字还的确与严部长的挺相像的。钟开泰便说，你是哪时模仿出严部长的字的？东方晓说，我的字本来跟严部长的字风格接近。有次找你，你没在办公室，见你桌上严部长用钢笔写的一份讲话提纲，我闲着没事，就一边等你，一边模仿着划了几下，还真的八九不离十。钟开泰说，还真有你的。

细看信件内容，只见上面这么写着：

小陆：你好！听小钟说，你因工作劳累，贵体欠安，住进了医院，我深感惴惴。小钟还告诉我，你对组织部的工作支持很大，我在此表示感谢！本来要亲自去医院看望你的，无奈公务缠身，不能如愿，只好托小钟带去我的问候。另外，财政局有人反映，你的工作向来不错，可是你入党的事却一直未能得到解决，我也深表同情。不过你也不必太急，入党有个过程。即使一时入不了，也没太大关系，现在组织上也在注意培养党外人士嘛，我相信你这样的金子总会发光的。不多说了，祝你早日康复！

钟开泰看完，忍不住大声笑了。笑够，才说道，你这个东方晓，歪主意还真多，可你这话连我都不信，会哄住陆百里吗？东方晓说，我当记者的，什么人没见识过？这个时候的陆百里，最最需要的就是这样的信。不信我俩骑驴看唱本，走着瞧好了。

两人象征性地在街上买了几斤苹果，就去了医院。

接过钟开泰递过的严部长的信，陆百里鼓大眼睛连续看了好几遍，看得一脸的春风。他不无激动地说，想不到严部长还这么关心我这样的小民，其实过去我也没为组织部帮过什么忙，我这是问心有愧啊。钟开泰说，你那次破例给组织部拨了公务费，虽然钱不多，但严部长是非常感谢你的。陆百里说，那是小菜一碟，又何必挂齿啰，这样吧，这次组织部这个癌症病人医药费的报告，我一出院就给你办，尽管还要局长画押，但我办的事，局长是不会否定的，何况这是给组织部办事。

又说了一阵闲话，钟开泰和东方晓告辞出了病房。东方晓再忍不住了，笑起来，说，我的预见没错吧？钟开泰也笑了，说，只有你东方晓才想得出这种鬼点子，我算服了你们这些当记者的了。

东方晓就很得意，说，这次我用严部长的字给陆百里写信，下次再用这字给你们这些想当官的官迷们写任命书，以后保证你一出门，满街都是局长副局长。

九

陆百里还真没食言，出院后就把那八万元医药费的拨款单给组织部开了出来。

不过陆百里没把拨款单交给钟开泰，而是直接给了严部长。陆百里是瞄准严部长在部长室的机会才找去的。当时部长室就严部长一个人，陆百里一进去就轻轻把门掩上，毕恭毕敬喊了声严部长。

有次严部长去财政局考察班子时，刚好是陆百里搞的接待，所以严部长认识他，加上部里又有要钱的报告在陆百里手上，严部长对他的印象便更深了一层，于是很客气地要他坐。陆百里欠着身子，用半边屁股挨着沙发，满脸感激地说，严部长您那么忙，还时刻惦记着我，我真的感到非常不安。

严部长一时就懵了，有些不知所云。不过像严部长这样的领导，城府是很深的，轻易不会让疑惑浮现在脸上，何况严部长也看得出来，陆百里那是一脸的真诚。所以严部长始终含而不露地微笑着，没有打断陆百里。陆百里刚才还有点紧张的心情也就放松了，不失时机地从身上拿出那张拨款单，双手递给严部长，说，这是科里给组织部拨的医药费。现在财政确实太困难，又正处在公费医疗保险改革的特殊时期，只能先解决这一点，以后再另想办法。

见是拨款单，严部长当然高兴，一连说了几句感谢的话。陆百里也就见好就收，退出严部长的办公室。

陆百里就这样跟严部长接触上了，而且日渐频繁。组织部长是易地为官，严部长同样是外地人，老婆又没调过来，夫妻俩经常搞鹊桥会。陆百里竟然能够探听到严部长的行踪，给他联系比组织部更好的小车，方便的时候，甚至自己跟车陪同，为严部长的吃住做十分周到的安排。

见这个陆百里机灵能干，严部长非常满意，后来有什么事情，还会主动找陆百里。比如碰上节假日，闲下来没什么事可做，回家又嫌时间匆忙，严部长便拨打陆百里的手机，约他见面。陆百里自然脚打莲花落，飞快地来到严部长身边，一起散散步，打打牌，或者找个山清水秀僻静无人的地方，一边挥杆垂钓，一边聊些在别的场合不好说的话题，让一份被官场和复杂的人际关系搅得有些麻乱的心境得到暂时的休憩。

这样一来，两人的感情也就越见深厚。

后来市委统战部推荐一批民主党派和党外人士进市直机关任副职，名单送到组织部，严部长见上面少了一个人的名字，就打电话给统战部长说，据说财政局有一个叫陆百里的不是党员，人品和工作能力都不错，财政局的领导班子里面又没有党外人士，怎么推荐名单上没有陆百里？

统战部长也是部长，而且还是市政协专职副主席所兼，但部长与部长是有区别的，统战部长推荐的名单，组织部长没点头，那便是一张废纸。所以严部长一个电话，统战部长立即派人到财政局摸了一下底，把陆百里的名字补了上去。严部长这才主持召开部务会，通过了部分名单。陆百里虽然是副科长，到副局长那一级，中间还隔着一个正科的台阶，但机关里的领导班子，根据规定要按比例配备党外人士，党外人士又不够，免不了要越级安排，陆百里也就按惯例顺利入围。接下来只等市委常委会讨论通过了。

得知这一佳音，陆百里心里很受用，读中学时老师教的那个“塞翁失马”的成语突然回到了他的脑壳里。他心想，当初费尽心机入不了党，正科长的位置因而一直轮不到自己，没想到如今却恰恰因为没入党，竟然歪打正着，有了做副局长的机会。

钟开泰负责办公室后，要在部务会上作记录，陆百里被推荐作财政局党外副局长的事当然清楚得很。他就仿佛苍蝇入喉，浑身不自在起来。他和东方晓都没想到，他们捏造严部长的信，原是想糊弄一下陆百里，谁知这小子却拿鸡毛当令箭，顺着杆子往上爬，竟把那张八万元拨款单直接送到了严部长手上，从此跟严部长挂上了钩。这样一来，当事人钟开泰就与那八万元拨款单没有多大关系了，本来要以此为自己的进步铺一条阳光大道的，到头来却白白为陆百里忙乎了一番。

时间一天天过去，部里好像还没有任何迹象，可以表明钟开泰有进步的可能。

钟开泰的心里一下子失去了平衡。这种失衡又慢慢升级，最后成了一种拂之不去的情绪。这种情绪有两个字可以勉强概括，那就是气愤。钟开泰气愤自己就这么被陆百里耍了，还找不到回击陆百里的手段。

由于心头笼罩着这气愤的阴影，钟开泰竟至于寝不安食不味的地步。人也变得很憔悴，一张脸像懒婆娘屋里的抹布，要多难看有多难看。头发仿佛被秋霜打过，一抓一大把。一下子似乎就老去了十岁。组织部的人见他那苦大仇深的样子，以为他又得了病，纷纷劝他去医院查查，讳疾忌医是会吃大亏的。有人还开他玩笑说，钟主任你可得爱护自己的贵体哟，万一有个三长两短的，那不要给我党我军造成重大的无法弥补的损失？

老婆周春雨也很担心，反复劝钟开泰上医院。钟开泰自然不予理睬。周春雨只得星期天趁钟开泰在家闲着没事，把自己在医院当内科主任的舅舅喊到家里来，要他给钟开泰看看。钟开泰觉得好笑，对周春雨的舅舅说，你别听她瞎说，我什么毛病也没有。说完，开门去了办公室，想一个人清净几分钟。

在办公室屁股还没坐热，东方晓就把电话打了过来，说，打你家里电话，你不在，星期天不陪老婆，在哪里鬼混？钟开泰说，我在办公室，有点杂事。东方晓说，听说陆百里就要做财政局的党外副局长了，是真的吗？钟开泰说，已经报到常委去了。东方晓说，他这不是坐直升飞机吗？是谁看中他的？钟开泰说，你东方晓看中的。

“看不出来嘛，钟开泰你也学会了幽默？”东方晓说，“你知道吗？做男人的美德就是幽默。”钟开泰说，你不给陆百里敲门砖，他能有这么大的进步？

接着钟开泰把事情的原委跟东方晓说了说。

东方晓闻言，有些不相信，说，不可能吧？我们这不是弄巧成拙了么？沉默片刻，东方晓又说道，你的事情呢？严部长有什么表示没有？钟开泰说，那八万元医药费全成了陆百里的资本，严部长还会对我有什么表示？

东方晓说，都是我自作聪明，把事情弄成这样，你到台里来给我两耳光。

十

放下电话后，钟开泰还在办公室里枯坐着不愿离去，直感到从头到脚都已凉透。其实此时还是秋末，南方的天气还暖和着哩。

钟开泰心里说，算了吧，命中有时终须有，命中无时莫强求，自己命运不好，又没有陆百里那样的手段，又能怪谁呢？这么自叹着，窗外的夜幕已经浓重起来。这时有人在外面轻轻扣响了办公室的门。钟开泰有些奇怪，这个时候会有谁来敲门？

打开门，竟然是胡小云。

钟开泰有一丝惊喜，说，原来是你？这么晚了，还到办公楼来做什么？胡小云说，就许你到办公楼来，我却来不得？钟开泰说，我可不是这个意思。胡小云说，我来取点东西，见你办公室有动静，估计是你，过来瞧瞧。

钟开泰这才发现胡小云手上还提着一个布包，他心里就预感到了什么，忙问道，什么东西这么重要，不可以明天来取？胡小云说，我要离开电教站了。钟开泰吃惊不小，说，谁要你走的？你不是干得好好的吗？我还说了，忙过这一阵，就给你到严部长那里说说。话一出口，钟开泰便意识到自己说的是废话，自己眼看连办公室负责的都要不是的了，哪里还有机会到严部长那里去为胡小云说话？

钟开泰恨不得狠狠给自己一记耳光，打掉一点自己的傻气。却听胡小云说，是我自己决定走的。电台搞机构改革，不调走，又不回去，台里是要除名的。钟开泰说，你的决定也许是正确的，凭你的天资，继续做播音，一定会有所作为，肯定不比待在机关里差，只是……

说到这里，钟开泰一时语塞，目光抛向窗外，不知如何往下说了。胡小云说，只是什么？目光里满含了期待。半天，钟开泰才把目光从窗外收回来，沉重地说，只是以后难得再跟你在一起了。胡小云就笑了，说，这有什么难的，你有心，打个电话，我就会出现在你面前。

离开办公室后，钟开泰送胡小云来到市委大门口，要给她叫辆的士。胡小云说，就要分手了，以后在一起的机会也不会太多，你不想跟我走走吗？其实这也是钟开泰的想法，他正愁自己这混混噩噩的日子不知如何煎熬，有这么一位红颜知已在侧，暗淡的生活不也要多几分亮色？

“好吧，我送你回家吧。钟开泰说。两人于是并肩走进五光十色的街影里。

走着走着，钟开泰忽觉肚子饿起来，才意识到自己还没吃晚饭，就跟胡小云走进街边的小吃店。点了几道小菜，要了一瓶葡萄酒，两人慢慢对饮起来。钟开泰说，葡萄酒可是女人酒，温柔缠绵，醉人还醉心哪。

胡小云微笑着看着钟开泰，偶尔跟他碰碰杯，轻抿一口。钟开泰也不要胡小云劝，喝得很直爽，只是不太怎么吱声。胡小云知道钟开泰心头的苦衷，也少说话，只是静静地陪着他。在胡小云心里，这个沉思着不声不响喝闷酒的男人，确有几分厚道可爱。

一瓶酒喝光后，半醉的钟开泰还要向店主要酒，胡小云怕他不胜酒力，不让了，将他拉出了店子。

后来两人就进了一条小巷。

“这是条回家的近道，白天去上班，我都是走的这条巷子。胡小云说。开始巷子里还稀稀拉拉有几只亮着的路灯，后来那些路灯便哑巴一样没一只有动静了，越往里走也就越黑暗。行人也越来越少，最后巷子里就剩下钟开泰和胡小云二人了。胡小云不觉就往钟开泰身边靠近点。突然一个黑影吱一声叫着窜向墙根，胡小云也尖叫着扑进钟开泰怀里。钟开泰将胡小云搂紧点，在她肩上拍拍，说，不用怕，是只该死的老鼠。

这是两人第一次搂在一起。钟开泰觉得搂着胡小云的感觉实在奇妙。

就这么搂着走过了那段黑暗的巷子。直到出了巷口，头上有了几盏亮着的路灯，胡小云才从钟开泰的怀里抽身出来。不知是酒的作用，还是刚才搂得太紧，两人的脸上都热辣辣的，一时变得默默无言。

沉默着走到胡小云的家门口，钟开泰停下来，开口道，你走吧，我看着你进了屋再走开。胡小云点点头，乖乖地向楼道口走去。见胡小云已经隐入那幽黑的楼道，钟开泰正准备走开，不想胡小云又忽然转身回来，对他说，你不想进去坐坐吗？

钟开泰看看表，都快 11 点了，说，这么晚了，不会影响你家里人休息？胡小云扑哧笑了，说，你真是官僚主义，跟你在组织部同事这么久了，你还不知道我的父母都在县城里，我一直是一个人住。

现在两个人已经进了那套老式的两居室的房子。

胡小云拉下那扇宽大的紫色窗帘，回头给钟开泰倒了一杯水。钟开泰刚喝了两口，胡小云又起身去开了冰箱，端出一袋葡萄，要钟开泰吃。

“今天跟葡萄有缘啊。”钟开泰说，忽然想起一句绕口令来，又说，“吃葡萄不吐葡萄皮，不吃葡萄倒吐葡萄皮，你知道这是为什么吗？”胡小云说，那是用来说相声的，你也当真？钟开泰说，那葡萄一定很好吃，吃的人只顾狼吞虎咽，自然没耐心吐皮，而一旁没吃葡萄的人见了，觉得不卫生，忍不住要劝吃葡萄的人吐葡萄皮，劝多了，吃葡萄的人有些不耐烦，顶不吃葡萄的人说，要吐你就自己吐吧。胡小云笑道，那今天你是吐葡萄皮，还是不吐葡萄皮？

吃了一会儿葡萄，胡小云又坐不住了，起身开了墙边的音响。整个屋子就盛满刘欢那张力十足的嗓音。钟开泰熟悉这支曲子，是众所周知的《从头再来》。一双眼睛就合上了，不知缘何，泪水竟渗出了眼角。一曲终了，钟开泰还沉浸在那悲壮的旋律里，眼睛依然合着。

见状，胡小云又将带子调到开头，而且过来拉起钟开泰，把他的双手放到自己柔软的腰上，合着节拍缓缓摇荡起来。摇着摇着，两人就紧紧粘住了，连两片滚烫的嘴唇都铆在了一起。一股强大的幸福的潜流将钟开泰整个地裹住了，他暗想，那个鸟办公室主任的位置，又算什么呢？胡小云这风情万种的芳唇可比什么都重要啊！

钟开泰沉醉了，拥着怀里的女孩，倒在床上，下意识地剥开了对方……

就在钟开泰的双手向胡小云那瓷一样光洁的美乳上伸过去的时候，屋角的电话不识时务地猝然响起来。两人都吓了一跳，顿时松开对方。胡小云惊慌地从床上弹起，捂住自己的裸胸，不认识钟开泰似的，瞧他一眼。钟开泰悲哀地发现，胡小云眼里那撩人的渴望和情欲已经消失得无踪无影，取而代之的是恐惧和哀怨。

胡小云匆匆走向屋角，拿起电话。旋即搁下电话，跌坐在沙发上，无奈地对钟开泰说，是催话费的电话。

钟开泰颓废地坐在床边，无力地说，他们怎么这个时候来电话呢？胡小云说，那电话是事先输进电脑里的，你的话费一天没交，它就每天定时给你打几个电话，叫你不得安宁。钟开泰摇摇头，心里说，人走背运，连电脑都敢捉弄你。

胡小云这时已站到屋子中间，将胸前一粒扣错了的扣子扣回去，歉意地说，要不要再听听刘欢的歌？钟开泰已站起身，一边悲伤地摇摇头，一边缓缓向门边走去。

他喜欢刘欢的歌，尤其是这首《从头再来》，可他心里明白不过，世上有些事情，恐怕是不可能从头再来的。

十一

常委研究的结果很快出来了，陆百里被确定为财政局副局长。不过最近省委组织部对提拔使用干部增加了一道新的程序：公示制度。所谓公示制度，就是被提拔的对象在正式任命前，要先在新闻媒体上公布，让全市人民都来监督。公示时间半个月，确实没有什么问题，也无人告状举报的，才下达红头文件。

陆百里和另外几名被提拔的副处级干部的名字，随即上了当地电视和报纸。电视台的这期节目就是东方晓做的，做完节目他就给钟开泰打来了电话说，你知道吗？陆百里马上就要在电视里公示了。钟开泰说，听说了，但还没看到电视和报纸。东方晓说，今晚的电视，你注意看一下。

钟开泰无话可说，只觉得浑身没力。正要放电话，东方晓又说，明天下午你在市委门口等着，我要跟你见一面。钟开泰说，还想为我的进步出主意？我看算了吧，我认了，没当官的命。东方晓说，难道你就这么经不起打击？

也是拿东方晓没法，钟开泰第二天下午还是如约来到了市委门口。不一会儿，东方晓就赶了过来，肩上挎着一部小型摄像机，手里提着一个架摄像机用的小三角架。钟开泰说，要我陪你去搞采访？东方晓说，今天没采访任务。钟开泰说，那你又扛着机子干什么？东方晓说，扛个机子好玩，你也好学学摄像吗。

这段时间钟开泰工作积极性不高，在部里待着也不想做事，跟东方晓混混也无所谓。就贴着东方晓的屁股横过马路，再穿过两条巷子，来到一个叫阳光花园的宿舍区，进了一处单元楼道。爬到六楼，东方晓掏出钥匙，开了西边一套房子的门。

一股久无人居的腐味扑面而来。钟开泰问，这是谁的房子？东方晓没出声，伸手捞开头上的蛛网。钟开泰又说，你这里还有一处房产，怎么从没听你说起过呢？东方晓说，是过去我和女友住过的房子。钟开泰说，你的女友哪去了？不是现在的老婆吧？看样子，这房子好像好久没住人了。

东方晓把摄像机和三角架扔到布满灰尘的沙发上，回身轻轻掀开席梦思床上的床罩。床上的被子叠得很方正，床单也铺得平平整整。东方晓说，这床铺还是我女友离开这里时铺的。东方晓说，在这张床上，我和女友度过了三百多个最销魂最难忘的夜晚，我一生中最强烈的激情和最美好的记忆都留在了这张床上。东方晓说，后来我尽管与另一个女人成了家，养了儿子，但那份刻骨铭心的幸福已经远离而去，不再回到我的心上。

东方晓这么说着，显得有些伤感，这与他一惯的嘻嘻哈哈的风格大相径庭。钟开泰还从没见东方晓这么多愁善感过，也受到了感染，说，你当初为什么不跟她结婚？东方晓说，她的父母都在日本，她在跟我认识之前就办好了出国手续，是因为我才拖延了去日本的日期，她要我也跟着她去日本。钟开泰说，那你怎么没去？好多人想出国，还出国无门呢。东方晓说，我是个地地道道的民族主义者，最恨日本鬼子了，早就发过誓，这一辈子绝不跟任何日本人打交道，更别说到日本去了。

钟开泰暂时忘记了几天来自己心头的烦恼，他已被东方晓的故事所感动，说，我好像在听一个非常古老的故事，为了你的民族主义，你最后牺牲了神圣的爱情。这样的故事在我们生活中已经久违了。东方晓说，别把我说得这么崇高。

两人沉默了好一会儿，最后钟开泰把眼光从席梦思上挪开，转身将那扇紧闭的窗户打开了。西边的夕阳和悠然山影历历在目。有一股清新的风从窗外吹进来，将房里的腐味拂走。东方晓一边支开小三角架，一边说，我们开始工作吧。

钟开泰有些不知所云，说，工作？什么工作？东方晓说，你把我的摄像机拿过来。钟开泰还泥在那里，不知摄像机为何物似的。东方晓说，你耳朵有点背是吧？钟开泰这才拿起摄像机，送到东方晓手上。钟开泰说，原来你今天是要我来陪你拍风景片，可现在正好逆光，你能拍到什么？东方晓说，等一下太阳就会下山的。钟开泰说，你要拍片，什么地方不可以拍，非得到这六楼上来？何况这个角度也没什么好拍的。

"谁说没什么好拍的？"这时东方晓已摄像机装到小三角架上，说，"你过来看看？"钟开泰就把脑壳伸出窗外，东张西望了一会儿，也没发现什么好景致，摇了摇头说，我粗人一个，没有艺术眼光。东方晓就指了指前方说，你看那栋高楼是什么单位？钟开泰说，谁不知道那是财政局的办公大楼，可这样的楼房哪里没有？我看不出有什么值得入镜的地方。

东方晓又往右边方向指指，说，那里呢？钟开泰说，那是财政局的宿舍楼呀。东方晓说，我们这个地方的妙处，就是同时可以看到财政局的办公大楼和财政局的宿舍楼。钟开泰说，我还是不懂你的意思。东方晓说，陆百里每天要从大楼里或者宿舍楼里进出，你站在这个窗口前，自然一目了然。

这一下钟开泰似乎意识到了什么，想了想说，你是说，我们要通过这部摄像机，把陆百里的行迹拍下来？东方晓说，看来你并不笨嘛。钟开泰说，拍陆百里何用？东方晓说，当然不是随便拍，要选准时机。白天可拍的东西自然不多，那些见不得人的事情总是在晚上发生的。钟开泰说，我算明白了，你是在搞克格勃。东方晓说，你明白了就好，现在陆百里的副局长不正处在公示阶段么？以后每天下午下班前，我们就到这里来盯着，如果陆百里下班后没有往家里走，或者晚上从家里出来要到哪里去，我们就拿着摄像机偷偷跟在他后面，只要逮住他的狐狸尾巴，再把带子整理出来，往纪检会一送，他陆百里就过不了公示这一关。

钟开泰被东方晓说得亢奋起来，心里说，陆百里呀陆百里，你的副局长位置要想最后到手，还得过这一劫。但钟开泰还是极力抑制住自己的兴奋说，东方晓我算服了你了，你这样的人才做个记者实在太可惜了。又说，只是我们犯得着这么做吗？东方晓说，我想也犯不着，但你不觉得，我们的生活是不是太单调了点？

钟开泰想想，很以为然地点了点头。

十二

此后，每天下午五点没到，也就是下午下班前，钟开泰和东方晓就会来到阳光花园，走进六楼西边的房子。他们手上还提着刚在街上买的盒饭，那架式是要在这里守上一阵子的。

只是这段时间，陆百里一下班就往家里走，回到家里再也没出门，仿佛是故意与他俩较劲似的。两人就很纳闷，一边瞟着窗外的灰色楼房，一边聊起来。东方晓说，作为负责拨付全市三百多家行政事业单位经费的财政局实权科室的实权派，千人请万人求，我不信却没人邀他出去？钟开泰说，现在社会上不是流行说，公安的嫖，税务的赌，工商的钓，财政的舞么？他陆百里就这么洁身自好？

东方晓笑笑，说，社会上的说法多着呢，什么财政是爹，银行是娘，工商税务两条狼，教育是根大蚂蝗。什么别看财政不增收，领导照样去泡妞；别看银行不赚钱，领导照样花下眠；别看工商欠大债，领导照样新马泰。

钟开泰说，你们当记者的词汇真丰富。东方晓说，你不知道，记者这个行当，报喜不报忧，看不惯的事情想曝一下光，领导又不签发，搞得我们自己都快瞧不起自己了，有时几个记者没事在一起，就把听来的这些段子拿出来发泄，让嘴巴过一下瘾。

钟开泰就出点子，说，反正我们待在这里也没事做，你今天再过过瘾吧。东方晓说，光我一个人说不行，一人一个段子地来，说不出就趴地下做俯卧撑。钟开泰说，这个主意不错，容易打发时光，你先说。东方晓说，你先说，你在要害部门，听得多，也见得多。

钟开泰点点头，也不怎么细想，脱口而出道，跟着农村部，天天晒屁股；跟着宣传部，夜夜扭屁股；跟着组织部，年年有进步。

闻言，东方晓不觉就笑了起来，说，人家跟着组织部，还年年有进步，你在组织部待了十来年了，怎么没见什么进步呢？钟开泰说，你真是哪壶不开提哪壶，别转移话题了，来一段吧。

好好好，听你的。东方晓也说了一段：不跑不送，原地不动；只跑不送，平级调动；又跑又送，提拔使用。

钟开泰说，想捞就去抓，想抓就找岔，想嫖进包房，想喝查酒家，老子头戴大盖帽，叫你不怕也得怕。

东方晓说，不吃不喝，经济滑坡；不抓不查，经济发达。

钟开泰说，坦白从宽，牢底坐穿；抗拒从严，回家过年。

东方晓说，升官不发财，请我都不来；当官不收钱，退休没本钱。

两个人这么胡说八道了一通，钟开泰觉得有些无聊起来。他发现这些段子虽然都是揭露腐败，痛骂贪官的，却过于直白浅露。心下想，是不是因为自己想当官当不上，才那么痛恨当官的，又没别的办法可奈官何，便三十里骂知县，嘴巴上解解恨？

这么一想，钟开泰就感觉更没趣起来，对东方晓说，这些民间流行语，开始出来的时候还挺新鲜的，觉得针砭时弊，能解我们这些小百姓心头之恨，可听得多了，也觉得没有太大的意思了。东方晓说，这是民声，也是民意，相当于《诗经》里的“国风”，是一个时期社会政治的镜子。

“但是光用镜子是打不倒腐败，也富强不了国家和老百姓的。”钟开泰说，“我们还是说些别的吧，比如你跟你女友的事，你们当初是怎么认识的？她到底有什么独特的地方，那么吸引你？”东方晓仰着头，望了一会儿天花板，才悠悠地说，想想她也没有什么独特的地方，无论是身材，还是长相，但我喜欢她的笑容，喜欢她说话的声音，特别是她走路的姿态，轻盈婀娜却没一点做秀的味道，给人一种朝气蓬勃又脚踏实地的感觉。

东方晓说着，语调里流溢着一份无法自抑的激动，脸上浮起无限的向往。他说，第一次看见她时，我就站在这扇窗户前，当时我在赶写一期节目的台词，是台长吩咐的特稿，我花了一个下午的时间把稿子赶了出来，这才觉得背心酸痛，两眼发胀，就站起来伸了个懒腰，推开窗户，想望望远处，放松一下自己。这时夕阳已经西去，落霞满天，整个城市都溶化在美丽的霞光里。我从没见我们的城市这么美过，我的心情为之振奋起来。恰在此时，窗外的街旁挪过一个袅袅婷婷的身影，在霞光里显得那般生动，那般卓尔不凡。我简直被迷住了，忍不住拿过相机，把这个身影拍了下来。后来我每天下午唯一要做的功课，就是打开这扇窗户，等候那个身影的出现。不到十天，我桌上已经有了二三十张不同角度和不同色调的照片，我发现这是我做记者以来，拍得最好最成功的一组照片。望着这些照片，发了一阵呆，最后做了一个决定，要把这些照片亲自交到主人手上。这天下午我不再等在窗前，我来到了那个身影经常出现的地方，就这样，我和她认识了。

说到这里，东方晓停了下来。钟开泰却还痴在那里等待着下文，直到意识到东方晓已经停止了叙述，才问他，你怎么不说了？我还在等着呢。东方晓说，该你了。钟开泰却摇摇头说，我可没你浪漫，这辈子没爱过，也没被爱过。东方晓说，不会吧？偌大的世界，难道却没有一个令你倾心和倾心于你的女人？

经东方晓这么一说，钟开泰忽然想起胡小云，想起那个难忘的开了花却没结果的夜晚。他略有所失地说道，真的，我结婚是经人介绍的，除了妻子，没跟任何女人有过实质性的接触。东方晓说，你听说过一句话吗？人生没真正地爱过，就等于白来这世上一遭。钟开泰说，是呀，我也常常这么想，可你知道，真正的爱情那是可遇不可求的。

东方晓不肯放过钟开泰，说，我把我的故事交了出来，你却什么也不说，我们刚才订的岂不成了《辛丑条约》？你没爱过，但你编也要编一个故事给我听听。钟开泰说，我有编故事的能力，当记者或作家得了，还用得着做这个说不起话也办不了什么事情的办公室副主任？

两个人你一句我一句地说着，不经意间就到了夜里。估计陆百里不会出门了，才关上窗户回家，等着第二天下午再来。

不知不觉就在这个六层楼上的房子里待了六七个下午，也神聊海侃了六七个下午。钟开泰发现，尽管要做的事没做成，但却觉得每天来这里呆上一阵子很有意思。在机关里呆久了，每天都是文件呀，材料呀，会议呀什么的，最多也就一些谁谁谁进了常委，谁谁谁做了某局局长，谁谁谁被纪委传了去一类与己无关的小道消息，实在让人提不起兴趣。倒是这几天跟东方晓到这个无人知晓的地方来放暗哨，一边海阔天空地说些在机关里说不得的话，多少给自己沉闷的生活增添了些新的内容。

钟开泰想，自己这一辈子说过和听过的话加在一起，恐怕也没有这几个下午说过和听过的多。他想，能不能抓到陆百里的把柄，其实是一点也不重要了，重要的是能跟东方晓一起，在这个叫做阳光花园的六楼里，度过了这么一段很有意思的时光。

十三

这天上午钟开泰懒洋洋走进办公室时，老主任那个空了几个月的座位上坐了一个人。这是二科的一位姓陈的副科长，钟开泰也不怎么在意，随便招呼道，陈大科长今天有空光临办公室了？不想陈副科长说，是严部长要我来的，他说办公室力量不够，要我过来协助你负责办公室的工作。

钟开泰就傻傻地站在座位前，将陈副科长盯了半天。他终于明白过来这是怎么回事，苦涩地笑笑，说，欢迎啊，陈副科长，哦不，陈主任你是能人，你来主政，办公室的工作一定会大有起色。姓陈的就说，哪里哪里，还得钟主任你多多扶持哟。

钟开泰的理解一点不错，下午的部务会便再没人通知他钟开泰，而是让姓陈的取而代之。钟开泰落落寡欢地在办公室坐了半个小时，就神情恍惚出了门。

也不知自己要到哪里去，低着头在街上绕了半圈，不知不觉来到一个处所，猛抬头，竟然是几天前的晚上跟胡小云走过的那条小巷。钟开泰这才意识到他一直在念想着这个胡小云。是呀，活了半辈子，事业无成，官不官民不民的，想想已没有一件东西值得珍惜，唯一使自己感到欣慰的就是遇上了胡小云，虽然他们没能走出那最后的一步。

一边这么胡思乱想着，一边缓缓挪动着脚下的步子，不一会儿就来到了巷口。前面就是胡小云住的那栋不高的红砖楼，那一袭紫色窗帘依然垂挂在二楼的窗前。钟开泰不免又是一番浮想，思维一下子回到那个难忘的晚上。就在那紫色窗帘里面，两人的故事顺理成章地朝前发展着，谁知故事快进入高潮时，那个该死的电话响了，生生地断送了两人的善缘。

这就是人生的无奈啊。钟开泰深深地叹息一声，伸手在头上捶了捶，不甘心似的走进那个楼道。在胡小云家门口犹豫了一阵，还是伸出手指，在门上扣了几下。然而里面却没有任何动静。钟开泰这才想起，此时正是上班时间，胡小云也许正在台里忙乎着哩。

离开红砖楼后，钟开泰没有往来时路走，信步上了一条刚修好的水泥路。这是新辟的经济开发区，两旁的门店如林。也没兴趣欣赏街景，只顾低了头独行。走着走着，有人猛地撞了他一下，钟开泰抬起头来，是一个女孩横过街角，在欲进店门时与他遭遇了。女孩歉意地瞥他一眼，钟开泰的身上就电击般颤了一下。

原来那女孩跟胡小云非常相像，没细看还以为就是胡小云本人。尤其是那双大眼睛，美丽水灵，有一股勾人的魔力。女孩的目光只在钟开泰身上稍作停留，然后就低头进了店子。

那是如今整个中国的城市里都能看到的普通的美容美发店。钟开泰瞧了瞧玻璃门上那带有色情意味的裸女图，继续懒懒地赶自己的路。走了几步，又忽然刹住了，略有所思地转身折回来。在门口徘徊了一阵，才鼓足勇气，迈进店门。

店子不大，三四个小姐正在给客人洗头，只有刚才跟他相撞的那个女孩闲着，在看报纸。见有人进了门，女孩就用她那很职业的目光往外瞄了瞄。大概也认出了钟开泰，女孩脸上浮出一层红云。然后走过来跟钟开泰打招呼道，先生是洗头还是洗面？

对女孩的问题，钟开泰似乎毫无准备，一时竟然不知如何回答才好。他是组织部的干部，平时除了工作需要，陪上面来的处长科长到这样的场合来过几回外，单独一人深入虎穴，这可还是头一回。而且他压根就不是来洗头洗面的。可扪心自问，到这个地方来，不洗头也不洗面，那不是神经么？

钟开泰心里想，洗就洗一个吧？共产党人死都不怕，还怕洗头洗面么？于是冲着女孩点了点头。女孩的脸上就更灿烂了，说，下面没位置了，先生楼上请吧。

后来钟开泰就跟女孩上到楼上，进了一个全封闭的半明半暗的小包房。女孩的双手又轻又柔，按部就班地抚弄着钟开泰的面部。钟开泰微合着双眼，把女孩想像成胡小云，一心感受着胡小云的抚摸。

洗面的程序很快进行完毕，女孩附在钟开泰耳边，柔曼而语：先生还要别的服务吗？钟开泰依然合着眼，仿佛已经睡着。他当然知道别的服务的含义。如果是以往，钟开泰就是有这个贼心，也没有这个贼胆，他要为维护他组织部干部的光辉形象压抑住邪念，要为组织坚守贞节。但现在不同了，进步无望，前途暗淡，连一个小小的办公室主任都捞不到手，难道还有什么需要顾忌的？如果再这么苦行僧式地守身如玉，岂不显得有些虚伪可笑么？

何况一开始，钟开泰就把这个女孩看做是那个胡小云，今天就当是跟胡小云在一起吧，也好了却了自己的一份心愿。

见钟开泰躺在那里一动不动，女孩就开始动手去解他的裤子。将他剥光后，女孩又主动把自己脱得一丝不挂。这个过程女孩做得快速简洁，完全是专业化的。然后女孩拱过来，偎进钟开泰的怀里，一边故作多情地喃喃道，先生真是艳福不浅，我可还是一个没开过包的黄花女哟。

钟开泰当然知道女孩的话当不得真，黄花女会这么老道么？何况他也并不在乎你是不是黄花女，他在乎的是这个女孩像胡小云，哪怕是想象中的。这么不出声地自忖着，那个地方就剑拔弩张起来。

一激动，钟开泰猛地翻到了女孩上面。

这个时候钟开泰脑壳里产生了一个念头，想近距离地仔细瞧瞧女孩那双美丽的大眼睛。他不就是冲着这双可爱的大眼睛来的么？也许这双眼睛更能调动他的激情。这么想着，钟开泰睁开了自己的眼睛。

那双美轮美奂的大眼就在他的眼皮底下，焕发着比钟开泰刚进店门时更具震撼力的魔鬼一般的光芒。这也许就是每一个男人最渴望遭遇到的目光了，它有充分的魔力唤醒男人的情绪，把男人整个的能量和生命给调动起来。有那么一瞬，钟开泰彻底崩溃了，他没法抵挡这目光的攻击。

可不知怎么的，后来钟开泰还是在那双魔眼里发现了破绽。那是一份不易察觉的邪恶和冷漠。而这样的邪恶和冷漠，在胡小云的眼睛里是绝对不存在的。钟开泰无声地说，原来这个女孩压根就不是他心目中的胡小云哟。钟开泰心中的幻影顿时消失得杳无痕迹，他那被挑逗得野马一样疯狂的激情受到重创。深深的悲哀像一团阴云，整个地覆盖了钟开泰。

钟开泰当然并不想就此罢休。他想，既然已经到了这个地步，哪怕这个女孩根本就不是胡小云，他也有必要把该做的事情做完，就为了那一份简单的欲望，为了心头那积压了许久的抑郁和怨恨得到一个宣泄的机会。他努力摒弃着心头的杂念，集中了全力去进行突破。

可钟开泰发现麻烦来了，不知何时他已经变得疲软无力，毫不中用了。

女孩也感觉到了这个变化，她想帮帮钟开泰，老道地腾出玉手去搓揉他，想让他重新变成男人。可没用，钟开泰毫无起色，依然是一幅垂头丧气的样子。两个人都失望了。

钟开泰自怨自艾地想，一个男人不能走下坡路哟，一走下坡路，连小兄弟都变得不思进取，没一点出息了。

十四

钟开泰几乎是万念俱灰了。唯一还能激发他的兴趣的，便只有那个阳光花园了。这天下午，他在办公室昏昏沉沉待了一阵，又行尸走肉般出了市委大楼，在街上游荡起来。不知不觉又来到阳光花园门，一看手表，才三点多钟，离跟东方晓约定的时间还差整整两个小时。钟开泰想，不是自己犯了瘾症吧？他本来想转身离去，等两个小时后再来，可一双脚却不听他的指使，仍然往里挪动着，而且一步步往楼上登去。

到得六楼，钟开泰才意识到自己没有房门钥匙。也是怪了，他正木头一样在门口呆立着，楼道下面有脚步声响了上来。竟然是东方晓。

东方晓这时也发现了钟开泰，两人的眼睛都亮了。钟开泰说，你怎么也来了？东方晓说，我是没事在街上乱窜，走着走着，不知怎么的就到了这里。你怎么也这么早就到了？钟开泰说，我也不知道是怎么到了这里的。东方晓说，我们不是有什么毛病吧？

两人说着，先笑笑，又摇摇头，进了屋。

也是巧了，两人刚习惯性地来到窗边，就发现了情况。是东方晓最先发现的。原来陆百里恰在此时出了办公楼，径直回了家，不到十分钟，又从家里走了出来。东方晓在钟开泰肩上拍了一巴掌，小声道，看见了没有？那样子跟电影里的反动特务无异。钟开泰也警觉起来，把头伸到窗边。

这时陆百里已出了自家宿舍楼的楼道，慢吞吞往传达室方向走去。东方晓的摄像机已经打开，他一调焦距，就把陆百里拉到了近前。待把陆百里从楼道口到传达室这个过程录下来后，东方晓就扛着机子转身飞快地下了楼。钟开泰也在后面关上房门，大步跟过去。

现在两人已经出了阳光花园。转过街角，就看见陆百里站在一幅广告牌下，正向一部开过来的的士招手。东方晓的摄像机把陆百里上的士的过程拍下后，也跟着钟开泰钻进另一部的士。钟开泰对司机说道，跟上前面那部 0305 牌照的的士。司机一踩油门，的士立即唆一声跟上去，咬住 0503 的士的尾巴。

那辆的士在大街上转了两个弯，没往没日没夜开放着的 OK 厅开，也没往足浴馆按摩院去，而是进了新近才开张的全城最豪华的帝都宾馆。钟开泰瞧东方晓一眼，两人会心地笑了，那意思是说，陆百里果然不是一般的浪子或嫖客，他要去就去最高档的场合，而这正中两人下怀。钟开泰甚至想，陆百里呀，你也有走麦城的时候，今天你撞进了东方晓的摄像机里，看你还能神气什么。钟开泰仿佛看见纪检会的人把记录着陆百里丑行的带子送到了严部长手里，严部长无奈，只得把就要发出去的陆百里的任命书扣下来。

就在钟开泰提前享受胜利的喜悦的时候，的士不觉中停了下来，他们已到了帝都前面的大坪里。停在前面台阶下的 0305 牌的士的门已经打开，只见陆百里出了的士，反手把门关上，然后伸手在头上抚了抚，翘首望望头上帝都两个烫金大字，从从容容迈上台阶。玻璃大门后的保安见有人要进门，一只手把玻璃门拉开，另一只手一摆，做了个邀请的姿式。陆百里好像跟保安点了点头，挺挺腰杆，走进玻璃门，穿过大厅，径直上了通往楼上的旋转扶梯。

东方晓的镜头一直尾随着陆百里，直到他上了楼，东方晓这才关了摄像机，放入包内。其时钟开泰已经付了打的费，两人匆匆下车，进门追上二楼。一到楼梯头，东方晓的摄像机就重新打开了。陆百里已向过道尽头走去，到了最里的一间房子的门口才停下来。在门上敲了两下，门就开了，陆百里隐身而入。钟开泰立即走过去，见陆百里走进去的那间房子的门号是 3218，而对面的房子写着 3219 几个数字。

钟开泰缩回来，到大厅里交款订了 3219 号房间。

两人进入 3219 号房间后，东方晓让钟开泰瞄着门上的猫眼，自己拿出身上的起子，在门上的锁上动作起来。没几下，锁就被东方晓取了下来。锁孔虽然不大，但东方晓把摄像机的镜头往上面一扣，正好够用。又支好三角架，调了调镜头，然后往对面看去，那 3218 的门号清晰可见。

一切准备就绪，东方晓才退下来，往床上四仰八叉地一倒，对钟开泰说，你好好地盯着，我先躺一会儿。钟开泰一边恪尽职守地瞄着猫眼，一边说，好戏还没开场呢，你就成这个熊样了？东方晓说，你来扛扛这机子试试？你以为记者这饭好吃？

在猫眼上瞄了半个小时，钟开泰眼睛都有些发涩了，而对面还没动静。他说，这陆百里怎么啦？这么早就开始工作了？是不是在床上起不来啦？东方晓说，你稳着点，我们在阳光花园一个星期都守了过来，现在到了关键时刻，你却挺不住了？钟开泰说，这我知道，不过你给我拿张凳子过来，我这里站不是站蹲不是蹲的，怪难受的。东方晓只得起身，照此办理，同时说，就你名堂多。

又过去了大约二十分钟，钟开泰见对面的门开了，就轻声喊道，东方晓你快来快来，有情况。东方晓立即腾地从床上跳起来，扑到摄像机前。果然从对面的门里走出一个女人，接着陆百里也跟着钻了出来。

摄像机让给了东方晓，钟开泰只好去瞧猫眼。女人的面貌开始还有些模糊，近一点也就清晰了些。钟开泰就觉得那女人不像通常意义上的鸡，因为她没穿着奇装异服，也没有浓妆重彩，年龄看上去也有三十多岁了。钟开泰压低声音对东方晓说，不对吧？那女人怎么一点也不像鸡？东方晓不理钟开泰，继续操作着。

如果不是鸡，我们拍下来干什么呢？钟开泰又说。此时陆百里已关上门，转身跟女人朝过道那头走去。东方晓把镜头撤下来，对钟开泰说，你别啰唆，把门打开。钟开泰打开门，让东方晓站在门边，继续用镜头追踪陆百里和女人。

陆白里和那女人去了餐厅，两人没必要再跟过去，回到 3219 房间。东方晓说，先观察两天，再想办法给 3218 房间弄个针孔摄像头，把他们床上的镜头搞到手。

谁知这天晚上，陆百里和那女人并没回 3218。

钟开泰已经没了先前的兴致，嘀咕着对东方晓说，我以为有什么好戏看，陆百里跟一个三十多岁的女人在一起，说不定那女人根本就不是什么鸡，而是陆百里的远房亲戚哩。东方晓说，你知道个屁！你见哪只鸡脸上写着鸡字？比起陆百里跟年轻漂亮的鸡在一起，这对我们来说更有价值。

钟开泰望望东方晓，一时并没明白过来。东方晓说，你知道吗？现在有钱女人的钱没地方花，也像男人玩鸡一样拿钱去玩鸭，这回陆百里不是花钱玩鸡，就是出卖自己的身子，去做女人的鸭，如果是这样，我们又摄下了他们在一起的镜头，不是更有杀伤力么？

被东方晓这么一说，钟开泰也就将信将疑地点点头，说，但愿能被你言中，我真佩服你们做记者的，总是这么富有想象力。东方晓笑笑说，钟开泰你别说阴阳话，我这可是为朋友打报不平。

十五

接下来的两天里，一直没见陆百里进出财政局，自然也没法找到那个女人。

然而东方晓还是刻了一张光盘，把钟开泰从组织部约了出来。他举着光盘，向钟开泰扬了扬，有几分得意地说，那天陆百里从财政局宿舍楼到帝都的 3218 房间，再跟女人一起从 3218 房里出来的全过程都在里面了。

钟开泰伸手要拿光盘，东方晓却手一缩，收了回去，说，想这样拿去，没这么容易吧？钟开泰愣在那里，一时没反应过来。东方晓笑了，说，这可是我一手拍出来的，版权独家所有。钟开泰说，那你自己留下吧，我不稀罕。

东方晓这才把光盘递给钟开泰。见光盘上贴着《陆百里帝都嫖妓记（上集）》的字样，钟开泰就忍不住笑道，这题目还真有点肥皂剧的味道，而且还是上集，那你的下集呢？东方晓得意地说，我这是想吊吊纪检会的胃口，他们看了上集，肯定还会等着我们送下集去。钟开泰说，这上集又没有床上镜头，怕是没什么看头。东方晓说，你别管这么多，先去邮局跑一趟吧。钟开泰说，去邮局干什么？东方晓说，我们通过邮局，把光盘寄到纪检会去，而不要抛头露面，好省去许多不必要的麻烦。

两人很快到了邮局。可要邮寄时，钟开泰又觉得还有些不妥，止住东方晓。东方晓说，就你屎少屁多。钟开泰说，我是说，万一那女人不是鸡，陆百里也不是鸭，岂不冤枉了好人？东方晓就摇了摇头，无奈地说，就你优柔寡断，你这样的人看来是成不了大事的。钟开泰说，还是等下集出来再说吧，那样才有杀伤力。

东方晓有些不耐烦，语重心长地说，我的同志哥，你要知道，我们的目的并不是真要弄清那女人是不是鸡，陆百里是不是鸭。至于床上的镜头，有当然好，没有也无关紧要。我们是要让纪检会对陆百里产生怀疑，给陆百里添点麻烦，不让他顺利通过公示。

钟开泰脑袋里有根筋还没弯过来，说，我还是觉得有必要对那女人作点了解。东方晓说，犯得着吗？钟开泰说，犯得着。东方晓说，那你说怎么了解吧？钟开泰说，我们到帝都的服务台去查一查，看看那天3218房间的住宿登记。东方晓说，你以为住宿登记能说明问题？钟开泰说，住宿登记要填写客人的地址单位，还有身份证号码，一查不就一目了然了？

真拿你这个老同学没法子。东方晓说，我说句直爽话，你是饱经风霜，却涉世不深，现在连父母亲都有假冒的，连市长专员都有赝品，你以为客人填写的地址单位和身份证号码靠得住？钟开泰说，去看看总没什么坏处的。

东方晓只得妥协，跟钟开泰去了帝都。

开始服务员不理不睬的，不太愿意拿出住宿登记簿。东方晓把记者证往桌上一甩，说，我们有采访任务在身，你不让看也行，把你们的老总喊过来。

见今天碰上了不好惹的，服务员才乖乖拿出登记簿。钟开泰翻到那天3218号房间的住宿登记，上面竟然明明白白署着陆百里的名字，备注栏里还龙飞凤舞写着“财政厅行财处苏处长来我市检查工作住宿”几个字。

离开帝都后，钟开泰说，你看如果不来查一查，不是要闹笑话么？东方晓说，你没看出来？这是此地无银三百两，陆百里的智商可不低，他是为了遮人耳目，才不让女人本人去登记，而写上自己的名字，还美名其曰是接待财政厅的处长。钟开泰说，你说的确实不无道理，但仅仅是一种推测。东方晓说，推测有什么不可？有人可以用爱因斯坦的相对论推测出过去没有发现的星座，我们却不可以通过陆百里写的单子推测那个女人是那种女人？

钟开泰就笑起来，说，如果单子上写的都是事实呢？你总不能排除这种可能性吧？东方晓说，那你说吧，现在我们该怎么做？钟开泰说，给财政厅打个电话，问一下行财处有没有一个姓苏的女处长。

东方晓就把手机拿到手上，朝钟开泰要财政厅的号码。钟开泰说，我又不是财政系统的人，哪来财政厅的号码？东方晓说，那你要我怎么问财政厅？钟开泰说，你可以问问省城的114嘛。东方晓有些烦，说，你以为打手机不要出银子？我这是自费手机，没谁给我报过一分一毫。钟开泰说，那就直接到财政局去问问。东方晓说，你就不怕打草惊蛇？钟开泰说，陆百里要当副局长了，我们一起去祝贺他，怎能叫打草惊蛇呢？

跑到财政局，陆百里不在，行财科只有一个二十四五岁样子的女人坐在一台电脑前。钟开泰问，陆百里呢？那女人就回过头来说，有事去了。

见女人还有几分姿色，东方晓激情就来了，忍不住开玩笑说，小姐我好像在哪里见过你？女人有些奇怪地说，我可认不得你。东方晓说，你姓张吧？女人说，你别懵我了，我姓李。东方晓说，这就对了嘛，不是张，就是李，不是他，就是你。姓李的女人觉得东方晓说话有意思，就笑着说，你真的见过我？东方晓说，我有这种感觉，而且是非常非常强烈的感觉。女人说，在哪里？东方晓说，在梦里。

女人就掩着嘴笑起来。钟开泰也在一旁打边鼓说，我这位朋友做梦就梦见女人，不过他梦见的女人都很漂亮。

两个男人你一句我一句地讨好着女人，女人自然开心得不得了。一开心，就主动问他们是哪个单位的。东方晓说，我们是检察院的。女人脸上的笑容陡然收住了，说，检察院？钟开泰在一旁忍不住笑了，说，他是检察院的没错，他在检察院扫厕所。

女人扑哧笑了，脸色也复了原，说，你们找陆科长有什么事？东方晓说，我们领导听说财政厅行财处来了一位处长，有没有此事？女人说，是呀，是来了一位处长。

东方晓闻言，就有些泄气。本想就此打住，又不甘心，继续问道，那位处长姓什么？住在哪里？我们领导想去看看她。女人说，姓苏，是个女的，住在帝都，这几天陆科长一直陪着她，还到县里转了一趟。

离开财政局，东方晓就有气无力地叹一声，说，这几天我们算白忙乎了。

两人垂头丧气地在街上走了一阵。东方晓把那张光盘抛起又接住，接住又抛起，像玩玩具一样玩了一会儿，不甘心地对钟开泰说，我还得给财政厅打个电话，谁能保证那个姓苏的女人不是跟陆百里狼狈为奸的？然后通过省城的 114 台，问到财政厅行财处的电话号码，再照着号码打过去一问，行财处也说苏处长到了他们这个城市。

难道我们就这么放过了他陆百里？东方晓嘀咕道。钟开泰像漏气的球，无力地摇摇头，没答话。东方晓又说，我看你还是把这张光盘寄给纪检会。钟开泰说，那女人是财政厅的处长，寄有什么用？东方晓说，纪检会的人怎么认识财政厅的处长？他们要调查这事，总得花些时间吧？调查期间，陆百里的任命书总不太好下吧？只要这样一拖，等公示期过去，陆百里赶不上趟，以后就难说了。钟开泰想想也有道理，说，那就试试吧？

恰在这个时候，东方晓的手机响了，台长要他速回电视台，有急事等着他。关上手机后，东方晓把光盘交给钟开泰，说，这光荣的使命就由你去完成了，我先走一步。

到邮局后，钟开泰又犹豫起来。他在营业厅里绕了一大圈，还是下不了决心。

却猛然听见一个甜甜的声音像是在喊自己的名字。钟开泰就一阵激灵，觉得这个声音很熟悉。是谁在喊自己呢？

钟开泰想起来了，是胡小云。只有胡小云的声音才会这么动听。钟开泰就走出邮局，去寻找那个声音。却并没发现胡小云。望着车辆在阳光下往来穿梭，望着如织的人群坚定地兴冲冲地走着自己的路，钟开泰坚信胡小云就在附近。

钟开泰把那张光盘随手塞进了路旁的垃圾箱，放开步子朝前追去。

裸體工資

秋意 >>

一

吃过晚饭，把残局留给丈夫老马，何玉如就开门下了楼。

何玉如来到教学大楼前。楼里的走廊边竖着一块黑板。那黑板原本是写幼儿食谱的，现在却写着“欢迎物价局领导前来指导工作”的粗大的红色粉笔字。修这座教学大楼时，园里曾向幼儿家长集资，以弥补财政无法拨足的基建款，本来是向物价局写过报告的，也得到了他们的同意，不想今天他们还要找借口来检查集资情况，园里只好把他们请进酒店喝了一顿，并一人一个五百元的红包，才把他们打发走。

何玉如无可奈何地摇摇头，把目光从黑板上撤下来，朝楼道口方向走去。

刚好中班的林琴琴老师从教研室那边过来，正要回宿舍楼，见了何玉如，就跟她打招呼。何玉如忽然想起一事，对林琴琴说，你申报高级职称的材料里，还少了两堂课的教案，你快点补上吧。林琴琴点点头，说晚上就弄。

林琴琴进楼去之后，何玉如还在楼下站立了一会儿，心上涌起一丝感慨。这是何玉如花了两年时间，跑财政，搞集资，费了九牛二虎之力才建成的。建楼期间，何玉如不受包工头的红包和请吃，死卡水泥标号和砖木钢材标准，保证了质量，节省了资金，如期把宿舍楼竖了起来，如今三十多户老师欢欢喜喜搬了进去，自己却仍住在老宿舍楼里。不想还有人说她得了包工头好处，发了大财。

何玉如记得闲话说得最多的，是搞学生伙食采办的林强生，他因何玉如批评他采购的食物高于市场价，一直怀恨在心，这次也跳出来大说何玉如的烂话。何玉如心想，职工们对林强生的反映已越来越强烈，他那么损公肥私，得的好处太多，确实应该给个处理，换个人来搞采办。

天色暗下来，操场两边渐渐枯萎的秋叶划着幽影，零落在地。何玉如缓缓的步履落在秋叶上，发出细碎的沙沙声。这么漫不经心地在操场上兜了一圈，何玉如准备回家。她想回去迟了，老马又要说她蹿尸闹魂，把他忘到了一边。

谁知还没走出两步，传达室那边有人吵闹起来，好像还说什么要告到何园长那里去。何玉如便立定了，回头，见暮色中一个女人牵着孩子，从传达室里冲出来。一边嚷道，天下哪有这么当老师的？敢动手打我的孩子，我叫她吃不了兜着走！

何玉如闻声迎过去，截住横冲直闯的女人。女人认识何玉如，说，你就是何园长吧？我叫江潮，是孩子的妈妈，你过来看看，哪有当老师这么狠心的？同时扳过小孩的头，要何玉如看小孩腮帮上的手指印。

何玉如没去看手指印，即使看，在这初夜的昏暗里，也是没法看清的。

何玉如说，先别急，有什么事，我们到办公室去慢慢说，行吗？江潮不好在何玉如面前发火，只得跟她往园长办公室走去。

开开门，拉亮灯，没等江潮开叫，何玉如便蹲下身，问小孩叫什么名字，是哪个老师班上的学生。小孩说他叫衣向阳，是马老师班上的学生。何玉如就楞了楞，一时不知说什么好。整个幼儿园就一个姓马的老师，她叫马小路，是何玉如自己的亲生女儿。

灯光下，何玉如的确在衣向阳的腮上发现了两个手指印，而且衣向阳也说是马老师掴的。何玉如知道小孩不会说假话，就问他是不是做错了什么事。衣向阳叙述不清，讲不出一个完整的意思。一旁的江潮得理不让人，吼道，不管小孩做没做错事，老师打学生总是不对的。何玉如说，马老师打人肯定不对，但你不要急，我要找了马老师，问清情况，再做处理。江潮说，我现在就去找她的麻烦！何玉如说，你要相信我，我会按园规严肃处罚，并责成她向你们家长赔礼道歉，但必须由我出面。

听何玉如这么说，江潮才不吱声了，带着儿子回了家。

何玉如关上办公室的门，去找马小路。马小路是何玉如和老马唯一的女儿。马小路小时很听父母话，读书成绩也好，初中毕业就考上了省城里的幼师，毕业后，不要何玉如说一句好话，就凭她的学业，分进了这所全市一流的示范性幼儿园。在园里的工作也积极，年年评先进。可自从找对象结婚后就慢慢变了，工作不求上进不说，还时有违规行为，常常给她这个当园长的母亲脸上抹黑。

何玉如知道坏就坏在她找的那个对象上。她的对象是一个叫徐城东的离过婚的男人，经营酒店，有钱，加上人帅，专在外面拈花惹草，最后盯上了马小路。现在的女孩也没法，一切朝钱看，马小路很快就迷上了徐城东，并发誓非他不嫁。何玉如和老马都不同意这件婚事，撇开徐城东结过婚不说，就凭他那专觅野食的德性，也讲不过去，何况他文化极底，连初中都没毕业。可马小路哪里听得进父母的忠告？她振振有辞道，你们讲的有道理，但我有我的标准，我的标准是两条：他有钱，我爱他，有这两条就够了。

当时何玉如就被马小路气得说不出话来。她忽然想起自己年轻时经历过的事，那时她也几乎像马小路那样，跟父母亲说过类似的话。只不过那时人们一心革命，现在人们一心想钱。所以当父母亲反对她嫁给那个造反派头头时，她也用马小路一样的坚决的口吻说道，我有我的标准，我的标准是两条：他革命，我爱他。所不同的是，何玉如在怀上造反派的孩子后，没和他结婚就分了手，而马小路跟徐城东正儿八经结了婚，在打闹了两年之后才离婚。

不一会儿，何玉如就来到那栋六层的新宿舍楼前。她抬头望了望，三楼林强生家依然灯火辉煌，而四楼马小路家的窗户却黑灯瞎火的，看来马小路没在家。这半年来，马小路晚上常常不回家，有时甚至彻夜不归，直到第二天上午要进班了，才黑着眼圈，打着哈欠，从外面匆匆归来。

何玉如心里咒着马小路，明知她不在家，又不甘心似的，依然往楼道口走去。喘着气爬上四楼，在马小路门上敲了几遍，里面什么动静也没有。何玉如这才叹口气，掉头往回走。

走到二楼，想起副园长郭淑敏就住在这里，便把她的家敲开了。郭淑敏见是何玉如，赶忙迎她进去。寒暄过后，何玉如把刚才的事说了一遍。郭淑敏说，小路近来的确有点反常，看来得好好帮帮她。何玉如说，你留意一下，她回来后，就要她到我那里去。

可这天晚上，马小路根本没回屋。

二

第二天上午，其他的老师已进班半个小时了，何玉如才在传达室门口截住匆匆而归的马小路。进得园长办，见马小路那头发不整，满脸晦气的样子，何玉如恨不得一记耳光甩过去。但她还是强忍住了。也没耐心打探她晚上在外干了些什么，直接问她打没打过衣向阳。马小路点头承认了。何玉如又问她为什么打小孩？马小路支吾了一阵，才说，他说我的烂话。何玉如说，他说你什么烂话？马小路却躲躲闪闪的，不肯说。

何玉如火气上窜，吼道，不说也行，你从今天起，不要再上班了。

马小路知道蒙混不过，才说道，他说我是赖账婆。何玉如说，他说你是赖账婆，你就打他耳光？马小路说，我又不是赖他的账？何玉如说，你是不是又借家长的钱了？马小路说，没有。何玉如很不耐烦地说，今天暂不谈这些，中午写个深刻的检讨，贴到教师备课的大办公室，晚上再去向衣向阳的家长陪礼道歉。然后把马小路轰出了办公室。

晚上吃了饭，何玉如就拉上马小路走出幼儿园，到商店里买了一盒葡萄干，一盒巧克力糖，还有几斤富士苹果，向衣向阳家方向走去。

一路上，何玉如不免要追问马小路打衣向阳的真正目的。马小路只好交代说，她曾向衣向阳的妈妈江潮借过钱，江潮不但不借，还要在家里说她是赖账婆。小孩是容易学舌的，所以昨天衣向阳上课讲小话，马小路骂了他一句，他就在下面学他妈样，骂马小路是赖账婆，马小路火起，掴了他一耳光。

何玉如有些无奈，说，我已经听人说过，你向好几个家长都借了钱，而且是老虎借猪，有借无还。你想人家的孩子在你班上，你开口借钱，人家敢不借？你借了不还，人家也不好讨要，怕你在他们孩子身上出气。马小路说，我会还的。何玉如说，你拿什么还？你那个有钱的男人看上了别的女人，离婚时一分钱没留下，你又天天晚上在外面赌，我看你到时短裤都会赌出去的。

何玉如说的句句都是实话，马小路做声不得，只得默默地踩着自己的影子赶路。只听何玉如长叹一声，悲哀地说，你搞得自己穷困潦倒，我和你爸不心疼你？

来到一个小区，转弯抹角找到衣向阳的家，敲开门，门里是一个二十七八岁年纪的保姆。换了拖鞋，走进屋，江潮正拿着遥控器选电视里的频道，对她们爱理不理的。何玉如只好让马小路把礼品搁到桌子上，自己厚着老脸，过去说明来意。江潮用鼻子哼了几声，说，你当园长的有责任，但不是你的错。

听话听音，何玉如便催马小路上前陪不是。马小路只好说了几句认错的话，然后垂着手，一副听候发落的样子。江潮来了神，咬着牙齿说，不是看在何园长的份儿上，我跟你没完！

挨够了训，两人才离开衣向阳的家。好心的保姆送她俩到楼道口，顺手揿亮墙上的灯。何玉如免不了借着灯光，多瞧了几眼保姆，问道，听口音，你好像不是街上人。保姆说，我是刚从武宁县来的。何玉如说，你叫什么名字？保姆说，我叫申慧群。何玉如说，今年多大了？申慧群说，二十八了。何玉如又问，男人呢？孩子多大了？

停顿了好一会儿，申慧群才说道，他死了，是在河里翻砂时，被洪水冲走的。孩子到了上学的年龄，交不起学费，才到这里来做保姆，弄点钱回去。

说着话，不觉就出了小区。申慧群意识到该止步了，便转身往小区方向走去。已走出去好远了，何玉如还站在路旁不肯动，她的目光一直吸附在申慧群的背影上，直至那个背影越来越模糊，最后完全消失在黑暗里。

从此何玉如就多了一重心事。

这么多年过来了，何玉如把全部的精力都放在了工作上，努力不去翻弄封存起来的记忆。尽管她不可能真正做到这一点，至少表面上她得到了一种平衡，一种自我麻醉。然而现在不行了，这种表面的安宁平静也无法保持下去了，过去的一幕幕从记忆深处浮出来，仿佛是昨天才发生的事情一样历历在目。她开始在家长接送孩子的时候，有意无意地去搜寻一个身影。她知道请了保姆的人家，一般是由保姆来接送孩子的。

这一天早上，何玉如到林琴琴班上转了一趟，要她准备一堂像样的语言课，省教委的头头下来时，好上给他们看。林琴琴爽快地答应了。何玉如对林琴琴的爽快很满意，说，你的高级职称材料，我已签好了评语，马上就送上去。

回到办公室，刚坐下，就忽然在窗外密密麻麻的人流中发现了一个身影。那是申慧群。何玉如的心头就亮了一下，立即站起来，出了办公室。她已经来到操场上，很快就会追上申慧群了，旋即又停下了脚步。她突然犹豫起来。到现在为止，整个幼儿园乃至她所处的这个城市，除了自己还没有任何人知道她那段隐秘的过去。她就是在这种没人知根知底的情况下，跟老马生活了二十多年，而且生活得那么平静，一切都那么顺利。

何玉如不愿意去搅乱自己这已拥有的一切。相反她在有意无意地回避着申慧群的影子。她加倍努力地去做工作，想以此转移自己的注意力。幼儿园的工作总是很杂，市里搞幼儿节目汇演，教委举行示范教学比赛，审计局来审查财务，围墙被隔壁单位捅开，样样都得她当园长的出面，甚至连厨房里没了拖把，班上孩子揩屁股的卫生纸已经用完，都要来找她园长。何玉如就让自己泡进这些繁杂的事务中，尽量不去翻弄记忆里的旧事。

白天就这么打发过去了，可到了晚上没公务可忙的时候，何玉如便难熬了。尤其是到了夜深人静的时候，老鼠啃墙角，秋风打门窗的声音，都会把她从那越来越不安稳的浅睡中惊醒过来。只要一醒，这一夜她就再也没法入眠，在床上翻来覆去炒豆子。左炒右炒，硌得身上的骨头生起疼来还睡不着。没办法，只得披衣下床，到客厅里去呆坐。越坐心越乱，干脆出门到操场上转悠，就像一个怪异的梦游人一般。

这天夜里，何玉如又来到了操场上。在迷蒙的月辉下，她的身影显得有些模糊。这个时候，连传达室的灯都被守门人拉熄了，整个幼儿园都沉浸在幽暗的寂静中。

何玉如缓缓地踱着步，想以这种悠闲的姿态平抑心中那起伏的思绪。就这么慢慢地绕了两圈，她才微微地将头抬高了一点。无意间便瞥见了从楼道里冒出来的隐约的身影。虽然夜色隐去了那人的面目，但何玉如还是从那人的身材和缩着脑袋走路的姿势上，认出他就是给食堂搞采办的林强生。

何玉如猛然想起中午食堂里的一件事情来。按园里订的幼儿食谱，这天中餐要给幼儿吃青椒鸡丁，所以上午十点不到，林强生就从市场上购回三十只仔鸡，由厨师和保管员过秤验收，再一齐动手宰杀去毛。当时何玉如也去了厨房，那些去了毛的仔鸡已开了膛，扔在案板旁的灶台上。不想厨师拧着眉嘀咕起来，说，这是怎么了，明明是三十只仔鸡，怎么这会儿少了一只，数来数去只二十九只了？问保管员，他说验收时我只看数，没有点数。当时何玉如也不怎么在意，转了一圈，便出了厨房。

想到这里，何玉如就对林强生起了疑心。林强生爱贪小便宜，在外采购的食物价格不低，在厨房里帮厨时爱来点小动作。何玉如便睁大了双眼，看林强生今夜里究竟要干什么。

在楼道口逗留片刻，林强生左右瞧瞧，直奔食堂方向而去。食堂的门上挂着两把锁，一把厨师拿着钥匙，一把保管员拿着钥匙，他林强生怎么进去得了？何玉如一边这么思付着，一边远远跟着。

原来林强生并不是要进厨房去，他厨房门外站了站，便往左一拐，下了石坎。石坎下是一处树丛，不知林强生究竟去那里干什么。何玉如赶紧趋前一步，发现林强生在树丛里蹲下了，抖抖擞擞摸索起来。何玉如意识到了什么，上午厨房里少了一只鸡，八成是林强生趁人不注意，扔到了窗外的树丛里了。

何玉如本想上去逮住林强生，想想这里离宿舍远，自己一个女人没他男人力大，万一他横蛮起来，又怎么办呢？所以何玉如便转身，先进了林强生家的那个楼道口，准备等他回来后，突然拉燃路灯，再缴获赃物，那时就不怕他耍赖了。

谁知林强生却并没往家里走，而是去了传达室。

等何玉如觉察到林强生不会回来，赶忙走出楼道口时，林强生已开了传达室的小门，走了出去。何玉如追到传达室，想去跟踪林强生，小门已被林强生锁上，而自己的钥匙放在家里，再喊守传达的人开门或回家拿钥匙，都已来不及。

何玉如只得作罢。她在心里说道，林强生啊林强生，我总会抓住你的把柄的。

三

已经好几天没见申慧群到幼儿园来了。

来接送衣向阳的，要么是他妈妈，要么是他爸爸，要么是过去曾来过幼儿园的衣向阳的舅舅。何玉如就莫名地担忧起来。她跑到马小路班上，喊衣向阳过来，问他申阿姨这几天哪去了，怎么没来接送他？衣向阳想了一阵，才结结巴巴告诉何玉如，他也不知申阿姨哪去了，反正那天晚上他还和申阿姨睡在小床上，第二天早上就不见了她。

这天下午，来接衣向阳的是他的爸爸衣兵。何玉如就过去喊住了他。何玉如说，小衣，你来接衣向阳啊？衣兵见是何玉如，赶忙停下往教室里迈的步子，点头道，是何园长，我来接向阳。何玉如说，原来不都是你家保姆小申来接送的吗？衣兵说，都是我家那臭女人，无事生非，无故怀疑我跟小申有什么瓜葛，把人家气走了。何玉如说，还有这样的事？衣兵说，我跟江潮说，人家县里来的女人，扎扎实实做事，勤勤恳恳照看向阳，哪会跟我有什么瓜葛？她听不进，跟我大吵大闹，还说放在抽屉里的五百元钱不见了，硬赖在小申身上，将小申气得连工资都没领，就泪眼婆娑出了门。

停了停，衣兵又说，不过我已托人介绍她到我家来的邻居，把工资给她带了去，还捎了话，要她还是回来，反正我女人已到外地做事去了，如果小申回来后她还要大打出手，我就跟她离婚。也是的，她也不想想，我家请了那么多回保姆，都是些漫天要价，好吃懒做的，好不容易才碰上小申这种做事能干，把向阳当成自己儿子的女人，她还要不识好歹。

何玉如心里牵挂着申慧群，不太甘心她就这么消失掉，从此再也见不到她的影子，晚饭后特意去了一趟衣向阳的家。果然如衣兵所说，江潮到外面做事去了，家里就他和儿子一大一小两个男性。衣兵感到奇怪，说，何园长您怎么知道我住的地方？何玉如说，我不久前就来过。衣兵说，想起来了，向阳曾告诉过我，您和马老师来过这里，那次我正在外面为公司收债，没在家里。

两人闲聊了一阵，慢慢就把话题引到了申慧群身上。何玉如说，你知道申慧群是武宁什么地方的人？衣兵说，这个我倒没问过她。何玉如说，那么那个介绍她到你家来的邻居一定是清楚的啰。衣兵点点头，说，他应该清楚，上星期他去武宁采购木材时，我就是托他给申慧群带的工资，不知现在回来没有。何玉如就说，可以陪我去见见他么？

那当然可以。衣兵说着，把衣向阳安顿到床上睡下，随何玉如出了门。

衣兵心生好奇，不觉问何玉如道，何园长您好像对申慧群很感兴趣的？何玉如就有些躲躲闪闪的，敷衍道，也是随便问问，二十多年前我下放在武宁，对那边的人有些记挂。衣兵就哦了一声，说，原来如此。

只是敲开衣兵邻居家的门，只有女主人在家，男主人上星期去的武宁，至今还没回来。

何玉如倍觉失落，告别衣兵，离开居民小区，悻悻地回了家。

刚进屋，会计小夏就打来电话，说下午去财政局对账，财政局下面的收费局曾局长跟她打招呼，明天要到幼儿园来看收费发票。何玉如一听就恼火，说，上个星期物价局不是来查过了吗？怎么收费局又要来了？小夏忙解释说，物价局是来了解收费标准，收费局是要来算账，核实发票，我们收的幼儿学费和集资款，都是在收费局领购的发票，他们要稽核，是他们权力范围内的事。何玉如没好气地说，权力，权力，他们就知道使用权力，不知道下面办事的艰难。

话虽这么说，但该应付还得应付，何玉如还是吩咐小夏，一定做好接待准备，不能得罪这些衙门老爷。

第二天下午三点多，收费局的人就到了幼儿园，一共三个人，都是肩阔肚厚的大男人。何玉如和小夏还有副园长郭淑敏几个立即满脸堆笑，像迎接亲爹亲妈一样，把他们请进财务室。先不忙着拿账本发票什么的，而是倒上古丈毛尖茶，切开沙田柚子，再一人递上一包芙蓉王香烟。

为头的是红光满面的曾局长，他四平八稳地往沙发上一坐，二郎腿一架，香烟一叨，便开始发话。他说，市政府的收费管理文件马上就要出台，事业单位要从收费资金里缴纳15%的调节资金入财政金库。

一旁的三个女人立即吓出一身冷汗，齐声说，又兴起调节资金了？我们可从没听说过。曾局长吐出一道浓浓的青烟，说，工厂纷纷破产总听说过吧？个体户打死税管员的事总听说过吧？国家工作人员又要上调工资总听说过吧？要收的资金收不上，要支付的票子又要支付，你要财政如何去算这笔账？比如说你们幼儿园，财政不仅负担部分职工工资，你们的教学大楼和各种设施，哪样不是财政投的资？你们年年从幼儿身上收钱，现在财政困难，难道不应该调节一点出来么？

何玉如不得不承认这位曾局长的口才，便说，曾局长说的也是，可是我们收的幼儿的款子都是一个钉子一个眼，没有一分钱的多余，您怕要具体情况具体对待。曾局长说，情况具不具体，我们不管，我们只知道先算账，然后依账行事。何玉如说，账肯定要算，只是问题明摆在这里，比如我们的集资款，弥补基建的尾数还差一大截；比如生活费，全部用在了幼儿的伙食里，期末还要根据学生出勤天数结算，多退少补；比如学杂费，完全按财政厅和省物价局定的标准收，用来应付工资缺口，以及教室的维修，钢琴等教具的更换，水费电费什么的都还少一大截，如果还要征15%的调节资金……

这里正在跟收费局的人讨价还价，门外忽然有一位老师慌慌张张闯进来，大呼小叫道，何园长，不好了，不好了，打死人了，您快去看看！何玉如她们扎扎实实吓了一跳，问那位老师究竟发生了什么事。那位老师半天才稳住神，说是林强生被厨师打翻在厨房里了。

何玉如只好让郭淑敏和小夏陪着收费局的人，出了财务室。

在去厨房的途中，那位老师把事情的经过大略说了一下。原来起因还是上个星期那只不翼而飞的仔鸡。这件事不知怎么竟在教职工中间传开了，大家都议论说，十有八九是厨师耍的名堂。厨师平时顺手牵羊的事不是没干过，但这次却千真万确不是他所为，所以听了别人的议论，就气愤得不得了。其实他心中多少有点数，当时在场的保管员比较老实，照理不会干这种事，那么剩下的就是林强生了，尽管没抓到他的把柄，也是可以肯定的。恰好头天财务室查了各家的电表，数字公布出来后，厨师一家三口人一个月用了 120 多度电，而相邻的林强生三个儿子都在家待业，五个大人总共才用了 20 度。厨师不服，顺口说了句林强生偷他家的电的话，不想正被刚采购食物回到厨房门口的林强生听见了，他就冲过去，指着厨师的鼻子吼道，你说我偷你家的电，证据在哪，没证据我拧了你的脑壳！厨师把林强生的手往旁边一扒，也点着林强生鼻子说，你不但偷电，还偷鸡，那天的那只仔鸡就是你偷的！林强生火气更大了，骂道，你污蔑好人，我今天跟你没完。上前就去抓厨师的胸领。不想当时厨师正拿着一根捅煤灶的铁条，他火气攻心，顺手舞过去，正抽在林强生的软腰上，林强生气一缩，当时就趴到了地上。

等何玉如赶到厨房里，先到场的工会主席已把林强生驮到背上，正往传达室方向赶。何玉如便也跟在后面往外走。幼儿园附近就是市立医院，不到十分钟就赶到了。幸好那一铁棍没抽到致命的地方，还不至于出人命，医生说在医院吊几天水，吃点药就没事了。

望着躺在病床上的林强生那寡白的还没恢复血色的脸，何玉如说，就按医生说的，在医院里休息几天，至于你的工作，我找个人代替就是了。不想林强生立即慌了，腰子一挺，就坐了起来，差点把手上的针头都弄脱了。他急切地说，没事的，我这点伤没事的，不用麻烦您找人代替，我吊完水就回去。

一旁的医生和护士，还以为林强生是活焦裕禄，只要革命工作，不要革命本钱，很佩服地说，如今这种不顾身体，一心只顾工作的人，可是越来越稀罕了。何玉如却觉得好笑。她知道林强生搞采购是要搞小动作弄外水的，他怕人家得了这个好处，更怕人家取代了他的位置，以后没外水可捞，才做出这个卵样。

何玉如当然不会在这种场合点破他，只是说，不行就不要硬撑，身体是再多的财富也换不来的。话里的双层意思很明显。

跟工会主席他们离开医院时，何玉如嘴上不出声，心里却说，那一铁棍抽得还轻了点。

四

收费局那三个人算账并不太用心，只用算盘粗粗地打了两本发票，其余的就搁到了一边，说，今天就打到这里吧，明天再打。小夏就急了，心想明天还要打，又怎么得了呢？这个月发工资的时间又快到了，她的工资表还没造好，而且开学时收的款都还没做账，哪里有时间陪这些大老爷？

一旁的何玉如却看一眼墙上的钟，说快五点了，今晚就去金都大酒店喝几杯吧。然后回头吩咐郭淑敏，要她先去定个包厢，自己跟收费局的科长们随后就到。

郭淑敏走后，等小夏收拾好账本发票，一行人便起身走出财务室。来到传达室门口，迎面碰上捂着腰子从外面走进来的林强生，何玉如就说，你怎么就回来了？林强生特意挺了挺腰身，以显示自己的强健。不想用力过大，牵动了伤处，痛得他眉毛往中间拧，嘴巴往一边歪。却还要坚持说，没什么大不了的，明天还可照常上街搞采购。

何玉如没说什么，用鼻子哼了一声，放林强生过去。

跟金都大酒店还隔着一条街，早等在店门口的郭淑敏就扬手招呼起来。何玉如对科长们说，看来包厢定好了。一齐横过大街，跟郭淑敏往里走。左弯右拐，来到一个包厢外，上面写着八号两个字。郭淑敏说特意选了这个包厢，八发八发，愿科长们大发。众人就齐声说，发发发。

走进包厢，里面不仅有吃饭的大圆桌，还有 VCD。郭淑敏说，吃饭还早了点，先唱几支歌吧？一边吩咐服务小姐插好话筒，调好音量，让机房里送信号过来。这边何玉如见屏幕上有了动静，就把点歌本往曾局长手上递。曾局长将本子放到一旁的茶几上，说，你们唱，园长你们唱，我嗓子哑，唱不来。何玉如就将本子塞到另一位怀里，那一位也不肯点歌。就这么推让了几次，三位客人谁也不愿上场。何玉如就说，都说收费局的人没有不会唱的歌，今天三位怎么不肯赏脸，是不是这里档次低了一点？三人就说，哪里哪里。

还是郭淑敏见气氛上不来，就先自己点唱了一支，打了个开场。谁知她唱过之后，那三人还是无动于衷。

两位园长不觉有些难堪，一时不知如何才好，心想这些老爷不知想要干什么。正纳闷，曾局长猛不丁冒出一句，说内地就是傻冒，吃饭的地方还搞什么 VCD，洋不洋，土不土的，人家沿海地方，吃饭是吃饭的，娱乐是娱乐的。另一位附和道，是的是的，这吃饭是物质文明，而唱歌跳舞是精神文明，往一处抓就是来不起情调。

说得一旁的两位园长你觑觑我，我觑觑你，满脸的难为情。好在郭淑敏还算机灵，立即接过他们的话头，说，是呀是呀，都二十一世纪了，文明也得有个文明法。又说，这样吧，楼下有个足浴馆，大家有兴趣，陪你们过一过足瘾。

那三人脸上有了起色，说足浴倒是个新鲜玩意。

洗了个把小时足浴，再回来吃喝了一个多小时，已经快九点了，郭淑敏把何玉如拉到一边，悄声说，洗脚喝酒是物质文明，还有精神文明，恐伯还是少不了。何玉如也是无可奈何，只得咬咬牙说，少不了就不少吧。然后把三人请到新开业的强光娱乐城，要了个名叫帝豪的大包厢。

何玉如从没来过这些地方，一见那三十四寸的大彩电，那奢侈的 VCD 和音响设施，那超大的茶几沙发，以及豪华的装饰，心中就发怵。还在包厢里发现一个小门，推开一看，是一个几乎没有灯光的小暗室，里面有茶几还有长沙发。就问大家这是干什么的？郭淑敏说，是用来跳舞喝茶的，每次只能进去一对。

三个男人一直不吱声，脸上却露出暧昧的笑。郭淑敏又对何玉如说，你先在这里陪一下客人，我和小夏去服务台点些果品茶水什么的。拉着小夏出了包厢。

紧接着，服务小姐就送上了茶水和点心，郭淑敏和小夏也走了回来。这时何玉如的脑瓜子忽然开了窍，对三位男人说，我年纪大了，歌舞都上不了场，郭园长和小夏也没这方面的天赋，这样吧，幼儿园有几位年轻漂亮的老师能歌善舞，我去把她们请来如何？三位男人赶忙说，不用不用。

何玉如还要说什么，郭淑敏忙在后面扯她的衣脚，一边说，你不用操心了，我都安排好了的。然后说是去服务台催促还未及上的点心，把何玉如拉到了包厢外面，对她说，幼儿园的老师个个正儿八经的，人家不会喜欢，我和小夏已在服务台预交了包厢茶点费以及三位小姐的台费，等会儿小姐一来，我们就走，不要在这里碍事，改日再来结账，让他们玩个潇洒。

正说着，服务小姐已领着两个打扮裸露的女郎进了帝豪，郭淑敏就让何玉如在外面稍等，她进去打声招呼，喊小夏出来。

郭淑敏和小夏很快就从包厢里出来了，三人一起往出口方向走去。何玉如想起刚才的见识，特别是那两个半裸女郎，心里就无法平静，甚至自己的一张老脸都红了起来。忍不住又回过头，往帝豪包厢那边瞧了一眼。

这一瞧不打紧，何玉如瞧见服务小姐正在叩帝豪的门，身后又带着一个比刚才的陪舞女还要裸露的女人。

何玉如的头就嗡地一声响，两眼一黑，身子一晃，差点晕倒在地，要不是一只手伸得快，及时扶住了墙壁。

何玉如看到的不是别人，而是她的亲生女儿马小路。

何玉如怎么也想不到，马小路会走上这条不要脸的陪舞的路子。她真想冲过去，撕烂马小路的死脸。但何玉如还是克制住了，强行地克制住了。她是不想在这样的场合，出她何玉如自己的丑。只得转身跟着郭淑敏和小夏往外走。却没法不去想在那个叫做帝豪的包厢里可能发生的一切，没法不去想马小路这个不要脸的死鬼可能做出的下贱事。

这么胡思乱想着，一边有一句没一句跟郭淑敏和小夏搭讪着，不知不觉已回到幼儿园。

第二天上午，何玉如来到财务室。正好郭淑敏和小夏都在那里，何玉如说，今天收费局的怎么还不来？郭淑敏说，他们不会来了。何玉如说，昨天下午他们不是说过今天还要来的吗？郭淑敏说，昨天下午只算账，没搞两个文明，晚上搞了两个文明，搞得他们心满意足，今天当然就不会来了。

何玉如皱皱眉，想想说，也是的。然后离开了财务室。

在财务室门口，何玉如碰上一位跟马小路配班的老师，就对她说，告诉马小路一声，中午到我家去一下。

可中午何玉如在家左等右等，就是不见马小路的影子。何玉如就下了楼，到新宿舍楼那边去敲马小路的家门。敲了半天，马小路才打着哈欠来开门，看样子正在睡午觉。何玉如的脸色就有点不太明朗。

马小路以为母亲又要训她了，但何玉如走进她家里时，却什么也没说，什么也说不出。她瞧了瞧屋里蒙着灰尘的家俱，堆满杂物的屋角，狗窝一样似乎两个世纪没整理的床铺，以及茶几上沙发里电视机上乱扔着的脏裤衩臭袜子，连肺都气炸了。

何玉如费了好大劲才忍住火气，没有发作。

沉默久了，连马小路自己也受不了了，小心翼翼问何玉如，妈您有什么事吗？何玉如不语。马小路说，我本来是要到您那边去的，可我困得要命，在食堂里吃了点饭就回来睡午觉了。何玉如还是不吱声。

马小路斜眼觑觑何玉如那铁青着的脸，低头斜倚在沙发上，又喃喃道，我知道我不像个女人，我也知道自己当初没听您的话，瞎了眼睛，嫁了那个没良心的杂种，才落到今天这个地步。可我当初是爱他的呀，我以为我的爱会收住他的心，而且他又有钱，我们的日子会过得蛮红火的，谁知我好心没好报。我恨他，我跟他一刀两断。但不管怎样，我还是亏了，我的青春，我做女人的那点希望已经断送，我的心已经死了……

说着说着，马小路的泪水就止不住淌下来，一副可怜虫的样子。

何玉如没去理会马小路，站在窗前，望着远处迷蒙的屋顶，好像根本就没听见女儿那声泪俱下的哀诉。其实内心何玉如又何曾不心疼这个可怜的女儿？她知道马小路变成今天这样，主要是那个狗男人伤透了她的心。树怕伤皮，人伯伤心，人一伤心，活起来便没有了劲头和精神。可再怎么的，也不能破罐子破摔呀，这样不是糟踏自己吗？为此，何玉如曾苦口婆心，不知开导过她多少回，她硬是振作不起来，依然整夜整夜在外面打麻将，昨晚还到那些色情场合做起了陪舞女。打麻将反正已成风气，上上下下老老少少都在打，可做陪舞女那是做得的么？传出去，别说做娘的老脸没处搁，败了幼儿园的名声，那又怎么是好？

何玉如越想越感到可怕，心情由气恼烦躁，变得沉重起来。她背对着马小路，问道，昨晚你到哪里去了？马小路说，我没到哪里去，就在麻将馆里打了几个小时麻将。何玉如瞪着马小路，说，还要瞒我？马小路知道露了马脚，才低下头说，是郭淑敏拉她去的。

这让何玉如感到意外，想不到郭淑敏会拉马小路下水。转念一想，如果马小路不是那种女人，谁又拉得走你？也许是马小路早就找过郭淑敏，人家才会照顾她的生意呢。何玉如就有气，说，你说说，你要你妈这张老脸往哪里放？我一辈子堂堂正正，没有什么地方可让人戳背的，你自己不要做人，也要为我想想哪！

何玉如激动地说了半天，马小路这里却什么反应也没有。何玉如觉得有些不太对劲，把目光从窗外收回来，转过身去。就见马小路蜷缩在沙发里，双手抱膝，两肩高耸，脑壳嵌进两腿间，仿佛受了惊吓正在自卫的刺猬团。何玉如不知马小路缘何这样，走到她面前，问，你这是怎么了，是不是睡着了？

马小路还是没反应，仍缩在那里。何玉如就伸过手去，摸着马小路的脑壳往外掰，开始还掰不开，掰了几下，掰开一点，才见马小路涎水下垂，鼻涕外流，泪眼婆娑，一副看不成的样子。何玉如以为她是因为内疚而哭泣，慈悲心肠早就软了。不想接下来，马小路接连打了几个哈欠，身子跟着战栗起来，牙齿上下不停地磕碰着，话不成句的说，我、我不、不、不行、啦……

何玉如似乎意识到了什么，提高嗓门喝道，你到底是怎么了？是不是病了？

马小路战栗着，努力站起来，风中的柳条一样左右摇晃两下，然后踉踉跄跄奔进卧室，在床头柜里摸索一阵，拿出一个针筒，上了药水，往手臂上狠狠地扎下去……

完了，完了！何玉如长叹一声，步履蹒跚地走出马小路的屋子。

其时，外面起了大风，何玉如觉得眼前的房屋和树木变得模糊，不断地重叠着，更替着，最后眼前一黑，身子一晃，摔到地上，便什么都不知道了。

五

等何玉如醒过来，已经是第三天的上午，她第一眼看见的是倒扣在头上的盐水瓶，以及瓶子下方那输液管里漫不经心地垂滴着的滴液。然后她看见了床前的丈夫老马，和老马旁边的郭淑敏、小夏、林琴琴她们。何玉如苍白的脸上就露出一丝歉意，嘴巴张了张，想说声什么，却什么也没说出来。大家就在一旁惊喜地说，醒了，何园长醒了。

到了中午，郭副园长她们已经离去，病房里就剩下老马和何玉如自己时，何玉如就问老马，小路呢？怎么没见小路？老马说，小路昨天晚上到过这里，今上午有班，便没过来，下午会来的。

何玉如沉默片刻，说，你要她最好不要再来，我不想看见她。老马说，不管她怎么不争气，但究竟还是你的女儿。何玉如说，我没这个女儿。

老马便不做声了，望着吊瓶出神。

何玉如突然想念起申慧群来了。她好想见见申慧群。只是她又不能在老马面前说起申慧群，这是她心里的秘密。

在医院住了没几天，何玉如就办了出院手续。本来就没大病，那天完全是被马小路气的。没病待在医院里，要花幼儿园的钱，何玉如心疼。老马没在医院里，也没先告诉郭淑敏她们，何玉如一个人离开的医院。

这天天气晴朗，阳光照在身上暖洋洋的。何玉如那一直阴沉着的心情忽然开朗了许多。她就有了一个在街上多逗留一会儿的愿望。是呀，平时只顾在园里上蹿下跳，而家里搬煤扛米，购吃买穿，几乎全由老马包了，自己连街都很少上，差不多成了庵堂里的尼姑。

这么一想，何玉如自觉好笑起来。她已偏离回家的方向，来到街上。

一转一转，不知不觉转到一处农贸市场。举目一望，竟然在密集如蚁的人群中见到一个熟悉的身影。那不是别人，而是幼儿园的采办员林强生，他此时正站在肉案前称肉，旁边是那架挂着两个篾篓子的破单车。何玉如往前快迈两步，想过去跟他招呼一声，忽然又想起什么，便止住步子，躲进一旁的鞋铺。一直到林强生称好肉，接过屠户开的条子，交了钱，推着装了肉的单车离开，何玉如才走出鞋铺，朝刚才林强生待过的肉案走去。

那是一个贼眉鼠眼，留着小胡子的年轻屠户。见何玉如走过来，小胡子举起屠刀往案上一砍，朝她挤眉弄眼道，是不是来一腿？然后把那半边猪肉拍得啪啪作响。何玉如往案前一站，不慌不忙地说道，一腿两腿都行，但要看你的价格如何。小胡子说："价格？我吃哄得别人，也不敢吃哄你呀！何玉如说，那你开个价吧？小胡子说，六块六一斤，少一分钱都不卖。

“不卖就不卖，我到别处去。何玉如说着话，眼睛往其他卖肉的地方瞟着，做出一个立即要走开的样子。小胡子嘴里一副无所谓的口气，眼睛却盯住何玉如，生怕她走开了。何玉如就真地往外迈了一步。

这一下小胡子有些稳不住了，说，你开价吧？何玉如说，这价还有什么好开的？人家都卖五元五一斤。小胡子说，人家什么肉？我这什么肉？何玉如说，人家的猪肉，你这不是猪肉，是龙肉不成？

小胡子软了下来，将头往何玉如身前凑凑，神秘兮兮地说，那你告诉我，你是给自家买，还是给公家买？何玉如说，自家买咋的？公家买又咋的？小胡子说，给自家买，你不可能买多少，我选最好的屁股肉给你割，绝不少你的秤，但这是零售，刀下得碎，肉容易折，最低不能低到五块六一斤；给公家买嘛，那你肯定会买几十上百斤，这是批发，我放血，五块五一斤，怎么样？

停停，小胡子又故意放低了声音，好像生怕旁人听了去似的，说，而且我给你开的发票是六块一斤。何玉如说，那怎么行？搞假动作。小胡子说，那有什么不行的？刚才那个买肉的男人，天天在这买，我都是这么处理的。

接着小胡子放大声音，说，我还可以给你扛到单位去，守着你过足了秤再走。何玉如说，好，我在你这买了，不过我暂时只买二斤肉。小胡子也干脆，说，行，下次买整腿整边时，再来。一刀下去，砍出一块，过秤正好两斤，又用塑料袋裹了，递给何玉如，说二五一十，二六一二，一十一块二。

何玉如接肉在手，却不急于掏钱，说，给张发票吧。小胡子说，两斤肉开什么发票啰？何玉如说，我家里也要记账的，没发票怎么记？小胡子没法，用那只油腻腻的手写了一张普通的收据。何玉如知道屠户按宰猪的头数收屠宰税，不像商店里卖货有零星发票，于是拿过收据，付了款，提着肉走了。

这天何玉如还买了鱼鸡鸭几样东西，都让小贩写了收据。她转身走开时，那些小贩就点着她的背心，说，从没见过给自己买条鱼买只鸡也要开票的，这女人的神经一定出了岔子。何玉如把那些指点撇在身后，走出农贸市场，走进灿烂着阳光的大街。

从农贸市场外的大街回幼儿园有两条路，一条是人来人往的横街，一条是少有人走的曲里拐弯的偏巷。今天何玉如心血来潮，朝那条平时难得走一回的偏巷迈去。

这是条窄窄的砌着青石的老巷，两旁的板装屋就像许久没人翻阅的线装书。阳光从狭窄的空中遗漏下来，在石板上照出幽白的影子，巷两旁的板装屋也跟着晃亮起来。

前面不远已是喧闹敞亮的巷口，猛抬头，何玉如竟然又看见了林强生的身影。她自语道，这个城市也并不小，怎么老是碰上这个林强生？

林强生是从巷口一扇破旧的木门里出来的。他还推着那辆驮着两个篾篓的破单车。一出门，林强生就骑上车，猛踩几脚，驶离了巷口。那两个篾篓装着幼儿园几百小朋友和老师中餐的伙食，林强生知道再不能拖延，必须马上赶回幼儿园去。

只是林强生并不知道，今天自己两次撞进从医院里出来的何玉如的视线。

等林强生走远了，何玉如才慢慢走向刚才被林强生用单车撞开，还没关上的那扇木门。她发现门上倚着一位瘦弱而驼背的老妇人，此时正用一双空洞无光的眼睛，象征性地望着林强生刚才离去的那个方向。

何玉如也不吱声，上前站到老妇人的面前。老妇人用手在前面扬了一把，说，谁呀？你挡在那里干什么嘛？你别以为我瞎了，你挡在那里，我还是知道的。何玉如就往一旁闪了闪，说，嫂子，你在瞧什么嘛？老妇人说，我在瞧强生，他刚走，走出巷口不远。何玉如说，强生是谁呀？老妇人说，强生是我那死鬼的弟弟，那死鬼脚一伸就走了，把我留在这世上活受罪，要不是强生，我早活不成了。

老妇人说着，那空洞的眼眶里就漫出混浊的泪水来。何玉如说，他常来你这儿吗？老妇人说，常来。何玉如说，来干什么？老妇人就显得有些自豪，说，他给我送点用的吃的，油盐煤米，鱼肉水果都送。

何玉如偏偏脑壳，往门里瞧了瞧，只见桌上有一只碗，里面盛着一坨新鲜猪肉。

何玉如说，你的儿女们呢？老妇人就满腔的愤怒，说，那些天杀的，只顾自己享福快活，一两个月都不到家里来看我一下。何玉如说，你的眼睛不好使，怎么给自己做吃的？老妇人说，这个我还行，碗筷油盐都在老地方，自己不会跑。有天深夜强生送只去了毛的全鸡过来，我就是自己剁烂炖熟的。

听到这里，何玉如恍然而悟，想起那天夜里没追上林强生，原来他拿着鸡来了这里。

何玉如还想问点别的，老妇人忽然警觉起来，说，你是干什么的？何玉如说，我是路过的，在你这里歇歇。

老妇人不再吱声，缩进木门里，旋即吱嘎一声，把何玉如关在了门外。何玉如在地上立了一会儿，才转身，一步步向巷口走去。嘴上嘀咕道，这个林强生。

第二天是星期三。按园里的规矩，一三五的上午何玉如坐在办公室办公，老师们有什么事，或有药费或别的什么发票要签字，都是这个时候来找人。因为好几天没上班了，积压的事多，何玉如早早就进了办公室。清理堆着报纸和教具的桌子时，何玉如发现镇纸下压着一张转园的单子，上面写着衣向阳的名字。她的眼睛眯了一下，心想这衣向阳转什么园呢，是不是又因了马小路的缘故？

将单子挪一边，何玉如去掏包里的医药费发票，打算填好报销单，让郭副园长签字。职工们的发票由何玉如签报，她的发票则只能郭副园长来签。

不想掏出来的竟是几张皱巴巴的买肉买鱼的收据，何玉如就往抽屉里一塞，心想待会儿林强生来报发票，倒要比较一下，两人买肉的价格相隔好远。

这个时候，外面有人哭闹着，撞入园长办。何玉如抬起头，见一个三十来岁的女人，头发染成红黄色，嘴唇涂得像过了夜的猪肝。细瞧，这不是衣向阳的妈妈江潮吗？江潮后面正围着一伙看热闹的老师和家长，他们见江潮一把鼻涕一把眼泪，把那个洋不洋土不土的脸蛋污染得难看而又滑稽，都在开心地哄笑。

江潮却不顾这些，一屁股坐到何玉如的办公桌上，把鼻涕从鼻孔里一把捏出来，往桌面上一甩，故意说，你就是何园长何玉如吧？你就是马小路的妈妈吧？何玉如丈二和尚摸不着头脑，只好点点头。江潮就撩开裙摆，在套着黑色丝袜的腿肚上抠出一把钞票，再在钞票中间翻出一张纸条，往何玉如面前一扔，说，你看看吧。

何玉如正要拿纸条，郭淑敏从外面走进来，先将看热闹的人轰走，再关上办公室的门，将何玉如拉到一旁，说，你看见衣向阳转园的单子了吧，没想到衣向阳一转园，他妈妈就找上门来了。

何玉如还是不明白是怎么回事。郭淑敏说，你看看江潮给你的纸条就知道了。何玉如就转身拿起纸条。那是一纸复印件，上面写着“今借到衣兵人民币伍仟元整”的字样，后面还落着马小路的签名。何玉如意识到了什么，不知说啥好。

这一下江潮更来劲了，又哭又吼道，我的命真苦哇，我在外面拼死拼命赚钱，这没良心的男人却把钱给了野女人，我不活了，不活了！

何玉如不觉就来了火，说，你不活就不活，又不是我借你男人的钱，你找我干什么？

江潮先一愣，接着掉头瞟了郭淑敏一眼。郭淑敏的眼睛就极迅速地朝江潮眨了两下。江潮又啼道，马小路没了踪影，你是马小路的妈妈，你不还我的钱，我就死在这里算了。何玉如说，你死你的，这与我没关系。说着打开门就要往外走。

那江潮便又望一眼郭淑敏，然后支着个头要往墙上撞去。何玉如心想，她还真死？这时郭淑敏已经跨过去，将江潮拦腰抱住了。

何玉如把目光从江潮身上收回来，走出办公室。江潮在后面哭喊道，何玉如你这老婊子，你不把钱拿出来，我跟你没完！

走到门外的何玉如听江潮骂她老婊子，气得血往头上直冲。她真想踱回去，给她一记重重的耳光。不过何玉如终于没有发作，只觉得脑壳一胀，晕眩了一下，差点没像那天一样晕死过去。

六

马小路已躲得不见踪影，所以何玉如怎么也找不到她。却从老师和保育员的嘴里，零零星星知道自己住院时有关马小路的一些劣迹。

马小路在外面赌麻将输的和借的钱已经不少，这段时间踩账的一个接一个，将马小路踩得屁股直冒烟，也将幼儿园闹得不得安宁。马小路几乎没赢过，输了赌，赌了输，输了再赌。输了只有一个办法，就是变卖家产。未离婚时置办的金银首饰和家里值钱的东西，已被变卖得差不多，接下来只得向麻友借高利贷。借了却还不了，本息越滚越厚，债主纷纷上门踩账，下班后堵在教室门口，不让马小路出教室，给幼儿园带来很不好的影响。

最荒唐的是跟孩子家长衣兵打麻将。周末那天，衣兵来接衣向阳，两人随便聊了衣向阳两句，慢慢竟聊到了麻将上，两人便有了共同语言。马小路说，公安局正在修办公大楼，干警们为了搞钱，抓赌抓得特别凶，我两三个星期没过瘾了。衣兵说，该出手时就出手嘛，你如果想过瘾，我给你提供地方，绝对安全。马小路说，什么地方？衣兵往周围瞟了两眼，神神秘秘地说，红木屋茶馆，那是我表兄和公安局长的小舅子一起开的，你说安全不安全？

吃了晚饭，饭碗还在桌上打旋，马小路就走出幼儿园，匆匆赶到红木屋茶馆，跟衣兵事先约好的另外两人坐到桌旁，稀里哗啦开了局。开始手气不错，马小路连和了几把，小有进项。但十一点后却难得和牌了，几圈下来，便把先前赢的和身上带的八百多元都输了出去。衣兵说，输赢都是常事，我借给你本钱，不计你的息，待会赢回去再还。

手上有钱，马小路又壮了胆，劲头更足。到天快亮收场时，马小路尽管中间和了两把小牌，输出去的却已超过 5000 元，而且都是从衣兵手上借的。衣兵说，尾数不算，你就写个 5000 元的借条吧。马小路只好写借条，递给衣兵。

走出红木屋，来到街上，天已蒙蒙亮。衣兵忽然说，我家那个单元最近装了防盗门，我还来不及配钥匙，这个时候进不去，我可以去你家里休息一会儿吧？马小路说，那怎么行？你是男人，我是女人，怎么能搞到一起？衣兵说，这有什么关系？我那 5000 元不要你还了，还不行吗？马小路就动了心，说，那还差不多。于是来到幼儿园。因是星期天，园里还沉浸在黎明的宁静里，两人怕惊动传达室的人，便从墙头翻过去，进了马小路的家。

有了那 5000 元的承诺，衣兵提出非份要求，马小路自然也就没怎么推辞，两人钻进一个被窝。翻云覆雨之后是昏昏大睡，一直到傍晚才醒过来，衣兵又机不可失跟马小路狠来了一回，才心满意足下床准备离去。马小路忽然想起了什么，问道，我给你的借条呢？我都被你睡了一整天，你还要把借条拿走？衣兵装模作样在身上一阵摸索，然后摊开两手，说，没在身上，说不定掉在红木屋，或你屋里哪个地方了。反正我也不找你要那 5000 元了，你自己找找，找到后撕掉得了。

马小路听信衣兵，他走后，马小路在屋里找了几回，也没找到。还跑到红木屋找过，也没见那张借条的影子。

没借条的影子，自然就会有衣兵的影子，以后这家伙又来过几回，每回都问马小路找到借条没有，说她没找到没事，自己再到红木屋或别的地方找找，然后逼着马小路上床。马小路不愿意，衣兵就威胁说，我找到借条后，再找你算账。马小路只好屈从。

如此三番五次，衣兵都得了手，一直到他老婆江潮从外地做生意回来，在他口袋里发现那张借条。江潮当然不会放过衣兵，也不会放过马小路。不过她没立即向马小路摊牌，先将衣向阳转了园，才将借条复印了，来找马小路。谁知马小路已被其他的踩账人逼得没法，早躲到了别处，江潮便直接来找何玉如，在园长办闹了一通。

何玉如觉得被马小路出尽了丑，气没地方出，就回到家里跟老马发脾气，说是老马管教不严，一向纵容，马小路才成了这个样子。老马懂得何玉如内心的痛苦，便让她发泄，没去戳她的火。

何玉如正闹着，外面有人敲门。老马扒到门上，去瞧猫眼，以为是踩账的人逮不着马小路，找到他家里来了。何玉如住院期间，他已经碰上过好几起这样的不速之客，只要一听到敲门声，就有点心惊肉跳。

这一回站在门外的却是郭淑敏。老马回头问何玉如，要不要开门。何玉如没好气地说，开就开吧。

进屋后，郭淑敏就感觉出气氛不对，知道何玉如为马小路在跟老马发气。安慰了何玉如几句，郭淑敏说，马小路离园时，跟我打过招呼的，最近两个星期，我都是让会计出纳轮流去代她的班，马小路一下子恐怕不会回来。只是她的班老让人这么代下去，也不是个办法，干脆请一个临时工来做保育员，让园里文化素质好的保育员顶马小路班做老师，待马小路回来后再辞掉临时工。

眼下也只能按郭淑敏说的去办，何玉如说，写几张招聘启事，贴到园门口和别的当眼的地方去，如果有人应聘，再从中选一个满意的。郭淑敏便答应着，拟招聘启事去了。

招聘启事贴出去的第三天是星期六，好几个应聘者按启事上的要求，跑到幼儿园来接受面试和体检。出乎何玉如意外的，是那个她时刻牵挂着的申慧群也在应聘者中。

通过面试，申慧群列在初选名单里。初选出来的人体检结果出来后，申慧群身体合格，加上其他考核指数占优，最后被幼儿园录用。

在外面做事时，申慧群是跟一同出来的姐妹住的公棚。幼儿园的作息时间比较严格，何玉如特意腾出食堂旁一间杂屋，让申慧群住了进去。

晚上何玉如去看申慧群，问她从衣兵家里出去后，是不是回了武宁。申慧群摇摇头，用那略显土气的武宁口音说，出来做了几个月的事，没弄到钱就回去，怎么给小孩交学费？何玉如说，那你去了哪里？申慧群说，仍然在这所城市里，给基建工地挑砖，去翻砂场筛砂子，挨家挨户收酒瓶破烂，哪里能赚钱，就往哪里钻。

何玉如仔细瞧了申慧群几眼，发觉她的脸黑了许多，手指也粗拉拉的，跟做重活的男人没什么区别。何玉如想，吃过这么多苦，再来做保育员的这份差事，自然不在话下，看来这个人是选对了。便说，你又是怎么知道我们幼儿园要招聘保育员的？申慧群说，收破烂不是要四处转吗？过去到幼儿园接送衣向阳，对这一带熟，就常往这边走。发现幼儿园门口贴着的招聘启事，开始也没当回事，晚上跟住在一起的姐妹们随便一说，大家就怂恿我来试试，说我有文化，说不定会中，果然就中了。

申慧群说着，就用感激的目光去瞧何玉如，她哪里知道，何玉如选她来做临时工是有其他原因的。

又吩咐了几句做保育员要注意的事项，何玉如就起身离开了申慧群的屋子。

申慧群的出现，自然又要勾起何玉如对那段久远的岁月的怀想。那真是一场梦。如今何玉如已不太弄得懂，当初自己怎么会那么疯狂地爱上那个造反派头头，只记得当时完全是出自真情，没有丝毫的虚假成分。

那场爱的结果，是何玉如将造反派留在自己肚子里的种子酝酿成生命，并带到人间。尽管如此，何玉如最后还是离开了武宁，一晃就是二三十年。其间，她嫁给老马，生下马小路，自己成为一园之长，人生顺利得不露一丝痕迹。也就是这个时候，申慧群突然出现了。不知怎么的，何玉如莫名其妙地便将申慧群和那段扔在武宁的岁月联系上了，她似乎通过申慧群的年龄和武宁口音，看到了她遗弃在武宁的那个生命的影子。

这么不着边际地想着的时候，何玉如的头一直是低垂着的，等到她猛一抬头，才发现自己还站在申慧群的门外。记得自己的步子并未停止过，莫非绕了一圈，又走了回来？何玉如摇摇头，无声地自哂了。她朝申慧群的门上瞧了瞧，有幽微的灯光从门缝里渗出。何玉如就犹豫着扬起手在门上敲了两下，还喊了一声申慧群。

申慧群已听出何玉如的声音，马上开了门，说，何园长您还没回去休息？何玉如说，回到家里，没事又出来了，想跟你聊聊。

闻言，申慧群忙将何玉如让到刚铺就的床前坐下。

何玉如在申慧群的脸上仔细瞧了瞧，觉得她跟当年的造反派头头有几分相像似的。何玉如说，你是在武宁县城里长大的吧？申慧群说，是的。何玉如说，县城里有一条石子砌就的小巷叫子午巷，你知道吗？申慧群说，我就是在那条街上长大的。何园长熟悉那里？

何玉如心里头就紧了一下，赶紧说，那你知道街上那家姓伍的人家吗？申慧群点头说，听说过，只是等到我记事起，伍家就举家迁走了，也不知迁到了何处。

何玉如就有些泄气，悄悄叹息了一声。但她还不甘心，又说，伍家好像有个女儿，年龄应该跟你一般大，你见过吧？申慧群说，子午巷里的人至今还说伍家曾有一个跟我一样大的女孩，而且女孩从没见过孩子的妈妈，她妈是她爸外面的野老婆，生下她时就难产死了。

何玉如心头就像被人砍了一刀，隐痛难忍。但她还是极力掩饰着自己，故作随意地问申慧群道，你见过伍家的女儿吗？

申慧群摇摇头，说，我一点也记不得了。

七

这段时间，马小路曾夜里偷偷回来过两次。她只能夜里回来，踩账的人仍然在幼儿园周围转圈子。

马小路蓬头垢面，骨瘦如柴，一看就知道是吸毒鬼，加上东躲西藏，神不守舍，自然就人不人鬼不鬼的，没了个女人样。每次都是朝何玉如要钱，何玉如把她的工资如数给了她，同时免不了给她一顿臭骂。但母亲终归是母亲，骂了咒了，心里又疼她，所以马小路被咒出门后，何玉如又要支使老马追出去，再给她点钱。

让何玉如感到欣慰的，是申慧群的工作还不错。为使申慧群早点适应园里的工作，何玉如特意把她调到了林琴琴班上。林琴琴受何玉如之托，对申慧群备加关顾，申慧群的工作很快上了路，加上认真负责，无论是搞卫生，还是照顾幼儿，组织幼儿吃饭午睡，都做得有条有理。林琴琴帮助何玉如组织园里的教务活动，或上市里去讲示范课，申慧群还要负责照管课堂，给小孩讲故事，做游戏，比专业老师差不了多少。上个星期，省教委头头下市里来听课，林琴琴那堂语言课深受好评，被誉为市里近三年来最生动最成功的幼儿语言公开课，这中间就有申慧群的功劳。

这堂课的成功，在市里影响颇大，其他的幼儿园纷纷要求来听林琴琴的课，何玉如自然为此感到骄傲，决定让林琴琴多上几堂，以提高幼儿园的身价。跟林琴琴商量，林琴琴说，园里拿点钱出来吧，把教室再布置一下，不是更能给园里挣面子么？何玉如说，这好办，你买材料时开好发票，我签报。

何玉如发了话，林琴琴就和申慧群趁星期天有空上了一趟街，把彩纸、塑纸、积木、颜料什么的全都购了回来，着手装饰教室。忙了两天，申慧群又不知从哪里带来一大把碎布，做了两个布老虎，粘在墙上，给本来就已很漂亮的教室又添一道风景。

第二天孩子们一入园，见教室里焕然一新，壁上的动物园地里，长颈鹿、彩蝶、熊猫，还有那对布老虎，全都栩栩如生，仿佛进了动物园，一个个都兴奋得跳将起来。来听课的教委领导和外园老师也备加赞赏。加上林琴琴的课确实有特色、有功夫，大家便夸林琴琴聪明能干，夸何玉如领导有方。何玉如嘴上说，做得不像样，还请多加指点，心里却美滋滋的，暗自得意。

也是双喜临门，林琴琴的高级职称证书也拿到了手上。何玉如自然替林琴琴高兴，吩咐财务室小夏到人事局去把林琴琴高级教师的工资办下来。林琴琴跑来感谢何玉如。何玉如说，谢什么？你的工作早就达到了高级教师的水平。林琴琴说，园长过奖了。和我一起毕业参加工作的同学中间，我还是第一个评上高级职称的呢。

这天下午何玉如查班，碰上一位姓汪的老师。汪老师铁青着脸，没好气地对何玉如说，你不是说有两个高级职称指标吗？为什么林琴琴的批了下来，我的却没有音讯？

何玉如这才想起还有汪老师的材料也是报了上去的，怎么却没见通知呢？便说，我也不明白是怎么回事，正准备去问呢。汪老师吼道，你别装模作样了，你心里只有林琴琴，怕我挤了她，压着我的材料不送，等到教委评过了才送去。何玉如说，你的材料开评前就送去了，谁说评过了才送去的？汪老师说，何玉如，我算看破了你！说着气鼓鼓走了。

何玉如说的并非假话。开评前的头一个星期，园里的意见什么的都弄好了，何玉如还嘱咐郭淑敏快点往教委送，怎么结果竟会是这样呢？

何玉如跑到教委职改办，问幼儿园有两个高级教师指标，为啥只评一个。职改办的人说，开评前你们只送一个材料上来，我们当然只可能评一个。何玉如说，谁说我们只送了一个的材料，是不是你们搞错了？职改办说，那怎么会搞错？何玉如说，这次开评不是10月中旬搞的么？职改办说，对呀。何玉如说，那就怪了，汪老师的材料我10月5日前就签好了意见，要郭淑敏立即送过来的。

职改办的人见跟何玉如说不清，就去翻找职改材料登记本。翻到林琴琴的名字，材料是10月2日送达的。翻到汪老师的名字，送材料的时间竟是10月23日，郭淑敏作为送材料的人，她的名字也注明在一旁。职改办说，我们没搞错吧？这次开评22日搞定，你那里23日才送来，叫我们拿什么评？

何玉如无话可说了。她心里想，怎么会是这么回事？郭淑敏到底在要什么名堂？回去问郭淑敏，郭淑敏搪塞道，可能是把开评的日子弄错了，才耽误了送材料的时间。何玉如总觉得事情没这么简单，郭淑敏不是那种粗心人，这种事应该不会弄错的。

这让何玉如想起多年前的一件事情，那时郭淑敏和汪老师都没成家，两人住一间宿舍，郭淑敏正和一位姓王的年轻人谈恋爱，常把他带到宿舍里来，小王自然跟汪老师也成了熟人。也不知缘何，后来小王竟然扔下郭淑敏，好上了汪老师，直至结婚。

看来郭淑敏是在报复汪老师。

何玉如没法，只好找到分管职改的副主任，看能否补救一下。副主任说，评委们都是从各所学校临时抽上来的骨干老师，他们在学校里课程都重，为哪一个人的职称抽他们上来，简直不可能，即使请他们来开了评，省教委的手续也是成批的办，不会为一个两个人办的。

何玉如就泄了气。副主任又说，不过过一段时间，省里也许还会组织一次补评，若这样，优先把你园里的那份材料抛出来。

事到如今，也只能这么样了，何玉如就回去把这个意思告诉汪老师。何玉如没说是郭淑敏耽误了时间，怕把矛盾扩大化，不利于园里的工作。只是汪老师还在责怪何玉如，一口咬定何玉如办事不公，不把她姓汪的放在心上。

何玉如没再做解释，她知道解释多了没用。唯一的办法是争取补评时把汪老师弄上去，不要浪费了园里的指标，否则下一次评职称，又要挤占别的老师的指标。何玉如于是一有空就往教委跑，以便及时得到省里补评的消息，不要再错过时机。

八

这天何玉如又到教委跑了一趟。在楼梯头，何玉如和教委方主任碰上了。方主任像是想起了什么似的，就要何玉如到主任室坐一会儿。

刚坐下，方主任就说，何园长你是老园长，有些话我就不隐瞒你了。何玉如望着方主任，不知他要说啥。方主任说，有人反映，你用幼儿园的公款请吃请玩送红包，上星期市里才开过反腐败工作大会，你可得留意点。

何玉如明白是怎么回事，一定是幼儿园内部有人到教委来捅的，只是不知是何用心，看来幼儿园是越来越复杂了。就说，不是为了园里的基建和收费的事，请过物价局和收费局两次吗？这个年代，这点事也值得大惊小怪？不知哪个吃饱了撑的，乱嚼舌头。方主任说，如今请客送礼确实也不是什么稀罕事，我也是随便问问，以后小心点。

接着方主任转移话题，问起园里的工作。何玉如简要地做了汇报，而且不失时机地把汪老师的职称的事提了一下。方主任答应一定争取。还提到不久前林琴琴的那堂公开课，说上得不错，幼儿园有人才。何玉如这才想起林琴琴上那堂课的时候，方主任一直在教室后面听课。何玉如便点点头说，林琴琴的确不错，她是园里的骄傲。她还有一个好助手，那是她班上的临时工，林琴琴那堂课的成功也有她的一份功劳。方主任就说，您何园长不是等闲之辈，连请的临时工都非同一般。

受到方主任的夸奖，何玉如心里自然很高兴。回到园里后，她就进了林琴琴的班，对林琴琴说，教委方主任都表扬你的课讲得好呢。林琴琴就腼腆地笑了，说，这也不是我一个人的功劳，没有您的设计和申慧群的协助，那堂课也不会达到预期效果。

这时申慧群从水房里提着开水上来了。何玉如对申慧群说，工作不累吧？申慧群满脸是笑，说，比起在外面挑砖筛砂，这里再累，也算不了什么。说完，申慧群提着水进了活动室，看管那些活蹦乱跳的孩子们去了。

望着申慧群的背影，何玉如心里似乎想起了什么，临离开教室时，吩咐林琴琴说，等会儿你跟申慧群说一声，要她今晚到我家里去一趟。

晚上申慧群如约来到何玉如家里。何玉如刚好吃过晚饭，她也就不客气，没让申慧群落座喝茶了，说，你跟我去一个地方。

出得幼儿园，申慧群试探着问上哪儿去？何玉如说，你别管，跟我走就是。

来到十字街口，转角处是烟草局开的香烟批发部，何玉如跟申慧群走进去，买了两条精品白沙。何玉如付款时，申慧群在一旁咋舌，说，这么贵的烟，一条我可以吃两个月的伙食。您这是给谁买嘛？何玉如说，现在机关里掌权的处级以上官儿，至少是抽这个档次的烟，四五十块一条的凤凰红豆或白沙什么的，出不了手。申慧群就摇头，说，这烟又当不得饭，要抽这么贵的干什么啰。

何玉如笑笑，提着烟出了门市部。到了外面，何玉如又说，现在什么都假，说不定连做爸爸的都会是假的，这烟假的就太多了，前天晚上中央电视台的焦点访谈就暴露了广东那边专门制假烟的地下工厂。申慧群说，现在只要来钱，什么事都有人干。何玉如把手中的烟往上提了提，说，不过这个正牌的烟草局批发部里的烟，假的可能性稍微小一点。

申慧群伸手接住何玉如手上的烟，说，让我来提吧。何玉如就松了手，笑着说，今晚就是要你来提烟的，我这么大岁数的人，还提着烟去送人，老脸皮没地方放呀。

走了一程，忽见一堵围墙缺了个口，何玉如要申慧群往里翻。申慧群说，没有前门么？何玉如说，前门那有后门方便？

墙里一条长长的甬道，直通灯光明亮处，两人大步流星朝前走去。走出甫道，是好几座连着的宿舍楼。申慧群东张西望起来，好奇地说，这是什么地方呀？何玉如说，什么地方？教委呗，今后你想在幼儿园长久待下去，就得多到这儿来走走夜路。

申慧群陡然间就明白过来，何玉如叫她来这里的目的。不觉有些惊喜，似乎在茫茫的人生旅程中，望见了一丝丝亮色。一时不知用什么话来感谢何玉如才好，只知紧走几步，跟上何玉如的步伐。

上到三楼，何玉如掏出一个红包，塞到申慧群的提包里，这才按响了门铃。来开门的正是何玉如要找的方主任。方主任有点意外，说，是何园长？稀客稀客，立即让座敬茶献水果。何园长把申慧群介绍给主任，说，这就是林琴琴班上的保育员申慧群，特意让我陪她来拜访方主任的。同时示意申慧群，把烟塞到茶几下。

方主任见状，说，来就来，提什么烟嘛。何玉如说，不是什么好烟，只请您以后多加关照，申慧群很能干的，林琴琴上的公开课，她在后面使了大劲。方主任点头道，一看就知道是能干人。

闲聊了一会儿，何玉如就和申慧群起身告辞。方主任执意要送下楼，何玉如坚决不准，把他挡在门里，说，请方主任留步。方主任只得站住。

何玉如这才说了要说的话，方主任您也知道，这个申慧群能干扎实，我想朝您要一个指标，把她正式招为园里的职工，您看行不？方主任说，现在单位招工卡得紧，不知幼儿园还有没有编制？何玉如说，编制已经满了。方主任说，有没有就要退休的？就是病退什么的也行，只要能腾出编制。何玉如说，有两个快到年龄的职工，做点工作也许会退。方主任说，先说到这里，以后再考虑考虑吧。

得了方主任的话，何玉如就回去召开园务会。

也不说要招申慧群进幼儿园，却把林强生给端了出来。先将出院那天买肉购鱼开的发票掏出来，又摆出林强生报销的发票，请众人瞧。众人聚过来，见何玉如的发票和林强生的发票出自同样的手迹，日期也相同，单价却不一样。简单一算，光猪肉一项，林强生那天赚的差价就达40多元，长年累月都这么做过来了，那数字的确有些吓人。

何玉如问大家，这事该怎么处理？有的说要林强生把吞进去的吐出来，有的说把这事公布出去，开除他。何玉如说，我看让他吐出来，他也吐不出，开除他嘛，闹的风波会不小，我看他过三四年该退休了，让他提前内退算了。众人说，也只好如此。何玉如就要郭淑敏先跟林强生谈谈，如果谈不妥，自己再去找他。

郭淑敏就去找林强生，还没谈上两句，林强生就跳起三丈高，差点卵睾子都跳脱了。没办法，何玉如只有自己出面。何玉如说，林强生你别跳得那么高，你只有三条路，一是把你过去多捞的都吐出来，我简单地算了一下，你办采购十来年，你的非法所得多则十几万，少则七八万，这是你赖不掉的；二是把你这笔数报告给反贪局，定个非法所得罪；三是你提前退休，园里的福利奖金什么的，按在职标准给你发放。

林强生还要硬，说，你这是污陷！何玉如说，谁污陷你了？拿出林强生报过的发票和自己开的发票给他瞧，说，那天仅购猪肉一项，你就捞了40多元。捞了这么多年，你算算，是不是我刚才说的那个数字？

何玉如最后说，你想想吧，我说的三条，随你照哪条办。

林强生这才软了下来。

何玉如便趁机让他写了提前内退的报告。何玉如怕别人把这事办砸，自己亲自出面，去办林强生的内退手续。何玉如心里划算，只要林强生一退，园里就有了编制，再招申慧群就好办了。当然，这个时候还不能把这层意思透露出去，否则会坏事的。

何玉如想，只要把申慧群招成正式职工，自己也就了却了一件心事，尽管她心里已经清楚，申慧群并不见得如她最初臆想的，一定是她那造多了孽的亲生女儿。

然而事情并不是何玉如所设想的那么简单，虽然何玉如每一步行动都那么周密而不露痕迹。

首先是林强生吵着要给他待业在家的儿子顶班，否则他坚决不内退。

何玉如把林强生顶了回去。不想郭淑敏和园务会其他成员又来打岔，说真的让林强生退了，一时还找不到更合适的人选来搞采办。何玉如来了气，说，这是当初大家定的，怎么又反了口？没有搞采办的，我去搞，难道我就不会从中捞好处！

这些插曲，何玉如还能应对自如，最麻烦的是有人提到了马小路。她是何玉如身上的暗疮，也是幼儿园的人回击何玉如的现成武器。她们不阴不阳地说，林强生有毛病，把人家劝退，自己的女儿又赌又卖淫又吸毒，看她怎么处理。

这一下捅着了何玉如的痛处，她是有话出不了声。

林强生更是十分嚣张地往何玉如的痛处撒盐。他冲进园长办，对何玉如吼道，你的女儿干出那些丢幼儿园面子的事，你捂着不处理，还每月照发她的工资，我并没犯到哪一条，你就逼我内退，如果你摆不平，我跟你没个完。何玉如也来了火，一拍桌子，说，谁说我捂着不处理？我马上召开园务会，除马小路的名。

说完，何玉如愤然走出办公室，让林强生一个人在办公室里吼叫。

何玉如低着头，心烦意乱地挪动着步子，不觉来到教学楼前。就见好儿处的老师和保育员都站在墙壁下，指手画脚，交头接耳，不知在议论什么。见了何玉如，便使着眼色，禁声四散，进了各自的教室。

何玉如走近一瞧，才见墙上贴着一张纸，是个复印件，原来是马小路写给衣兵的那张借条。何玉如脸都气青了，伸出手，想把纸条揭掉，手伸到半空又垂下了。

离开教学楼，到大门口转了转，这边也有好几个地方贴着复印件。何玉如有苦难言，觉得一辈子兢兢业业做事，小小心心做人，除年轻时那件无人知晓的荒唐事，没哪些地方给人落下把柄，却万万没想到，如今被这个天杀的马小路扫尽了威风，丢尽了面子。

越想心中越是难受，两行老泪不觉就滚了下来。又担心被人瞧见，何玉如赶忙转到屋角，掏出手绢，偷偷把泪水揩掉。尔后仰天而叹，不出声地咒着马小路，你这不要脸的，你娘前世造多了孽！

九

事情的结局，是何玉如拿出个 5000 元的存折，换回江潮手上马小路的借条原件。何玉如这是息事宁人。她别无选择。自己的声誉值不得几个钱，至于马小路，反正早已臭名昭著，怕只怕江潮在园里又吵又闹，还到处张贴马小路那张借条的复印件，把幼儿园的名声搞臭。

这是江潮第四次吵进幼儿园，并扬言要将那张借条的复印件贴到市教委去的时候，何玉如无奈做出的妥协。何玉如做事老到，没出手存折时，要江潮先拿出那张借条的原件，并要她在借条的空白处写上已收到马小路母亲 5000 元人民币的字样。江潮照办了，何玉如才拿出存折。江潮递过借条的同时，伸手来接存折，何玉如忽然又缩了手。

江潮愣了愣，正要发火，何玉如说，你还要写个检讨。江潮说，什么检讨？何玉如说，这几天你扰乱公务，影响幼儿园的教学，不写检讨，你想就这么拿走存折？江湖想只要拿到钱，写检讨就写检讨，于是何玉如说一句，她照写一句，把检讨写了出来。

何玉如接过江潮的检讨一瞧，只见字迹歪歪斜斜，但何玉如口授的内容都写在里面了，便点着头说，这还差不多。又说，你把贴在墙上的复印件都给我撕去。江潮没法，只好照办，何玉如这才把存折递给江潮。

江潮拿着存折，沾沾自喜地往办公室门口走去。何玉如又在后面把她叫住，说，以后你少到幼儿园来生事，否则我拿着你的检讨，到公安局去告你妨碍公务罪。江潮瞪何玉如一眼，夹着屁股退了出去。

望着手中的借条和检讨书，何玉如发了一阵呆，然后一把塞进抽屉里，上了锁。

何玉如情绪坏透了，就走出办公室，准备到教学楼那边走走，了解一下班上的情况。来到楼前的转弯处，忽然听到墙里放煤和烧水的小房里有神秘的嘀咕声，好像是江潮和郭淑敏在说什么，何玉如就不由自主地停了下来。只听郭淑敏低声说道，你还真的把那 5000 元要了回来？江潮说，不是你出的主意吗？你还要我把复印件贴到教委去，如果她不肯给钱的话。

郭淑敏就咳了一声，说，你在幼儿园里闹，贴那个借条复印件，你尽管闹，尽管贴好了，你就是闹到教委，贴到教委去都是可以的。可你要那钱干什么？难道你做生意的，还少了那 5000 元钱不成？何况衣兵这 5000 元钱还有不可告人的地方。

后来郭淑敏又把声音压得更低，说，原想当你把事情闹大，她一下台，我就把你那位幼师毕业半年还没落实单位的小妹妹接收过来，现在看来……

听到这里，何玉如血管里的血液就急促起来。原来事情的后面还有一个郭淑敏，这倒是何玉如没预料到的。联想起马小路当陪舞女和教委方主任说幼儿园请客送礼的事，看来都是这郭淑敏在后面动的手脚。

想起郭淑敏从一般老师到教导主任到副园长，都是她何玉如一手扶上来的，如今她竟然后面捅刀子，何玉如恨自己当初瞎了眼。真想走进去，啐郭淑敏一脸，告诉她，想当这个园长说一声，我拱手相让。

何玉如觉得气愤不过，胸口一闷，一口气堵在那里，差点吐不出来了。

也就是这天晚上，马小路又从外面回来了。

进屋后，也不管母亲病在床上，马小路见什么就踢什么，把沙发桌子什么的，踢得蹦蹦响。老马说了她一句，她吼道，谁要你这个老不死的多嘴，你不晓得去问床上的死女人！她做的好事！老马说，你滚！你是我的女儿就不会做出那样不要脸的事来。马小路叫道，我不要脸，有些人比我还不要脸哩，可惜你这个笨老头还蒙在鼓里。

听马小路吵闹，何玉如就歪着身子，吃力地爬起来，对马小路说，你还回来干什么？你已不是我的女儿了！马小路说，我不是你的女儿，当然不是，你的女儿是申慧群，为了让她进幼儿园，把我的名也给除了。

这一下何玉如奇怪起来。她还只在林强生面前说了一句气话，马小路怎么就知道她要除她的名了？何玉如说，你听谁胡说的？马小路说，郭淑敏还有汪老师，是她们亲口对我说的，要不，我今天怎么会回来？她们还说你带着申慧群去了教委方主任家，想除掉我的名后，腾出编制给她。

何玉如吃了一惊，心想她们怎么什么都那么清楚？

正愣怔间，发现马小路的形色不对起来，全身发抖，眼睛发呆，泪水鼻涕口水全都稀里糊涂地下来了。也不再说申慧群的事，而是颤着下巴要何玉如给她钱，说她两天没过瘾了。何玉如见状，气愤得很，用虚弱的双手去推她，口里骂道，你给我滚！滚！我见不得你这个鬼样子！

马小路却死死抓住门框，不肯出去。她的双眼冒出仇视的凶光，说，你给不给钱？不给我要了你的老命？何玉如就去捞她那抓住门框的手。两人扭来扭去，把门旁沙发扶手上的一小篮子水果碰倒了，地上立即"当"地一声，跳出一把锃亮的水果刀。

马小路也不知是哪来的力气，拿起水果刀就往何玉如的肋下捅去。

何玉如的腰再也竖不起来，虽然她的命还是被医院保住了。自然用不着再做这个园长了，倒让何玉如心里生出一种卸掉重枷的感觉。

只有郭淑敏心想事成，当上了园长。上任伊始，她就辞掉申慧群，把江潮的妹妹接收进了幼儿园。与此同时，江潮的儿子衣向阳也转了回来。

申慧群去医院里跟何玉如告别，感谢她对自己的关照。何玉如有些内疚，说，对不起你，没将你的事办成。申慧群就泣不成声了，说，不是为了我，您哪会成为今天这个样子？何玉如相反却笑了，说，不仅仅为了你，也为了我自己。

然后给申慧群讲了自己那个深藏了二十多年的故事。

申慧群深受感动，当即喊了何玉如一声妈妈，并决定留下来，要像服侍亲妈妈一样服侍何玉如一辈子。何玉如不让，抚着申慧群的头，说，你还年轻得很，前面的路很长，不能把青春耗在我的身上。

申慧群离开了医院，离开了这个城市。这时已是黄昏，躺在病床上的何玉如望了窗外一眼，但见秋末的深空，蓝得动人。

何玉如耳边再次响起申慧群那声甜甜的妈妈。

钥匙

>>

事情的开始原本非常简单。那天我站在街边躲雨，蓝青从商场里走出来，我们相遇了。就这么回事，没别的特殊的地方。

其实那天的雨根本算不上什么雨，无论如何是用不着躲避的。确切地说是一份雨意。空中飘飞着似有似无的游丝，半白的微微的阳光在那游丝上逡巡，总也漏不下来。我站在街边，一时想不起我该往哪里去，于是我就做着一副躲雨的模样，站在那里不动。

蓝青走了过来。

那时我还没认识蓝青，根本不知道这个世上或这个城市里还有一个叫蓝青的女孩。所以蓝青走过来的时候我一点也不在意。我们都仰着头，望着空中那似雨又好像不是雨的游丝。

慢慢地我想起来了，原来我是准备回家去的，我的家就在这条大街背后的横街上，家中有漂亮的妻子和可爱的女儿，也许这个时候她们正等着我回去吃饭呢。可这天我却懒懒散散地全没回家的兴致。这没有别的什么原因。我想如果有原因的话，凭着我这样的已届中年的男人的经验和智慧，那是一定会找出消释原因的办法的。

当时我也集中思想琢磨了一会儿，恐怕说来说去，原因和结果都只可能有一个，那就是：不——想——回——家。

这么琢磨着，我把浮游于空中的目光抽了回来，抽回到离我最近的身边的人事中，尽管这些人和事跟我相近得那么遥远。这样我就与一种目光相遇了。这是一种既陌生又似乎早已熟悉的目光。在这个城市生活了三十多年了，这个城市包括这个城市里的目光，已经让我感到越来越陌生，越来越疏远，所以陡然遇见这陌生而熟悉的目光，的确让我惊喜。我不自觉地向前挪了一步。我仿佛听到那目光里有一种无声的呼唤在招引着我。

从这种奇特的感觉中醒过来之后，我才意识到是一个女孩站在不远的前面。当时我不知道她叫蓝青，我只能不吱声地朝她笑笑，算是一种深深的感激。蓝青也笑了，笑得美丽而清纯。蓝青笑着，很随意地说了一句："我可认识你，你不就在对面的公司上班么？"

我点点头。我想说是的就在那里上班。我想说你是怎么知道的，我们可从来没有过交往。我想说当然我也似乎早就认识了你，因为你的目光使我感到既陌生而又熟悉。

我想对蓝青说的很多很多。

可我什么也没说。许是想说的越多便越难说出口。许是这些话一齐跑到嘴边把嘴唇都塞住了，一句也别想挤出来。

蓝青大概并没意识到我的窘迫。她见我仅仅点了点头什么也没说，又轻轻笑了。而且我还看见她眉下的长睫毛很灵巧地眨了两下，然后她就转过身去，走向街尾的小巷子。

这时空中的游丝粗起来，它们不再随意地飘荡，而是掉转方向，向地面垂钓下来。我知道这才叫真正意义的下雨。

蓝青在街尾消失了，没入古拙的小巷子。蓝青什么也没留下，包括她的住址和姓名。但蓝青又什么都留下了，她的笑，她的目光，她的那句很随意又很动人的话。

下了班，罗凡就很卖劲地往家赶。罗凡很恋家。在这个充满着形形色色的诱惑的世上，像罗凡这么恋家的男人恐怕已不太多。罗凡的家在一个很深的巷子里，家里的老婆还年轻，家里的保姆也漂亮。这大概是罗凡恋家的最令人信服的解释。

罗凡走进那条他很熟悉的巷子。他的脚步泥了一下，将提着的包掖到腋下。同时罗凡远远地看见自家阳台上站着一个女人，开始他还以为那是他的老婆，细瞧才发觉是他家那个叫小茗的保姆。罗凡心头鼓起一种感觉。罗凡的脸在昏黄的暮色里浮着两抹黯红。罗凡加快了步伐，那个单瘦的身影往巷子深处沉下去。

阳台上站着的女人果然是小茗。小茗正在晾衣服。阳台上绷着铁丝，小茗把罗凡的衣服和罗凡老婆川溶的衣服一件件用衣架撑开，再挂到铁丝上。衣服一挂上去，就开始湿漉漉地往下滴水，阳台外已滴出一挂明晃的雨帘。家里是有甩干机的，川溶也对小茗说过，衣服甩干后再晾。可小茗不听川溶的，小茗说衣服塞进甩干机里一甩就变得皱皱巴巴的，所以小茗每次挂衣服时都要在阳台外挂出一挂雨帘。

挂完罗凡和川溶的衣服，桶里剩下的便是小茗自己的衣物。小茗弯下腰，从捅里拎出一条浅红色裤衩，支到衣架上。又弯下腰，从捅里拎出一块白色乳罩，搭在裤衩上。然后小茗伸手将它们往铁丝上一挂，转身提桶进了屋。

虽已是黄昏，屋里依然还没开灯。小茗绕过屋中的矮桌，朝厨房走去。不经意便瞥见卧室里川溶的影子还贴在窗前，仿佛一幅过时的画。小茗赶忙缩了脑壳。

此时川溶的手上拿着一枚钥匙。这是一枚心形柄的铜质钥匙，它的颜色与这个幽暗的黄昏很接近。川溶拿着这枚铜钥匙，在窗前站了好一阵了，大约是下班回到家后就一动不动站在那里的。

川溶在市立图书馆上班，离家近，下班后三五分钟就可到家。家里的事有小茗操持，她没有别的要干，便从身上取下这枚铜钥匙把玩起来。这是川溶相恋了十多年的男友亲手交给她的。她的男友叫冯良，是她小时隔壁村的小伙子。他们从上初中起就是同班同学，高中毕业后，两人又一同回到了大山后面的山村。可川溶没有像一般的恋人那样嫁给冯良，却嫁给了城里的罗凡。罗凡比川溶大十一岁，可罗凡是高级知识分子，有住房，还可解决亲属的农转非。川溶嫁给罗凡后，很快成了城里人，而且还在图书馆找到一个舒适的工作。可是川溶并没因此而心安理得，她向往新的生活，又对过去的岁月无法忘怀。这也许是天下的女人共同的弱点，川溶就因这一点而总是牵肠挂肚，无法从过去的影子里走出来。

川溶选择一个晴朗的星期天，坐半天班车，又爬两个小时的山路，回到她从小长大的地方。她没有先回自己的家，却从山边的小路绕到冯良的村上。可她没遇上冯良，村上人说冯良这几年一直在外搞施工，据说已成了大款。川溶很伤心，她以为她跟冯良的情缘已尽，再也无法走到一起来了。

当天下午川溶又出了山，乘着最末一趟车回到城里。川溶记得她坐的班车是亮着灯进城的，车上的人稀稀散散没有几个，而且一个个都缄默着不作声。川溶将自己的脸贴在窗玻璃上，懒懒地瞟着窗外的山影忽隐忽现地晃悠着。瞟着瞟着，外面的世界全模糊了，川溶伸手在玻璃上一抹，手上湿湿地沾了一层水雾。川溶这才意识到，是自己的眼泪打湿了窗玻璃。川溶叹息一声，仰回到身后的靠垫上，把一双湿眼紧紧地合上了。

一直到班车进站，川溶才将一双眼重新启开来。车厢里面亮了灯。川溶最后一个从车厢里走出去。就在川溶的一双脚落地的当儿，有一辆摩托车晃着比车厢里的灯亮得多的灯泡从对面驶过来，将光柱打在川溶的脸上。川溶无法睁开双眼，只得以手遮额，抵挡那强烈的灯光。光柱很快晃了过去，但摩托车却在川溶身边停下来。川溶意识到有一个她很熟悉的影子挡住她的路，于是抬起头来，朝这身影瞥了一眼。川溶的脸上先是一份惊愕，然后换上惊喜，接着川溶的嘴唇哆嗦了，她欲说句什么，却一个字都吐不出来。

川溶把手上的铜钥匙举起，对着已经昏暗的窗户看了看。川溶想，那天她终于没有白回乡下一趟。如果没有去乡下，她也就不可能在回到车站时，巧遇上她要找的人。看来刻意的寻找，那是无济于事的，不期而遇才是真真确确的缘分。只是这段缘分终有了结的时候。川溶想，如果要给这个缘分的了结定一个具体的界线的话，那就是以这枚心形的铜钥匙到她手上的那一刻为准了。

川溶又想，她得把这枚钥匙交给另外一个人。但川溶无法断定，这到底是一段情缘的终结，还是开始。

确切地说，蓝青的名字是我猜测出来的，但我相信它的真实性，就像我相信我与蓝青之间那份明明白白的私情一样。是的，是私情。私情这个字眼太刺眼了，恐怕没有好多人愿意接受它。但我却觉得这个字眼很地道，没有欺骗性，比什么婚外恋或男女关系之类来得温和。

我承认我与蓝青之间的瓜葛是货真价实的私情，我没有必要去为此辩驳。因为我是有家室的男人，一个有家室的男人把对妻子的爱的部分或全部给了另一个女性，这无论如何是无法回避私情这个字眼的。不过，我在叙述我与蓝青之间的私情前，我想交代另一个已与我有过瓜葛的女人。

那个女人就是上一节文字里提到过的川溶。川溶比蓝青先进入我的生活，尽管我对川溶的投入并不太深，从跟她交往开始直至现在，我还没有在她身上感觉到我跟蓝青一上场就感觉到的那种与私情相近相关的东西。我为此感到很痛苦，觉得欺骗了川溶，同时也欺骗了自己。我决定与川溶交个底。然后说声拜拜，或者做可以走进光天化日下的朋友。

恰巧这时川溶的电话打到了我的办公室，川溶说她要见见我，顺便交给我一样东西。我满口应承了。放下电话后，我便开始构思我与川溶见面后要说的话，我得把意思说明白，同时又要使川溶容易接受，这是男人们使用聪明和智慧的关键时刻。

下班后我没有回家。我在办公室随意翻着旧报纸，偶尔抬头望一眼墙上的钟。大约过了一刻多钟，我离开办公室下到一楼。街面上下班的人流稀少了，空中飘着似雨似雾的游丝。我瞟着对面商场的大门，一边小心地往街心穿去。

按照惯例，川溶应该等在商场的大门外了。我与川溶的交往与别的男女有些不同，别人都是男的先到约会地点等女的，我们的第一次约会就是川溶站在这个商场门口等我，以后便一直遵循这个心照不宣的规矩，谁也不去打破它。

可这天却破例没见川溶等在那里。

我心上不觉有些失落，无端生出被耍弄的滋味。不过我还是在川溶原来等我的地方站定，装着躲雨的样子等候川溶。等了许久，也不见川溶的影子。想离开，又不知该往何处去。后来我想起，我是可以回家去的，但旋即这个念头又被我打消了。我变得懒散无力，觉得一切都跟我相距得那么遥远，包括妻子、女儿和这个要与我约会却没露面的女人。

就在这时，蓝青从商场里走了出来。蓝青的目光陌生而熟悉，蓝青的笑美丽而清纯，蓝青的话音随意又动人。

我就这么与蓝青相识了。

后来我想这些好像是川溶刻意执导似的，那么顺其自然，又恰到好处。假如说川溶按时跟我相会，没有留下这个奇特的空档，我是无法与蓝青相遇相识的，即使相遇，也会失之交臂，彼此毫不相干，更不可能生发出后来的私情。

川溶是在蓝青消失在街尾的时候出现在我面前的。川溶手上撑着一把小花伞，这让川溶显得很精彩。川溶说："我是走到巷子里才发觉天上正下着雨，所以我回去拿了伞。却让你在这里等了许久。"

我说："我也刚到。"

我这么说着，心里却怀疑川溶的话的真实程度。我想大凡女人都是不肯轻易打破常规的，川溶决不会因为空中这不成雨的雨回去拿伞，而耽搁她事先准备好了的约会，何况每次约会川溶都让我显得迫不及待。

由于常规的打破和蓝青的出现，我把在办公室里准备好的话全都忘记了。因此在我和川溶走向那座叫贵都的餐馆的路上，我几乎一言不发。有一句没一句聊着的川溶也显得兴趣低落，毫无以往那种兴高采烈的劲头。贵都的老板跟我们已经很熟，见我们一进店门便上前打招呼，亲自把我们送进小包厢。一如既往，由川溶点了芒果汁和几样素雅的小碟菜。我坐在川溶侧面，任她跟小姐吩咐，脑壳里一会儿是蓝青向小巷走去的背影，一会儿是办公室墙上的钟，一会儿是上午川溶在电话里的声音。

我和川溶的芒果汁都已喝光。我等着川溶说点什么。偏偏这天傍晚川溶的话极少，也没有以往的亲热举动。我与川溶相交许久了，每回都是她占主动，我像一只任其摆弄的小玩具。不过我心甘情愿充当这种小玩具，这样我可尽情享受川溶的抚爱，而用不着鼓捣心智去挑逗她的情欲。

可这天傍晚我终于再没耐心等待川溶的主动了，我伸出手臂把川溶柔软的肩膀揽过来，无话找话地说："你今天似乎有些不同于以往。"

川溶说："你的感觉很灵敏。"

我说："你打电话约我出来，是不是仅仅为了显示你沉默时的魅力？"

川溶说："也许。"

我说："你不是说还要交给我一样东西么？"

川溶没有立刻回答这个问题。她的脸上有一种躲躲闪闪的意味。半晌，川溶才含糊其辞地说："是有一样东西要交给你，可偏偏出门时给忘了。"

我放在川溶肩上的手松开了。我明显地感觉出川溶是在撒谎。她是一个有心计的女人，无论如何不会将一些关键性的细节疏忽掉。我甚至敢肯定，她要交给我的东西就在她的小包里，只不过是她临时改变了主意，暂时不愿拿出来罢了。当然我还敢肯定，她改变主意是有缘由的，这个缘由说不定就在我身上。

几天过后，川溶把一枚心形柄的铜质钥匙交给了我。我问那天傍晚她想要交给我的那样东西是不是就是这枚钥匙，川溶点点头肯定了我的判断，但川溶不愿意告诉我那天傍晚为什么临时改变主意不给我钥匙的缘由，直到后来我与蓝青成了密不可分的情人，我才在蓝青偶尔的话语里了解到这个真正的原因。

不过，过后几天我和川溶的约会，就是那天傍晚在贵都小包厢里敲定的。川溶放下手中的筷子，一边起身，一边拿起餐纸在红唇上轻轻抹了一下，然后说：“我总会把它交给你的，不管你乐意不乐意。”

我也站起身，说：“当然乐意。是不是有必要为下次的约会定个时间？”

小茗把一切归咎于川溶的外出。

小茗想，如果川溶不是出去有事，那罗凡是无论如何也不会那么大胆的。小茗记得罗凡进屋时，对从厨房里出来的小茗笑了一下。当时的光线暗，小茗看不出罗凡笑里所隐藏着的用心。小茗听见罗凡问了一句：“川溶呢？川溶在房里么？”

小茗一点也没听出这句问话后面的用意。小茗如果稍加留意，就能对这句话有所警觉，因为罗凡进屋时，川溶才刚刚下楼，他们一定在楼道上碰上过，罗凡的明知故问，实际上仅为了证实自己刚才所见。他怕自己产生幻觉。这段时间以来，罗凡就常常有种似幻似真的模糊意念，搞得他自己无法相信自己的眼睛和耳朵。

所以罗凡刚才问小茗在不在房间里，准确点说是在自问，是罗凡自己在告诉自己：川溶不在房里，川溶出去了。

小茗当然对罗凡潜在的意念无从知晓。小茗不假思索便回答了一句：“溶姨有事出去一下，要我们两个先吃晚饭。”好像这句话的意思还不够明确，小茗又补充了一句：“看那样子是要在外面吃饭，也许一时三刻回不来。”

小茗说着就进了自己那间小卧室。罗凡在门口站了片刻，他觉得整个屋子都飘荡着刚才他和小茗说过的话，那些话们有点躲躲闪闪的，捉摸不定，但又似乎与这间屋里的光线一样幽暗阴冷。罗凡顺手把背后的门关上，把公文包和自己一起扔到沙发里。这时头上的电灯亮了，刚才还在屋里飘荡着的话们全都消失得无踪无影。罗凡回头，看见站在开关旁边的小茗。小茗换下刚才下厨房的衣服，身上套了一袭浅蓝的连衣裙，在灯光下显得很动人。

罗凡却没看见小茗身上这袭连衣裙，他的目光仿佛两把刀片，一下子就无声地将小茗的裙子划破，露出里面白色的乳罩和浅红的裤衩。罗凡觉得这两样东西是小茗刚挂到铁丝上又取下来的，因而那么湿润晃亮，把那丰满的胸和富于弹性的腿腹都衬得光溜而滑腻。罗凡狠狠地眨了两眼，舌尖在唇上抵了抵，站起身，朝小茗挪过去。

接下来的过程非常简单，你在许多小说里都碰到过这种描述。你可以任意把某篇小说的这类描述抽出来，跟我上面打住的叙述作一番对接，便可满足你的欣赏习惯。不过在这里，我觉得这个过程并不重要，至少暂时不重要。我以为重要的是罗凡为此付出的代价，罗凡把自己在小茗心上的形象一下子给毁了。此前，罗凡一直是小茗暗恋着的偶像，小茗觉得罗凡是这世上最理想的男人，她已经长到十八岁，还从没遇上过罗凡这样完美的男人。

事实上小茗过去的认识不是没有道理。罗凡虽然单瘦却依然不乏英俊，外加他的学识、性格，以及人们常说的气质，应该说都是达了标的。小茗记得川溶嫁给罗凡时，自己才十一岁，那个时候她就开始嫉妒川溶了。她甚至想，她若大几岁，那是会跟川溶一争高下的。也许是因了这份嫉妒，小茗十七高中还没毕业，就进了罗凡的家。罗凡和川溶都很欢迎小茗，她是川溶的外甥女不用说，小茗的聪明伶俐是那么令人称心。小茗就那么名正言顺地在罗凡家做了一年保姆，三人和和美美，相安无事。也许是为了这份和美与宁静吧，小茗很机灵地把自己心里那份暗恋隐藏着，不让它有丝毫露出端倪的机会。

让小茗想不到的是这个黄昏，罗凡几下便把她纯情的梦幻撕破了，等她从痛苦中睁开泪眼时，一切都不复存在。小茗悲伤地从沙发上爬起来，顾不得拉扯一下身上已经破烂不堪的裙子，便撇下跪在地上的罗凡，踉跄着进了小屋。小茗不愿也不敢去回想刚才罗凡进入她身体时，那种对她的毁灭性的冲击。

许多天后，小茗在舞厅的角落里跟人谈及这件事时，声音里的哀伤仍然很明显。她甚至傻乎乎地说："为什么我那么深爱着的人，也会用这种方式伤害我？"

那人说："也许他也爱着你。"

小茗说："那他就更没这个权力。"

那人说："其实那也是一种爱的方式。"

小茗瞪着双眼将黑暗中的那人望了一会儿。那人的影子有些幽黯，幽黯得有点像幽灵。小茗显然是无法理解那人的话。小茗说："你们男人都坏透了。"

川溶交给我的，就是那枚心形柄的铜质钥匙。川溶实际上是交给我一则哑谜。

这一次川溶没有先约我就闯进了我的办公室。办公室同事见一个飘逸妩媚的女人走到我办公桌前，便借口出了办公室。我为不期而至的川溶移过沙发，又泡了一杯毛尖绿茶。我望一眼川溶因走路而红晕升浮的脸，口气里掩饰不住惊喜："怎么不先打个电话呢？我一个下午都在办公室里。万一我不在这里，你岂不白跑一趟？"

川溶正偏着头看我办公室墙上的字画。听我跟她说话，回头瞥了我一眼。她抿着嘴唇依然不语。但我却发现她的眼角极迅速地晃过一丝狡黠。我想起下午曾接过一个电话。当时我正与同事商量一件事，电话铃响了好几下，我才抓过话筒，对里面问了两句："喂，哪里？你找谁？"那头却并不吱声，迟疑一下便挂掉了。

望着仍然不吱声的川溶，我似乎明白了什么。但我没去说穿，像是对川溶又像是自语："我是常常不在办公室的。"心里则想，这个川溶真是个鬼精灵。

第一次认识川溶，我就发现她有着与众不同的精明。那段时间我常到图书馆去，总经理吩咐我查找一批与业务有关的资料。开始两天，我的效率很低，把大部分时间耗在了索引卡片上。我为此暗自着急，怕不能按照总经理的要求及时完成任务。第三天我第一个进了图书馆，捧着索引，狠命查寻起来。一个女工作人员来到我身后，一上场就喊出了我的名字，让我很是吃惊。我望着她，怎么也想不起曾跟她有过什么交往，又不好直说不认识她，只得莫名其妙地点点头，算是打过招呼。她说："你用不着把工夫花在这上面。"带我进了库房。拐弯抹角来到书库深处，只见靠墙一个书桌，她拧亮台灯，指着桌上堆着的资料，告诉我说，这就是我要找的东西。

就这样，我事半功倍完成了任务，受到总经理的褒奖。我非常感激这个好心的女工作人员，花了好几个下午的时间守候，终于在图书馆门外守到了她。她告诉我她叫川溶。我说我从来没跟她交往过，她就知道我的名字，并且为我提供特殊服务，这里面是不是有什么原因。川溶说，什么原因也没有，硬说有的话，那就是我的长相，我长得与另一个人很相晓。

就在我的思维正做着这种位移的时候，川溶拉开了她手上那个坤包的拉链。我知道她要交给我的东西就在包里面，而且我敢肯定，几天前我们相约时，这个东西就被川溶放在里面了，只不过当时她忽然改变主意，没将它拿出来交给我。当时我便认为川溶改变主意一定是有原因的，虽然现在我依然不清楚这原因何在，但我始终觉得我的判断没有错。

川溶从包里拿出来的是一枚心形柄的铜质钥匙。川溶把它放到我手心。川溶说："我曾用这枚钥匙为你开了一扇门，可你并没从这扇门里走进来。"

川溶说着，脸上浮起一丝忧伤，眼睛里盈盈的好像蓄了浓浓的泪意。我低头瞧了手心的铜钥匙一眼，那上面刻着一枚钻石，钻石的周围扩散着无数竖线，表示着钻石四射的光芒。

川溶说："今天把这枚钥匙交给你，你自己去寻找那扇门，然后你把门打开。那个时候你若还能想起我或需要我，你就把门留着，而将那扇紫色窗帘撩开。桌边的床头柜上还有一部电话机，你可以拨 168，一边听音乐，一边等着我走进那扇门。"

说完，川溶便徐徐转身，摆动那蛇一般的腰肢出了门。

我怔怔地呆在办公室里，仿佛是在做梦，未知自己身处何处。川溶刚才的话纯粹是一道谜语，我真不知是怎么回事。

钥匙，门，窗帘，电话。

这些词汇一下子全都失去了意义，我无论如何也没法把它们连接起来，连成一段完整点的语句。我觉得我已经置身于一篇侦探小说里的迷案之中，茫茫然然，浑浑沌沌，全然未知到底发生了什么。

我向门口走了几步，川溶的影子早已消失在楼道口。我没去追赶她，我真怀疑她是神秘的妖婆，正在设置一个迷惑的圈套等着我的投入。

我又退回到办公室里，走到窗边，推开了窗页。便见川溶正横过街心，在商场门口滞留片刻，又汇入人流。我低头瞧了瞧手心的铜钥匙一眼。也许是觉得那钻石图案有些夸张，我下意识把钥匙翻了过来。

我于是看见了钥匙柄上那一行凹刻着的小数字：1234567。

街上人流如织，光怪陆离的色彩如尖厉刺耳的噪音拥挤着，把城市挤兑得扭曲变形，狼狈不堪。罗凡躲闪着冲上人行道的摩托车，一双茫然的眼睛东张西望着，企图搜捕到他要寻找的目标。

罗凡已经两天没见小茗了，不知她是否还在这座城市里。罗凡有些懊丧。这件由他自己一手制造的事件，让他自己都有些不可思议了。不管怎么说，他的行为是有点粗鲁，这与他作为姨父的身份不相符，他究竟是一位有教养的高级知识分子。罗凡相信那些莫名其妙的案件的偶发性，这个世上的许多事情原来都是无法预测的。不过罗凡是惯于逻辑推理的研究人员，凡事喜欢寻根究底，他总觉得自己突发的行为总是有其必然性的，这除了他对小茗真心实意的爱，一定还有其他种种因素。

罗凡一边在人流中挤压着，一边分析自己这几年的情感历程。大部分时间，罗凡是一个富于理性善于反省的人。罗凡首先想到的是他与川溶的结合。川溶美丽贤慧，与大多数从乡下来的女人一样，川溶吃得起苦，容易知足。这些罗凡是心知肚明的，恐怕让他下决心娶川溶做妻子的最大动机就在这里。

罗凡出道得晚，等他走南闯北又回头求学立业，年龄上已经永远失去了优势，他之所以选择川溶，是有他自己的考虑的。后来川溶的温驯善良，证明罗凡当初的选择的确有其合理性。可同时罗凡也意识到，川溶把她的青春、美丽和温情给予了他，但她的感情似乎却总有所保留，罗凡感觉得出，她保留着的东西，他恐怕一辈子都无法得到。罗凡也知道这是无法强求的，他因此而暗自悲哀。

这种悲哀从结婚不久就已开始，一直到小茗介入他们的生活。对于罗凡，小茗身上那些看不见摸不着的东西，却显得非常实在。小茗似乎有意无意地把他渴望着而川溶未曾给予他的东西带进了这个屋子。罗凡的眼睛亮起来，这个世界仿佛变得温情脉脉，把罗凡心头的悲哀一丝丝抽掉了。罗凡甚至想，这世上的事物都是残缺的，只有他拥有的情感的枝蔓那么青翠欲滴，完美无损。

当然，如果说罗凡在小茗身上干出那件粗鲁事，是由于他的忘乎所以，好像不太说得过去。罗凡自己也认为不完全是这么回事。罗凡记得那个黄昏，他的心境是平静的，他之所以一下班就住家赶，并不是要回去占有小茗。罗凡反复琢磨，只可能与一件事情有关。当时那陡然浮上他心头的意念，至今还历历在目。

也许读者还记得那个黄昏小茗站在阳台上晾衣服的事，小茗挂完罗凡和川溶的衣服后，桶里剩下的便是小茗自己的东西，小茗弯下腰从桶里拎出一条浅红色裤衩支到衣架上，又弯下腰从捅里拎出一块白色乳罩搭在裤衩上，然后小茗伸手将它们往铁丝上一挂。这是我描述那个黄昏的事件所写过的文字。问题就出在这里。

当时罗凡正从阳台下面的路边经过，这是罗凡一家人走进那栋楼的必由之路。罗凡早就看见小茗在阳台上晾衣服，所以他一边走路，一边将脑壳仰着，一双眼睛盯住目标不放。就在这时，有两颗晶亮的东西从空中飘飞而下，不偏不倚，一颗打在罗凡的腮上，一颗打在罗凡的唇边。罗凡意识到这是两颗水珠。罗凡下意识伸出舌头，在唇边和腮上舔了舔。应该说他唇边和腮上的东西一定是寡然无味的，因为那是两滴平凡不过的水滴，可当罗凡偏首望见头上是一条浅红色裤衩和一副白色乳罩时，却硬是觉得舌头上沾着一层淡然的暗香和甜腻。罗凡身上滚过一种奇异的感觉，他有些耳热心跳，不能自已了。在墙角转弯处，罗凡又一次回头，往自家阳台上瞄了一眼，但见搭在衣架上的裤衩和乳罩随风晃了两下，晃出两道奇妙的弧线。因此，当后来罗凡坐在沙发里，看见灯光下的小茗穿着半透明的连衣裙，那突兀的胸罩和惑人的内裤在连衣裙里若隐若现，罗凡整个儿便迷乱了，一下子从理性的男人变成冲动野性的狼。

罗凡继续在街头逡巡着。

他连小茗的半个影子都没发现，却在内心的屏幕上，将自己和小茗之间发生的事件重新演绎了一遍。罗凡默默地反复呼唤着小茗的名字，觉得他可失掉一切，唯独不可失掉小茗。罗凡知道自己犯下了一个无法原谅的错误，弄不好他要为此付出最大的代价。罗凡想，如果他没有机会向小茗忏悔，这便是他最后的选择。

罗凡从一条街走向另一条街。罗凡心存侥幸，说不定在某一道街口，小茗会从天而降，让他重新跪到地上，用他的眼泪洗去他对她的非礼和侮辱，然后再牵着她的手，走回他曾经向往着的家，走回他那已经残缺的世界。

赤橙黄绿青蓝紫。

七彩灯光轮番快速向舞池扫射着。蓝青像一朵云，轻盈盈，舒展展，依托于我悬着的臂弯。一道彩光横过来，另一道彩光又横过来，我看见蓝青的嘴唇微抿着，一双俊眼开始还脉脉瞟着我，继而便轻轻地悄悄合上了。

待我们就地转毕一个360度的圈，另一片彩色光扫过之后，我看见蓝青眼角渗出两颗泪珠，那么晶晶莹莹，蓄含着千种风情，万般哀伤。我把蓝青搂紧了，用我宽厚的肩膀枕托住她芬芳的云鬓。我有些感动，俯在蓝青的耳边，小声说道："真有些奇怪，那天你从商场里走出来，我第一眼见到你，就觉得彼此之间有一种什么联系似的。"

蓝青没有立即回答我。她的腰肢随着音乐的旋律不自觉地荡漾了一下，温柔鼓颤的胸脯贴住我的胸膛。我脚下的舞步慢了四分之一拍，身上的每一寸皮肤都生长出颤然的感觉，使我惊愕得有些不能自抑。只听蓝青的声音梦幻般飘过来："你那是第一次见到我，可我好久就认识你了。"

这天晚上我和蓝青仅仅跳了这么一曲，之后我俩就躲到舞厅角落上的沙发里，有一句没一句地聊着。我对蓝育说："既然你已经认识我，为什么不早让我认识你呢?"

蓝青瞥我一眼，故作轻松地开了个玩笑："是不是相见恨晚?"

我说："也许吧。"

蓝青说："那个时候，我心中装着另外一个男人。我的心胸很窄小，不能同时容下两个男人。"

我仔细瞧了瞧蓝青，我觉得这个女孩有些不同一般，真有点出语不凡的味道。

蓝青也瞧我一眼，却许久不出声。

我说："现在你的心胸开阔了?"

蓝青说："现在依然如故。"

我说："你这样的女孩，如今已很少见了。"

蓝青说："所以你乐意接受我的邀请。"

我点点头。我的手从她腰间撤退下来。这只手从我们跳舞时就驻扎在那里，一直没有退守。我用它握住了蓝青的小手。我觉得蓝青的手细腻丰腴，质感得令人难以忘怀。不过这只手带着薄薄的凉意，让我生发出一种别样的感慨。我把这只手握紧了，我要用我的热量去传导它，感应它，将它捂热。

蓝青说："我这样的女孩真傻。"

我说："不完全是。"

我又想起蓝青刚才说过的一句话。我问她："那个时候，你心中装着的那个人呢？"

蓝青把我手心的手抽走了，目光从近处移开，懒散地瞟着舞池上方扑闪的灯光。我知道蓝青不想回答这个问题，她或许为此付出过太多的情感代价。我于是有意寻找另外的话题，以此分散蓝青心头的乌云。

我重新握住蓝青的手。蓝青收回目光，望定我。幽黯中她的目光很深沉，脸上的情形也让我猜测不透里面究竟隐藏着什么。我忽然想起，直到此时我还不知道她的名字，于是我说："你大概没意识到，我现在还没知道你的名字呢？尽管我们相知已经不浅。"

蓝青说："看来你不是那种粗心的男人，竟然还想起问我的名字。"

我听出蓝青话里的讥讽意味。我只能说句对不起，以表歉意。

蓝青说："名字对人其实不是十分重要，一个人随便叫什么名字都行，而人的感情却总是勉强不来。"

我望着蓝青，觉得她的话说得很有意味。但我还是坚持说道："对于我，你的一切都是重要的，包括你的芳名。"

蓝青于是手指舞池上空的彩灯，对我说道："你看那些灯光的颜色好不好看？"

我不知蓝青问这话的意思何在。她应该先告诉我她的名字是什么。但我还是根据蓝青手指，望着彩灯点点头，算是同意她的观点。

蓝青说："我的名字与那彩灯的颜色有关。"

我说："什么颜色？"

蓝青说："你觉得是什么颜色就是什么颜色。不过我可告诉你，我的姓名只有两个字。"

当时我仅仅觉得，蓝青以这种方式要我猜测她的名字很有趣，根本没意识到她是在跟我逗乐。真的，没意识到。后来我终于知道了她的真名，那是她自己告诉我的，而这个时候我已经认同蓝青的观点，名字对人的确不是十分重要的，重要的是人的本身和人的感情。

当时我说："别忙，我一定能猜中，你让我先推敲推敲。"

我说着，装模作样地推敲起来。最后我对蓝青说："我最喜欢的是那些彩灯中的青灯和蓝灯，这两种灯光给我的感觉宁静平和，舒缓深沉，你的风格或者说你给予我的感觉，就是这个样子。"

蓝青把头偎进我的怀抱。

我继续说："你的名字一定叫做蓝青，以后我就这么称呼你。"

蓝青不再吱声，偎在我怀里一动不动，像一只小羊羔。我用臂弯轻轻地护卫着她，生怕外边强劲的鼓乐侵入这块领地，冲撞蓝青脆弱的梦幻。

就这样，直到舞会散场，直到舞池上方的彩灯换成晃白的大灯泡，蓝青才将深埋的头抬起来。蓝青这时已是泪眼婆娑，一脸的苍白的凄楚和哀伤。但蓝青还是强作欢颜，说："我把名字告诉了你，你呢？总得告诉我点什么吧？"

我说："我的名字你不是已知道了么？"

蓝青说："那是我自己弄到的。"

我不得不承认她说的有道理。我忽然想起另一个女人，那个女人给了我一枚钥匙，那枚钥匙后面刻着一个数字：1234567。

我灵机一动，有了一个念头。我说："我把我的电话号码告诉你，总可以吧？"

蓝青说："那还差不多。"

我说："我的电话号码是：7654321。七位数。"

蓝青说："你这是哄小孩，哪有这么巧的电话号码？"

我说："世上的事情奇奇巧巧的多得很。比如说你跟我的交往，比如说你的名字。你总知道这句话吧：无巧不成书。"

蓝青说："我相信这一回，回去后就给你去电话，证实证实你是不是这个电话号码。"

我们说着站起身，离开舞厅，来到大街上。晚风从树叶间吹过来，撩起蓝青的鬓发，撩起我们依依的情绪。我要送蓝青回家，她坚决不依，钻进一部刚开过来的的士。但旋即蓝青又从的士里退出来，走到我身旁。

蓝青说:“那个男人对我来说再也不存在了,他伤害了我,也伤害了我和他的感情。”

蓝青的话让我深受感动。可我无言。我唯一能做的就是伸出手指,将她那被风吹乱的额发抚平,让路灯的光明在她额上留下些许亮丽。

蓝青抓住我的手,把它从她额边移开。尔后蓝青便车转身,毅然朝的士走过去。

冯良在这个城市并没有待很长时间。他的事业已经移到南方一座新开发的城市里。事实上他发迹的过程几乎都在南方,这座内地城市好像自始至终都不愿接纳他。当初离开这里南下,他就带着赌气的愤恨情绪。后来他在那边干出了名堂再回到这里,他的情绪仍然得不到改变,尽管他好想把他的聪明和智慧留在这里,把他的血脉和情缘牢牢扎在这块土地上。

当然冯良也知道,他当时的这个念头缘自一个潜伏心底的动因,他依然如故地系恋着这个城市里的一个女人。最初的冯良是一个地地道道的土得不能再土的农民的儿子,像绝大多数他这样的农民的儿子一样,开始的时候他根本想都没想过,要走出那个山旮旯儿,到外面来闯世界。可后来那个他自小暗恋着的女孩,却丢下他,走出他的视线,让他始而悲凉自弃,继而愤然不满,后痛下决心,走出山外,就是成不了汉子,就是碰个头破血流,也毫不足惜。

冯良在这个城里莽撞了半年,起早摸黑,为包工头挑砖挑瓦,却仅仅能糊住个嘴巴。但他的眼界开阔了许多,这里究竟有那么大的世界,见到了不少乡里无法想象的事物,听到了不少乡里不可能听到的传闻。最重要的是冯良的心一天天大了,也一天天野了,他的心思总在不停地转呀转,转得连他自己也不愿小瞧自己了。终于,那个闷热的黄昏与包工头狠狠地干了一架之后,他捂着包工头用青砖在他头上敲起的红血印,登上了南下的列车。在南边那个刚刚兴建的城市里,他凭着过硬的施工技术和方案,第一次承包了一项并不大的建筑工程。数月下来,工程完工了,不但时间超前了十天,工程质量也属上乘。接下去是第二个工程,第三个工程,冯良的工程规模和他的名气相应大起来。冯良终于闯出了一条路子。

就在冯良的事业越来越红火的时候，他头脑中那个潜伏了许久未曾露面的形象频繁地浮了出来。真是没出息，冯良狠狠诅咒着自己。然而这是没办法的事，他无法控制自己的意念，无法将那个形象永远从心底驱逐出去。冯良终于坚持不住，突然间回到这个与他格格不入的城市。

当冯良作这种散漫的回想的时候，他已经重新回到南方那座城市里。他站在海岸上，眺望着这个融注他这个建设者的辛勤劳动的新城，心头陡然升起一种自豪和亲切的感觉。这让冯良自己都奇怪了，以往他可从未有过如此的感觉。以往他总认为，尽管这座新城是他们这批人一手创建起来的，却总是把自己当成匆匆过客，无法对它产生相依相守的感情。冯良把这种微妙的变化当作一次心理的蜕变，并归咎于那一趟家乡城市的经历。是的，再也用不着回想过去的陈芝麻烂谷子，他应该面对崭新的未来。这么一想，冯良一下子便开窍了，觉得整个身心都轻松起来。

然而没过几天，冯良又无法自控地回到原来的心境里。那个女人，包括女人家里的丈夫，常常干扰着他的思维，引发他对于旧时的种种联想。真是没出息，冯良心里一遍遍咒骂着自己。可咒归咒，骂归骂，他的理智照样占不了上风。冯良后来干脆不勉强自己了，任思维的翅膀海阔天空任意翱翔。最后冯良的想象回到了生养他的山旮旯儿，那里的山很葱翠，那里的水很明媚，而那个曾跟他出双入对的女孩山一样葱翠，水一样明媚。

冯良记起那个宁静的午后，他们沿着那条小河边的石坎路下学回家。女孩一不小心掉到路边的土坝下面，一边紧紧抓住柳条不至于滑进河里，一边娇声娇气呼冯良搭救她。冯良一时心慌，在路边急得双脚直抖，却不知想啥办法弄她上来。女孩这时发怒了，骂冯良真笨。冯良这才趴下，伸出手去拉女孩。不想女孩一用力，冯良便嗖地一声被拉下土坝，掉进水里。他猝不及防，呛了一口水。等他从水里冒出脑壳，女孩早站在了路上，正咯咯咯笑个不停。

许多年后，大约是女孩凭着她的智慧和精明嫁往城里后，冯良才悟起那次女孩拉他下水原来是一个阴谋。冯良当然免不了要把那件事跟后来的事情连起来联想，冯良认为小时候的阴谋根本算不了什么，要算充其量也只能算作小阴谋，只有长大后的背信弃义，才是真正意义上的大阴谋。

冯良的这些想法自然很有道理。但事实也许并没这么严重。

当时的女孩已经嫁给罗凡多年了，多年以来她一直思念着冯良，虽然把肉体给了罗凡，却从未把她的感情完全给予罗凡。对于她来说，当年的选择不过是带有过多的理性色彩，却怎么也不能说是阴谋。

或许是对当年的选择的忏悔吧，她一直在寻找着冯良。终于在车站碰上了他，还把他引进了家里，只是最后他们还是各走一方。只是冯良无论如何也走不出她心灵的投影，她后来竟然找到了冯良的替身，把全部的恋情都倾注到了这个替身身上。

毫无疑问，这个女人便是川溶。

此时的川溶已经把那枚钥匙交给这个替身，正等着他开启她心上那扇久封的门。

1234567。

7654321。

这段时间以来，这串数字一直占据着我的思维，欲拂之而不去。我觉得这一定不是简单意义上的七个阿拉伯数字，它们肯定代表着某种具体的含义，或许如上次我在蓝青前面胡诌的那样，是一串电话号码：7654321。不错，我们城市的电话号码已升七位，其中就有 7 字开头的。不过 1 字开头的号码，我还未曾见到过。假设这组数字倒过来是电话号码，顺过去便不见得还是电话号码了。

对这串数字的领悟，最后还是得益于我那位在派出所做户籍警的朋友。星期天朋友上我家找我杀两局。妻子和女儿都早早上了公园，我意绪阑珊，赖在被褥里起不来。

我记起许久以前的一个星期天，川溶约我去她的图书馆陪她。她要修整一批已经残破的图书。本来这是馆长交给古籍部一位退休留用的老头的任务，结果那老头干到一半突然脑溢血逝去，留下的另一半活再也找不到空闲的人手。川溶莫名其妙对那些残破图书滋生起兴趣来，主动向馆长接过任务，利用下班后和星期天的时间，津津有味地干上了。

也亏川溶做得出来，人家约会都在公园舞厅，她却将我约进那故纸堆围困着的深渊。我后来想，川溶区别于其她女人的地方大概就在这里，她并非纯感情用事的女人，她身上是具有一定的理性色彩的。她凭借她的理性，从那个大山背后的小村庄来到都市，又凭借她的理性，把她的工作，把她对那堆故纸的偏爱，和她所依恋的情人系在一起，使自己获取人生最大限度的拥有值。

就是那个星期天，川溶把她情感的底细毫无保留地交给了我，也把她作为一个女人最珍贵的东西毫无保留地交给了我。

就在我这么胡思乱想的时候，房门上响起咚咚咚的敲门声。一听就知道这是民警查户口或进宾馆抓嫖客的捶门的声音。同时响起粗声大气的吆喝声。果然不错，是那位除了公安部长的家，任何人家里都可破门而入的户籍警朋友。我掐断海阔天空的神思，起身去给他开了门，顺便骂了一句粗话。

“床上躺着嫂子还是别的女人？”那家伙一边大叫，一边长驱直入。我三五下穿件外衣，桌子一摆，棋盘一摊，战前一切准备就绪。开始两人落子如飞，没有任何折扣。棋入中盘，有些艰涩了，两人便一边瞄着棋盘，寻找对方空档，一边有一句没一句聊起来。

“你认识一个叫罗凡的男人吧？”他无头无尾冒出这么一句。当时我并不知道罗凡就是川溶的男人，我从没去过川溶家。我摇摇头，把他的话仅当耳边风。

过一会儿，他又说：“那家伙天天都往派出所跑，央求我们给他找人。”

我说：“你们派出所不去找人，还干什么？”

他说：“你说他要找的人是他什么人？”

我觉得他的话没有一句不是废话，因而提不起半点兴趣回答他。我一心望着棋盘，恨不得在耳边挡两扇门，并钉死，不让他的废话往里跑。我想下棋就下棋嘛。

“他既不找儿子，也不找老婆，却要找什么外甥女。真他妈见鬼。”他说，“罗凡说他的外甥女叫小茗，跟他和他老婆住在一起，已经住了快两年了，一直相安无事，不想突然离家不见了，许多天都没回去。”

我当时根本不知道这个叫小茗的女孩跟我有着不同一般的联系，所以我对朋友的唠叨毫不在意，一门心思都用在了棋盘上。我终于觑见他的一个破绽，开始巧设陷阱，不露声色，引诱他误入圈套。

朋友对我的阴谋毫无察觉，一步一步走入我设下的埋伏。他依然忘不了那些有关罗凡却无关于他的事情，嘴巴总也闭不拢：“你看罗凡那鸟样子，满脸的阴云。一个大男人，眼睛里哀哀的，差一点泪水都淌了出来。我不相信哪个做姨父的，找外甥女会找出这种情调。好像是他爱得死去活来的情人。我看那个什么小茗，肯定不是罗凡的什么外甥女，一定是与他有暧昧关系的风流女人，罗凡大概是找她找昏了头，才傻傻呆呆找上派出所来了。”

我没有对这位户籍警朋友的精辟论断表示任何兴趣，我精心算计着每一粒棋子的路数，然后我落下了一粒对他最具摧毁性的棋子。他立即傻了眼，把棋盘一推，连说：“不来啦，不来啦。跟我出去吃早饭，我请客。”

在街边的小吃店吃了他的请，他仍然没放过我，拉我帮他去登记门牌号码。他说所里最近正在重新突击核对各家各户的门牌号码，他刚才下棋误了工，要我给他补上。

我说：“见你鬼去吧，星期天在家里待着不好，偏要上街疯跑。”

他说：“这你就不懂了。只有星期天，门牌号码下面的门才敲得开。”

无奈，我只得帮他挨家挨户去敲那些闭着或敞着的门，然后看他瞄着人家的门牌号码，在手中的本本里查查对对，那样子装得威风派头而又煞有介事的。

就在这时，我伸手去身上掏烟，无意中触着那枚藏在内袋里的钥匙。我似乎得到一种什么感应，心头亮了一下。

“什么好烟?”朋友见我掏衣袋，停止操作，把手伸了过来。“别小气，快拿出来，等会儿我会回敬你的。”

我掏出来的，竟是那枚铜质钥匙。那心形柄上的数字依旧：

1234567。

罗凡是一个细雨迷蒙的傍晚离家出走的。

那个时候，川溶正站在那天小茗晾衣服的阳台上，望着城市的暗影往黑暗中逐渐沉沦下去。有意无意的雨丝从阳台外轻扬进来，将川溶的头发和心思濡湿。

冯良就是在这样的时刻离开了这个城市。当时冯良的身影与飘雨的傍晚融合得天衣无缝，以至冯良还只走出十几米远，川溶却无法将他与傍晚的混沌区分开来了。只是片刻之后，冯良又从傍晚的幽冥中稀释出来，慢慢回到川溶的跟前。两人面对面站立许久，任细雨编织着，不吱一声。要说的都说了，再说已没有任何意义。何况心灵的距离是无法用语言拉近的。何况川溶十分清楚，这座城市尤其是她和罗凡、跟冯良之间的隔阂越来越深，已至到了无法弥合的地步。这个事实，川溶在车站里第一次碰见从南方回来的冯良时，就明显意识到了它的存在。

冯良已经成为富人，拥有着川溶和罗凡无法拥有的财富。但他永远不可能拥有城里人藏在骨子里的血水，而川溶尽管自己生长于山野，却天生有一种对于拥有特殊血水的城里人的认同，只不过原来她对自己的这一点一直没有清醒的认识，直到在车站猛然碰上冯良时才明显自觉出来。当时川溶便有些不知所措了，意识到她与冯良的相处不可能持续得太久。但她究竟二三十年以来都一直爱恋着这个男人，她没法割舍与他那种牵牵连连的联系。不幸的是聪明的冯良后来终于意识到，他与川溶以及这个城市的相悖。他深感无奈，毅然做出南下的决定。冯良知道，唯其如此，他才能摆脱一切，获取一切。

冯良再一次掉转头去，走向愈加深沉的夜色。

川溶此刻手上多了一样东西：一枚心形柄的铜质钥匙。冯良把它交给川溶时，说道："这是我早就为你准备好的，我想让你亲手把那扇属于我俩的门打开。现在看来已经没有必要了，我只能将它留给你，就让你自己保存着吧。"

川溶想着冯良的话，把钥匙握得很紧。她的目光在冯良消失的地方滞留了许久，她没法掉转头往来时的路走回去。

令川溶有点不敢相信的是，她身边另一个男人离开她时，又是这么一个昏暗的傍晚。

川溶知道罗凡在屋子里盘桓了许久。这是罗凡的习惯，他在做出某项重大决策前就喜欢在屋子中间兜圈。他绕一圈，又在沙发上盯一眼，怔怔的，样子很古怪。

就在这个沙发上，罗凡占有了他钟爱的小茗，同时又失去了小茗，永远失去了小茗。罗凡记得那个过程很仓促，那个过程一结束，罗凡便意识到了一切都已无法挽回。他当场就跪倒在地上，企求小茗的谅解。

可小茗再也不肯理他，扯了扯紊乱的裙子，绕过他，进了自己的小房。罗凡一直跪在那里。川溶从外面回来了，罗凡的姿态仍一如既往，川溶是从他侧面绕过，走回自己的屋子的。大约到了子夜时分，小茗小屋的门开了，小茗已经换了另外一套衣服。她瞧都没瞧一眼跪在地上的罗凡，走过去打开门，踏踏踏下了楼，从此再也没进罗凡家这个门。

如今是罗凡本人要离开这个家了。

罗凡兜完圈，准备出门时，川溶从阳台上回到屋里。川溶留不住罗凡，但川溶还是哀哀地说："莫非就这么走了？"

罗凡回头望一眼川溶，好像对川溶的话不可思议。罗凡说："你说什么？"

川溶说："你不走，难道不可以吗？"

罗凡苦笑笑，说："我又不是去死，你这犯得着吗？我是去找小茗，你的外甥女小茗。"

罗凡说完，甩甩袖出去了。

川溶重新回到阳台上。她低着往阳台外望下去，此时罗凡已经走到墙角转弯处。罗凡突然抬起头，将目光抛向站着川溶的阳台。那目光很复杂，很暧昧。

川溶当然不知道，许多天以前的那个黄昏，罗凡就是因为用这样的目光往阳台上瞧了一眼，才萌生起一股异样的欲念，最后导致了小茗的出走。

阳光明媚的下午，蓝青约我去海韵歌厅陪她排练歌曲。蓝青说她自己创作了一首歌，她准备自己演唱自己的歌。严格说是她自己随意哼出来的小调，恰好被歌厅老板听到，觉得有些意思，迫问她是从哪本磁带上学来的。蓝青不由得扑哧笑了，说小时候奶奶常跟她哼这个小调，她也跟着哼哼，自然而然就会了，只是后来进了城再没哼过，要哼也只哼流行曲，差不多把它都忘了，刚才不知何故突然从记忆深处冒出来，一不小心竟溜出了嘴巴。老板就要蓝青再哼一遍，蓝青也就再哼了一遍。老板很满意，说声好极啦，在录音机键钮上按一下，蓝青那柔柔曼曼的小曲便又重新从录音机小喇叭里飘出来。老板挥挥手对乐队说，原来的歌不练了，你们先跟录音机练几遍，把旋律练熟，再跟蓝青合作。老板又回头对蓝青说，词曲演唱都属于你，推出去不比李春波的狗屁《小芳》差。

蓝青走进我的办公室时，我正在修改一份文件。我丢下笔，把蓝青和我自己都搬到沙发上。我说："看你那样子，一定在哪里捡了钱包。"蓝青就把歌厅老板要排练她哼的小调的事告诉了我。我听了也很高兴，立即起身去收拾桌上的文件，跟她走出办公室。我说："应当好好祝贺你才是。"蓝青说："用什么祝贺？"我说："到时你会知道的。"

街上的阳光从没有这么明丽过，人们的脸色在阳光下显得很灿烂。经过百货商场时，我要蓝青在外面稍候片刻，去机电专行里买了一部小型录放机，外加两盒空白磁带。我对蓝青说："我要把你的歌录下来，拿回办公室听。"蓝青有些感动，把我的手臂挽得更紧。

走进海韵歌厅，老板和乐队的鼓乐手都已经等在那里了。蓝青把我介绍给老板后，便开始集中注意力，站到台前准备演唱。我坐在台侧的凳子上，望着台前亭亭玉立的蓝青。我觉得这里的气氛还可以，蓝青也许能够发挥出较好的水平。这时蓝青侧首瞄瞄我，我轻轻对她扬了扬手，以此表示我正在关注着她。她于是会心地笑了笑，显出一股自信来。而后她朝鼓手招一下手，那鼓点便由缓到急马蹄击石般响起，引出宛转流丽的管弦乐。

蓝青徐徐举起话筒，声音中充满着无限的依恋：

那年踏上他乡
周围都是陌生的目光
人静的雨夜梦见她
梦见她带泪的脸庞
梦醒时她的挽留还在耳旁
才知他乡不是家乡

我一下子就被蓝青的歌声感染了。我想起那位少年曾经被这样的歌滋润过，后来一直在寻找这首歌的影子，虽然他差不多快记不起这首歌了。

那天蓝青排练完后，我跟她一起走出海韵歌厅。我跟蓝青说："你唱得真动听，我还从没听过这么好听的歌。"说着，我不自觉地便哼了几句。

这把蓝青逗乐了，她说："想不到你还真有几个音乐细胞，唱得蛮出味的。那些乐手练了两天了，有两个微妙的滑音还没有掌握住，你听了一下午就会了。"

蓝青说的当然没错。但我对音乐的感觉决没有那些乐手好，这我心中有数。只不过这天下午的歌有点不同，这首歌我少年时就听一位小姑娘唱过，那时我就学会了。那小姑娘从乡下来的，来走亲戚，她的亲戚是我的邻居。

分手时我把两盒录好的磁带给了蓝青一盒，另一盒我留着带进了办公室。每天下班后同事们一走，我就打开录音机，独享蓝青那优伤而动情的歌声。我总以为这是蓝青唱得最好的一首歌，以往我去歌厅听过她的歌，尽管都很优美，但没有一首像这首歌一样来得纯真自然。这首歌跟蓝青本人完全融合了，她的气质和她的情感全都流进了旋律里。我突然想起，在我没听见蓝青唱这首歌之前，我就发现蓝青身上叠印着一个我似乎有些熟悉的影子，原来这个影子就是这么一首歌。

只有川溶心里最清楚，冯良的出现给她和罗凡带来了什么影响。尽管一开始川溶就感觉出，她与冯良已经有了一层无法逾越的阻隔，但她却分外珍惜这段极不容易的重逢。川溶默默在心里祷告，但愿跟冯良相处的时日能多一点，再多一点。她想对过去和未来的双重失去做出最大的弥补。川溶把原属于罗凡的感情作了位移，尽量转到冯良身上。这样的时候川溶心理上得到了满足，冯良也暂时受到诱惑，把他与川溶之间缘分将尽的事实搁置在脑后，沉浸在彼此相亲相娱的欢乐中。

川溶很自然地便冷落了一旁的罗凡。罗凡面对川溶的变化，有点莫名其妙，开始他以为是自己的神经出了故障，失去了正常的对事物的判断能力，后来他才意识到，他的感觉其实是准确的。罗凡试图找出其中的缘由，又不知该从何处着手，只得生硬地试问川溶本人。川溶毫不隐瞒，告诉他，她初恋的情人到了这座城市，原本她就是扔下他才嫁给罗凡的，她欠他的实在太多，想趁这个机会作一点弥补。

听川溶这么说，罗凡五分愤怒，五分迷惘。他以为川溶是在跟他讲叙一个与己无关的言情故事。旋即罗凡就做出分析，川溶的话一定没有假，他相反释然了。川溶看出了罗凡那微妙的心思，说："你别吃醋，他在这个城市不会待得很久，他会很快离开的。如果你乐意，我会把他介绍给你。”罗凡不知如何回答川溶，但他听川溶这么说，心里似乎就踏实了许多。

川溶要把冯良介绍给罗凡，并不仅仅说说而已。那天中午，川溶果然把罗凡想见又不愿见到的冯良引进了家门。那个时候罗凡正从小茗操持中餐的厨房走出来。

这段时间罗凡一下班就急着住家里赶，帮着小茗忙这忙那。罗凡一直对小茗有种似有似无的向往，却一直埋在意识深处，未敢让它露出任何端倪。罗凡想小茗毕竟是川溶的外甥女，也同时喊他做姨父。可川溶跟他摊牌后，意识深处的东西一下子浮了上来，使罗凡耳热心跳，无法自制。罗凡意识到，他对小茗这份荒诞的情感，已经不是一朝一夕的事。

冯良是跟在川溶后面进屋的。罗凡一见就知道是谁了，因此川溶刚准备介绍，罗凡就走到冯良面前，伸出了自己的手。罗凡那高级知识分子的高贵，在这样的场合得到足量的表现和发挥。他带着一种平和却高雅的语气说：“不用介绍，我就知道你是谁了，你叫冯良，川溶小时候的朋友，她经常提及你。欢迎欢迎，贵客临门，是我莫大的福分。”

后来罗凡不止一次回想起他见到冯良时的心情，他原以为自己会怒火中烧，不想竟那么心平气和，甚至有些无所谓的味道。罗凡想，恐怕是由于一上场，他就通过冯良，发现了自己作为一个高级知识分子的优越感，他甚至暗自感激冯良，给了他一次体会这种优越感的机会。不错，冯良是一个富人，但富人钱再多，也无法换来那份高雅的气质，而罗凡恰恰在这上面占着上风。

让川溶始料不及的是，冯良虽然不是精细的读书人，却对罗凡那看似平和实则高贵的气质很是敏感。他觉得他与罗凡根本不是同一个档次的人，他再富再有钱，也无法拥有罗凡那样的自信和自傲，这种自信和自傲跟他袋子里的钞票一点都不沾边。最使冯良泄气的是罗凡那深藏于自信和自傲后面的不经意的轻视，他对他的介入竟然能够毫不在乎，仿佛他的存在仅仅只是存在，具体到他罗凡身上，什么也不算。冯良开始为自己悲哀，他觉得一切都变得那么虚无，包括他对川溶那段深刻的恋情，包括他为川溶所做的多年的奋斗和追求。因为在罗凡这些人的面前，他自始至终是失败者，一切的努力，一切的所谓成功，都变得毫无意义。

冯良就是第一次也是最后一次走进川溶的家时，下决心离开这座城市的。事实上他的决定非常正确，具有一定的理性色彩，因为正如他自己所意识到的，在这座城市里，他永远是个多余的人，这里根本没有他的位置。

不过冯良又是一位倔强的男人，后来他还是进行了一次努力。只是他依然未能成功，这一回击败他的不是别人，而是生死相恋的心中偶像川溶。

我手中握着那枚心形柄铜钥匙，一直找到钻石路 123 号。这里是不久前新建的宿舍区，名字就叫 123 小区。总共有十几栋宿舍楼，整整齐齐排列在那里。我向标着“4 栋”两个红字的那栋楼走过去。在第一个单元外面，我看见门洞上方标着“一单元 101—116”几个字，接下去是“二单元 217—232”，“三单元 333—348”，“四单元 449—464”。我几步走到第五单元门口，立即看到门洞上“五单元 565—580”的字样。我毫不犹豫走进楼洞，在第二楼的左边找到了那个“567”门号。我拿出那枚心形柄的铜质钥匙，瞟一眼柄上那串很有意思的数字：1234567，然后向锁孔插进去，扭上两圈，那扇门便打开了。我站在门口，心想这莫非就是那扇川溶曾为我打开过，而我却没有走进去的奇特的门么？

门里的一切，也就如川溶曾为我交代过的那样，紫色窗帘，床头柜，柜上的电话机，一切都是预料中的。我在屋里绕了一圈，然后走到窗前，立在紫色窗帘的黯影里。我知道我只要伸一伸手，将这一挂优雅的窗帘拉开，有一个精彩的女人就会走进这个屋子。可我犹豫着没有伸手，我不知道该不该把这扇窗帘拉开，虽然我已经自作聪明，找到了这个 123 小区 4 栋的 567 号房门，并用那个女人亲手交给我的钥匙，打开了这扇久封的门。

那个闷热的星期天，我曾走进过川溶为我开启的另一扇门。

那是图书馆古籍书库的门。曾经在那里工作过的退休老头虽然已经死去，但那里的每一个角落都仿佛充斥着他的气息。那是一种夹带着腐蚀味和霉味的气息，来自每一页已快糜烂的陈旧的历史。我怎么也不明白，川溶会喜欢这么一种气息，主动向馆长要求来这里工作，还要把我也叫进来。

川溶一进书库，就躲在书架后面换上白色工作服，那样子是要在这地方大干一场。她在书架之间来回穿行着，飘飘忽忽的，好像一片幽灵。她在靠窗的书桌上堆了两叠厚厚的线装书，一本本翻着，翻出怪异的古人陈腐的影子和无声的谁也听不懂的语言。自然，那些影子和语言都是残缺不全的，川溶便拿出剪刀和糨糊，企图将这些残破修补齐整，以恢复原来的面貌。

我无所事事，站在一旁看川溶津津有味地干着这一切。终于看厌了，我开始在书架中间走动起来，偶尔停下脚步，把手插进密密码着的书堆里面，抽一本发霉的书出来，顺便抽下一股毛茸茸的灰尘和一道历史的陈迹。却不愿意翻开书本，去窥视那个已不复存在的久远的年代，随手又将书本搁到架子上。

川溶这时从后面传来一个声音："你若不想做别的事，跑到这里来翻翻书，那可是最有意思的。"我没有跟川溶搭腔，我知道她纯粹是一种自言自语的唠叨，根本没有要我回答的意思，何况我闻到了川溶话音里的那种陈腐，我已憋闷得什么都没法说出来。

只听川溶又说道："我好像一进图书馆就喜欢上了这项工作，好像命中注定，我这人就适合干这些。尤其是古籍部，我一走进来，便觉得这些从古书中散发出来的气味格外芬芳好闻。在这个地方呆着，简直是一种最大的享受。"

我有些听不懂川溶的话。不可思议，她竟把这里到处充斥着的陈腐糜烂的霉味说成是格外芬芳好闻。莫非川溶出了什么毛病？我偷偷觑一眼正在专心致志工作着的川溶，看她那丰腴的身段，那红润光亮的脸色，她分明又是那么强壮健康，找不到半点出了毛病的迹象。要么是我自己出了毛病，我想这是唯一的解释了。

那天我和川溶在书库深处待了许久。她那高涨的工作热忱，使她全然忘记了时间。大概已近中午，库房里变得闷热起来。川溶却全然末觉，一心操作着，又剪又贴的，那劲头足得很。但我看见她额上已经渗出细密的汗珠，她不时抬起手腕在额上揩一下。我觉得自己这么闲着也不是话，总该为她帮点什么忙，所以当她额上的汗珠再一次冒出来，我便急忙上前，掏出手帕，讨好地为她揩了一把。

川溶的脸上立即下意识地红了一下，双眸陡地灿烂了。她把注意力从陈腐的遥远的年代转移出来，朝我嫣然一笑。“今天还真有点热哩。”说着，摊着一双沾着浆糊和灰尘霉迹的手站起身。“你干脆好事做到底，将我工作服上的扣子解开，让我凉快凉快。”

我当然只有遵命。我向她靠近一步，站到她前面。按从上至下的顺序，我开始解她领下的第一颗扣子。然后是第二颗。这时我觉得有异，她脖子下的浅胸竟没有衣服遮掩。那是一层雪白的浅胸，最初的乳沟已经很明显地露在那里。我心跳急骤加快。但我控制着激动，告诫自己，也许川溶里面留着领口较低的内衣，完全用不着想入非非，与自己过不去。

我运足气，勇敢地打开第三颗扣子。

我的大脑立刻晕眩了，感觉自己进入一种麻木状态，仿佛时间暂时停止了流动。我看见了一双完完整整的酥乳赫然鼓颤着，若不是那条细小而松垮的也可以称之为乳罩的薄带还象征性地托在那里，这对酥乳早就大胆地弹跳出来了。

我的耐性全部消失，双手一用力，另外几颗未解开的扣子便飞得不知去向。我将这件宽大的工作服摊在堆着书本的地板上，再返身把差不多已全裸的光彩照人的川溶抱起来，放到上面摆平，摆出一份隆重的诱惑。

事后川溶对我说起这一次的结合，说是她平生最快乐最满足的一回。川溶把功劳归结于我的能干，对我感激不尽。但我心中却清楚得很，川溶的激情和感觉主要源于那糜烂陈腐的特殊气味，是这种气味催发了这个怪女人的原始生命力，而我仅仅是她以情感的空头支票为抵押，临时借用的一件简单工具。

事实上我的感觉也挺不错。

我知道那一次书库深处的情事，是川溶早就预谋好了的，这从她换工作服时竟然连内衣也一同换掉，就足以说明她的别有用心。

那次情事过后，川溶还非常动情地捧着我的脸，用一种心满意足的口气说道：“你真行！你酷似一个人，可你比那人行。”

我后来才知道川溶说的那人，叫做冯良。

当川溶第二次邀请冯良到她家去时，冯良断然拒绝了。冯良已经没有任何勇气接受罗凡那种平和却深邃的目光，冯良已经被那目光杀伤，一时三刻恢复不了元气。冯良对川溶说："你就饶了我吧，你宰了我也不敢迈进你那个屋子一步了。"

川溶没有坚持自己的意见，随冯良走进那个 123 小区。在 4 栋 567 号房子里，川溶和冯良都非常迎合对方地干完他们要干的事情。临离开那里时，冯良拿出了那枚心形柄的铜质钥匙，放进川溶的手心。冯良做着这个动作时，显得落落大方，无法掩饰地透露出只有富人才可能有的优越感。冯良很温情地说："我物色了好久，才相中这个地方，价格是贵了点，可为了你，为了我们的过去、现在和将来的日子，我心甘情愿买下了。今后这座房子永远是你的了，不论我在不在这个城市。"

稍停，冯良又说："而且房子的方位和门号都很好记，你一辈子都忘不了。你只要瞧一眼钥匙柄上的钻石和那串数字，就什么问题都解决了。你知道吗？钻石是昂贵的金属，代表我对你永远不变的心。1234567 则是乐谱上的七个音符，无论怎么美妙的歌都可谱写出来，而我心中的歌。永远都伴随着你。"

应该说，冯良这番用心和这番表白，不能不说是真诚备至，情深意切。可川溶却没有接过这意义深远的铜质钥匙，而把它重新还给了它的主人。扔下傻在那里的冯良，川溶独自一人下了楼。

那天冯良不自觉地犯了一个错误。他不知道川溶对他的爱，至今还保留着少年时期的似真似幻的纯抒情的色彩，这种纯情的东西就是因其浪漫和纯真，才显得魅力无比，价值连城。现在冯良以一位富人不可避免的方式，在这纯情的爱里掺进其他因素，自然使川溶倍感失望。何况冯良用的是富人包二奶的方式，这更让川溶受不了。

那天川溶走出 123 小区后，满心都蓄满了委屈，差点连眼泪都淌出来了。她原本是一位很富于理性色彩的女性，曾经凭借女人少见的理性，牺牲了初恋，到这个城市里换取了户口工作和舒适的生活。但她同时又是情感动物，时时刻刻都想寻回逝去的初恋。这时冯良终于出现了，虽然川溶知道这段情缘不会太长，但她却企图保存住它的原汁原味，不愿掺进她已恨透了的物质的因素。结果这一切还是如期而至，而且是这么迅速。川溶真的想不到，那纯情的初恋在这个物质世界里那么容易败死。

不过，当冯良离开这个城市即将南下的那个烟雨迷蒙的傍晚，川溶还是收下了那枚心形柄铜质钥匙。这个时候川溶已把它与初恋的纯洁完全区别开来，当成毫不相干的两码事。

后来川溶特意用这枚钥匙开过那扇门，怀着一种凭吊的心情，在这个房子里待了半天。再后来，川溶把钥匙给了另一个男人。

有脚步声自门外响起来。

按照川溶曾给我设计好的，我已经打开那一挂美丽的紫色窗帘，并揿下床头柜上的电话机的免提健，拨了 168 台的某一个号码。那熟悉的旋律立即从电话机里飞扬出来，且伴随着播音小姐甜蜜的声音："这是川溶小姐特为肖先生点播的歌曲，无论您走到天涯海角，只要您肯费心坐在电话机前，按下 168 台的号码，您就会听到川溶小姐为您点播的这首优美动听的歌曲……"

这里的"肖先生"就是我本人。读者早就在翻开这篇小说时看到了标题下那个蹩脚的署名，168 台小姐指的肖先生便是这个角色。对此，我一点也不感到稀奇，因为川溶早跟我说过，她已在 168 台为我点了歌，要我用那枚心形柄的钥匙打开这扇门后，先拉开紫色窗帘，然后拨打 168 台。

奇怪的是，我竟在电话里听到一段非常熟悉的旋律。这是我那天在海韵歌厅里听到的小曲。那支小曲还未曾在这个城市唱红，未知川溶那么多歌不点，缘何却点了这首歌，而偏偏 168 台又储藏了这首歌。

就在我愣怔着的当儿，蓝青的嗓音流泉般从电话里飘了出来：

那年迷失他乡
周围都是冷漠的目光
人静的雨夜梦见她
梦见她带泪的脸庞
梦醒时她的叮咛还在耳旁
才知前路仍然很长

听到门外的脚步声，我无动于衷，没有立即迎过去。我以为那是川溶。川溶已经把一切都设计好了，从我跟她的相识，到古籍部书库深处的偷情，到用铜质钥匙打开这扇奇特的门，到拉开紫色窗帘，按下 168 台，到她的如期而至……

在这一系列的程序中，川溶始终充当着两个角色，一个是理性的川溶，她一直隐蔽在幕后，精心构思策划，按照逻辑编排故事的起承转合；一个是纯情的川溶，她与我水乳交融，生死相恋，把我引向情感的渊薮而欲罢不能。眼下川溶正一步步走向我，我不知她又将跟我走向什么未可预料的情节。

令我深感意外的是，从门边走进来的竟然不是川溶，而是我那位户籍警朋友。

我木了片刻，把他让到椅子上。我百思不得其解，莫非刚才我拉开窗帘后被他瞧见了！即便这家伙瞧见了，也未必知道是我呀。

我说："你怎么知道我在这里？"

朋友开心地笑了，说："我们做警察的，天上的事知道一半，地上的事全知道。"

我不可思议。

他说："那天你跟我在街上查对门牌号码时，你已经把秘密暴露给了我，你手上那枚铜质钥匙的柄上一面有颗钻石，一面是一串很有意思的数字：1234567。"

我说："你这号人太可怕了。防人之心不可无，我这人好没心眼。"

朋友告诉我，他是来告诉我一件事。他说罗凡已经死了，是跳河而死的。大概有两天时间了，他的尸体是今天早上才在河边发现的。罗凡身上别的值钱的东西都没有，手上却紧紧抓住两样东西：一条浅红色女式裤衩，一件白色乳罩。因为罗凡为了找什么外甥女曾去过派出所，所以办案人员毫不费劲就辨认出了罗凡的面目。

后来在了解罗凡的死因时，才知道罗凡跳河的当晚曾去过海韵歌厅。不知他从哪里得到的情报，说他的外甥女小茗就在海韵歌厅当歌星，而且把她自己做词谱曲的一首歌唱得特有情调，省电视台都来录走了电视，即将在省内外引起轰动效应。罗凡走进歌厅时，歌星正唱得非常起劲，台下的听众几近疯狂，掌声一阵一阵，热烈异常。罗凡走到台前，不合时宜地朝着歌星大呼“小茗小茗小茗……”并扑过去要拉歌星的手。

歌星的歌陡地断了线，她睁大眼睛朝扑上前来的罗凡盯了一下，身子一扭躲过他的双手。歌星怕乱了歌厅的秩序，拦住上前要捉拿罗凡的保安人员，把罗凡引到后台的休息室。她打开那扇后门，指着门外说：“这里没有小茗，你要找的小茗已经死了，你若不信，去问问别人，问问这座城市里的每一个人，看他们看见那个叫小茗的女孩没有。”

罗凡在歌星面前站了足足三分钟之久。这么站着时，他身子一动不动，眼睛定定的，两颗眸子好像是嵌在眼眶里的两粒围棋黑子。最后他知趣地走出了那扇小门，走进茫茫夜色之中，走向另一个世界。

朋友还告诉我，验证了罗凡的尸体后，他们又找了那位歌星和川溶。歌星已经离开海韵歌厅，不知去向，很可能已不在这座城市。后来问过川溶，她知不知道一个叫小茗的女孩，川溶流着泪说，小茗是她的亲外甥女，在她家住了一年多，是跟罗凡发生那件事后出走的，一直没有回去。只是川溶不知道在海韵歌厅当歌星的女孩是小茗，因为她没去过海韵歌厅。只是不久前川溶偶尔在广播里听到一首歌，那旋律很熟悉，那嗓音也像是小茗的，便为一位朋友向 168 台点了这首歌。

说到此处，川溶对办案人说，也许这位朋友知道小若在什么地方。两个月前川溶跟这个人约定在商场门口见面，她因出门后又回去拿伞，耽误了一些时间，等她拐过商场的墙角时，还看见他跟小茗打过招呼，他那非同一般的眼神，让她生气了好长一段时间。

户籍警朋友说：“川溶说的这个人，你不否认就是你吧？”

我说：“你是说我跟罗凡的死有关？”

他说：“也不完全是。我们主要是要找到小茗，她是罗凡死前最后接触过的人。”

我说：“我从来没跟一个叫什么小茗的女孩交往过，你可不要把我牵扯进去。”

他说：“你是去过海韵歌厅的。海韵歌厅的老板告诉我们，你是他们歌星的男友，你亲自陪她排练那首已逐渐唱红的新歌，而且还坐在一边录了音。”

我说：“她不是小茗，是蓝青。”

他说:“蓝青？蓝青会不会就是小茗?”

我说:“这是你们警察的事。”

他说:“不管是蓝青还是小茗,如果你知道她的行踪,还麻烦告知一声。”

说着,他站起身,向门口走去。

我重新把那挂美丽的紫色窗帘放下来。我知道川溶再也不会朝这挂窗帘走过来,走进我用心形柄的铜质钥匙为她打开的这扇门。缘起还有缘尽时,何况我距川溶的情缘自始至终便掺杂着太多的因素,这些因素像无形的蛛网,编织出这个情与缘的故事,最终又羁绊着这个故事,将它生生地勒死。

接下来我又想起另一个女性,那个被我叫做蓝青的女孩。她是不是与罗凡有过瓜瓜葛葛的小茗？我不得而知。事实上她是不是小茗,对我又有何干呢？我仅仅与一个愿意叫蓝青的女孩有过交往,我在她身上看见一道影子,一道与她叠印着的我有意无意寻觅了许多年的影子。这是我爱上她的唯一的理由。我好想把手上这枚钥匙交给她,让她自己打开这扇门,把她和她身上那道奇特的影子保存在这个神秘的房子里。

但我无法找到她。

她到哪里去了呢？她还在这个城市里吗？难道她就那么谜一样走进我的生活,又谜一样从我的生活中消失掉,消失得那么无影无踪？

我在房子里无聊地绕了一周。我决定离开这里。没有人跟我走进这道门,走进爱情温馨的怀抱,我一人待在这里将完全失去意义。我瞟一眼房间里的设施,带着一种荒凉的有些古怪的心情,缓缓向门口挪去。

临在此时,一个声音震响了。

我心上一阵惊悸,不知是被这个声音吓的,还是别的什么原因。我刹住步子,然后转过身来,朝床头柜那个方向望去。

我看见那部刚才我收听过 168 台的电话机震颤着,那样子带着几分抒情的意味,像一位初恋的情人第一次得到爱的信息。

我走过去,拿起话筒。是谁打的电话呢？谁会往这部连我都不知道电话号码的电话打电话呢？我感到非常纳闷。

但我立刻就听出了对方的声音。

那个声音无论何时何地，无论是组装起来，还是拆开，我都能听得出。我说："蓝青，你怎么想起要打这个电话？你是怎么知道这部电话的号码的？连我至今还不知道它的号码是什么呢。"

蓝青说："是你亲自告诉我的。"

我说："我是怎么告诉你的？"

蓝青说："7654321。你不是曾告诉我一个这样的号码么？"

我有些莫名其妙了。我这是给她开玩笑，连我自己都不相信这个城市会有这样的电话号码，而她居然当了真，居然用这个电话号码找到了我本人。

真正的滑天下之大稽。

我说："蓝青，你在哪里？好多人包括我都在找你呢。"

蓝青说："我在哪里，这难道那么重要？这你用不着管。我是想听听你的声音，才给你打电话，莫非你就不想听听我的声音？"

我说："当然。"

蓝青说："那就够了。"

然后电话挂断了。

我久久地握着话筒，好像有许多许多的话要说而没有说出来。可此时我唯一的办法只有缄默不语。这是我唯一能够做到的。

最后我放下话筒。

我一步一步向门口走去，随手将门带上。

外面已经下起细雨，迷迷蒙蒙，布满低低的天空。我突然想起几个月前的那个中午，怎么今天的迷蒙细雨与那天这么相似呢。

我想，是不是这一切又回到了故事的开头？

裸體工資

蕭声曼

>>

叩响鹅卵石嵌就的街面，绕几道弯，走出窄且深的巷子，一条河便很明媚地横在眼前。河岸有柳，丝丝缕缕垂着。柳荫最浓处，蓄着幽幽的深潭，练样的木桥绷直了，静卧其上。

桥那头，一凉亭悄然而立。

凉亭虽旧，却不破。青色的瓦，赭色的亭柱和条凳，透几分雅致。偶尔有人步过木桥，走进凉亭，或坐或走。片刻即离去，沿亭后曲径，逶迤走向山脚。这凉亭，便仿佛一首古色古香的旧诗，被人默读过，一下子又生出些许寂寂的意趣。

这人，多半是镇子上的小妇人。亭后的小径往山坡上攀去，小妇人就翘着臀，抹着香汗，径直爬上山坡。

山坡背阴处，有一块蛮大的青石板。青石板生得奇特，仿佛有女人躺过，头、臂膀和臀部，都留下光滑的印迹。该凸的凸，该凹的凹，形象得很。镇子上的小妇人就把这块青石板叫做美女岩。镇子上的小妇人有成亲多年而未怀崽的，常在黄昏之后，到美女岩上去接崽。接崽就是照着那美女印子躺下，像等候自己的男人那样，等候神灵送崽来。有些盼崽心切的小妇人，甚至大着胆子脱去衣服，裸身接崽。据说这样更灵些，容易感动送崽的神灵。

有一天，美女岩下的凉亭里，就忽然来了位香客。

这香客也怪，不去镇子上人多的地方卖香，躲到这里来做么子？自然买香的人寥寥无几，一天卖不脱几把香。香客却并不着急，悠悠地从身上拿出一根蛮长的竹管，一头戳进嘴巴里，不紧不慢吹起来，吹出极好听的声音。

镇上人闻声走出屋，转弯抹角出得巷子，站在柳荫下一瞧，才发现凉亭里坐着个人在吹竹管。于是纷纷过了桥，走进凉亭。香客却好像并没见亭子里来了人似的，仍只顾一心一意吹他的竹管，吹得很起劲。

众人中便生出些低声耳语：

“那是笛子吧？”

“不，是箫。”

“是洞箫。”

“哦，是洞箫。好味道。”

“莫吱声了，听箫。”

“……”

于是就听箫，再没人说话。

就觉得箫声蛮柔曼，蛮生动。起初，但见香客那长长的手指，只管在箫孔上轻轻地滑动，那箫声仿佛缕缕烟岚，缭绕着，氤氲着，把人的心思抹得有些濡湿；又仿佛一阵微雨，从飘扬着熹微的半空洒落，洒在树叶间，洒在草地里。接着，香客的手指便快速弹将起来，错落有致，起伏跌宕，绝妙非凡。时而如小鹿跳过溪涧，芳蹄踏出无数水花；时而如蛙鼓敲碎黄昏，落霞染醉天涯路。自然，有流畅亦有凝滞，有激昂亦有低沉；或者有意要逗你喜乐，或者无心竟触伤你的悲处。俄顷，那长长的箫管上一下子跑动起千军万马，纷至沓来，黄尘蔽天。只是突然间，这千军万马又全消失了，箫孔里喷出无数彩色的浪花，拥着，腾着，向遥远的天边奔去。此时，风趁机呼啸起来，浪花从天边卷回来，风拍浪，浪卷风，狂舞着，奔腾着，把夕阳和霞光撕烂，绞碎，狠狠砸向巨礁。香客的手指便有片刻停顿，似乎要将感觉牢牢捂住，不愿它们从箫孔里走失。然后，那长手指才又缓缓地搓揉起来，揉出一片秋天的叶子，自黄昏的枝头哀伤地坠落；揉出一川冷寂寂月辉，泼湿梦幻边缘的期盼和苦待……

听者就这么被感染了，一个个抑制住眼眶里正在打转的泪水莫滴落，赶忙从身上掏出钱来，放在香客的身边，顺手拿起那捆得齐崭崭的香把，退出亭子，走过木桥，躲进那幽幽巷子的深处。

这个时候，已迫近黄昏。

这个时候，香客仍然没有要走的意思。望着众人走散，兀立着，低头瞧一眼身旁残剩的几把香，良久，又把长箫举起来。这回却半天鼓不起腮帮，瘦长的手指在箫管上懒懒地依枕着，好像再没有气力启开。

香客那目光，痴痴然，已被什么勾起。

河对岸的巷子口，何时立了一位小媳妇。

未几，小媳妇就踌躇着，低垂了云髻，步点起莲花，登上木桥，款款向凉亭方向走来。

好窈窕的身子。那腰，那腿，还有那臀，要纤巧便纤巧，要圆润便圆润。精致玲珑的小脸上抹着夕晖，一双杏眼，关不住那两颗幽幽黑黑的葡萄似的，仿佛随时都有可能从那长长的睫毛之间扑闪出来。

小媳妇是镇长的小太太。镇长娶过两房太太，肚子都瘪瘪的，未曾开怀。去过好多次美女岩，亦没有动静，所以镇长膝下一直寂寞。不孝有三，无后为大。镇长身为一镇之长，无处不在人上，谁想这生儿育女之事不遂人意，脸上甚是无光。可镇长硬不信祖坟山上的龙脉出了岔，半年前去山外号称美女窝的桃花镇上，弄回了这么个可心的小媳妇。镇上人一瞧，就说，这才是最能下蛋的母鸡。

“那腰子，啧啧……”女人们斜着眼，嫉妒得要死。

“那屁股包包，好翘。镇上那个生过九胎的寡妇，还不就是这样的屁股包包?”男人们的嘴角流着涎。

镇长自然很得意，瞧瞧身边的小媳妇，把她的小手拿过来，勾到自己的手臂上，尔后便昂了头，从镇上人的艳羡中走将过去。小媳妇却始终低着头，那黛青的发丝将半边脸遮住，半羞半涩的样子，让人心里痒痒的，欲将那小脸看清楚，却终是不能。只是绕过古榆树，踏上台阶，就要隐进镇长的黑院门时，小媳妇才突然挣脱镇长的猿臂，顺势将额前的幽发往肩后一甩，回首，用鲜鲜亮亮的粉脸上那对幽深的眸子，向众人睃去一眼。镇上人的目光于是一下子被拉直了，痴痴的，呆呆的，再也收不回去。直到小媳妇复回过头，跟着镇长跨进了门槛，隐身于黑漆院门，人们的目光，还牢牢地挂在门板上那两只丁当摇晃着的铜环上面。

据说，当时众人后面，还寂寂地站着一位陌生人。但没有谁注意到他的存在，没有谁知道他何时来到这镇上，何时从镇上消失的。人们的好奇和惊艳都慷慨地给了妩媚的小媳妇。

可此后，却再也没见小媳妇从那紧闭的黑漆院门里走出来过。

是不是怀上了？镇上人猜测着，估摸着。若说没怀上，那是要上美女岩的；既然没见上美女岩，那一定就是怀上了。镇上人拙，就知道用这简单的思路推测。

不过，推测究竟归推测，没有确证，镇上人心里总觉得不踏实。

便有大胆者，猫了腰，去那黑漆院门上，手抓了铜环窥视，企图从门缝里往里瞧见那蛮诱惑的悬念。可院门铁紧，没有缝隙，只得摇摇头，退下来。

还有人爬到榆树上，扯长脖子朝院里看。院里空落落的，窗扉半开，阶前的坪地上，几片提早凋零的榆树叶子静静铺着，却并不见小媳妇的半个影子。

镇外凉亭上那柔柔曼曼的箫声，就是这个时候响起的。

闻着那箫声，镇上人心头，就无缘无故滋生起一种说不明道不透的情绪，灵魂深处恍若总有什么东西牵扯着。尤其是女人们，连夜晚的睡眠也不再那么沉稳、香甜了，虚虚幻幻的浅梦，也总被那缥缥缈缈的箫声缠绕着，溢出许多的伤感。更有无崽的妇人，不由自主地踏着箫声，走出深深的巷子，过桥，上了美女岩。

却想不到镇长的小媳妇，也出了黑漆院门，穿巷过桥，踩上了那条蛮多女人踩过的小径。

镇上人那个关于小媳妇怀上了的猜测，就这么被否定了。

那箫声柔曼，那身影飘逸轻盈，踏叶无痕，真不知是那箫声托起小媳妇的绰约，还是小媳妇的步子点着了箫声的飘忽。

只知道，那箫声和小媳妇的身影已缠绕在一起，将小镇人的心事召唤得有些虚幻。

镇上人就这么成了箫声的俘虏。他们的感觉变成美丽的音符，从香客的指尖倏尔而出，舒开灵动的轻羽，向那浮着炊烟的夜空悄然滑去。它们在夜空随意地飘舞着，轻扬着，旋转着，兜了一圈又一圈。可不知何时，它们又放慢了速度，慵慵懒懒，滑回山前，降临凉亭，被香客悄悄收回箫管里。于是，初夜里出现了片刻的沉寂，仿佛连时间也忽然一下子凝滞下来，这个世界竟然生出一片小小空白。

待香客再次启动他修长的手指，将缤纷的音符从箫孔上放飞出来时，镇上人家已纷纷亮起了灯火，把初夜布置得非常迷人。那音符便跳荡着，扑棱着，在草叶间，在泥土芬芳的气息里追逐、嬉戏。可突然，它们拼命地抖动起身子，宛若一只只忘情的蛾子，以优美活泼的姿势，一边极迅地划着弧，一边朝着那闪着诱惑和魅力的灯火扑过去。顿时，好像有噼哩啪啦的声音响起，仿佛那群蛾子已被灯火烧着。可香客怎么忍心这些美丽的蛾子夭折呢？他赶忙放出同样长了翅膀的雨点，纷纷浇洒在灯火上。那灯火显然没被扑灭，但原先那群蛾子却得救了，涅槃为一条条神鱼，在夜色的浆液里摇着头，摆着尾，自由自在地游弋着，戏耍着……

“那箫声……”

窗前，巷尾，树下，水畔，便有了男人或女人的窃窃私语。

“今晚肯定有人要去接崽的，那箫声勾魂哩。”

“跟男人睏了几年了，就是没睏出名堂，气人么？”

“不瞒你，我还跟别的男人那么过。可这镇子上的男人就是不中用，硬是不能让你的肚子翘起来。”

“要是没那美女岩，恐怕好多人家都要断后呢。”

“我们也去趟美女岩吧？”

“去，一定！”

“……”

镇上人沉浸在那被箫声挑逗起的情绪里，竟然没能觉察出，那箫声曾断绝过，遗失于茫然的夜空。直到那小媳妇从山上飘飘逸逸走下来，踩过小木桥，在深巷里踏出似缓似急的足音，人们才依稀意识到，那箫声是在停歇了好一阵之后，复又追寻上小媳妇的足迹的。

第二天，凉亭里便没见了香客。

整个镇子一下子空落起来，人们莫名其妙就感到浮躁，生活里似乎少了许多内容。

尤其是到了傍晚，便忍不住要支棱起耳朵，去捕捉那箫声，仿佛那箫声还在夜空中飘忽，随时会飘进殷殷的期待里。

又悟起那小媳妇，莫非她与那箫声有种什么特殊的联系？要么，怎么她去过美女岩后，那香客，那箫声从此就消失了？

就仍如从前那样，去那黑漆院门上窥视，或是爬上院外的榆树，往里面张望。

终于看到小媳妇出现于阶前了。

终于发现小媳妇的腰子慢慢粗起来，那翘翘的屁股蛋已有些下坠，变得更圆更丰了。

那美女岩，真灵哩，啧啧。镇上人就议论。

还有那箫声，唉……同时又免不了要念及那箫声。

来年春上，镇外凉亭前的溪河格外茂盛。小媳妇的肚子，在人们神神秘秘的关注里，翘得很高了。她相反开始步出院门，在巷口缓缓走动起来，间或用那双幽深的眼睛，瞟一瞟远处空寂的凉亭。虽然人显得很笨拙，每挪动一步，都要使出蛮大的气力。原来粉嫩红润的小脸，也变得苍白了，有几颗细细小小的雀斑，很美丽地洒在小巧的鼻梁上。

镇长自然极高兴。就要为人之父了，心头窃窃的有份激动。想想也的确不容易，快四十的人了，讨了三个婆娘，才在小媳妇肚子里怀上这么一个。要不是美女岩，恐怕……

想到此处，镇长脸上就有了一份不自在。

临产期到了。镇长买了两挂长鞭子，杀了家里最跳壮的母鸡，然后请来镇上最有名的接生婆，静候着小媳妇生下孩子。

可小媳妇却没法将肚子里那坨肉生下来。

她双手反背着，紧紧抓住床架，使出了平生的力气。为了憋住劲，她咬紧嘴唇，倔强地不肯哼出一声。开始自然挺过来了，到了后来，身上的劲越来越小，那小脸因用力过大，变得扭曲了。再后来，小媳妇就绝望地合上了眼睛。同时松开那被咬得稀烂的嘴唇，想哼几声，可喉咙里已无法送出清晰的声音，只有干瘪瘪的咕噜声，自牙缝间艰难地挤出来。

接生婆无计可施，只有干着急的份儿，在房里团团打转。镇长慌了，没别的办法，只得听从旁人的计策，赶忙派手下人去镇上请来仙师，在堂屋里折腾了个够。

就这么捱过了一个夜晚和一个白天，小媳妇就那么徘徊在生与死的边缘，一直没能生下肚子里的生命。

此时，大约是夜灯初上的时分吧，窗外忽然响起一个声音。

那又是从镇外凉亭那边传来的，隐隐约约，又真真切切；缥缥缈缈，又实实在在。

那是箫声。

整个镇子突然间就静止下来，黄昏留存下来的一切喧闹和嘈杂，一下子全都隐匿起来，仿佛要腾出一片悠远的空间，好让人们用心灵去接纳这份久违的，曾是那么熟悉而又投缘的声音。

不过，镇上人却感觉出，这箫声分明与从前有了别样的意味。不再黯淡，不再哀怨，更多的是流畅，是明丽，是豪迈和崇高。那从容的倾诉里，潇洒地流淌着一份激越；那殷切的呼唤里，恣肆地汹涌着一种自信，一种生命的骚动。

小媳妇微微启开了那双沉重的眼皮。她听见，不，是看见了那个彩色的声音，在她那生与死的神秘空间里闪耀着，迸射着。她死灰的目光深处爆出两颗灼灼的火花。她全身的血管都张开了，她生命的、精神的力量全部集中于万劫的两腿之根了，她最后一个挣扎，那声憋得就要窒息的新鲜的哭声，便陡地落入尘世。

这哭声，刚好接上那嘎然而止的箫声。

同时嘎然而止的，还有小媳妇那曾经非常绚丽的生命。

镇上人此后再没听到过那箫声。

却不明白，到底是小媳妇带走了那箫声，还是箫声带走了小媳妇。

不过，镇上人再不会将那箫声忘记。此后的岁月里，他们经常能在镇长儿子脸上，依稀读出箫声的影子。

贝子公司茶

依傍着悠悠雄河的半边街，铺满方方正正、厚厚实实的青石板，一页一页，嵌连着，拼缀着，宛若一部拙朴而又深沉、古旧而又幽婉的历史。

贝子公一辈子都没离开过这些青石板。贝子公祖上曾显赫过，据说还出了一位举人。半边街的青石板就是贝子公祖上中举时，为光耀门庭和行善积德砌就的，至今，半边街人娓娓道来，仍然那么入耳中听。只是到了贝子公上面两辈，才渐渐破落下来，轮到贝子公，便只有当清道夫的份了，每日挥舞着大扫帚，在街上不倦地清扫。

解放前夕，贝子公以其清道夫的便利，掩护过几个从雄河对岸渡过来的剿匪队员。还提着高耳瓷罐筛了谷雨茶给他们喝。那个高个子队长站在街边的青石板上，一连喝了两大碗哩。接着半边街就解放了，高个子队长要贝子公当半边街的镇长，他忙摆手，说自己不是当官的相，还是留下来，像从前那样扫扫半边街的青石板。贝子公于是仅仅换了个清洁工的小头衔，照旧拿着那把竹扎的大扫帚，自街头扫至街尾，再自街尾扫到街头，像写一行永远也写不完的大字，一写就是几十年。几十年，这些青石板沾着阳光或濡着雨雾，白天晃着他闪亮的瞳子，夜晚荡着他甜美的睡梦，让他觉得比自己的亲生儿子还亲切几分。

忽然有一天，有人向贝子公走过去，要接过他手上那把大扫帚。他该退休了。贝子公当然很不情愿。他将脑壳别一边，瞟了瞟街外的雄河。雄河可作证，它记录着贝子公为半边街辛辛苦苦劳作的影子。但贝子公知道，不交出这把大扫帚是不行的，镇上事先已通知了他。他的目光从雄河上收回来停在脚边的青石板上时，眼睛兀地就模糊了。

这块青石板，就是高个子队长喝贝子公的谷雨茶时站过的。

好在贝子公的家就在半边街，虽然不拿那把大扫帚了，但每天开了家门，仍能与这些紧紧拼连着的青石板晤面。此时贝子公的心情就会熨贴一些，交出大扫帚时心中那种难受的酸楚，便要轻淡许多。

然而，雨雪风霜的浸蚀，再加上近几年各类车子的增多，街上的青石板开始破损了。有些青石板昨天还是上好的，那么平平整整，第二天一早起来，就发现裂开了一条缝隙。再过三五天，经那些凶神恶煞般的拖拉机和大卡车一糟蹋，便彻底地开了裂，变得身首各异。这几年，半边街突然兴起修建私宅的风气，一些缺德鬼还趁夜撬开破裂的青石板，搬去作宅基。好端端的一条街面，于是像得过疮疥一般，东一个眼，西一个洞，坑坑洼洼，不成体统。

贝子公的眼泪就往肚里流。一块青石板就是他身上的一块肉，他被剜得痛苦不堪。他弓着背去镇上跑了两趟，要镇上请石匠将街面维修一番，并惩办那些撬青石板的缺德鬼。镇办秘书倒是非常殷勤，又倒茶又敬烟，还用小本子将贝子公的意见一一记下，说镇长一有空，就向他详细汇报。可贝子公走后，却一直未见镇上有任何行动，青石板仍在一天天破裂，一天天减少。

贝子公又去镇上跑了几趟，终是无效。

这晚上贝子公失眠了。一辈子还是头一次失眠。因为伤心，也因为愤慨。他辗转反侧，就那么眼睁睁望着下弦月悄然爬上窗棂，又慢慢消失于灰蒙蒙的屋檐角。这时，一样清脆轻盈的声音，吸引了他的注意力。以往的夜晚，怎么却没听见过这美妙的声音呢？原来这声音虽然清脆，却十分细小，丁丁冬冬，仿佛针尖掉在石板上，不是夜深人静之时，是无法让人感觉得到的。贝子公的心里，竟因此生出几分兴奋，几分喜悦，刚才的愤懑消失了许多。这声音的确太生动，太动人了。贝子公就枕着这轻悄悄的丁冬声，进入了梦乡。

第二天一大早，贝子公就起了床，颤巍巍拿着铁桶，去接昨晚那个声音。那是一眼细细脉脉、清清亮亮的泉水，自贝子公屋后的岩壁上垂挂下来，悠悠然滴在岩壁脚底的石槽上。这泉水甘纯甜美，细腻清润，贝子公喝了一辈子，人也因此健旺精神，清爽醇厚。对啦，四十多年前，贝子公给剿匪队喝的谷雨茶，就是这泉水泡的，那位高个子队长还一抹嘴巴，边咂舌头边说，喝了这样的上等泉水，走到天涯海角都不会口渴了。

铁桶很快就接满了，贝子公弯腰提起来，进了茶堂屋。水烧开之后，先上满两个开水壶，余下的，倒入早准备好的高耳瓷罐，趁热泡上茶。饭后，旭日自东边升起，那阳光潋潋滟滟，洒在半边街上，贝子公已在自家门前端端正正摆上一张桌子，以及数把竹椅。桌子上除了开水壶和高耳瓷罐，还有七八只绛紫色的陶瓷小杯，外加一个盛满茶叶的竹筒。贝子公的茶摊就这么开张了。

还不到十分钟，贝子公设摊司茶的事就不胫而走，传遍整个半边街。好似出了桃色新闻，大家觉得既新奇而又有趣。都什么年代了，还搞这司茶行善的老一套？当然，从前不同，从前半边街哪个家里添了喜，或是儿子中了秀才，当了官什么的，往往会在桥头亭间，或岔道口街巷旁摆设茶摊，无偿供应过路人，以行善积德，保佑家人平步青云，福如东海。也有些是平生造了孽，摆茶摊消人干渴，而免除自己灾难的。半边街曾出过一位貌若天仙的美女子，却不幸沦落烟尘，到了晚年，她为了洗净自己的龌龊，在街旁孜孜地司茶三年，终于赎回声誉，百年归世后，半边街人为扬其美德，给她做了三夜轰轰烈烈的道场。只是后来，这种司茶行善的事被当做四旧，挨了批判，在半边街销声匿迹了。而今，贝子公的儿媳在城里当了工人，有吃有穿，用不着他祝福庇荫；他自己没病没痛，健健旺旺，也不需要赎罪消灾，却突然摆起茶摊，要行善积德，好像扫了大半辈子街还很不够一样，岂不有点怪异？

贝子公才不在乎这些哩，把椅子摆得整整齐齐，把桌子抹得干干净净，一双老眼熠熠生辉，饱含了笑意，迎接着上前喝茶的客人。客人受到感染，在竹椅上落了座，茶未入口，心内已舒泰三分。贝子公问明了是要热茶还是冷茶，要冷茶就筛那高耳瓷罐，清晨上就的茶水刚凉；要热茶，则先拿过精致的小竹筒，在陶瓷小杯里倾了茶叶，再去倒开水壶里的热开水。无论冷茶还是热茶，味道都那么浓酽且纯正，谁喝过谁称善不已。

岂料喝茶人刚放下杯子，欲拍了屁股抽身离去，贝子公却冷不丁伸出一只布满厚茧的苍老的大手，说道："五分钱一杯。"

茶客中，有些是见过外面的大世界的，街头巷尾，车站码头，老人孩子摆设茶摊，一毛二毛一杯地卖给顾客，已不鲜见，故马上自身上掏出零钱交给贝子公，微笑着道声再见，离开茶摊。也有从未出过远门的本地茶客，以为贝子公是在开玩笑，竟犹犹豫豫立于桌旁，未知该不该去身上掏钱。但见贝子公并没有开玩笑的意思，温和慈祥的笑意中，分明深含着一种不容置疑的肯定。茶客心想，这茶实属茶中上品，平时很难喝得到，五分钱一杯，当然值，遂赶忙拿了钱送上前。贝子公接钱于手，道声"下次再来"，将钱扔进屋壁上的篾篓里，转身又去招呼别的茶客。

这一下，半边街人更惊奇了。半边街不比广州、深圳，街人一向缺乏商品经济意识，视钱如同粪土。何况这摆摊司茶之事，历来都是为了行善积德，绝没有赚钱盈利的道理。都说贝子公老糊涂了，一辈子扫大街做好事，不想晚年贪小利，还要将名声丢掉，可谓修一世的道，到头来一瓜槌敲得干干净净。何况他并非缺钱用，儿子儿媳有工作，自己的退休金够花。黑漆棺材也已经做就，不愁死后没有归宿。街上人声鼎沸，议论纷纷，都在说贝子公的不是。

贝子公对此充耳不闻，只一心一意经营他的茶水生意。每天天刚亮就起了床，提水烧水，饭后开始摆摊，招徕客人，直到傍晚天断黑，才收拾茶具进屋。那茶水每日都是凉热齐备，听凭茶客选用。凉茶一点不走味，那高耳陶瓷罐泡茶，不但凉起来快迅，还有酿茶的奇效，茶水越泡越力。所以匆匆路人一杯下肚，顿感通体舒畅，再走十里八里，口不生渴，体不发热。热茶热得带劲，茶堂屋里的火塘上专门备着开水鼎，热水壶里的开水温度很够，一冲入茶杯，茶叶旋即见色出味。而茶叶都是地道的谷雨峒茶，又鲜又嫩，浓香随开水那腾腾热气四溢，茶未上手，口先觉酽。有工夫的人在竹椅上坐定，不慌不忙，就着方桌慢慢品味，其境界格外神妙幽远。贝子公的生意因而很是兴旺，薄利多销，日有所进。后来就连那些对贝子公司茶收钱抱有成见的人，也心存渴念，常常忍不住前来凑热闹，用五分小钱，换一份沁脾的浓酽和芬芳。

随着茶迷的增多，贝子公还另外设立雅座，司起祖上传下来的功夫茶来。功夫茶很要功夫，不像以前所说的冷茶热茶那般简单。功夫茶蛮讲究，什么温壶，装茶，润茶，冲泡，浇壶，温杯，运壶，倒茶，敬茶等等，一套套都有规矩。待客人雅座坐定，贝子公才开始温壶，将开水冲入专备的紫砂茶壶，轻轻一晃，就把水倒进红漆茶盘。接着才装茶。为避免手气、杂味，装茶不用手抓，而必用竹制茶匙，一匙一匙往茶壶里装。通常装至茶壶的三分之二。接下来便将火塘里的开水鼎提出来，往壶中冲水润茶，至满，用竹筷刮去壶面茶沫，当即倾于茶盘，然后再冲入开水，盖上壶盖，在外面浇滚水，使壶内壶外温度一致。这泡茶的当儿，贝子公便不慌不忙，用刚才温壶和润茶的茶水，在茶盘中清洗一种精致的小瓷杯，一字儿排在桌上，而后提茶壶沿茶盘边沿运行三周，使壶底残水不致于滴入茶杯串味，此谓游山玩水。毕，提壶依次往小杯中来回浇注，而不是倒满一杯再倒第二杯，此曰巡河。这样茶水浓淡均匀，色香一致，可谓盛来有佳色，咽罢余芳香。怪不得那些读过苏东坡诗文的雅客，每每兴高采烈，说是从来佳茗似佳人。当然，这等功夫茶，已不是五分小钱能品茗得到了，贝子公总要收取三至五角一杯的价钱。

恰逢州报记者骑着摩托车去乡下采访一位万元户，路过半边街，因天热，便停了车欲找水喝。正好望见贝子公的茶摊，遂将摩托开了过来。贝子公赶忙从高耳瓷罐里倒一杯凉茶，给记者递过去。记者双手捧住，仰起脖子，一饮而尽。也许是渴得够戗的缘故，身上顿生爽快，觉得这是平生喝过的最好的茶水。一时兴起，干脆坐下来，要杯热茶细细品。这也就怪异，大热天喝冷茶清凉生津，喝这舌头都烫得麻酥火辣的热茶，也提神爽口，其味更深。记者的屁股就这么巴在竹椅上，不愿挪开了。

由于职业的习惯，记者开始对贝子公的茶摊问长问短起来。贝子公的话挺简洁，说是扫了一辈子大街，停了扫帚没事可做，守着以往日日不离的青石板卖点茶水，心里就踏实得多。一旁的茶客，有些就是半边街的，便向记者说起贝子公开初卖茶水时街人的种种议论。“那是老观念。”记者一边记录着众人的话，一边侃侃而谈，“如今都讲求经济效益，卖茶水收点成本费，有何不可呢？这是大好事，老有所为嘛。政府不正在提倡劳动致富么？改日贝子公成了万元户，我还要推荐他上省城进北京哩。”

见记者的话说得中听，贝子公便把记者迎进雅座，给他献上一杯功夫茶。这功夫茶自然别有一番妙趣，记者浑身都起了激情。他对贝子公狠狠地拍着胸脯说，一定要为他写篇文章报道报道。

不久，州报上登载了记者的文章，一旁还配了评论，说贝子公在半边街率先与旧观念决裂，卖茶水赚钱，是响应政府的伟大号召，带头走发家致富的道路。半边街人读了报纸，便不再觉得贝子公卖茶水低贱了，来茶摊上喝茶的人越来越多。镇长也成了茶摊上的常客，还褒奖贝子公为全镇树立了发家致富的榜样，而从前竟然未发现这个典型，实属失职。县个体劳动者协会的头儿也跑来慰问贝子公，建议贝子公将堂屋也辟作茶馆，顾员扩大营业规模，同时保证，若缺资金，可去工商银行为其疏通关系，一律低息贷款。

街上还有人见贝子公卖茶既得利又扬名，也纷纷在家门口设起茶摊。无奈贝子公的茶水是屋后壁上那脉丁丁冬冬的细泉所沏，味极雅，而其他人泡茶没有这样的水源，茶水硬是逊着几筹。故茶客还是恋着贝子公的茶摊，别的地方哪怕再阔气豪华，年轻貌靓的司茶女美目顾盼，收音机放得轰轰烈烈，也仍是门前冷落鞍马稀。

贝子公就这么虔心地摆设着他的小茶摊，为渴者，为品茶人供应良茶佳茗，而自己从中收取微利。晴雨不歇，春秋为继，不知不觉间，茶摊就这样整整摆了两个年头。

第三年，正值花开草长，雄河哗哗泛春水的时节，记者又来到半边街。不过这次不是骑的摩托，而是乘了一辆幽黑发亮的小皇冠，悄无声息就进了半边街，停在贝子公的茶摊前。车上还有一个老头子，高高挑挑的，那是堂堂州委书记。他们有事路过半边街，当然不愿放弃品味佳茗的良机。另外就是看看贝子公的生意经营得如何，是否已成为万元户。

“哪里，哪里。”贝子公不慌不忙使出功夫茶的功夫，为他们沏最规格的功夫茶，一边说道：“司茶卖钱，属小本生意，只点微利，哪成得了万元户？更何况我本来就没这奢望，开个茶摊是打发时光，闹着玩的。”

功夫茶沏好了，贝子公拍拍手掌，殷勤地给客人递上前去。就在州委书记接过那泡着浓郁的谷雨峒茶的小瓷杯，缓缓端至唇边的时候，贝子公的眼睛瞬即亮了。他退后一步，偏偏脑壳，瞄定了州委书记，说道：“是你呀！”

“你总算认出了我。”州委书记不慌不忙，放下杯子，这才站起身，抓过贝子公的双手，朗声道：“我还以为你那双眼睛昏花了，不中用了呢。嘿嘿……”

这便是四十年前，贝子公当清道夫时，掩护过的那位高个子队长。故友相逢，自然分外欣喜，两人不觉一侃就是半个上午，害得一旁的记者反倒成了司茶的主人，为贝子公招呼起客人来。

临行，州委书记对贝子公说，当年要他当镇长，他却要扫大街，放下扫帚，又办起茶摊，一辈子兢兢业业，从未向上级伸过手，不知如今也有没有要他这当州委书记出面的地方？贝子公沉吟半晌，认认真真地说：“有一事，不知该不该说，就是请政府找上几位石匠，将这半边街的坑坑洼洼，填上石板，那我贝子公便心满意足了。”

州委书记一愣，未料贝子公会提出这样的问题。他望望半边街的街面，也就微哂了，当即拍板：“我的州委书记马上要退了，我很愿意将修补我当年捡了一条小命的半边街，作为我在任的最后一件事业。”尔后低了头，钻进小皇冠，倏然离去。

不几日，半边街便来了数名石匠，且由一位工程师牵头。据说，这些石匠和工程师，都是州里一流的角色，州府那座著名的立交桥就是他们设计砌成的。贝子公赶紧把石匠和工程师邀到茶摊上，一人筛了一杯上好的功夫茶，当作接风洗尘。

这一次，贝子公破例地不收费。茶毕，便收了茶摊，陪工程师到处转悠，选择修补半边街的石料。可走了好些地方，都未发现满意的岩石。两人最后只得又回到半边街。工程师站在街当中，用脚点着前面的青石板，略有所思地说："这种青石板的岩质硬且坚韧，一般并不多见，恐怕一时很难找到。"

听这么一说，贝子公心中一动，略有所悟，拉着工程师的手就往家里跑。工程师一时不明白贝子公究竟要干什么，只得跟他穿过堂屋，打开后门，来到屋后的岩壁下。抬了头，但见那脉细瘦的泉水，晶晶亮亮，映射着绚烂的阳光，自岩壁上轻盈地悬将下来，在石槽的水面上激起丁丁冬冬的声音，和一圈圈小小的涟漪。

"对，就是这种岩石！"工程师有力地将手一扬。

很快，工程师就带着石匠们在贝子公屋后，开采出好几堆优质石料，而后照街上那些青石板的大小式样，打造出一块块厚厚实实、方方正正的青石板。再抬进半边街，一块一块嵌入那坑坑洼洼的残缺里。

半个多月后，街面便又修葺一新，完全恢复了从前的样子，那么平整而又齐崭，大方而又完美了。站在茶摊上，望着街面的青石板，自街头至街尾，一溜拼将过去，再无半点破败的迹象，贝子公的脸上便漾满了春风，美气得不得了。背也不那么弓了，人竖在那里，还显得有些挺拔哩。

第二天早饭后，工程师和石匠们要赶早离开半边街回去。贝子公泡了最酽的谷雨功夫茶为诸位饯行，感谢他们遂了他一大心愿。末了，拿过桌上的篾篓递给工程师，说这是卖茶水赚的钱，三千余元，全部放在里面了，作为工钱付给他们。工程师哪里肯接，说他们来半边街之前，州委书记就说定了的，工钱由州政府支付。

贝子公火了，大声吼道："你回去跟那高个子队长说，修补半边街是我贝子公的事，用不着他的恩赐！"工程师拗不过他，只好接过篾篓。

这事又被那记者知道了，他很快撰文见报，大歌大颂贝子公。这次当然与发家致富，以及万元户什么的无关，如今这一套已不时髦。这次贝子公摇身一变，成了学雷锋做好事的活化石。记者还专门组织了一个摄制组，要来给贝子公的茶摊拍电视。摄制组的人好不高兴，因为他们久仰贝子公那谷雨功夫茶的鼎鼎大名，都欲至此一享口福。

然而，当他们踏着半边街的青石板，走近贝子公的屋门时，那虽然简陋，却极富诱惑力的茶摊，已荡然无存。

贝子公告诉记者，由于开采石料，屋后石壁上那脉原就细瘦的泉水枯了源，再没那上等的泉水泡茶了。而没那上等的泉水，是无论如何也沏不出那么可口如意的茶水来的，尤其是那高品格的功夫茶，哪怕茶叶再佳再美。

莫非那泉水就如许的神奇？记者很茫然。

贝子公却极得意，那投向街面青幽石板的目光，分明缤纷地写着熠熠的荣耀和自豪。

探礼工资

老村

>>

村上人将棺材叫做老材。

四爷捋起手把子，在对门山上那片茂密的漆树林里，割了三斤照得见人影的土漆。他要给自己那副在草屋里摆了两年的老材上漆。有朝一日不晓得信就倒了蔸，也好有间体面点的黑漆屋子避风躲雨。

估计三斤土漆漆一副老材还略有剩余，四爷便打算，顺便将那架为未曾出世的曾孙新做的小摇床也漆一下。

要漆当然必请严漆匠来漆。严漆匠的手艺很绝，方圆百十里都是出了名的。据说他年轻时漆过一副老材，在地下埋了五十多年了，今年修马路移坟时挖出来，竟没一处脱漆，摆在路旁还幽幽闪映青光哩。

严漆匠拿着漆刷，迈进四爷家的槽门。四爷就叫上几位青年壮汉，将搁在草屋里的老材移到了禾堂边。严漆匠先给老材刮灰打底。严漆匠刮灰刮得蛮平，蛮细，漆未到就见出三分功夫。严漆匠自信地说，灰刮得好，漆才上得牢实，过得古。

几天之后，正式给老材上漆。严漆匠先用漆桶调好四爷割的土漆，接着在堂屋里点蜡燃香，摆酒烧纸，对着家先牌前的神位又作揖又打拱，嘴里叽哩咕噜念叨了好一阵子。蜡光，香雾，火烟，辉映着，交织着，把堂屋里的气氛布置得浓郁而神秘。懂规矩的人就知道，严漆匠这是在敬请油漆工的祖师爷，犹如读书人敬请孔夫子那样。

见严漆匠这么一副虔诚的样子，四爷心里就不免甜丝丝的，仿佛刚喝了一大碗煮了红枣的甜酒。额角闪着光，连下颌那撮飘逸的胡子都挂上了笑意。四爷特意爬上烟窗，扒开一绺一绺的烟煤，取下半边猪头肉，炆到鼎罐里，然后再跑到代销店，买了瓶缠了红绸子的湘泉酒，准备晚上陪严漆匠放开喉咙，尽心尽意灌一顿。

这当儿，严漆匠已动手开漆。他一手提着漆桶，一手拿着漆刷，眯了双老眼，仔仔细细给老材上漆。最见功力的，恐怕就算严漆匠握着棕把刷子的那只手腕了，就如从前村上张财主那在南京读过几年洋书的少爷悬腕书写毛笔字一样，横轻竖重，起缓收快，一抹，一点，一顿，一拖，无不潇洒自如，气韵非凡，遂惹得村上不少人前来观望，嘴上忍不住要吐出啧啧的赞叹之声。

四爷见此，脸上的喜色便更加缤纷。他在火塘里加了两块栗柴，用文火慢慢去炆鼎罐里的猪头肉，人却蹲到门边的青石板上，悠悠地看严漆匠给老材上漆。就有灿灿的阳光喷将过来，把四爷定格在温软的氤氲里。是哟，只要能受用严漆匠漆的老材，那他四爷也就心满意足，死能瞑目了。

渐渐的，四爷觉出一股倦意袭来。他微合了双眼，那份恍恍惚惚的思绪，竟被慵懒而宁静的阳光濡湿。

这副老材，是四爷自己动手做的。四爷是一位木匠，十四五岁就跟师傅学木工，起屋造船，打柜做箱，样样手艺都学得蛮精。自然也跟师傅去给人家做老材。四爷记得清楚，每逢有人请去做老材，师傅都要不慌不忙，伸出手掌，勾着大拇指抡一番掌功，看是去得还是去不得。

来请师傅的人，一般是事先请问过阴阳先生的，所以日子总很吻合，不会有差错。师傅便点点头，手持鲁班尺，让四爷在后面挑了工具担子，动步出行。

做老材的第一道工序是起墨。

先给那筒做老材天灵盖的正木弹墨线，而后杀一只公鸡，洇血。洇过血的红公鸡当然归师傅，他要拿回家去慢慢炆烂，吃了，第三天才开斧动工。师傅的老材做得扎实而又出样，有圆有方，有棱有角，该翘的地方翘，该收的地方收，谁见了都赞赏不已。老材做就，还要圆墨，少不了又要点香烧纸，杀鸡洇血，热闹一番。据说只有这样，才能使老材的主人生时康泰，死后安宁，来世富贵。

四爷却无法弄懂，师傅为什么会对老材那么虔诚。一座好屋子，一套好家具，活着的人自然受益非浅；而一个人死后，恐怕老材做得再好再精致，对死者本人也没有半点用处。在四爷的心目中，人死入土，无论是装进上等的老材，还是一张杉皮，都是那么一回事。因此四爷出师后，虽然给人做了许多木工活，却极少做老材。

这一天，四爷正在为一架新起的屋架子上梁，刚把银花边缠到梁木上，就听到师傅急病猝死的噩耗。他赶忙收起锯刨斧凿，往师傅家就跑。按这一带人的习惯，人不到五十五岁，是不兴做老材的。可怜师傅做了一辈子木匠，给人家造了几多上等的老材，却因死得早了些，竟来不及给自己也做一副，临入土的时候，还没有托身之所。四爷心头陡然间生出许多的悲凉。他毫不犹豫，扬起大板斧，匆匆给师傅赶造了一副老材，然后拿一瓶大墨汁，涂黑，将师傅装了进去。使四爷感到安慰的是，这副老材虽然做得急，不免粗糙了些，但师傅躺在里面，却还蛮伸展的。合棺盖时，四爷不自觉地掀开了盖在师傅脸上的纸钱。但见师傅嘴巴紧闭，眼睛微合，疲惫劳苦的面容上，仿佛留驻着一份安祥，一份宁静和满足。四爷心中便有了一丝颤抖。是的，师傅劳作一辈子，起屋造船，修亭建阁，生儿育女，没一刻停歇，没一时安宁，什么都豁出去了。可此时，还有什么是属于他的呢？他什么也带不走，能够带走的除了他自己，就只有这唯一的老材了。但他也应该满足了，他从人世退出来，躺进这副老材，这老材就是他的世界，就是他最可依附，永远属于他一个人的世界。

四爷就这么滋生了要为自己做一副老材的念头。他选了十一筒又大又结实的杉木，按师傅生前的规矩，烧香敬神，杀鸡洇血，然后开斧动工。没几天，老材就圆墨完工。半年后，老材干爽够了，四爷又跑去请严漆匠来刮灰上漆。一连上了三次漆，四爷才罢休。还嘱托在伐木场当工人的儿子，若看见好杉木，弄几根到家里来，好给老伴也做一副。不想儿子一去数月没打转，连怀上小孩的妻子都顾不得回家看一眼。给老伴做老材的事，只好搁到一边。

这天四爷的眼皮一直跳个不停歇，心上总觉得有些不自在。午后他走出槽门，远远望见村口走来一群人，最前边抬着一样什么东西。至近前，才知道是一个血糊糊的人，竟是四爷的儿子。是一棵大杉树压死的，压得很狠，脑壳压扁了，脑汁白花花溅出去好远。四爷一声不响，让那群人把儿子抬进槽门，然后拿了两张纸钱，将儿子那惨不忍睹的面容罩住。伐木场头头问四爷有啥要求，四爷说，他让出自己的老材，伐木场的人把那棵压死儿子的杉树给他抬到家里来，他好重新为自己做一副。

就这样，四爷用自己的黑漆老材，体体面面葬了儿子。很快，伐木场的人就把那棵大杉树弄了回来。那杉树简直大得吓人，第一筒锯下来破开，做得平时要六筒杉木才做得了的棺盖和棺底。第二筒锯下来破开，做得平时要四筒杉木才做得了的两向棺墙。老材很快做就，四爷又取下挂在门角的土漆，请严漆匠给上了漆。

四爷的老伴，因为儿子的不幸，再也挺不住，此时已倒在病榻上。一病就是两年，第三年春上咽下了最后一口气。四爷把自己这第二副老材给了老伴。

此后，一晃二十余年，孙子都长大成了家，四爷却一直提不起给自己做老材的劲头。今年，孙媳妇已怀了小孩，四爷心里一高兴，给那未曾谋面的曾孙做了一架摇床。摇床做得很漂亮，连四爷自己都有些爱不释手，有空就要抚着摇床轻轻摇几下。一摇一摇，四爷的胸腔里就有一样欲望渐渐强烈起来。不是么，一个新的生命临世时，是多么的稚嫩，多么需要一架摇床的爱护！而人老了死掉，也许不仅仅是一种结束，同时也是一种开始。用村人的话说，便是上路了。以无形的生命形式代替有形的生命形式，走进另一个无法把握的、陌生的世界，不是同样需要保护么？这件保护品，就是一副老材，并且也只能是一副老材。

四爷于是崭上最后一把老劲，扬起斧头，为自己做了这第三副老材。

既然做了，就理所当然要请严漆匠来漆。严漆匠好说话，一请就丝毫不打折扣，走进了四爷的槽门。

夕阳向着山坳缓缓滑去，世界逐渐变得浑沌而又辉煌了。

严漆匠忙了大半天，第一轮漆工已完工。整副老材好像是刚从漆水里捞出来的一般，油黑透亮。漆香格外温润清馨，犹如大媳妇刚洗理过的发丝里透出来的气息。门槛外青石板旁边的那架摇床也上了漆，徒然间就比原来多了一份鲜活。

四爷端过一把竹椅，请严漆匠歇着，尔后从身上掏出四元多一包的白沙烟，递将过去。严漆匠也不客气，接烟于手，叼在嘴上，又伸长脖子，把烟头戳到四爷划燃的火上。

“四爷，你这老材，恐怕……”严漆匠悠悠吐出一圈灰白的烟雾，眼睛似开似合，表现着神秘，“恐怕是漆不得的。”

“严漆匠，你就别打趣了。”四爷笑嘻嘻地说。

“一漆，你就难得占份了。”

“我这半入土之人，谁还抢得了先？”

“刚才，我烧纸的时候……”严漆匠又悠悠吐出一道烟雾。

“不，不会的。”四爷显得很自信，对严漆匠的话毫不介意。

“这老材，是我漆过的老材中极少见的一副，这么好的老材，没有那么大的福气……”

“春牛来罗，春牛来罗！”此时，门外忽然响起一片欢呼声，打断了四爷和严漆匠的话。只见一群光脚板小孩，簇拥着一个勾腰驼背的老头，挤进了槽门。老头脚上穿着缺了鼻头和断了屁股的草鞋，衣服丝丝缕缕，袖口破到了肘子上，格外邋遢，油巴巴的，光可照人。身上背着一个褡裢，两头都装得鼓鼓囊囊的。他举着用长形萝卜做的有头有角、有四脚有尾巴的“春牛”，兀自走进四爷的堂屋门。同时口中念念有辞：

一进槽门二进厅
三进堂屋来送春
今年雨水好
耕种有十分
一日得蚕九日得辛
财也发来人也兴

念毕，将春牛往家先牌位上摆端正，再装模作样作了三个大揖。

这老头是远近闻名的十只瓢。这是人家根据他十个指尖上的纹路，给取的美称。因为他的十个指头没一只是箩，都是瓢。十只瓢自己亦常眯了双眼，得意地炫耀：“手有十只瓢，一辈子吃不了，也用不了。”十只瓢竟真的四季不沾阳春水，就靠着给人吹唢呐、唱葬歌和送春牛这类松活路子，清清畅畅很活了几十年，惹好多人艳羡得直流口水。还有人神乎其神地说，十只瓢凭着自己那十只瓢，早成了村上的首富，就是这几年到深圳、海南做过生意回来的人，也不见得比他强多少。一位老妇人作证，有一次她在镇上看见，十只瓢将褡裢里的粑粑、豆子和大米一类的东西倒出来，一下子就换了二三十元亮花花的人民币，说不定十只瓢家里的每一个屋角，每一块天花板，都塞着一把一把的票子哩。

四爷早做好准备，等在那里。待十只瓢动作完备，转回堂屋门边，四爷就把一瓜勺大米嗖地倒进他的褡裢，还顺便往他的破衣服里塞进几只角票。一边乐颤颤地说：“今天我办大事，难得你这位大吉人的金口玉牙。”

“恭喜恭喜！”十只瓢将肩上的褡裢扶扶，迈出门槛。在门边的青石板上停了停，就高高抬了腿脚，走向禾堂上那闪映着漆光的老材。

“哎呀呀！四爷你好能干，好福气！我十只瓢走村串户，见得不少了,可从没见识过你这么上好的老材哩。"十只瓢站在老材旁边,大惊小怪地嚷道。旋即又转向严漆匠:"你严漆匠到底是严漆匠,这手活绝了,绝了!"

十只瓢这几句信口道来的口水话,早将四爷和严漆匠逗得眉开眼笑。

"先让我试试吧!"十只瓢忽然间突发奇想,不禁眉飞色舞起来。但见他迅速取下肩上的褡裢,上前攀住油漆未干的棺墙,屁股一翘爬将进去,然后放倒身子,躺下来。

四爷和严漆匠觉得蛮有趣,高声笑骂道:"十只瓢,你这不得好死的,造什么孽哟!"

"舒服,舒服!皇帝老子的龙床,恐怕也没这么舒服。不长不短,不宽不窄,四爷你一定是量着我的身子做的。"十只瓢美美气气躺在里面,口中乱叫:"我三十大几讨婆娘时,第一次爬上婆娘的肚皮,就是这个味道。"

这时,山坳上的夕阳已经坠了下去,禾堂上一下子黯淡起来。茶堂屋里,栗柴火哔哔剥剥爆着火花,鼎罐里那半边猪头肉,则飘出馋人的香味,诱诱惑惑,在空中招摇着。

"十只瓢,你出来吧。要不,我就和严漆匠把棺盖盖上。"四爷喊。

"我不出来啦。四爷,你就和严漆匠把棺盖给我盖上吧!"十只瓢在老材里面应声道,那声音好沉,好醇,好厚,像发过酵似的。

断黑时分,四爷喊几个年轻人合好棺盖,把老材移进了草屋。又留住十只瓢,一起喝湘泉酒,吃猪头肉。十只瓢求之不得,将肩上褡裢往门槛上一扔,就上了桌。

酒过三巡,严漆匠说道"十只瓢,你莫总念着四爷的老材,该自己做一副,免得日后烂骨头烂尸身的,没东西收拾。"

"我嘛,感谢你严漆匠的美意。"十只瓢叽咕一声,咽下一口湘泉。赶忙又用筷子夹一块猪头肉,呼啦塞进张得天宽的嘴巴,猛嚼数下,吞吞吐吐转动起舌头,"十只瓢,吃不了,也用不了。自己不做老材,今后同样会有上等的黑漆老材供我受用的,保管不得烂了尸身在路边,鸡啄狗拖。"

四爷和严漆匠就跟着笑了。笑得很得意,很开心,笑得酒气和饱嗝,纷纷从撑着猪头肉的嘴巴里往外直喷。

这顿酒肉，三位老头细嚼慢咽，磨蹭了好久。直到月上中天，才离桌散去，那份心绪，那份醉意，竟如这月夜一般恍惚，迷离。

之后，四爷的黑漆老材就一直在草屋里搁着。四爷的日子，因有了这副老材，便过得蛮安稳，蛮自在。有事没事要到草屋去蹲上一会儿，瞟瞟黑漆老材，脸上显出那神奇的从容、宽慰和超然之色。

的确，从四爷那还算硬朗的身子骨，没法看出他会在短期内用得着这副黑漆老材。倒是那未曾为自己准备下一块木枋的十只瓢，忽然病倒在床上，自此再也爬不起来。

这一天，看起来已是十只瓢最后的时光。他躺在阴暗的屋子里，奄奄一息，行将落气。十只瓢没儿没女，就那位三十大几娶进屋，且耳有点背的婆娘守在旁边。听说他就要去了，几个侄儿才拢了身。他们一个劲地摇晃着十只瓢，问他有什么要交代的，比方说，在哪些地方放着账。

“你唱葬歌，送春牛，吹唢呐，换得那么多钱物，都放什么地方藏起来了？总不能带到阴曹地府去吧？”满屋子都是叽喳声。这些人一门心思念着十只瓢的积蓄，至于他断气后该用什么东西裹尸，却似乎与他们毫不相干。

十只瓢艰难地蠕动了一下身子。嘴巴僵僵地张着，发不出一丝丝声音。眼睛散了光，弄不清他是望着屋顶的哪一个地方。窗外的白光渗进来，在十只瓢死灰一样的脸上凝固着。

十只瓢的婆娘开头只顾傻傻呆呆在一旁抽泣，这一下仿佛突然明白了什么似的，起身出屋，端来一把梯子，翘首往那天花板上爬去。不一会儿，她就从梁木后面搜出样什么东西。待她沿着梯子爬下来，大家才看出是两只黑色长统靴。便感到甚是奇怪。只有在场的老年人似乎还记得，这两只长统靴是当年张财主的儿子从南京带回来的，土改那阵分给了十只瓢。斗争会上，十只瓢还穿着它踢过财主小老婆那又肥又大的屁股哩。只是没想到，十只瓢这位平时连尸身骨头都不思收捡的懒鬼，如今却还收藏着这两只长统靴。

十只瓢婆娘将两只长统靴拿到十只瓢床前，倒提过来，往床上就是一抖。立即就有无数钞票，陆续从统靴统里面掉落下来，铺了半张床，差点把十只瓢的头脸都盖住了。分票，角票，元票都有，皱巴巴软塌塌的一张，还有少量硬币。

众人帮忙齐好，一数，竟有八百挂零。

“四爷……”十只瓢的嘴唇这时突然颤动了一下。脸上依稀浮上一丝表情，呆滞而灰暗的目光好像隐含着一种不泯的企求和希冀。接着，喉头一滑，含含糊糊挤出一串字音：

“四——爷——黑——黑——黑漆——老——老材——材……”

尔后，十只瓢头往枕边一歪，眼睛一闭，断了最后一口气。

众人愣了一阵，终于还是弄懂了十只瓢的意思。待落气纸一烧，大家便七手八脚，把钱币重新塞进这两只长统靴里。然后，一致推举十只瓢侄儿中唯一的一位高中生，提了长统靴，出面去向四爷说情。

四爷的孙媳已经分娩。是一个白白胖胖的伢子。四爷便把那架漆得黑亮的摇床，搬到门槛外的青石板上面，仔仔细细擦抹一番，好给小曾孙使用。四爷那昏花的老眼，竟也生出些许鲜活的光亮来。

高中生脚底生风，不一会儿就进了四爷家的槽门。四爷知道有人，缓缓车转身子，离开了摇床。

“四爷，您老还安康吧？”高中生嘴巴子甜甜蜜蜜的。

“哟，年轻人。”四爷招呼一声，给高中生搬过一张小凳子。“你就是王屠户的儿子吧？王屠户我是看着他玩小雀雀玩大的，想不到如今小儿子都这么大了。”

“哪里哪里。”高中生学着外交口吻，坐到小凳子上，两只长统靴顺便放在凳子旁边。

四爷又问王屠户的眼睛是否还明亮，牙齿是否还嚼得动鸡屁眼，生了气是否还脱了裤子骂朝天娘。高中生一一作了回答，且脸上的表情生动，身子微微向四爷倾斜着。高中生没有忘记此行的目的，他这是引而不发，等待时机，顺风使舵。

“那两只长统靴是十只瓢的吧？我见过的。”四爷突然话题一转。“据说他临去之前，还念念不忘我四爷的黑漆老材？”

“是的是的。”高中生不禁心中一动，觉得这是一个良好的开端。他赶忙搬出一句文雅的常用语：“您老真是秀才不出门，能晓天下事啰。”

“哈哈哈哈……”四爷捋着胡须，不无得意地笑了。“只是这老材，恐怕不太好讲。”

“您老大慈大悲。”高中生将腰往前面一弓，说道：“我伯爷如今连杉皮都没有一块。你们相处六七十年，您老总不能眼见他光着身子去会阎罗王吧？”

“你去问问你家的王屠户，看我这是第几副做好漆就的老材了？”

“您老身体健旺着呢，就好比三岁牛牯十八汉，离太阳落山还远得很。”

“如今是打着灯笼火把，也无法找这样的上等木料了。对门山上的漆树也少了蛮多。这些，年轻人你总该清楚吧。”

“让出了老材，您老定然花甲重开，寿比南山，到时杉树和漆树还没长大？”

……

两人就这么你来我往的，喷了大半天。禾堂里早围上不少看热闹的人。他们不禁咂舌，对高中生的口才赞叹不已。都说，究意还是多喝了几瓶墨水，就是当年晏子使楚，恐怕也就这么个风度，想不到十只瓢那个家族，竟有这号年轻的能人。

对四爷的老材，也各有见地。有的认为，四爷这么一把年纪了，再弄一副老材，要木料，要做工，要漆工，恐怕不太好办，所以万万让不得。有的则说，高中生把话说得这么中听，四爷把老材让出去，积下天大地大的阴功，说不定能将十只瓢未曾用完的年寿，过到自己的名份上，获取冲天的福气呢。

见高中生软磨硬泡，就是不肯放手，四爷真有点无可奈何。他只得开句玩笑，说：“年轻人，你自己去草屋里看一看，是不是这副老材打着十只瓢的记号。若打了记号，我便让了，要不，你就莫再枉费心机。”

高中生再也无话可说。他知道四爷把话说到这种山穷水尽的地步，已没有任何回旋余地。嗨，怪只怪伯爷癞蛤蟆想吃天鹅肉，没得这个福份。高中生提了两只装满钱币的长统靴，垂头丧气，向槽门口走去。

然而，到得槽门边，高中生又忽然停住了脚步。心想，都说四爷的老材很不错，既然来了，何不顺便去见识见识，饱饱眼福。

这一小小企求，四爷当然痛痛快快就答应了。他乐得这么一个向人炫耀的机会。

还站在草屋门边，高中生就惊异了。天底下，恐怕再也难寻第二副这么神的老材：高翘的天灵，雄阔的边墙，饱满的肥头，厚实的底板，沉稳中透着灵动的气韵，庄严中蕴含了宁和而又深邃的禅意，真是一幅悲壮苍凉、美妙绝伦的杰作。高中生知道，这副老材，寄寓了四爷对生命和死亡的全部理解，而伯爷积蓄了一辈子的心机，舍不得花费一分一毫，临去了，什么都不牵挂，却记念着这副老材，也就不足为奇了。

“四爷，可掀开棺盖，观赏观赏里面的风采吗？”高中生看了外观还嫌不过瘾，幽默地说：“说不定伯爷的记号还真在里面呢。”

“可以，可以。”四爷见高中生如此赏识他的老材，早已喜不自胜，脸上的皱纹一齐舒展开来，就如那正值开放的八月菊。

众人于是帮忙，动手掀开棺盖。

“咦……！”

人们满脸的诧异，惊叹了。

这回可不是为了老材的做工。不是，绝不是。这可是荒唐而又荒唐的事情。

原来，老材的两向内墙上，竟一边印着五个手指印。全是黑色的，印在肉红的木壁上，那般醒目。而那上面的指纹，都是千真万确的瓢。

“十只瓢，十只瓢！”

草屋里一片哗然。

四爷定定地站在地上，眼睛睁得溜圆。他无法明白，这到底是怎么回事。半晌，他才带着哭腔吼道：“十只瓢，你这个没肝没肺的，你好狠心，好歹毒，人死了还要把我的老材号了去。到阴间，阎王剥你的皮，下你的油锅……”

四爷无可奈何，接过高中生递上的那两只塞满八百多元钱币的长统靴。

十只瓢终于如愿以偿，躺进四爷的黑漆老材，带走了他唯一能够从这个世界上带走的东西。

十只瓢出殡的时候，阳光很好，古旧的村子明明净净。四爷没去给十只瓢送葬。他实在没有勇气去看那副原本属于自己的老材，竟然没装上自己，却装上另一个人，被大伙隆重地送往另一个世界。

四爷此时正坐在自家门槛上，守在小曾孙的摇床边，守着禾堂上亮闪的阳光和自己那个幽幽的影子。他一边摇着鲜嫩的小曾孙，一边轻轻哼起那首古老的摇篮曲：

摇呀摇
摇到外婆桥
红米饭，肉汤淘
吃了吃了又来摇
……

哼着哼着，四爷就恍恍惚惚觉得，十只瓢就是坐着摇床走的，走得那么从容，走得那么充满希冀和期待。而他的外婆，正在另一个新鲜的世界等待着他，将为他讲述美丽神奇的童话，哼唱动听迷人的摇篮曲……

裸體工資

古马镇

伍太一行人从山上走下来的时候，天才麻麻亮。古马河像还没睡醒的少妇，躺在古马镇的臂弯里，那幽白的浅浪仿佛恬然的梦靥。

过了黑瓦木栏的长亭般的古马桥，伍太一伙就在桥头站住了。脚下是灰色的石板，濡了露水，陷约向古马镇口的砖墙下延去。伍太他们看见了墙坎上的人影。那是两位日本哨兵，抱着枪缓慢地徘徊着，像两具游魂。伍太摸出手枪，猫了猫腰，准备动身往镇口侧面的墙垣爬上去。

“叭、叭！”这时伍太身后连响了两枪。

“哇哇……”墙坎上的日本哨兵枪一扔，嚎叫着，捧了裤裆，双双跪在了地上。

“又是你！”伍太泥住前倾的脚步，回头瞪一眼灯草，恶狠狠地咒一声，“坏我的事，今晚上弄死你。”

灯草的两把枪还举在肩头。她的睫毛很长，沾着毛茸茸的露水，一双圆眼在睫毛下喷着滋润的亮光。

灯草的枪法是打蜡芯练出来的。夜晚在墙根上插上点燃的红蜡烛，远远的用枪点射，蜡芯射飞了，蜡光熄灭了，红蜡却仍然好好地插在原处。后来灯草每次举枪都把目标看成是红蜡烛，竟然从没放过空枪。刚才灯草从桥头往镇口的墙坎上一眼望过去，仿佛就在两位日本哨兵裤裆里，一清二楚看见两根倒悬的红蜡，于是心头一热，一双手痒痒地就抽出手枪，举起来，朝两支蜡芯点了两下。

一股烫烫的感觉因此从灯草的体内漫过，她的两个食指又在扳机上勾了两下。这回灯草的目标移上了日本哨兵的额头。

伍太他们看见，两个跪着的日本哨兵头一啄，身一挺，就栽在了地上，像是向伍太这伙不速之客行磕头大礼。

伍太他们从桥头奔下来，冲向镇口，爬上墙坎。

镇里已是一片枪声。

天顾望望窗外，已经大白。他穿好衣服，把双瘦骨嶙峋的大脚伸进木屐里，叭嗒叭嗒就出了房门。

其实，刚才的枪声只响了半个时辰就结束了。对天顾和镇上人来说，这样的枪声已经习以为常，无法使他们的情绪产生些许波动。天顾一直安安稳稳躺在床上，只凭窗外枪声如雨，直到他该起床的时候，才起床下地。

天顾在门口站了好一阵。他脚下的高坎很陡,坎下有两株肥大的芭蕉树,那绿色的芭蕉叶在懒散的晨风中有一下没一下地晃着。以往天顾每次起床后都要从这里洒一泡尿下去,在芭蕉叶上洒出劈哩叭啦的脆响。天顾喜欢听这声音,觉得这声音美妙,让人感动。

然而今天早晨天顾却没洒尿下去。

天顾看见镇口的墙里摆着二十多具尸体。那个地方本来经常摆着尸体的,这不是什么稀奇事。稀奇的是以往枪声过后,总是摆着中国人的尸体,这回却摆上了穿着黄皮的日本人的尸体。天顾一兴奋,把木屐提得很高,叭嗒叭嗒又进了屋。

天顾从门后取下一个竹筒,提了筒襻,复出门,向屋侧的石山走去。天顾心想,今天的确是个好日子,他要好好煮一壶茶,过个瘾,再到小学堂里去给娃儿上课。他猜想那些娃儿今天肯定会从山上下来,到课堂上去听他讲课的。真难为了镇上的小娃,日本人还没攻破镇门,他们就爬过镇后的石山,躲进了大山里。开始还以为半个月之内,日本人就会被赶跑的,谁知快两个月了,日本人还驻在镇上,虽然镇外来过三四拨人马,都没能攻下古马镇,每次都弃尸而逃。

绕了两个弯,出得铜古巷,就到了石山前的槽井边。槽沿上有几个女人正在弯腰汲水,有点压抑但仍掩饰不住窃喜的说话声,在井槽里荡几荡,复又冒出井槽,泼湿了槽边的青色石板。

天顾早看出来了,那个腰圆臂肥的女人就是菜花。天顾从她两股壮硕的腿把子之间的缝隙睃过去,看见她正在悬着粗粗的手腕,只一晃,就把满满一桶水撂到了槽沿上。

就在菜花竖起腰回过头的那一瞬,天顾赶紧把目光移开了,脸上不经意地掠过一丝惊慌。两人早就分开过了,还这么死死地偷看人家,象话么?天顾自嘲了。

菜花几个女人挑着水走远了,天顾才抬起脚,向井槽挪过去。不想脚下的木屐在女人弄湿的石板上一溜,天顾身子往前扑去,差点扑进井里面。

“娘的!”他骂了一句。

伍太一伙搬进原先日本人住的六排屋。伍太和灯草的房子靠近铜古巷，透过木格子窗户，正好望得见石山下的槽井。

伍太和灯草喘着气，扔了枪，躺到铺上。昨晚爬了一晚的山路，今早又开了一仗，他们觉得很累。伍太双手枕在头下，眼望着窗格，刚才与日本人对阵的情形，又回到脑壳里。好久没打过这么漂亮的仗了，想不到那二十几个小日本这么容易干掉。还多亏了灯草，除了那两个哨兵，栽在她枪眼下的小日本不下八个。

这么想着，伍太就侧了头去瞟身边的神枪手。灯草叉着腿躺在那里，似乎已经睡着了。这的确不像一个女人的姿式。伍太在心里嘀咕了一句，又掉转头去看窗格。

窗外这个时候传来女人的话音和水桶吊在铁钩上发出的吱扭吱扭的响声。

伍太就觉得那种声音特好听，就像配了乐的弹唱。伍太忍不住撑起身子，往窗外瞟了一眼。这一瞟，就瞟见一个大腰大臂大腿的女人。那女人挑着一担水，就似挑着戏台上的篮子，轻轻松松把一起离开槽井的女人甩在后面好远。因为轻松，那女人虽然挑着水，却仍然有闲劲把红润的脸昂得很高，把胸前的大奶挺成一座山。

那女人就是菜花。

伍太闯过的世界不少，弄过的女人也不少，可伍太还没有见识过菜花这样惊心动魄的女人。伍太的目光混沌起来，嘴里不自觉地就发出啧啧的怪音。

“啧什么啧，你?”灯草用手在伍太肩上用力拍了一下。她并没睡着。

“没、没什么。”伍太把目光从窗外抽回来，不满地瞥了瞥灯草。“外面有一个槽井，槽井上有人。”

“放你娘的臭屁。谁还不知道外面有槽井，槽井上有人?”灯草嘴上这么说，也不由得欠起身，望了望窗外。

灯草的目光也混浊起来。

她当然不是看到大腿大臀大腰大胸的菜花，菜花她们的影子早已不见了。而且就是菜花她们还在窗外，灯草的目光也是用不着混浊的。

灯草看见了从槽沿上走下来的天顾。在枪声大作后异常平静的清晨，在朝阳就要洒过来的深巷里，天顾那颀长的身影，多少有点仙风道骨的意味。

后来，灯草的脑壳里便一直存留着这种异怪的意味。

“吃饭去吧，日本人锅里的饭已经熟了。”伍太没有察觉灯草脸上微妙的神态，背起枪，精神抖擞地出了房门。

天顾在铜古巷底的老砖屋里呆了两天，仍没见一个学生的影子。屋里光线黯淡，方砖铺就的地板生了青黑的苔花，泛着湿润的霉味。天顾坐在一块用来写石粉字的木板前，手上端了一把紫砂茶壶，不时低首用嘴唇在壶嘴上撮一下，咂一口茶水。要么抬眼望望台下十几张奇形怪状的小桌凳，眼里是一种失落的光。

娃们都回村了，怎么不来上学呢？天顾左右不明白。他放下紫砂茶壶，起身朝门口一步步挪去，脚下的木履在砖屋里留下空落而单调的回音。

天顾的木履声从砖屋门口一直敲到铜古巷的石板上，最后从巷侧的小弄里绕到了镇边。

在墙坎上，天顾这才发现这天的阳光似乎比以往要灿烂得多，古马河泛着浅黄波光，似有似无地辉映着远远近近的山峦。古马镇上空流溢着从未有过的澄静。

天顾这时看到了他的娃们。

他们在墙坎里的坪地上攻击着日本人的弃尸。伍太一伙枪击日本人时很来劲，对他们的死尸却提不起兴趣，所以两天了还横七竖八地扔在原地。那伙娃们从山上跑回镇里时，看到了这批死尸，很是兴奋，一个个都拿着棍棒或长竹签拢去戳日本鬼子，竟然把上老砖屋念书的事忘了个一干二净。开始他们还有些胆怯，生怕日本鬼子会突然爬起来，瞪着眼来掐他们的脖子。戳得几次，见死尸全没了活着时那么凶神恶煞，娃们胆子就大了许多，敢近前去用石头砸，用脚踩，觉得这样非常解恨。有些还扬起手在日本人脸上扇，扇得啪啪响，就像日本人活着时扇中国人一样。

娃儿中有一个最大的，大概有十二、三岁的样子，就数他格外顽皮。天顾看见他又戳又砸又扇耳光，忙得最开心。后来还俯身下去，在日本人嘴巴里塞一块石头，然后撸出自己裆里的鸡鸡，对着日本人的嘴巴造尿，造得尿花四溅。

后来天顾看清楚了，这个大孩子就是他和菜花生的巴掌。

天顾走到娃们身后时，巴掌还在日本人嘴巴里造着尿，其他的娃儿也学巴掌样，各人找一个日本人，兴致勃勃地发泄着快乐。天顾没惊动他们，在后面站了好一阵。

终于天顾长长的身影被一个娃儿觉察到了，这娃儿就把鸡鸡塞进裤裆里，捅了捅巴掌。

巴掌回头，看见了天顾。

“先生，你也来造尿吧?”巴掌的头回向天顾，一双手却仍卡着鸡鸡，好像造尿还没造够似的。巴掌好久没喊天顾做爹了。自从菜花跟巴掌离开天顾后，巴掌也做了老砖屋里的学生，巴掌就跟别的孩子一样，称天顾做先生。

天顾没吱声，只望着巴掌。他记得这娃从小就格外喜欢造尿，每天晚上都要造一泡蛮大的尿在床上，把一张床差不多全洇湿，把一个屋子熏得臊气冲天。晚上造了尿，早晨起了床还要造，从门口造到坎下的芭蕉叶上，那巴啦巴啦的声音比天顾造的还要响亮。天顾还发现巴掌的鸡鸡也发达，比同龄的孩子都大，造尿时坚挺挺的。天顾心想怕是老子的劲火给了小子，要不然自己也就不总这么蔫蔫的，满足不了菜花，最后被菜花甩了。

“回学堂去吧。”天顾打一个激灵，这才想起他到这里来的意图，张口说娃们。

“不回去，我们要打日本鬼子。”

“读书没得打日本鬼子味道。”

“读书有么咯用?”

娃儿们七嘴八舌地嚷开了，根本就不把天顾放在眼里。

天顾作声不得，呆呆地望着娃儿们表演打日本。

灯草不知从哪儿弄了一把蜡，天一断黑，她就到铜古巷底的老砖屋里去打蜡芯。这是她几年来的习惯，每天晚上都要练一阵枪法。她发现天顾那个作教室用的老砖屋宽敞，就决定去那里练，已经一连练了两个晚上。

蜷在铺上的伍太觉得很无聊。他不满灯草每晚都去打蜡芯，把他一个人丢在屋里。伍太无聊和不满时，就往那扇朦胧的窗户觑，心里想着槽井边上说不定又有人在汲水。那人当然应该是大腿大臀大腰大胸的菜花。菜花已被伍太请来给他们一伙人做饭，每天都要到槽井上去汲好几次水。

伍太一想着菜花，就会把灯草全忘掉。伍太认为菜花比灯草味得多，伍太越来越不满灯草那小腿小臀小腰小胸的样子。

不过这时窗外没有任何动静，这使伍太感到失望。伍太就把眼睛闭上，没了觑那扇窗户的兴趣。

但很快伍太的眼睛又张开了。他听到隔壁食堂里有了响声。那响声很粗重，伍太耳朵一支就听出来了，那是菜花在清点碗筷。晚饭后菜花回了自己的屋子，大概这会才抽空回食堂里来。伍太的血就加快了流速。

“过来，菜花你过来。”伍太喊。

菜花就真的推开了伍太的房门。看得出菜花正在洗碗，黑暗中她的围裙还挂在襟前，一双手在裙上揩着。

“伍、伍队长喊我有事？”

“嗯。”

“灯草不在屋里么？”

“嗯。”

嗯了两声，伍太这才发觉是自己找菜花，而不是菜花要找他。他就说：“菜花，镇上人都说你茶煮得好，怎么不煮给我喝？”

“哪里哪里。”菜花说，“不过伍队长肯喝我的茶，我回去给你舀一勺来，我今天下午才煮了一罐。”

菜花说着，退了出去。

不一会儿，菜花就回来了，手上拿了一个竹勺。那件围裙已经脱掉，隐约显出蓝花布衫里的肥躯。

伍太接过竹勺，一仰脖就灌进了嘴巴。伍太觉得这茶的确爽口，通体都清润起来。

“好喝好喝！”伍太说着，捋捋嘴边几根稀疏的胡子。

菜花就来接勺。

伍太顺手抓过菜花肥肥的手，一牵，把菜花牵过来。他去抱菜花，却感觉菜花的肥躯的确有些肿胀，他手的长度似乎不够用。但菜花还是被他箍住了，虽然菜花用力扭了扭。

“别，别！”菜花使劲推着伍太的嘴巴。

伍太终于没能将嘴巴戳到他要戳的地方。伍太于是放弃了努力，一把推开菜花，大声吼道：“滚，滚开！”

菜花却站在铺前，没动。

伍太说：“菜花你说，我是什么人？”

“你是伍队长。”

“还是什么？”

“还是，还是打日本的英雄。”

伍太就笑了。伍太笑着说：“是的。既然是打日本的英雄，难道弄个女人也不应该？”

菜花说：“你不是夜夜弄灯草么？”

伍太说：“弄灯草不算。”

菜花说：“灯草也是女人，而且是美女。”

伍太说：“灯草美是美，但没味道。”

菜花说：“我就味道？”

伍太说：“你味道，你大腿大臀大腰大胸，你就是比灯草味道。”

伍太又说：“你味道。”

伍太再说：“你味道，我要弄你，我是打日本的英雄。”

菜花就开始脱衣裤。

菜花一脱衣裤，那大腿大臀大腰大胸就更大了。

伍太就骑到菜花身上去。菜花在下面一个劲地扭摆着，嘴里哼着奇怪的声音。菜花这是太快活了，她觉得她做女人以来从没这么快活过。不用说跟天顾了，就是跟日本队长也没这么快活过。

菜花于是更没命地扭摆，更没命地嚎叫。

不过扭摆归扭摆，嚎叫归嚎叫，这时窗外晃过的一个依稀的影子，菜花还是觑见了，或者说是感觉到了。

菜花感到有些扫兴。

天顾决定找一回伍太。

天顾远远地看见伍太窗上扒着一个人影，便紧走两步，想问那人在看什么。结果那人从窗上溜下来，一拐，就从屋角拐得不见了。

“咳。”天顾这时认出了那人影是巴掌。“咳，这娃。”

但天顾没去追巴掌，也没拢窗子，而是从屋檐下绕到六排屋的禾堂里，去找伍太。他想他不是小孩子，没有闲工夫去扒人家的窗子。

天顾有重要的事情。

天顾站在伍太房门口，没去敲门。已经黑好一阵子，伍太也许已经上床，说不定正和灯草热火呢。天顾从前和菜花常是这么个时候上床热火，只是热火多了，天顾渐渐没了兴致，渐渐竟失掉了热火的能耐。菜花就咒天顾。尽管让菜花咒，天顾也不恼，后来却叫菜花挪了窝，自己过起了没有菜花的清静日子。

在伍太门口停了一会儿，天顾想还是不要打扰他算了，自己的事情明天来办也不迟。天顾就车转身，往回走。

没走上几步，迎面碰上一个人，竟然是灯草。灯草那个细长的身子在天顾前面立定了，天顾便赶忙侧身给灯草让路。

灯草说：“是先生哪。”

天顾说：“哦，哦。”

天顾一边哦哦着，一边在心里嘀咕，这伍太也是，人家灯草还没归屋，他就把房门关死做么咯？

灯草说：“先生找谁呀？”

天顾说：“哦，哦。”

灯草说：“你没回答我呢？”

天顾还想哦哦，觉得这哦哦有些不对了，便张皇地望一眼灯草。他发现灯草轻轻巧巧地笑了，那笑在夜色里显得神秘而姣好。天顾觉得灯草的笑蛮迷人。天顾就在心里说，菜花可从没这么迷人地笑过，菜花的笑也和她那身肥躯那样气势汹汹，让他喘不过气来。

灯草又说：“先生是找伍太吧？我帮你去找。”

天顾于是跟灯草又折了回来。

灯草还在门外，就喊道：“伍太，你在屋里吗？”

屋里没有动静。

灯草去推门,发现门是闩着的。灯草又大喊:“伍太,这么早你就挺尸呀!”

灯草在门上敲起来。敲一阵,又喊一阵,伍太硬是不开门。灯草来了火气,飞起一脚向门板踢去。门哐当一声开了,床上两个脑袋顿时立起来。

“好呀,伍太你这鸟人,我练枪还没练上半个时辰,你就混上了女人。”灯草过去将被子一掀,掀出一团肥大的白肉。

天顾没进门,但他在门外也看出来了,那团肥大的白肉就是菜花。天顾心想,菜花那团白肉也要伍太这样的角色才对付得了,他天顾已是无能为力了。

灯草手上两把枪一把指着一个,说:“两个狗男女还不快穿衣裤。老娘火急了,点了你们的卵和鳖。”

菜花是被灯草用枪逼出屋的。菜花一边捋衣扎裤,一边从天顾身边侧过去,还斜了天顾一眼。天顾装作没看见,把脸别到一边。

灯草见菜花消失在门外,又望一眼呆立着的天顾,火气消了蛮多。灯草把枪插进腰里,对天顾说:“先生有事,就进来说吧。”

天顾并不进屋,说:“也没啥了不起的事。我想让娃们回学堂里去上学。”

灯草说:“好你就要他们去上学呀。”

天顾说:“娃们没肯回去,他们只对日本人的尸体感兴趣。”

灯草说:“这与我们有啥关系?”

天顾说:“请你们把日本尸体埋掉。”

伍太这时恢复了常态,瞥了天顾一眼,不耐烦地说:“我们只负责杀日本鬼子,从来没兴趣埋他们的尸体。”

天顾说:“那娃们……”

伍太说:“算了吧,我没闲工夫与你扯这些。你走吧,我要休息了,明天要砌工事,说不定日本人哪天要来报仇。”

天顾不吱声了,掉转头,往回走。

“先生你好点走。”灯草在后面说:“埋日本人的事,你和镇上人看着办吧。”

菜花拐几个弯就到了屋里。

菜花的胸口里面有东西咚咚地在蹦，脸上像是被火烧着一样灼热。菜花当然不是因为被灯草和天顾撞上而心有余悸，她整个的心事还沉浸在汹涌的激烈里。她想那伍太真有两下子，比天顾甚至日本队长都强得多。

菜花用碗在茶罐里倾了一碗茶，咕噜咕噜喝下，这才感觉平静了些。她用铁夹在火膛里扒了扒，火膛里立即显出红红的火籽。菜花于是拿了松明戳进火膛里，另一只手捏个火筒对到嘴上，一鼓腮，一运气，火膛里的火籽忽地一亮，松明就燃了起来。菜花举着松明进了房间，在窗边的圆镜里看见了晃亮的火把。她走拢去，镜里的脸仍然是红朴朴的，掩饰不住的兴奋和满足。菜花就用手在脸上捂了捂，烫烫的，恐怕熔得了铁。

也不知在镜前站了多久，手上的松明火快烧着手指头了，菜花才陡地惊一下，从那份痴态中回过神来。她一下子意识到了什么，出了房门，在屋里屋外寻找起来。

“巴掌，巴掌，你在哪里？这么晚了还不归屋！”菜花喊。

菜花边喊边寻，一直没见到巴掌的影子。菜花有点急了，就打算到天顾屋里去找，说不定这小子躲到天顾那里去了。

其实巴掌哪里也没去。他就在屋后的墙壁下，拿了一截白石灰在乱画着。看样子他在画一个人。不过他画人的秩序有些特殊，先画一双脚，然后画肚子胸脯，再画脖子脑壳。菜花在屋前喊他的时候，他正画着那人的脑壳，画得很专注，对菜花的喊声无动于衷。画成了，巴掌退两步，认真瞄瞄。墙上那人被初夜稀稀的月色晃着，有点滑稽。瞄一阵，巴掌似乎还不满意，又走拢去，举手在那人的嘴边添了两笔。

直到感觉差不多了，巴掌的眼睛才从人像上移开去。他将白石灰扔往檐外，一别脚，转到屋角下，伏了身子去石洞里掏着什么。

不一会儿，巴掌就掏出一样东西，是把小匕首，尖尖的，闪着微光。巴掌用手指在匕首尖上拭了拭，旋即又转过身子，回到檐下的人像前面。

巴掌把匕首举到鼻尖上，眯了一只眼睛，认真地瞄着墙上的人像。

这时菜花已从天顾屋里转回来，刚要抬脚进屋，就听到了屋后咚咚的声音。

菜花于是看见巴掌。巴掌正一门心事往墙上放着飞刀。巴掌放得很准，墙上那人的眼睛，鼻梁，嘴巴，咽喉，都有了洞。菜花过来时，巴掌刚好又放出一匕首，这一匕首吱一声，不偏不倚插进那人的胸口，匕首的木柄还悠悠地颤了颤。

菜花的身子也不由得颤了颤。

菜花鼓着眼睛仔细想，觉得墙上的像似乎像一个人，尤其是他嘴边那几撇胡须。

但菜花立即收回目光，望着巴掌说："别疯了。咯样晏了，还不跟娘回屋去？"

伍太把他那伙人和镇上懂泥工的人赶到镇边，挥舞着大手叫嚷道："懂泥工的去挑石灰来搅三合泥，其余的兄弟抬石头，从河里抬到墙坎上去。我们要把墙补牢，不能让日本人有机可乘。"

等伍太叫嚷完，一伙人就分头行动起来。

灯草站在伍太身后。她没事做，就在墙坎上来回走动，把瘦长的影子支到墙下的坪地里。镇上的娃们又走了拢去，在日本人尸体上恶作剧。

有人开始抬着石头爬上墙坎，把石头扔到缺口处，让泥匠们调了三合泥来垒砌。伍太也下到河里去翻石头，偌大一块的石头，人家要两人用竹篓抬，他嗨一声，把石头撂到肩上，一个人就扛上了墙坎。

灯草在墙坎上走了几个来回，觉得有些碍人家的事，便走下墙坎，回了镇里。她沿着铜古巷走下去，在石板上留下橐橐的足音。

到了巷底，灯草发现老砖屋的门是关着的。她觉得异怪，晚上进老砖屋打蜡芯时，这门都是敞开着，白天竟然还关住了。她敢肯定，那些烂桌歪椅不值什么钱，不会有人进去拿的。他们到古马镇来了好几天了，这里的民风好象还算古朴。

灯草这么自忖着，在门口站了好一会儿。她白天没到过老砖屋，晚上从这里进出时，竟没仔细瞧过老砖屋的模样。灯草看到老砖屋高高的门楣上画着刘关张的像，木门上的黑漆斑剥，隐约留着从前的庄重和威严。门上还有字的痕印，只是已无法辨认是什么字。从前这里一定是一座宗祠什么的，怪不得天顾要把他的学堂放到这么个庄严的地方。

后来灯草将目光收回到自己的鼻子底下。她把手按到门上，一用力，那黑漆木门就嘎一声裂开了。灯草把自己的身影和浅黄的阳光一起推进阴暗的屋子里。

灯草看见了天顾。

天顾一动不动地坐在那用来写字的木板下。手上是那把紫砂茶壶。头微垂，双目似开似闭。整个一幅千年古塑。

灯草走过去，站在天顾前面。喊一声："先生——"

良久，天顾才缓缓抬起头。

灯草说："先生，你在这里干嘛呢？"

天顾只叹一声，没有回答。他把紫砂茶壶举到嘴边，抿了一口。只见他的喉头不紧不慢地一滑，立即有轻轻的咕噜声透出。

灯草说："先生，你在等你的学生吧？"

天顾说："是的，等我的学生。"

灯草说："你每天都在这里等吗？"

"每天在这里等。"天顾说："日本人一来，娃儿们就都逃走了，从那时开始我就天天在这里等他们。日本人被你们赶跑了，杀死了，娃儿们也回到了镇上，我以为他们会回学堂了，又在等，结果他们还是不肯进这个学堂。"

灯草说："得想办法把他们弄回来。"

天顾说："有什么办法呢？他们一心要打日本人，哪还有心思进学堂？"

灯草就不吱声了，回过头，看到门外的阳光从裂开的门缝上洇进来，再洇进来，把阴暗的老砖屋映得光亮了许多。

菜花用水桶挑着茶水向镇口走去。菜花还是穿着那件蓝花布衫，那大腿大臀大腰大胸摆着，扭着，晃着，颤着，很澎湃。

菜花每天给伍太那伙人做饭。凭那身力气一天做三顿饭不在话下，还有许多时间闲着没事做。没事做时就站在六排屋的廊柱下垂着手发呆。或者用眼睛瞟瞟伍太和灯草的房门。那房门紧闭着，伍太带着他那伙人修补墙坎去了。菜花就想起自己在那房里干过的事。原先是跟日本小队长，日本小队长只晓得哇啦哇啦乱叫，不晓得说"你味道"。而且日本小队长那劲火也一般，只比天顾强一些。后来跟伍太，伍太晓得说

“你味道”，伍太的劲头也格外的足，菜花也真的体会到了伍太说的味道。菜花想伍太真不愧是打日本的英雄。

菜花这么想着的时候，往往就对伍太产生了由衷的感激之情。她感激伍太搞死了那些日本鬼子，包括日本小队长，更感激伍太很有劲火，给了她味道。

菜花还想，伍太和灯草在里面时，不知是否也味道。菜花口上不说，心里说，如果她象灯草那样有福气每天晚上跟伍太在一起，那一定味道死了。

禁不住的，菜花脸上就烧起来。

菜花脸上一烧，人就呆不住了。她几步进了屋，忙起来。

菜花大火大鼎，很快就烧好了两水桶浓酽的茶水。她挑着茶水，出了门，晃晃悠悠，很快到了镇口。

菜花一眼就望见了墙坎下，日本人的尸体还乱七八糟地摆在那里，一伙顽皮的娃儿在日本人尸体上鼓捣着，那般兴致勃勃。菜花在那堆尸体里，似乎认出了一个人，好象是日本小队长，这时正有一个孩子在他身上猛踢着。

不一会儿，菜花就把茶水挑到了河滩边。正在忙碌的汉子们，见有人送来了茶水，都瞟过来目光，咧嘴而笑。他们吃了几天菜花做的饭菜，很可口的，那菜花烧的茶水也一定不赖。

伍太当然喝过菜花的茶水，晓得那是什么味道。伍太扔了手上的石头，第一个走到菜花身边。菜花有意把大胸耸了耸，用竹勺为伍太舀了一勺茶水。

伍太的目光在菜花的胸脯上粘住了，一时忘了去接竹勺。伍太一下子悟起那晚在这又韧又软的大胸上快活的情景，身上的筋脉突地鼓胀起来。

伍太好久才接过竹勺。伍太接过竹勺，却并不急于把嘴巴戳进竹勺里，伍太要留着嘴巴做别的用场。伍太说：“你好味道。”

菜花说：“你还没开始喝呢。”

伍太说：“没喝也知道味道。”

菜花说：“总没有她味道吧？”

伍太说：“她？她是谁？”

菜花说："她是灯草。"

伍太说："灯草没你味道，灯草细腿细臀细腰细胸，哪有你味道？"

菜花说："味不味道，先喝吧，其他人拢来了，也要喝。"

伍太这才将茶水喝进肚里，把竹勺交给下一个要喝茶的人。离开菜花好远了，伍太还把头回转来，用锋利的目光在菜花的大胸上一个劲地刮。

汉子们一个个都喝得心花怒放。

一心花怒放，肩上手上的劲就十足，动作起来就特别利索，两天的活一天能干完。

灯草是被窗外的冷风吹醒的。醒来好一会儿了，她还木木地不知自己这是躺在哪里。反正至少不是原来六排屋的房子。六排屋的房子窗户是木格的，而这里实际上没有窗户，只有两个老砖那么大小的窗洞，像老人无牙的嘴巴，在砖墙上森森地张开着。

灯草意识到刚才的冷风就是从那里吹进来的。那是春天的清晨寒气凛冽的山风。

灯草还意识到了这是什么地方了。

与往常一样，昨晚灯草又在老砖屋里打了半个时辰的蜡芯。她打得顺手，几乎是弹无虚发。往六排屋走回去时，灯草不禁哼起了小时候常哼的一首不知名的童谣。可当她哼着童谣走到六排屋门边时，那门又从里面闩上了。灯草心头升起无名火，想一脚把门踹开。可她忽然释然了，在门边站了一会儿，咕噜了一句："好吧，那骚货味道，就让你们味道去吧。"然后灯草又掉头走回了老砖屋。

走出老砖屋的黑漆木门时，天空还是一片迷蒙的灰白，并没全亮。灯草耳闻着自己那有些清脆的足音，走过铜古巷，绕过两条小弄，往镇口的墙坎边走去。稀粥般的乳雾里，日本人的尸体还横阵于墙坎下。且有三、五只瘦狗，在尸体旁走动着，或闻或啄。灯草已经闻到随风而至的腐臭味。她心生慈悲，可怜起这些暴尸异国的孤魂野鬼来。

不知不觉，灯草就到了墙坎边。

"嘘——"灯草身上颤了一下，倒吸一口凉气。只见前面一具日本人的尸体，被割掉了脑袋和双手，好恐怖地摆在那里。灯草敲掉的日本人脑袋没有几百也有几十了，那些尸阵如山白骨遍野的场面也不是没经历过，可这种无头无手的残尸却还真没见过。灯草不忍细瞧，转过脸，对那几只远远盯着死尸，久久不肯离去的瘦狗吼两声，匆匆离开了墙坎。

回到镇里时，人们还没起床。灯草拐几拐，拐进六排屋。伍太的房门还紧紧关着。灯草心里骂：伍太这狗弄出的，味道了一个晚上还味道不够，天亮这么久了，还在房里味道。灯草哗啦从腰里抽出那两把枪来，朝房门上瞄了瞄。灯草知道房里床铺的方位，她只要一勾扳机，两颗子弹就会从门板上射进去，在两个男女的身上犁两道不深不浅的血痕。

但灯草没有勾扳机。灯草的手垂一来，枪眼朝向地下。灯草的眼光也收回到眼帘里，眼皮紧紧合了拢去。有晶莹的泪水从灯草的眼角溢出。

只见灯草一咬牙，手中食指使足劲，狠狠地勾住了扳机。

“啪啪啪啪……”灯草脚边的石板上立即火花四溅，硝烟味和岩石碎末弥漫起来，呛得灯草猛咳了两声。

“谁在外面放他娘的枪！”伍太在房里高声叫。

灯草又勾了几下扳机。

枪声过后，听得见伍太骂骂咧咧起了床。门嘎一声开了，伍太的脑壳嵌在门上。几乎是同时，一个什么东西从门上方砸将下来，不偏不倚扣在伍太的脑门上。伍太哎哟一声，扒在了地上。

伍太脑门前边的青石板上，一个苍白的头颅来回滚动了两下。最后不动弹了，那挖掉了眼珠的眼坑和敲走了牙齿的嘴巴，阴森地向伍太洞开着。

伍太爬起来，把那怪头搂起，一甩，甩到了阶基下。

“咯、咯、咯咯咯……”怪头滚着，弹着，最后掉进阶基脚下的水坑里。伍太望着灯草，说：“你做的好事！”

“我做的好事？”灯草也迷糊了，谁做的好事呢？让伍太遭这样的报应。

菜花晚上又早早地进了伍太的屋。菜花还是穿着那件蓝花布衫，淡淡的油壳香味从那蓝花布衫里面飘出来，招引着伍太的感觉。

菜花用油壳水洗了身子。

菜花每晚进伍太的房间前，都要用油壳水把个丰沛的身子洗得非常干净，非常细滑。她知道男人喜欢女人干净细滑的身子，而且越干净越喜欢，越细滑越喜欢。只要男人一喜欢，女人就有快活可享受了。

可这天晚上，菜花没享受到快活。

伍太没兴趣搭理菜花。他坐在床边，嘴巴鼻孔都朝着楼板，目光呆呆痴痴，挂在楼板下的蜘蛛网里。菜花身上的油壳水丝毫发挥不出引诱男人的功能。

但菜花不急不忙。男人心里不痛快，你是撩不得的，只能默默守在他身旁，让他有足够的时间，将不痛快一点一滴地释放出去。释放完了不痛快，剩下的便全是痛快了，男人的气色就会变得灿烂，变得热烈。

菜花就默默地搬把小椅，默默地坐一旁，离伍太不远不近，象只温驯的肥母狗。

这样呆守了良久，伍太才把身子放平，僵尸般摆到了床上。菜花见有了动静，不觉在心里暖了一下，提起屁股移到床沿上，轻轻的说："别生那颗头的气了，那颗头被你扔到阶基下后，被一只狗叼走了，它是再不会来吓你了。"

伍太的身子这时仿佛还了阳似的，蠕动了一下，说："屁，我还怕它吓？"

见伍太不但有了动静，还搭起腔来，菜花脸上就生动了许多，心想，今晚的油壳澡总算没有白洗。菜花就有了把伍太逗得更开心的欲望。她接过伍太的话，说："你知道那颗头是谁的吗？"

"还有谁？日本人。"

"不只是日本人，还是日本小队长。"

"日本小队长？"

"就是那个被你击杀的日本小队长。今早晨我跑到阶基下看过了，他的嘴巴边也有几根稀稀的胡须，跟你一样。"

伍太侧过头，瞪了菜花一眼。嘴边的几根胡子滑稽地弹了一下。

"没有错。"菜花自顾自地说，"只要一见那几根胡须，就错不了。"

"当然错不了。你跟他睡过觉，像啃我嘴上的胡须一样，也啃过他嘴上的胡须。我没说错吧？"伍太直想吐，挥了挥大手，下逐客令："走开，你走开！"

菜花不得不站起来，向门边走去。出了门还回头瞟了一眼，一脸的委屈。菜花想，今晚这个油壳澡还是白洗了。

第二天伍太就让人把墙坎下日本人的尸体拉到镇外的山坳上，挖个大穴，准备一穴埋掉。

尸体开始腐烂，上面爬着细细的白色虫子，让人起鸡皮疙瘩。难闻的臭气随风飘扬，熏腥了半个镇子。

镇上的娃儿也很少来遭踏这些腐尸了，伍太他们拉走尸体时，娃儿们只远远地瞧着，并不近前。大概对这些尸体的厌恶，逐渐取代了那刻骨的激愤和仇恨。

伍太也一直没拢去。后来尸体就要入穴了，伍太才走到尸堆旁，让人把日本小队长那具无头无臂的残尸翻出来，想看看那究竟是个什么怪样。

手下人照着办了。

伍太先望见了日本小队长无头的树茬般的胫脖。其喉骨间有一个小眼洞，像在无声地哀诉着什么。断脖两边是没了臂膀的肩膀，白色的骨头支楞着，腐肉烂皮有一缕没一缕地吊着。看得出，三个地方都不是一刀砍去的，而是一刀一刀割下来的。

小队长的头现在在哪里呢？伍太想，若把他的头合到这断脖上，又该是一个什么样子呢？菜花说，小队长的头也许被狗叼走了，那么他的两只手臂呢？伍太不得而知。

伍太把目光从小队长的残尸上收回来，在地上踱了两圈。伍太又想起昨晚菜花走后做的梦。那个梦几乎断断续续做了一个晚上，做得伍太心惊肉跳。只要伍太一合上眼睛，那个脑壳就从阶基下滚上来，滚过禾堂，滚进门槛，滚到伍太的枕边。那个脑壳上的眼洞和嘴洞，一下鼓得蛮大，一下又缩小到原样，仿佛有声音颤颤抖抖从那三个忽大忽小的洞眼里一齐迸发出来："把我、送、送回、去……"

伍太大约就是因为这个梦，才决定埋掉这一批尸体的。

然而，小队长的头呢？并没有回到原来的地方呀。伍太对手下人说："你们留三四个人在这里，把穴掘得更深一点。其余的回镇上去找小队长的头，一定得给我找到！"

大家开始行动。

可找了一个上午，却不见小队长的头的影子。

下午继续找，把镇里镇外的坑坑洼洼，砖缝石洞也搜遍了，仍然一无所获。还找来了菜花，她跟伍太说过的，看见狗叼走了小队长的头，到底叼往哪里去了？菜花说，她看见一只狗叼着小队长的头往铜古巷那边跑了，但究竟叼到哪个角落里，却不清楚。

众人又把铜古巷再搜一遍，还是毫无结果。

其中一个机灵点的瘦个子就对伍太说："伍队长，昨晚您不是老梦见小队长的头总是往你房里滚么？何不把你房门打开，让我们进去瞧瞧，说不定小队长的头还真滚进里面呢。"

伍太无可奈何，打开房门。

瘦个子他们跟伍太踏进了门槛。房子不宽，床底门后，一下子就搜了一个遍，哪里有什么小队长的脑壳。而且各人的脑壳都在各人脖子上，没有多余的。

只得走人。走到门外，那瘦个子又踱了回去，把伍太那缩在床角的被子抓过来，用力掀开。

大家着实被吓了一跳。

只见小队长的脑壳从被子里滚出来，在床铺上重重地蹦了两下。

瘦个子把小队长的脑壳一把搂过来，搂到镇外坳上，让脑壳和那树茬般的脖子合在一处。然后众人劝手，将二十多具尸体都扔进穴里。刚合上脑壳的小队长的尸体最后放进去，卡在其他的尸体中间，以免身首异处。

伍太松了一口气，要手下人掩土。

刚动锹，天上陡然下起大雨。只得匆匆掩了一层土上去，一伙人就离开山坳，落汤鸡般回到了镇上。

天顾熬了一壶浓酽的茶水。

天顾熬茶很讲究。他每次都要用他那个有些红亮的竹筒取水，取的是铜古巷石山脚下的泉水。这泉水不是流入槽井里的井水，而是从槽井上方一个细细的泉眼里渗出来的，接那泉水要工夫和耐心，半天才取得满一竹筒。用竹筒取的泉水不走味，也不会沾上巷里的灰尘和异味，煮茶最理想。水取回来，倒少量进高嘴铜壶里，洗过壶，再把茶叶倒进壶中，放文火上温烤。茶叶是上等的峒茶，谷雨那天从峒茶树枝尖上摘下来单独烤制的。待到壶里茶叶烤得半燥，发出香味，再从竹筒里灌少量泉水入壶。这才加大火力，壶中很快沸腾，即用竹片刮去茶沫，将第一道茶水倒入准备饮茶的紫砂茶壶中，晃几晃再泼掉，算是清洗了饮具。然后注入二道泉水，用文火慢慢煮。大约煮半个时辰，铜壶里的茶水出了香也出了味，再离火，洒进紫砂茶壶里，随时饮用。

天顾平时少有工夫煮这样的茶水，除非碰上喜人的事。天顾觉得今天要碰上喜人的事了。

天顾捧着他那装满浓茶的紫砂茶壶，去了老砖屋。然后坐在写字的木板下面，一边有滋有味地品着紫砂茶壶里的茶水，一边耐心地等待着。他相信镇里的娃儿会陆续走进老砖屋里的。

然而等了许久，也没见一个娃儿的影子。外边的铜古巷一直平平静静，无声无息。偶尔有懒散的脚步声响过，陡然激起天顾的信心，可很快脚步声又消失在巷子的另一头。天顾有些泄气，轻轻叹息一声。

一壶茶水都快喝完了，天顾站起来，望一眼敞开的门。觉得有些无聊，又坐下去，把目光收回来。

怎能会不来呢？墙坎下的尸体都已经埋掉了，娃儿们怎么会还不来呢？

天顾的木屐一下一下地在老砖屋里响起来。老砖屋空洞，阴暗，潮湿，那单调的木屐声失却了以往的脆亮，显得有些沉沉的，幽幽的。

在屋里转了两转，天顾举起紫砂茶壶，喝掉残剩的最后一口茶水。他再感觉不出茶水的醇香，满口的苦涩。

最后，天顾出了老砖屋。

这才发现天上下起了迷蒙细雨，无形的风从小弄里，从巷口吹过来，把细雨抹到人的脸上。巷子里的石板是湿的，晃着似有似无的青光。

天顾脚上的木屐声，牵着他瘦长的身影在巷子里移动着，仿佛传说中的怪魂。

那身影一直从巷底的老砖屋，移到菜花的屋背后，这才停止下来。木屐的声音于是消失了，却有不太大声的霍霍声，从菜花的屋角送出来。

“巴掌，你磨那匕首干嘛？”天顾说。

那屋角，巴掌正在磨石上磨着小匕首。他磨得很起劲，屁股翘着，脑壳前伸，全身的重量都倾到了一双手上。

天顾又说："巴掌，你们怎么不进学堂？"

巴掌不抬头，也不吱声，仍然全神贯注磨着那把小匕首。

天顾打一个冷颤，觉得这声音有那么点怪模怪样，他想将这声音从耳鼓里赶将出去，却怎么也赶不走。

日本人还没有来。

墙坎已经修补完，伍太一伙人没有太多的事可做，闲得无聊。

灯草仍一如既往，每天晚上都要打半个时辰的蜡芯，然后宿在老砖屋里。白天也很少跟伍太他们在一起，一个人在镇里镇外转。伍太几次有事找她商量，她也不肯拢场。

一转一转，灯草就转上了铜古巷后面的石山。站在石山顶，能隐约望见远处的洪江城。灯草的心里就有了怅然的感觉。那是她的故乡。她的父母兄妹都被日本人杀死在城里，她被伍太他们救出去后，再也没有回去过。

灯草在石山顶站了许久，一直到黄昏镇上陆续冒起炊烟，她才下了石山，走进六排屋。

伍太和瘦个子他们在禾堂上玩骨牌。见了灯草，伍太就把前面的骨牌哗啦一推，离桌走过来。

灯草说："你们倒有闲心玩牌。"

伍太偏偏脑壳，在灯草脸上望一会儿，心想，菜花虽然大腿大臀大腰大胸，但菜花的面相却无论如何没灯草姣好。

"站在石山顶上就望得见洪江城。"灯草说："日本人怕是不会再到这个偏远的古马镇来了。"

伍太的目光停在灯草脸上，说："日本人不来不是更好么？"

灯草狠狠地瞪一眼伍太，心上窜了火。她咬咬牙，硬梆梆地说道："日本人不来当然更好，日本人不来，你多么逍遥，天天晚上好跟肥猪一样的菜花快活。"

伍太只是不声。

灯草一扭腰身，往外走去，在身后甩下一串毒话："你们在这里呆着吧，把你们的尸身都烂到古马镇。我一个人走。”

灯草的毒话钻进伍太耳里，伍太浑身的不自在。桌旁玩牌的人没谁理会伍太，仍在高声喧闹着，把牌搅得劈哩啪啦响。伍太三两步走过去，将桌子猛地一掀，一桌牌哗哗哗全都撒到地上，撒得满禾堂都是。

玩牌人的嬉笑便僵住在脸上。

伍太背了手，转身咚咚走过禾堂，跨进屋里，将门哐地关上了。

瘦个子他们你望望我，我望望你，掩住嘴巴，不敢出声。

天顾大病了一场。他那瘦长的身影更瘦更长了。他每天都要去铜古巷槽井上接一竹筒泉水来熬峒茶，然后慢慢品，品出许多滋味。镇上人说，不是这茶水吊着天顾的命，他恐怕早就没了。

伍太他们踏进天顾的门槛时，天顾的茶罐刚刚离火。天顾给自己的紫砂茶壶灌了半壶，再给伍太他们一人筛了一小杯。

伍太望望天顾那瘦瘦长长的身影，低头抿了一口茶水。便感觉气脉贯通，全身舒泰。到古马镇一个多月了，只听人说过天顾的茶绝，还从未见识过。这一尝，才知道真的名不虚传。伍太常喝菜花的茶水，原以为那样的茶水就算上乘了，想不到与天顾的茶水一比，根本就不在一个档次上。

伍太又在茶杯上抿一口，说：“敢问先生，古马镇与洪江城最近的路程有多远？”

天顾说：“春天以来这场雨下了好久了。”

伍太说：“从水路去洪江城大概最快吧？”

天顾说：“槽井上泉水都变了味。”

伍太说：“我们如果从水路突然攻进洪江城，是否能把日本人赶跑？”

天顾说：“古马桥真不抵事，大水一冲就冲掉了。”

伍太迷惑地望一眼天顾，这家伙怎么了？你问东，他答西，牛马不对马嘴。其他人也感到诧异，天顾在床上三天三晚不下地，病后这两天也最多去铜古巷里打一筒泉水，他怎么就知道古马河发大水，把古马桥给冲走了呢？

“那群孩子不听话，不肯到学堂里来上学，却满镇地疯窜。真是造孽。”天顾说，“我好久没病了。那年娃儿们不肯归学堂，古马河大水冲走了古马桥，我大病一场，结果日本人进了镇，杀了不少人。”

伍太他们不懂天顾话里的意思。他们觉得天顾是乱弹琴，胡说八道。一伙人站起身，把杯里的茶水全都灌进喉咙里，然后拍拍屁股，走出门，走进雨后初晴的光影里。

只见河上的水还没全退，水面宽阔了许多。那座古马桥早被前天晚上的大水冲得无踪无影。伍太他们开始分头行动，把镇上人家屋里收藏的干爽的木条全搜出来，搬到了河滩上。又拿来了斧头、篾缆，把木条推进水里，砰砰砰扎起木排来。

一天多时间，一架又长又宽的大木排就扎成了。大家爬到排上用用力，那木排显得十分扎实，而且浮力很足。

晚上，伍太请菜花做了最美味的肉菜，煮了最醇的酒，弟兄们痛饮了一番。伍太向大伙宣布，明天开排离镇，杀向洪江。

大伙雀跃起来。他们在古马镇闷了这么长的时间，实在憋不住了。

夜里伍太不再让菜花进他的房。明天就要离开古马镇，到洪江城里去与日本人拼命，他不想把精力耗费在一个女人身上。没菜花在一旁，伍太的意念不免又会跑到另一个女人那里。他陡地生出一份渴念，想跟灯草呆上一阵，哪怕是半个时辰也好。灯草的影子于是悠悠地向他飘过来，像一根游丝，将他缠住。忽而又化作一阵风，从他身边飘走了，飘得无影无踪。

过一阵子，伍太又想起天顾，他实在有些奇异，话语神秘。伍太不明白天顾不回答他的问题，却莫名其妙说槽井里的泉水变了味，说娃儿在外疯窜不肯归学堂，说大水冲走古马桥。伍太弄不懂这与他有什么关系，弄不懂天顾干嘛要跟他唠叨这些风马牛不相及的东西。

弄不懂，伍太的脑子里便一片模糊。模糊中，隐约听见一个声音：“伍太，还、还给、我……还、还、给、给、我……”

还给你？你是谁？还给你什么？伍太感到很奇怪。伍太四处张望，却并不见说话的人。伍太想，是风声吧？大概是听见风声，误认为是有人说话了。

可俄顷那声音又含含混混在伍太耳边响将起来。

伍太说：“你是什么人？”

那声音只是说："还、还给、给、我……"

"你干嘛不站出来？"

"还、给、给我？"

"我欠你什么？"

"还给我，还、还、给、我……"

伍太东瞧瞧，西望望，眼前一片漆黑，什么也没看见。

但那声音还在什么地方阴阳怪气地荡漾着。

伍太用力把眼睛睁大，这才在黑暗里看见了两道影子。但那影子似乎很遥远，虚虚无无的。

只有那影子的声音就是清晰的。

逐渐，那影子一晃一晃，便晃到离伍太不太远的地方。伍太不觉毛骨悚然了，额头上渗出了冷汗。

伍太看见那是一双苍白的手。

那手没有人，鬼鬼祟祟在黑暗中悬荡着。刚才的声音正是从那手上发出来的。那手上似乎有一张似有似无的嘴巴，正一开一合，发出那个千遍一律的怪音："还、还、还给、给、我……"

伍太后退几步，脑壳在墙壁上磕了一下，身上不住地颤抖着。但伍太还是麻起胆子，朝那手叫道："还你什么？到底要还你什么？"

那双手还是那句话。

伍太怒了，从身上抽出枪，吼道："你滚开滚开，我枪杀了你！"

那双手就呼地荡过来，把伍太的枪砍到地上，然后左右开弓，在伍太脸上扇起来。奇怪的是那手掌仿佛长了牙齿，在伍太脸上扇一掌，就要狠狠地撕咬一下，疼得伍太什么钻着心一样。

最后伍太撕心裂肺地惨嚎一声，醒了。赶忙去摸自己的脸，幸好没有异样。

"娘的！"伍太咕噜一句，复又沉沉地睡过去。

可没过多久，那双手又出现了，又像刚才那样又吼又闹，来扇伍太的耳光。这么折腾了三四次，搅得伍太一夜睡不好。最后那次，那双手不去扇伍太的耳光，却以极迅的动作往伍太的裆里捞去，伍太躲避不及，惊跳起来。这一跳，伍太就跳到了床下。眼睛一睁，外面已经大亮。而他的床前真的搁着一双惨白的手。

伍太见那双手真如梦中一样，那样狰狞可恶。伍太心有余悸，不知是醒了，还是仍然在梦中，半天不敢接近那双手。

其实那双手已经开始腐烂了。手臂那头露着的骨茬露在外面，像个锣槌。

伍太他们没有如期开排离开古马镇。

这天早上伍太打开房门时，瘦个子几个人已经守在门口。他们见伍太，都吓了一跳。伍太脸色寡白，眼睛里布满血丝丝，眼神呆滞，惊恐未散。一条彪形大汉忽然像散了架似的，歪歪斜斜，失去了神采。

瘦个子几个人赶忙过来扶住伍太，将他扶回床上。

瘦个子他们当然也看到了地上那双手。

伍太语无伦次地向瘦个子他们叙述了那个怪梦。伍太说那梦怪还不算怪，怪的是梦里那双手竟然真真切切就摆在他的床前。

瘦个子把那双手抓到手上瞧瞧，扔到了屋角。站了一会儿，瘦个子又略有所思地走过去，把那双手拣了起来，说："这是一双握惯了刀柄和手枪的手。"

瘦个子还说："伍队长，您没忘那个日本小队长的残尸吧，您叫我们把他的脑袋找到，合到了他的脖子上，可他的一双手我们一直没有找到。"

伍太木然点了点头。

瘦个子说："这双手就是小队长身上的。"

伍太说："既然我们已满足了小队长的要求，把他的头安到了他脖子上，他这双手怎么还老是纠缠住我不放呢？"

瘦个子想想，问伍太："小队长的双手只说要你还给它，但还给它什么并没说，是吧？"

伍太说又点点头。

瘦个子说："我们上一趟镇外那个山坳，把这双手放回到小队长的残尸上。"

一行人来到山坳上，把土穴掘开。一股腐臭味立即腾过来。那些乱七八糟的尸体变成了黑色，但腐烂程度却并不深。小队长的脑壳还稳稳地扣在他脖子上。

瘦个子爬进穴里。一边说："我曾经问过镇上的先生天顾，他说这个山坳是镇上的风水宝地，尸体葬在这里很耐腐。镇人曾在这里埋过人，但那家人接着出了大乱子，整个镇子都被闹得鸡犬不宁。据说地仙事先说过，人埋到这里后，如果后人是大贵大富的命，就可成龙登金銮宝殿，否则就要出大差错。那家人果然害怕起来，起出尸体，改葬到了别处。自此，镇上人自知没福份消受这块风水宝地，再不敢往这里葬人。"

瘦个子一边说，一边把那双手送到小队长的臂膀上。小队长的尸体终于完整了。

爬出墓穴后，瘦个子招呼其他人掩土。大家正要动手，瘦个子又摇摇手，说声"慢着"，复爬进穴里，扯开小队长身上那沾满黄土的黄裤。

小队长的裆上一无所有，空空如也，只留着已不太清晰的刀痕。

瘦个子抬起头，望了望站在穴外的伍太。伍太一脸的惊愕。

一旁的人都也感到奇怪。

回镇的路人，瘦个子走在伍太的后面，说："伍队长，你梦中小队长那双怪手要朝你要的，恐怕就是那个东西了。"

菜花破着喉咙骂巴掌："成天不归屋，从早到晚窜尸闹魂，看我放你的脚筋！"

巴掌把菜花的骂声当做耳边风，跟着他那几个蟹兵吓将从屋前溜到屋后，不一会儿就不见踪影了。

灯草刚好从天顾屋里出来。天顾要她赶快离开古马镇，这地方不是久留之地。但不能跟伍太一起走，伍太一脸的不祥。灯草对天顾的话将信将疑，心里却有一种什么预感，这预感好像已被天顾说破。

这么稀里糊涂地想着，灯草耳边就响起菜花的诅咒声。灯草立住脚，皱了一下眉头，便进了菜花的屋。

菜花正在弯腰折一叠衣服。菜花折得好认真，折一件，还要用手掌在衣服上抚一抚，把皱折处抚平。菜花其实是那号挺讲究的女人，吃的，喝的，用的，穿的，都清理得干干净净，整整齐齐。

灯草就在那叠衣服里看见一件特殊的男人的衣服。

见灯草进了屋，菜花赶忙车转身，给灯草搬凳让坐。还筛了上午才熬的茶，递给灯草。

灯草喝一口茶水，喉咙滋润了许多。声音也圆润了许多。说："菜花，你是个好女人。没有你，我们是拿不下古马镇的。"

菜花没吱声，只顾折衣服。

灯草说："也难为你了，缠住日本小队长，让他……放松了警惕，我们才有了机会。"灯草本是要说"让他遭踏"或"作践"这样的话的，却说不出口。灯草自己也是女人。何况菜花是为了镇上人，为了他们能顺利歼灭日本鬼子，拿下古马镇。事实上，若不是菜花缠住日本小队长，伍太他们是根本没法接近古马镇的。灯草心想，她当时之所以要往日本人裆里放枪，也是因为她同情菜花的遭遇，要为她泄恨。

这时灯草看见菜花眼里的泪水无声地掉到她前面的那叠衣服上。

灯草心上一酸。但灯草还是恨恨心，把要说的话说给了菜花。灯草说："可你不该报复伍太呀。伍太现在可惨了，他从来就不是这个样子。他原来可是个顶天立地的男子汉。"

菜花折好最后一件衣服，转过身来，眼望着灯草。她眼里晶莹地转着泪水，说："都是伍太出的馊主意，不然我怎么会跟日本小队长……"

停停，菜花又说道："为这，天顾跟我分开了，巴掌从山上回来，也恨我恨得咬牙切齿。别看巴掌才十余岁，他心眼多着了。"

灯草久久不能言语。

最后灯草把茶杯放到桌上，立起身，准备离去。灯草感到头有些晕眩。她仿佛是在自言自语："这是前世的冤孽啊！"

伍太离开古马镇的时候，他那伙人马有一半以上没跟他走。

因为伍太杀了瘦个子。

伍太把账都算在了瘦个子身上。瘦个子太精明了，发生在伍太身上的怪事，瘦个子似乎都知道来因去果。伍太不明白这是为什么，他只可能设想这一切都是瘦个子所为。

所以伍太毫不犹豫就杀了瘦个子。

其实开头伍太并没这么去理解。是后来瘦个子又给伍太找到了日本小队长裆里那个丢失了的东西，伍太才突然萌发了杀机。

伍太他们从镇外的山坳上回来后，伍太就让瘦个子他们去找小队长那个东西。在山坳上的尸穴里，瘦个子扯开小队长的裤裆，发现那东西已经不在，伍太就认可了瘦个子的说法，觉得梦中那双手要他还的就是这个东西了。

瘦个子他们从伍太的房间里开始搜寻。他们吸取前次寻找小队长的头的经验，将伍太的被褥翻过来，又翻过去，把床铺草都一根根清理了一遍。接着搜了六排屋的每个角落，以及铜古巷和整个镇子。结果一无所获。

到了傍晚，瘦个子才空着手回到六排屋。这时他们听见一个女人的声音。

女人是菜花。菜花拿着一件洗净迭好的衣服，款款走进伍太的房间。

伍太背对着门口，面壁而立。他心绪麻乱，好像没察觉菜花的到来。

“队长，你的衣服洗干净了。”菜花说着，把伍太的衣服放到零乱的床上。菜花在床前停了停，想把床上乱堆着的被褥和草整理一下。

这时瘦个子一步跨进了门槛。

在门外，瘦个子就看见了菜花手上的衣服。他过去把衣服拿到手上，对伍太说：“队长，这衣服是您的么？”

伍太这时才转过身来。他望望衣服，又望望瘦个子和菜花，最后把目光停到瘦个子手里那件衣服上。他有些莫名其妙。伍太莫名其妙了一阵，似是而非地点了点头。

瘦个子低头在衣服上瞄了一阵。那是件浅灰色的衣服，已经打了补钉，领口和袖口处磨起了毛，显出白边。瞄一阵，瘦个子把衣服抖开了。然后瘦个子把手伸进衣服口袋里。

瘦个子就这样抓了一把东西出来。

这正是男人裆中之物。

不过瘦个子手中这物已经有些枯干萎缩，看得出从男人身上脱离下来好一段时间了。

一旁的人，包括伍太和菜花，都一脸的惊异之色。他们怎么也想不到，伍太梦中那双手逼他偿还的东西，竟会藏在菜花洗过的伍太的衣服里。

伍太对瘦个子怀疑起来。伍太想，为什么唯有瘦个子什么都晓得呢？这中间是不是有什么蹊跷？

这天傍晚，伍太要瘦个子他们再一次掘开镇外山坳上的穴地。瘦个子又爬进穴里，把那物放回到小队长裆里。

只是伍太没等瘦个子爬出穴来，就抽出枪，朝他的脑壳勾了一下扳机。

瘦个子跟日本人永远躺在了一起。

众人感到震惊，为瘦个子的死。瘦个子多年跟随伍太，出生入死，没倒在日本人的枪口下，却被伍太一枪结果了。

有人便立即离开伍太，躲起来，没跟他离开古马镇，上排。

连灯草也不在排上。

镇上人说，灯草沿原来他们进镇的旱路出了山。还说那批没跟伍太走的人跟了灯草，他们要重新组织人马，另立山头。

天顾好久没到石山下的槽井里接泉水熬峒茶了。天顾觉出泉水里的异味，这异味跟前不久那回的怪味有些相似。

镇上人也隐约体味出了这股异味。但他们照常去槽井里打水，不像天顾熬茶这般讲究。

接下去的日子便如这异味样，模模糊糊，说不清，道不明。镇上人只管过着，没谁去认真理会这日子的好坏。

倒是镇上的娃儿都自觉地归了学堂，每天去老砖屋里等候天顾上课。其中数巴掌最为积极，他再不玩那把小匕首，总是第一个推开门，跨进老砖屋。

可天顾却不再到学堂里去。

天顾说，镇上一连出了那么多的事，已经大祸临头，给娃儿教再多的学问也不顶用。当初想把他们规在老砖屋里别到处乱窜，都没能规住，如今已为时太晚。

灯草就是这个时候回到古马镇的，身边是那批背叛了伍太的人。

灯草把全镇的男女老少都赶到六排屋里的禾堂上。灯草站在中阶上，腰里别着那两把手枪，枪把露在盒子外面。甩着手来回走了几步，最后灯草站住不动了。她望着前面那些参差不齐、大大小小的脑壳，阴着脸说：“你们快逃吧，洪江城里的日本人就要来过了。他们原先是不打算再到古马镇来的，因为这块偏僻的地方对他们没太多的意义。可后来听说他们的小队长不仅被割了脑壳，还割了双臂和裆里的那物……”

说到这里顿了顿，灯草睃一睃镇人，接着又说：“光听说，他们也许下不了这个决心，可他们亲眼目睹了一个被割了头又被割了双臂和裆里那物的残尸。他们把这具残尸当成了他们的小队长，这具残尸与他们的小队长很相似。他们是在洪江城楼下的木排上看见这具残尸的，那木排七零八落，只剩最后一截了。日本人把这具残尸当成是对他们的挑衅。”

众人堆里起了骚动。

灯草说：“那具残尸当然不是日本小队长。日本小队长还躺在镇外山坳上的土穴里。”

灯草说：“那具残尸是伍太。”

众人哗然。

灯草又说：“日本人看见伍太的残尸，要来收拾古马镇，要把镇上男人的脑壳、双臂和裆中那物统统割掉。我倒不怕日本人这一手，我只要你们承认，是谁破了伍太他们扎得扎扎实实的木排，将伍太弄成那个惨样，然后交出伍太身上的三样东西，我要还他个全尸。这样大家好一起离开古马镇。”

灯草一口气说了这么多，有些微喘了。

这能是谁呢？镇上人纷纷议论着，满脸的疑惑。

这时人群中一个高大的汉子走了出来。大家都踮起脚尖去瞧。

灯草一看，是天顾。灯草说：“先生，你要干什么？”

天顾说：“割日本小队长和伍太的人，就是我。”

镇上人全都瞪大了眼睛。

灯草摇摇头，表示不相信。

天顾说：“你们若不相信，就跟我来吧。”

大家给天顾让开一条路。天顾在先，灯草和众人在后，离开六排屋，走进铜古巷，直接向石山下的槽井方向走去。天顾脚下的木屐声很脆亮。

在槽井边站了站，天顾一纵身，跳了进去。

大家打捞出天顾尸体的同时，一并打捞出灯草所要的东西：头，双臂，男人裆物。

也就在这个时候，镇口的墙坎外响起密集的枪声。灯草心上一动，大声问道：“你们看见她没有？就是菜花那骚女人，还有她的儿子巴掌！”

镇上人才意识到，今天怎么就没见菜花和她的儿子巴掌呢？

然而谁都顾不了这些了，纷纷作鸟兽散。

枪声已越来越紧，越来越近。

若干年后，古马镇上来了一支队伍。到了镇口的墙坎边，这支队伍就停了下来。旋即，一个高大的汉子掺扶着一位老妇人，走出队伍，一步步上了墙坎。

汉子和老妇人都不说话。阳光从镇后的石山顶上射过来，斜斜的，将汉子和老妇人的影子投到墙坎的坪地里。汉子和老妇人的目光在墙坎下停留片刻，然后掉转头，缓缓朝镇里走去。

镇上已是一片废墟，断垣残瓦之间，长着茂盛的蒿草和芭芒，野鼠和不知名的虫鸟尖声叫着，穿行其间。风吹过，这些蒿草和芭芒狂舞起来，仿佛鬼怪的乱发，吓走地下和空中的生灵。

汉子和老妇人在草丛间移着步子。他们脸上缺少表情，漠然地僵着。不一会儿就到了石山下。那槽井隐在柴草间，井沿布满黑青的苔衣，井里黑幽幽的，被井壁上的柴草半遮半掩着。

离开槽井，汉子和老妇人顺着荆棘之间依稀可辨的石板路，向前走去。路边偶尔一堆断瓦，遮掩不住那焦黑的残柱和板壁，还有盘踞上面的蜂窝和蚁穴。

石板路的尽头，是半堵老砖墙，墙上蛛丝蚂迹，透着阴湿的霉味。汉子和老妇人在墙边呆立良久，又转身顺来路走了回来。在一处石坎旁，两人停住了。汉子从老妇人身旁走过去，下了石坎，在一处瓦堆中停下。扒开瓦堆，下面是一道石坑。汉子拍拍沾了瓦灰的手，然后从腰里抽出一样东西。

那是一把小匕首。

小匕首尖尖的，闪着白光。汉子把小匕首举了举，用眼睛瞄了一会儿刀锋，脸上掠过极其复杂的形色。

最后，汉子用舌尖舔了舔匕首尖，把它塞进了石坑下面的石洞里。

汉子和老妇人回到镇口的队伍中。

他们带着那支队伍匆匆上了路。那个废弃了的古马镇很快在他们身后消失了。同时消失了的，还有古马镇那些稀奇古怪的陈年旧事。